Présumée suspecte

Un troublant dilemme

FIONA BRAND

Présumée suspecte

BLACK *ROSE*

éditions HARLEQUIN

Collection : BLACK ROSE

Titre original : HIGH-STAKES BRIDE

Traduction française de ISABEL ROVAREY

HARLEQUIN®
est une marque déposée par le Groupe Harlequin

BLACK ROSE®
est une marque déposée par Harlequin S.A.

Photos de couverture

Femme : © 2007 BEAUTY ARCHIVE/GETTY IMAGES
Paysage : © GETTY IMAGES/SUPERSTOCK RM

Réalisation graphique couverture : M. GOUAZE

83-85, boulevard Vincent-Auriol, 75646 PARIS CEDEX 13.

Service Lectrices — Tél. : 01 45 82 47 47
www.harlequin.fr

ISBN 978-2-2802-4431-2 — ISSN 1950-2753

Prologue

Vingt-deux ans plus tôt, Dawson, Nouvelle-Zélande.

Dani Marlow, âgée de huit ans, ouvrit subitement grand les yeux. Le clair de lune filtrant au travers des minces rideaux baignait sa chambre, noyant toute chose dans sa lumière froide, transformant le rose de son couvre-lit en gris perle et les lattes du parquet en un miroir argenté.

Elle entendit de nouveau le bruit qui l'avait réveillée. Ce n'étaient pas les branches des arbustes qui croissaient près de sa fenêtre, ni les craquements du vieux chêne ombrageant la pelouse, sur l'avant de la maison… Non, c'était un grattement métallique.

Retenant son souffle, elle demeura immobile, les yeux rivés sur une fissure dans le plâtre du plafond, aux aguets. Le temps passa. Le vent forcit, secouant les branches et arrachant leurs feuilles sèches. La tension commençait à refluer et elle était en train de se rendormir lorsqu'un bruit de verre cassé la fit se redresser d'un bond. Elle sauta du lit, posa ses pieds nus sur le parquet glacé et resta un instant sans bouger, désorientée ; puis un flot de lumière inonda sa chambre par la porte entrebâillée, suivi de pas précipités, du fracas de meubles renversés. Un bruit sourd suivi d'un cri d'effroi la tira de sa stupeur.

Le cœur battant, tremblante de peur, elle ouvrit vivement son placard, luttant contre l'envie de s'y terrer. Elle n'avait pas rêvé. Ce qu'elle avait entendu était bien réel. *Il* était là. Il les avait retrouvées et, cette fois, il était entré dans la maison. Fébrilement, elle fouilla à tâtons et ses doigts rencontrèrent ce qu'elle cherchait : le bâton, aussi lourd qu'une batte de base-ball, qu'elle conservait depuis qu'un voisin, trois mois plus tôt, avait remarqué un homme rôdant autour de l'appartement où elles vivaient alors et l'avait signalé à la police. Elles avaient réussi à prendre la fuite lorsque la police était arrivée sur les lieux, effrayant le rôdeur. La fois d'avant, elles avaient eu moins de chance. Souffrant de contusions et de plusieurs côtes cassées, Susan avait dû être hospitalisée, et elle-même avait été placée en foyer d'accueil.

L'estomac contracté, Dani descendit l'étroit couloir sur la pointe des pieds et s'arrêta avant d'entrer dans la cuisine. Un objet argenté fendit l'air et elle n'eut que le temps de baisser la tête pour éviter la bouilloire qui heurta le mur, répandant de l'eau partout. Une explosion se produisit, accompagnée d'un flash bleuté, et le plafonnier au-dessus de sa tête s'éteignit. Trempée et frissonnant de froid, elle s'avança à quatre pattes et dut attendre quelques instants que ses yeux s'accoutument à la pénombre pour distinguer, à la lueur du clair de lune, la forme sombre qui, au sol, était aux prises avec sa mère.

Susan Marlow, bien visible dans sa longue chemise de nuit claire, les deux bras en avant, s'efforçait de repousser la forme sombre et, tout à coup, Dani comprit. L'ombre était un homme entièrement vêtu de noir, mains et visage compris — à l'exception d'une étroite bande où scintillaient ses yeux.

Il riposta violemment. Susan s'écroula. Avec un cri sauvage, Dani s'élança et abattit des deux mains son bâton sur le visage de l'agresseur. La force du coup lui engourdit les doigts et le bâton lui échappa des mains. L'instant suivant, elle se sentit empoignée, puis projetée dans les airs.

Lorsqu'elle revint à elle, elle gisait par terre, à moitié sous la table de la cuisine. Sa tête l'élança douloureusement tandis qu'elle essayait de regarder autour d'elle.

Il était devant l'évier. Il avait retiré sa cagoule et se passait de l'eau sur la figure. Lorsqu'il tourna la tête, elle vit le sang qui coulait de son nez enflé et tordu et d'une plaie juste au-dessous de l'œil, sur la pommette. L'effet était saisissant — on aurait dit un personnage sorti d'un film d'horreur.

Pressant un mouchoir contre son visage pour juguler le flot de sang, il tituba vers le petit salon, le rayon de sa lampe de poche illuminant le mobilier brisé et les éclats de verre qui jonchaient le sol, et se fondit dans la nuit.

Tant bien que mal, Dani se redressa en s'accrochant à un pied de la table. Grelottante dans son pyjama, elle regarda le rectangle noir de la fenêtre, désormais dépourvue de vitre.

De longues secondes s'égrenèrent avant qu'elle comprenne qu'il ne reviendrait pas. Elle avait réussi ! Pour la première fois, elle avait eu le courage de le frapper, et elle l'avait blessé. Elle se traîna jusqu'à Susan et son cœur faillit s'arrêter. Sa mère était livide, inerte et, l'espace d'un moment terrifiant, elle la crut morte.

Frénétiquement, elle lui secoua l'épaule. La tête de Susan roula sur le côté, ses paupières frémirent et un frisson de soulagement parcourut Dani.

S'obligeant à se lever, elle se dirigea vers le comptoir où sa mère rangeait la boîte de premiers secours. Bientôt elle imbibait de désinfectant un morceau de coton et le tamponnait sur la lèvre ensanglantée de Susan et sur les coupures qu'elle avait au front et sur la tempe. Sa mère gémit faiblement, mais ne se réveilla pas.

La panique s'empara d'elle et elle alla chercher un sachet de petits pois surgelés dans le congélateur. L'enveloppant d'un torchon, elle l'appliqua contre le côté tuméfié du visage de sa mère. Il aurait fallu appeler une ambulance, mais sa mère lui avait recommandé de ne rien dire à *personne* parce que, si les gens de l'aide sociale à l'enfance apprenaient ce qui s'était passé, ils pourraient lui retirer sa garde — peut-être définitivement, cette fois. Idem pour la police.

Stoïquement, Dani continua à nettoyer la plaie, puis elle alla chercher de quoi improviser un lit. Les hivers étaient froids sur l'île du Sud et elle ne savait pas au bout de combien de temps Susan se réveillerait. Frissonnante, la peur au ventre, Dani se glissa sous les couvertures et se pelotonna contre sa mère. Elle jeta un regard angoissé au rectangle noir de la fenêtre, comme s'*il* risquait de resurgir. Il ne neigeait pas, mais, déjà, le givre scintillait sur le rebord. Elle reporta son attention sur Susan ; il lui semblait qu'elle respirait mieux. Elle se blottit plus étroitement contre elle pour la protéger du courant d'air glacé, tout en tentant de repousser la détresse qui l'envahissait.

Tout irait bien. Il faudrait simplement qu'elles déménagent — une fois de plus.

Et qu'elles disparaissent pour de bon, cette fois.

1

Quatre ans plus tard, Jackson's Ridge, Nouvelle-Zélande.

Le jeune Carter Rawlings, douze ans, dévalait la colline couverte de taillis, juste au-dessous de la maison de ses parents, le soleil de midi chauffant ses épaules bronzées.

S'appuyant sur la branche noueuse d'un pohutukawa, il s'élança depuis la plate-forme de roche noire qui surplombait le rivage, vestige des rivières de lave qui avaient sculpté le paysage de Jackson's Bay — un chapelet de plages s'étirant le long de la côte est de l'île du Nord.

Grimaçant au contact du sable brûlant, il se mit à courir à courtes foulées, curieux de faire connaissance avec son nouveau petit voisin.

Deux mouettes traversèrent le ciel en criant et plongèrent vers lui, leurs yeux globuleux pleins d'espoir. Carter ralentit l'allure en atteignant la bande de sable humide où les vagues venaient s'écraser. Sans quitter des yeux la silhouette longiligne du garçon, il fourragea dans les poches de son short.

— Désolé, mesdames ! lança-t-il. Rien pour vous aujourd'hui.

D'ordinaire, il apportait un morceau de pain pour les mouettes, mais aujourd'hui il n'avait eu que le temps d'attraper un sandwich, une fois ses tâches accomplies, avant de s'éclipser. Jackson's Ridge étant un petit village où il ne se passait jamais rien, l'arrivée de ce voisin constituait l'événement de l'été.

D'un geste fluide, le garçon imprima un mouvement en arrière puis en avant à sa canne à pêche. Le filament de Nylon argenté au bout duquel se trouvaient l'appât et le bouchon vola au-dessus de l'eau et disparut sous la surface, au-delà de l'endroit où les vagues explosaient en gerbes d'écume.

Parfait. Son voisin avait exécuté un vrai lancer de professionnel… si ce n'était — Carter s'en rendait compte à présent qu'il était plus près — que le voisin en question était en réalité… une *voisine*.

Elle avait des cheveux blond-roux resserrés en une longue tresse sur une épaule et son T-shirt bleu moulait son torse mince. Son short délavé était trempé et le ressac avait emporté l'une de ses baskets. Un petit anneau d'or brillait à l'une de ses oreilles. Un garçon manqué, peut-être… mais pas un garçon, ça, c'était sûr.

Il enfonça les mains dans ses poches.

— Salut.

Pour toute réponse, elle s'avança dans l'eau jusqu'aux genoux. Un instant plus tard, sa canne frémit. Elle avança encore un peu pour donner du mou à sa ligne et leurrer le poisson.

Distraitement, Carter considéra le flux des eaux. Les rouleaux survenaient par séries. Jackson's Bay étant abrité, cela ne présentait normalement pas de danger, mais, de temps à autre, une lame plus grosse que les autres atteignait le rivage.

— Attention. Il y a un trou par là, quelque part. Une fois, je…

L'eau gonfla, elle trébucha. Une seconde vague suivit

et la déstabilisa au moment du reflux. Elle poussa un cri et tomba dans l'eau.

Carter plongea sous la lame et referma les doigts autour de son bras. L'eau reflua vers le large, le courant puissant creusant le sable sous ses pieds.

— Mais enfin… Lâche-moi !

Reprenant pied tant bien que mal, elle dégagea son bras, se frotta les yeux, puis plongea sous la vague suivante et reparut, sa canne à pêche à la main.

Super. Carter s'essuya le visage. Elle rembobina sa ligne. Elle n'avait même pas eu besoin de son aide.

— Je crois que tu t'appelles Danielle, c'est ça… ?

Pas de réponse. Elle le toisa de son regard sombre, détourna les yeux et sortit de l'eau, ruisselante.

Carter ne se laissa pas démonter. Jamais encore une fille ne lui avait résisté. Il était habitué à ce qu'elles le remarquent… à cause du bleu lumineux de ses yeux.

Il lui emboîta le pas comme elle marchait résolument vers une vieille bourriche posée à côté d'une serviette de plage. Méthodiquement, elle examina le restant d'appât mâchonné encore accroché à l'hameçon et verrouilla le moulinet de sa canne. Il étudia le profil de sa mâchoire décidée et l'arête de son nez parsemé de taches de rousseur.

Il était temps de passer à la phase deux.

— Tu t'appelles bien Danielle ?

Une main aux longs doigts fins rabattit d'un coup sec le couvercle de la bourriche.

— Pas Danielle, Dani. Qu'est-ce que ça peut te faire ?

Interdit, il la regarda empoigner sa bourriche, ramasser sa serviette et tourner les talons. Foulant le sable de la plage à grandes enjambées, elle gagna le sentier jonché de coquillages qui remontait vers la ferme Galbraith.

Elle était grande pour une fille, même si elle était loin de l'être autant que lui, et d'une extrême minceur. Son visage aurait été fantastique sans ce masque renfrogné. D'après sa mère, elle avait le même âge que lui, ce qui signifiait qu'ils seraient dans la même classe, à l'école.

Il haussa les épaules. La conversation n'avait pas été captivante, mais…

Il reprit le chemin de la maison, le sourire aux lèvres. Elle l'aimait bien. Il en était sûr.

— C'est un vrai pot de colle.

Sa mère fronça les sourcils, mais Dani fit mine de ne rien voir. Elle cala sa vieille canne à pêche contre le mur de la maison, décrocha le morceau d'appât de l'hameçon et le lança à une mouette.

La mâchoire serrée, elle contempla à l'horizon la ligne floue où la mer et le ciel se rejoignaient, le cœur encore battant après son embarrassante chute dans l'eau et la côte qu'elle avait gravie à bonne allure.

Elle avait été à deux doigts de l'attraper, ce poisson ! Si cet idiot de Machin-Truc Rawlings n'était pas arrivé juste au mauvais moment, elle l'aurait eu — sûr et certain.

Susan lui jeta un regard réprobateur.

— Il s'appelle Carter et c'est ton voisin le plus proche. Pour combien de temps ?

— Ce n'est pas pour ça que je dois l'aimer.

Dani essora sa tresse encore ruisselante d'eau de mer, retira sa chaussure restante puis alla se changer dans sa chambre. Sa mère était trop préoccupée pour remarquer qu'une de ses baskets manquait mais, quand elle s'en apercevrait, elle serait folle de rage. Elle était au chômage depuis que le magasin dans lequel elle travaillait à Mason avait fermé, trois mois plus tôt, racheté par un groupe plus important. C'était à peine si elles avaient de quoi se nourrir, alors dépenser de l'argent pour remplacer une paire de chaussures…

Dani jeta un regard circulaire à sa chambre, avec son joli dessus-de-lit vert et blanc, l'élégante commode et la délicate tapisserie encadrée au mur. Une fois de plus, elle songea combien il était étrange d'emménager chez quelqu'un, d'être entourée d'objets qui ne vous appartenaient pas. Elle avait l'habitude de vivre dans des lieux dépouillés, meublés du minimum nécessaire de façon à ne pas tout perdre si elles devaient lever le camp de toute urgence. Pendant quatre ans, elles s'étaient accommodées de l'isolement auquel cette vie les contraignait… jusqu'à leur arrivée à Mason. C'était alors que Susan avait fait la connaissance de Galbraith.

Après des années passées à bouger sans jamais se fixer quelque part, Dani n'aimait pas du tout la permanence qui était en train de s'instaurer dans leur vie — même si sa mère et elle y avaient toujours aspiré. Parce que cette vie — la stabilité, une installation durable dans une vraie maison — ne cadrait pas avec la stratégie qui les avait préservées jusqu'à présent.

Pieds nus, elle retourna à contrecœur dans la cuisine, contemplant au passage les peintures à l'huile alignées sur les murs du couloir, et prenant soin de ne pas toucher le mobilier verni ni de heurter les jolis bibelots disposés çà et là sur de petites consoles.

Tout, dans l'exploitation Galbraith, évoquait l'enracinement familial, des antiquités un peu abîmées aux photos de famille mettant en scène grands-parents, oncles, tantes et cousins : des générations et des générations de Galbraith, si nombreux qu'elle avait l'impression de perdre pied chaque fois qu'elle contemplait leurs portraits — un peu comme tout à l'heure, quand le sable s'était dérobé sous elle et que les vagues l'avaient emportée.

Après un coup d'œil au lustre à pendeloques qui ornait le plafond mouluré de la salle à manger, elle entra dans la cuisine. Sa mère plaçait une grosse coupe de pommes au milieu de la table — l'une de ces innombrables petites touches dont Susan Marlow avait le secret pour rendre un endroit accueillant, que ce soit un minuscule F1 décrépit ou une caravane.

Spacieuse, haute de plafond, la pièce aux lourds buffets anciens offrait cette atmosphère d'élégance un peu surannée propre aux grosses exploitations agricoles de la région. Et Galbraith était l'une des plus impressionnantes, avec un cheptel ovin et bovin d'une importance considérable.

Elle comprenait sans peine pourquoi sa mère avait été conquise par Robert Galbraith et la famille Rawlings, qui habitait à côté, et pourquoi elle aimait cet endroit. Qui ne l'aurait pas aimé ? Ces gens avaient tout : de belles maisons, des hectares de terres, des plages privées d'une beauté à couper le souffle.

Sa mère acheva de dresser le couvert puis recula pour juger de l'effet, admirant la porcelaine fine et l'argenterie. Elle haussa un sourcil.

— Carter est un très beau garçon. Je suis sûre qu'il te plaît.

Un courant de rébellion électrisa Dani.

— Non, pas du tout.

De toute façon, elle n'avait pas de temps à consacrer aux garçons. Elle voyait bien la façon dont les filles, à l'école, les dévoraient des yeux, et la transformation de sa mère. Mais elle n'entendait dépendre que d'elle-même. Pour autant qu'elle ait pu en juger jusqu'alors, tomber amoureux n'apportait que des ennuis.

Les aboiements des chiens et un bruit de pas sous la véranda annoncèrent l'arrivée de Robert. Bientôt il apparut dans l'embrasure de la porte, grand et large d'épaules. Sa beauté vigoureuse et un peu rude s'accordait bien avec la robustesse de la maison Galbraith.

D'un œil circonspect, Dani regarda le visage de sa mère s'illuminer et la physionomie de Galbraith refléter la même expression. Sans être une beauté classique, sa mère était une femme attirante, qui ne paraissait pas ses trente-cinq ans. Elle ne roulait peut-être pas sur l'or, mais, avec ses cheveux ramassés en un chignon flou sur le haut de sa tête, sa haute taille et sa tenue simple mais d'une impeccable élégance, elle avait tout d'une femme aisée.

Galbraith posa son chapeau sur une petite commode, près de la porte. Dani eut juste le temps de détourner les yeux comme ils échangeaient un baiser. Elle compta jusqu'à dix et risqua un nouveau coup d'œil vers eux.

Mais dix secondes n'avaient pas suffi.

Le repas s'étira interminablement. Tout en mangeant son jambon et sa purée de pommes de terre, Dani observa Robert, fascinée malgré elle. C'était le seul homme avec qui elle ait jamais vu Susan sortir et voilà que, maintenant, elles vivaient sous son toit.

Brutalement, une image se présenta à son esprit : celle de l'homme en noir en train de s'asperger d'eau devant l'évier, la nuit où il s'était introduit chez elles. Elle n'avait jamais dit à Susan qu'elle avait vu son visage ni qu'elle l'avait blessé. Elles avaient simplement bouclé leurs valises et pris la fuite, abandonnant tout derrière elles.

Dani reporta son attention sur Susan, l'enveloppant d'un regard farouchement protecteur. Il fallait qu'elles partent d'ici, ça ne faisait aucun doute. Et le plus tôt serait le mieux. Le risque qu'était prête à courir Susan était inacceptable. Lors de chacune des attaques, c'était toujours elle qui avait été visée, jamais Dani. La seule fois où elle avait été blessée, c'était parce qu'elle avait eu le courage de foncer sur lui et qu'il l'avait écartée de son chemin comme d'autres auraient écrasé une mouche.

Lorsque Galbraith se décida enfin à sortir de table, Dani se mit à empiler les assiettes. Tandis qu'elle les déposait dans l'évier, les mots jaillirent tout seuls de sa bouche.

— On ne peut pas rester ici, maman. On est en train de commettre une erreur.

L'expression de Susan s'aiguisa subitement.

— Dani, pour la première fois depuis des années… Pour *une* fois, je fais le bon choix. Robert m'a demandé de l'épouser.

Dani se figea.

— Est-ce qu'il *est au courant* ?

— Non, répliqua Susan en jetant les restes du repas dans la poubelle à compost sous l'évier. Et ne faites pas cette tête, mademoiselle !

Dani retira le saladier vide du centre de la table et considéra pensivement la fragile porcelaine, si fine qu'elle en était presque translucide.

— Nous ne sommes pas en sécurité ici.

Ce qui était un euphémisme… Elles constituaient des cibles aussi faciles que des canards dans un stand de tir. Après avoir fait profil bas pendant des années, renoncé aux aides sociales pour éviter qu'elles ne soient repérées, s'être abstenue de nouer des relations, n'avoir accepté que des emplois au noir — du secrétariat juridique à la vente en passant par la récolte des fruits en qualité de saisonnière — pour être payée en liquide, ce revirement de la part de Susan était plus que déroutant. Un mariage impliquait des formalités, des documents officiels, des comptes bancaires. Et toutes ces traces écrites formeraient une immense flèche pointant droit dans leur direction.

Susan lui prit le saladier des mains et le rinça.

— Si ! Nous le sommes.

Le saladier lui échappa et heurta avec un bruit sec l'égouttoir. Susan pâlit et agrippa le rebord du comptoir.

Le cœur battant, Dani la regarda avec inquiétude. Sa mère était grande et mince, mais elle était forte comme un roc ; hormis un rhume de temps à autre, elle n'était jamais malade.

— Qu'est-ce qui se passe ? Ça ne va pas, maman ?

Susan se redressa lentement.

— J'attends un bébé.

Les yeux de Dani s'écarquillèrent. S'il était *une* réponse à laquelle elle ne s'était pas attendue, c'était bien celle-ci. Elle comprenait mieux, tout à coup, son étrange comportement…

— Galbraith le sait ?

— Il s'appelle *Robert*, Dani ! Et, non, pas encore. Je viens juste de l'apprendre moi-même.

A voir l'expression de sa mère, Dani se sentit plus mal encore. Son père s'était envolé avant sa venue au monde. Alors, espérer que Galbraith accepterait de prendre soin non seulement d'une femme, mais de deux enfants — dont l'un n'était pas de lui — cela semblait tout bonnement… inimaginable.

Susan ramassa le saladier, vérifia qu'il n'était pas fêlé, puis le reposa doucement.

— Ne t'inquiète pas…, reprit-elle. Tout ira bien.

— Mais… Si jamais *il* l'apprend ?…

La mâchoire de Susan se crispa.

— Je ne veux plus t'entendre faire allusion à lui — c'est fini, *terminé*. Il y a quatre ans qu'il a perdu notre trace. Il ne va pas nous retrouver maintenant.

Le hennissement d'un cheval attira l'attention de Dani vers l'enclos adjacent à la maison.

Carter était dehors, avec Galbraith et deux grands chevaux bais. Elle le regarda monter souplement en selle. Les deux chevaux se mirent à trotter en direction du portail ouvert, leurs sabots impatients soulevant dans leur sillage un panache de poussière. Deux chiens trottinaient à leur côté, langue pendante. La scène était charmante — comme tout le reste, à Galbraith — et, tel le mouvement sans fin de la mer creusant inexorablement le sable sous ses pieds, tout cela, peu à peu, doucement mais sûrement, entamait sa résolution. Pour quelqu'un qui, comme elle, avait été habituée à larguer les amarres plus souvent qu'à son tour, l'idée de s'installer pour de bon quelque part avait de quoi donner le vertige.

Abasourdie, Dani se rendit compte qu'elle non plus n'avait pas envie de partir. Elle avait même tellement envie de rester que c'en était douloureux.

Susan tira sur sa tresse.

— Tu verras, un de ces jours, tu changeras d'avis sur les garçons.

Sur quelqu'un comme Carter Rawlings ? La coqueluche de toutes les filles ? Sûrement pas !

Elle était peut-être jeune, mais depuis qu'*il* était entré par effraction chez elles lorsqu'elle avait huit ans, elle savait que les hommes étaient synonymes de graves ennuis.

D'après l'expérience qu'elle en avait, si on réussissait à les semer, on pouvait vraiment s'estimer heureuse.

2

Aujourd'hui, Jackson's Ridge, Nouvelle-Zélande.

Le soleil était haut dans le ciel, l'air scintillait de chaleur ; la brise chaude et sèche qui bruissait dans le feuillage des manukas rabattit une mèche de cheveux échappée de sa tresse sur le visage de Dani Marlow. Descendant de son tracteur, elle nota la direction du vent — le vent du sud, pas celui du nord qui aurait apporté la pluie dont elle et tous les exploitants agricoles de la côte Est avaient tellement besoin.

Le manque d'eau qui avait sévi toute l'année avait persisté de façon désastreuse au cours de l'été, desséchant complètement le sol et la majeure partie de l'herbe qui le recouvrait, ce qui ajoutait aux difficultés de l'exploitation Galbraith, déjà financièrement très fragilisée.

Tout le long de la côte, des propriétaires pris à la gorge vendaient leurs exploitations à des prix dérisoires, aiguisant l'intérêt des requins de la finance et de l'immobilier qui se pourléchaient les babines — un groupement étranger à la ville, notamment, paraissait se réjouir grandement de la situation : le bruit courait qu'il entendait transformer la petite commune rurale de Jackson's Ridge en une station balnéaire et un golf international haut de gamme.

Les Barclay, qui possédaient une exploitation un

peu plus haut sur la côte, envisageaient de vendre eux aussi après qu'un incendie avait détruit leur grange et décimé leurs cultures de maïs. Un autre voisin, le vieux M. Stoddard, avait appelé Dani la veille pour lui faire savoir que la banque, au lieu de lui accorder l'extension d'hypothèque qu'il avait sollicitée, l'informait par courrier de l'augmentation de son taux d'intérêt. Il avait l'intention de continuer, mais, à soixante-dix ans, il avait mieux à faire que de regarder, impuissant, ses vaches mourir de soif, et de lutter perpétuellement contre une banque qui n'avait plus confiance dans sa capacité à rembourser l'emprunt qu'il avait contracté.

La poussière tourbillonna, lui piquant les yeux tandis qu'elle s'accroupissait pour regarder sous le tracteur. Il n'était pas besoin d'être mécanicien professionnel pour comprendre ce qui n'allait pas avec son vieux Ferguson — affectueusement surnommé le Dinosaure. Le réservoir d'huile fuyait.

En grommelant, elle se redressa et se dirigea vers la petite remorque accrochée au tracteur. Elle prit dans la boîte à outils un boulon, un écrou et une rondelle de rechange puis, repoussant la mèche de cheveux derrière son oreille, elle empoigna une clé et le vieux chiffon maculé d'huile qu'elle avait utilisé lors de la dernière panne.

C'était la troisième fois en un mois que le boulon se desserrait, ébranlé par les ornières et les nids-de-poule des chemins de l'exploitation Galbraith, dont l'état ne cessait de se détériorer. Le réservoir vivait ses dernières heures, et le tracteur était si ancien que trouver des pièces de rechange relevait de l'exploit. Soit elle dénichait un ingénieur en mécanique capable de lui fabriquer la pièce, ce qui lui coûterait une petite fortune, soit elle achetait un nouveau tracteur, investissement impensable cette année — ou la suivante. C'était moins une alternative qu'une impasse…

L'huile coula le long de ses avant-bras tandis qu'elle repositionnait le réservoir et plaçait en vis-à-vis les trous de fixation. D'un geste exercé, elle introduisit rapidement l'écrou, puis le maintint en place tandis que, de l'autre main, elle s'efforçait de placer le boulon et la rondelle à l'opposé du solide châssis d'acier. Il lui fallut s'y reprendre plusieurs fois avant de réussir à assujettir l'ensemble ; alors, retenant son souffle, elle bloqua le boulon avec la clé et se mit à tourner l'écrou en prenant grand soin de ne pas forcer sur l'assemblage. Quelques minutes plus tard, les bras endoloris, elle laissa tomber les outils sur le sol poussiéreux.

Ruisselante de sueur, elle resta allongée sous le tracteur et laissa s'égrener les secondes, à bout de forces. Elle s'était levée à l'aube pour déplacer le bétail et vérifier le niveau des abreuvoirs ; puis, sa tournée matinale terminée, elle avait pris une douche et s'était changée afin d'ouvrir son cabinet de kinésithérapie, installé dans l'ancien local de tonte. Son dernier rendez-vous de 3 heures terminé, elle avait chargé le foin sur la remorque et était allée nourrir les bêtes.

Déplacer le troupeau de champ en champ et lui faire brouter l'herbe des bords de route et des talus ne permettrait pas à ses enclos de reverdir. Sans pluie, l'herbe ne poussait pas et il n'y avait tout simplement plus assez de nourriture. Elle avait déjà commencé à puiser dans ses stocks de fourrage pour l'hiver et, quand ceux-ci seraient épuisés, elle serait contrainte, dans l'impossibilité où elle était de se réapprovisionner, de vendre le cheptel tout entier.

Elle avait calculé ce qu'elle tirerait d'une vente anticipée des bêtes et le résultat n'était pas brillant. Elles n'auraient pas atteint leur poids habituel et le prix de vente serait bas. Le scénario-catastrophe serait qu'elle ne parvienne pas à réunir un montant suffisant pour couvrir le remboursement de son prêt hypothécaire. Alors David, son demi-frère, perdrait l'exploitation.

Chaque jour, la situation s'aggravait. Qu'il pleuve ou non maintenant, ils avaient d'ores et déjà subi des pertes ; c'était seulement leur importance qui était en question, désormais.

Dans un soupir, elle ferma les yeux. Elle était si fatiguée que le sol dur lui semblait être un lit de plumes. Lentement, la tension se dissipa et sa respiration se fit régulière.

Un petit bruit vint rompre le silence. Un liquide coulait sur son bras. Elle ouvrit les paupières d'un coup.

De l'huile.

Le Dinosaure continuait à fuir, ce qui signifiait que l'écrou n'était pas seulement en cause.

— Je sais que tu vas me lâcher un de ces quatre, murmura-t-elle d'un ton las. Mais, s'il te plaît, pas en ce moment. Tiens le coup encore quelques semaines. Ensuite, ça n'aura plus d'importance.

— Si ce tas de ferraille doit rendre l'âme, j'aimerais autant que ce ne soit pas sur mon chemin d'accès, dit une voix masculine.

Le cœur de Dani bondit dans sa poitrine. Elle n'avait pas entendu de véhicule approcher, mais ce n'était pas étonnant. Le vent qui avait forci et agitait la cime des peupliers bordant la route faisait assez de bruit pour couvrir la plupart des sons… sans compter qu'elle s'était endormie. Si elle avait été consciente, jamais elle n'aurait permis à Carter Rawlings de la surprendre en si mauvaise posture.

Saisissant ses outils, elle rampa sur le sol pour sortir de dessous le Dinosaure et cligna des yeux dans la lumière de l'après-midi. Evidemment, il était debout dos au soleil, *lui* — comme si elle n'était déjà pas assez à son désavantage, dans son jean crasseux, son vieux T-shirt et ses bottes de cuir maculées de boue, les cheveux en bataille.

Dani se redressa et étudia son voisin et ex-ex-ex-petit ami qui, apparemment, avait fini par se décider à rentrer à Jackson's Ridge, après une nouvelle absence prolongée.

— Tiens donc, le pigeon voyageur de Jackson's Ridge ! lança-t-elle.

Si jamais il osait répliquer « Salut, chérie, me voilà de retour », elle ne répondrait plus d'elle-même.

— Tu as l'air en forme, Carter.

Et c'était vrai que ce gaillard grand et musclé était beau à tomber avec ses cheveux décolorés par le soleil, sa mâchoire solide aux contours sculptés et ses incroyables yeux bleus.

Vivement, elle passa derrière lui pour aller ranger ses outils.

— Il y a longtemps qu'on ne t'avait pas vu.

C'était tellement typique de son caractère. De tout temps, les Rawlings avaient vécu à côté des Galbraith, mais Carter n'avait jamais tenu en place. S'ils avaient été voisins pendant dix-neuf ans, Dani n'avait finalement passé que relativement peu de temps avec lui. A l'âge de treize ans, il était parti en pension. De la pension, il avait intégré directement l'armée, puis l'unité du *Special Air Service*. Dès lors, il s'était fait plus rare encore, ne rentrant au pays que pour de courtes visites à ses parents, lorsqu'il était en permission ; puis, ces dernières années, selon l'état de leur relation, pour lui rendre visite, à elle.

— J'étais occupé.

— De toute évidence.

Occupé pendant près d'une année entière ! Mais, pour la première fois depuis qu'ils avaient commencé à sortir ensemble, six ans plus tôt, elle s'était offert le luxe de ne pas s'inquiéter de ce qu'il faisait exactement, ni de se demander si c'était dangereux.

— J'ai appelé.

Dani s'essuya les mains sur le chiffon et le jeta au fond de la remorque.

— On m'a fait passer tes messages.

— Mais tu n'as jamais répondu.

Elle inclina la tête sur le côté et le dévisagea. Quoi qu'il ait pu faire pendant les longs mois qui s'étaient écoulés depuis qu'il avait quitté son lit pour la dernière fois, Carter n'avait rien perdu de son charme magnétique. En dépit de son détachement, elle éprouva un étrange papillotement au creux de l'estomac. Sa mâchoire se contracta. Pas question de se laisser amadouer, cette fois. Elle avait été échaudée par trois fois et, de son point de vue, cela faisait deux fois de trop. Elle avait trente ans, était censée être une femme intelligente et indépendante. Si la tendance masochiste qui la poussait à reproduire encore et encore la même erreur était toujours embusquée en elle, elle était bien décidée à ne pas lui laisser voix au chapitre. Elle s'était laissé *intoxiquer* à trois reprises, il n'y en aurait pas d'autre. Elle romprait ce qu'elle considérait comme un sortilège et s'en tiendrait à la règle qu'elle s'était fixée — qu'elle nommait à part soi « la règle de trois ».

Elle referma la boîte à outils.

— Nous étions séparés… J'ai jugé que ce n'était pas nécessaire.

Il grommela quelque chose d'indistinct puis demanda :

— Pourquoi n'as-tu pas chargé Bill de réparer le tracteur ?

Dani coinça le jerrycan entre la boîte à outils et le montant de la remorque pour qu'il ne bascule pas pendant le trajet cahoteux jusqu'à la maison. Il ne manquerait plus qu'elle gâche un bidon d'huile par-dessus le marché… Compte tenu de l'état de ses finances et du prêt hypothécaire qui arrivait à échéance dans quinze jours, il n'y avait pas de petite économie et elle comptait scrupuleusement chaque centime.

— J'ai dû m'en séparer voilà deux mois. C'est la crise, au cas où tu ne l'aurais pas remarqué.

Mais peut-être n'en subissait-il pas les effets, songea-t-elle en jetant un coup d'œil à son 4x4 flambant neuf. Peut-être que, sécheresse ou pas, prix de vente du bétail en chute libre ou pas, Carter s'en sortait bien ?

— Je sais, répondit-il. Mais tu aurais pu appeler Geoff.

Geoff était le mécanicien de Jackson's Ridge. Il réparait la plupart des machines agricoles des éleveurs du coin.

— Une heure de main-d'œuvre coûte quarante dollars, au garage. Cinquante-cinq s'il doit se déplacer.

Carter contourna le Dinosaure et, distraitement, Dani nota une certaine raideur dans sa démarche.

— Attends… Tu es en train de me dire que c'est toi qui as réparé le tracteur ?

Et la moto et le camion… Si elle perdait la ferme, elle pourrait faire concurrence à Geoff en ouvrant un autre garage en ville et gagner enfin véritablement de l'argent !

Dani fit un tour sur elle-même, balayant ostensiblement les alentours du regard.

— Tu vois quelqu'un d'autre ? Oui, c'est moi.

Carter l'observa d'un regard froid et déroutant.

— Tu as décidé de ne pas me faciliter les choses, c'est ça ?

Bien vu.

— Pourquoi ? Quel est le problème ? rétorqua-t-elle comme si elle n'avait pas saisi l'allusion. Tu as quelque chose contre les femmes qui font de la mécanique ?

Il contempla le gros tracteur un instant, puis reporta son regard sur elle.

— Oui.

Son ton était bien péremptoire… Comme si on lui avait demandé son avis ! Un frisson la parcourut. Elle était en colère contre lui depuis des mois — non, des *années* — mais jamais elle n'avait imaginé que *lui* puisse être fâché contre elle.

— J'ai appris, pour Ellen. Je suis désolé.

Dani baissa les yeux. La perte de sa tante était encore très douloureuse. Ellen Galbraith l'avait aidée à surmonter l'une des périodes les plus difficiles de sa vie, lorsque Susan et Robert avaient trouvé la mort dans un accident de voiture, et elle ne s'était pas encore remise de son décès.

— Elle souffrait d'insuffisance cardiaque.

Une insuffisance qui s'était manifestée pour ainsi dire du jour au lendemain, mais qui devait être là depuis bien longtemps. Ellen avait attrapé une mauvaise grippe… et n'en avait jamais guéri. Induit en erreur par les symptômes grippaux, mais suspectant un autre problème, leur médecin traitant avait prescrit des examens cardiovasculaires. Quand le diagnostic était tombé, les dégâts étaient déjà irréversibles. Ellen avait subi un pontage, qui avait temporairement amélioré son état, mais quatre mois plus tard, elle avait rechuté et succombé dans son sommeil au bout de quelques jours.

La gorge serrée, Dani saisit le volant et grimpa sur le siège conducteur du Dinosaure.

— Il faut que j'y aille.

Carter s'avança vers le tracteur, comme pour la retenir, d'un pas hésitant.

Dani marqua un temps d'arrêt.

— Qu'est-ce que tu as à la jambe ?

Les yeux de Carter se vrillèrent dans les siens et, l'espace d'une seconde, il n'y eut plus rien de nonchalant ni d'intime dans la façon dont il la regardait. Il lui fit l'effet d'être un étranger et c'était une sensation désagréable.

— Une blessure par balle.

Elle ne sut que répondre. Carter appartenait au S.A.S., fait dont elle pouvait difficilement faire abstraction étant donné que ce métier à haut risque avait détruit leur relation. Mais se trouver tout à coup confrontée à la réalité en apprenant qu'on lui avait tiré dessus l'ébranla profondément.

Elle le regarda repartir de son pas légèrement claudicant vers sa voiture. A sa façon de se déplacer, à la rigidité de sa posture, elle devina qu'il sortait tout juste de rééducation et qu'il était encore convalescent. Dès l'instant où il s'était engagé dans l'armée, elle s'était inquiétée des dangers auxquels une telle carrière l'exposait et, en cela, rien n'avait changé : qu'ils soient ou non ensemble, le bien-être de Carter ne lui était pas indifférent.

— Quand est-ce arrivé ? s'enquit-elle enfin.

— Il y a quatre mois.

Son estomac se noua. Une autre pièce du puzzle se mit en place. Deux mois plus tôt, elle avait entendu dire par Nola McKay — la patronne du Nola's Café — que la mission de Carter n'avait pas été simplement prolongée, mais qu'il avait un temps été porté disparu. La nouvelle, délivrée entre un café-crème et l'information qu'une équipe envoyée à sa rescousse avait pu le secourir, l'avait émue, mais, encore sous le choc de la mort d'Ellen, il lui avait fallu une semaine avant de puiser en elle l'énergie d'effectuer une recherche sur internet. Elle avait fini par découvrir un rapport faisant état de la disparition d'un soldat lors d'une mission à Bornéo. Le document, bref et laconique, restait vague. Frappé, comme la carrière de Carter, du sceau « Secret défense », il fermait plus de portes qu'il n'en ouvrait.

Elle aurait bien voulu ne pas être affectée par le fait que Carter avait été blessé. Or, si l'année qui venait de s'écouler avait été difficile et l'avait changée — elle était plus taciturne, plus introvertie —, contrairement à Carter, elle n'en était pas pour autant devenue plus froide ou plus détachée.

Comme il se glissait derrière son volant, elle se souvint de son entrée en matière et de la raison qui l'avait poussé à s'arrêter pour lui parler : elle bloquait le passage sur son chemin.

En soupirant, elle tourna la clé. Le moteur du tracteur hésita et toussota avant de se mettre en route dans un vacarme de tous les diables.

Le soulagement l'envahit, dissipant la tension qui s'était emparée d'elle. Blessure par balle ou pas, Carter était seul désormais. S'il recherchait une compagnie féminine, bien des femmes en ville ne seraient que trop contentes de panser ses plaies et de masser ses muscles endoloris. Des femmes plus jeunes, plus jolies et beaucoup plus amusantes qu'elle.

Elle relâcha la pédale d'embrayage.

— La règle de trois, martela-t-elle à voix basse. Au bout de trois essais, tu es hors-jeu.

3

Carter regarda le tracteur se mettre en branle dans un nuage de poussière et déplaça sa jambe, à la recherche d'une position plus confortable. Claquant la portière, il vit l'écran de son portable s'allumer. Deux appels manqués et un message. Les appels provenaient de sa mère. Depuis qu'il était rentré au pays, ses parents, qui avaient pris leur retraite deux ans plus tôt dans une petite station balnéaire, un peu plus au nord, l'appelaient quotidiennement. Le fait qu'il ait été fait prisonnier les avait durement affectés. Sans parler de sa blessure.

Le texto était de Gabriel West, un vieil ami, ex-tireur d'élite du S.A.S. et chef du groupe privé qui s'était rendu à Bornéo pour le rapatrier.

Carter lut le message et appuya sur la touche « Effacer ». West se montrait anormalement prévenant et curieux de ce qu'il avait l'intention de faire — et avec qui — depuis qu'il était sorti de l'hôpital, et Carter commençait à avoir l'impression d'être couvé par une sorte de gigantesque mère-poule.

Il démarra et s'engagea dans le chemin, désormais libre, remarquant à peine les bas-côtés envahis de mauvaises herbes. Il s'efforçait de se rappeler ce qu'il avait pu laisser échapper quand il était à demi inconscient, à l'hôpital. La curiosité de West semblait se muer en harcèlement : voilà maintenant qu'il voulait lui rendre visite.

Il se sentait différent, c'est vrai. Il n'avait pas encore réussi à déterminer précisément ce qui avait changé en lui, mais, depuis des mois, il se sentait comme déconnecté… « Pathologiquement détaché », en jargon de psychologue. Même lorsqu'il avait finalement été déclaré apte à reprendre le service en se cantonnant à des tâches légères — traduction : à manipuler des paperasses dans un bureau —, il s'était senti « à côté de la plaque », comme étranger à sa propre vie. Le psychiatre avait diagnostiqué un syndrome de choc post-traumatique — peut-être associé à une crise de milieu de vie précoce.

Carter fronça les sourcils en ralentissant pour négocier un virage. Il aimait les choses claires et nettement tranchées et il enrageait à l'idée de souffrir d'un mal aussi nébuleux et débilitant que cette espèce de dépression mentale et émotionnelle que décrivaient les médecins.

Il était vrai que ses mois de captivité n'avaient pas été une partie de plaisir. Du début à la fin, l'enchaînement des événements qui avaient préludé à sa capture aurait pu servir d'exemple de mauvaise coordination et de malchance.

La mission consistant à escorter un représentant du gouvernement indonésien jusqu'au petit village de Tengai ne présentait pas, en théorie, de risques particuliers. Carter s'était simplement trouvé au mauvais endroit, au mauvais moment : deux factions rebelles rivales avaient choisi ce village-là pour s'affronter. Lorsque les tirs avaient commencé, Carter et la personnalité politique qu'il escortait se trouvaient dans un bâtiment. Carter avait pensé le protéger plus efficacement en fuyant le théâtre des affrontements mais, quand ils avaient réussi à se faufiler à l'extérieur, ç'avait été pour découvrir que leurs moyens de transport et leurs renforts avaient disparu.

S'ils étaient restés confinés à l'intérieur, sans doute

leur auraient-ils échappé. Sur ces entrefaites, l'un des enfants du village avait été touché par une balle perdue et Carter s'était mis à le soigner. C'était alors que deux rebelles encore embusqués dans le village l'avaient accosté, pointant leurs armes sur lui, et obligé à les suivre, sans un regard pour le représentant du gouvernement.

Car ils ne voulaient pas enlever un bureaucrate. Ce qu'il leur fallait, c'était un infirmier.

Après avoir pris au politicien ses vêtements, sa montre et son argent, les hommes avaient emmené Carter dans la jungle, lui confisquant ses armes, son matériel de communication, sa trousse médicale et ses bottes.

Exception faite du régime maigre auquel ils l'avaient soumis — l'ironie du sort avait fait qu'il s'agissait de rations volées à l'armée — et des interminables heures passées à ne rien faire dans la moiteur étouffante de la forêt, rien de terrible ne lui était arrivé. Il leur était trop utile. Il avait soigné les blessures de deux rebelles, aidé une femme à accoucher et réussi à mettre fin à un bref épisode de dysenterie. Lorsqu'il s'était enfin échappé, un soir, quatre mois après sa capture, il était parti sans autre chose que ses vêtements, un couteau qu'il avait pu subtiliser et le restant de sa trousse de secours.

Sans boussole, marchant au hasard sous une canopée si dense que ni les rayons du soleil ni les étoiles ne parvenaient à la transpercer, le plongeant alternativement dans une pénombre glauque et une obscurité impénétrable, il avait tourné en rond et fini par revenir à son point de départ — le camp des rebelles. L'apercevant, une sentinelle avait tiré et, manque de chance pour lui, l'avait touché, par pur hasard. Car, pour prudents et insaisissables qu'ils soient, les rebelles n'étaient pas de bons soldats et faisaient de piètres tireurs. Ils tablaient sur l'effet de surprise et la peur suscitée par les armes — pas sur la précision.

Les rebelles avaient entamé de brèves recherches, mais il était passé entre les mailles du filet en s'enfonçant dans la jungle. Après quoi, ses souvenirs devenaient un peu flous. Il se rappelait s'être injecté de la morphine, être resté allongé une journée à moitié inconscient, puis s'être bandé la jambe avec sa chemise et avoir recommencé à marcher. Le lendemain, il était tombé sur un modeste village, où il avait pu boire et manger un peu. Avec l'aide de la sage-femme de la petite communauté, il avait extrait la balle, puis avait passé les trois jours suivants étendu sur une couche de fortune, dans une minuscule cahute, à lutter contre la fièvre.

La jambe couverte d'un épais bandage, Carter avait été conduit par l'un des villageois jusqu'au village suivant, plus loin dans la vallée, à la lisière de la plaine de Kalimantan. Là, il avait appris qu'un groupe militaire privé était à sa recherche — et non l'équipe de secours de l'armée régulière à laquelle il s'était attendu.

Apparemment, l'unité de maintien de la paix à laquelle il appartenait avait été contrainte de se retirer de Bornéo, suite aux pressions exercées par le politicien demeuré à Tengai. Ironiquement, c'était l'homme qu'il avait protégé contre les rebelles qui l'avait abandonné à son sort ! Mais ça ne l'avait pas vraiment étonné… La fatalité, depuis quelque temps, semblait bel et bien décidée à s'acharner contre lui.

Carter gara son 4x4 devant une grande maison de plain-pied, perchée sur une butte dominant la baie. La demeure qu'il avait rachetée à ses parents avec l'exploitation était ancienne et confortable, entourée de vérandas et de larges pelouses. L'air chaud, tempéré par la brise qui agitait doucement les lauriers-roses plantés en bouquet devant la maison, était chargé des senteurs du jasmin sauvage qui poussait un peu partout et de l'odeur omniprésente de l'océan, dont les flots bleus s'étendaient à perte de vue, jusqu'à l'horizon.

Une fois sortie sa valise du coffre, il gagna le porche de sa démarche un peu bancale et ouvrit la porte en grand. Le soleil de la fin d'après-midi jetait de longues ombres sur le tapis de l'entrée un peu fané ; la maison était silencieuse et déserte.

Posant sa valise, il boitilla jusque dans la cuisine et vérifia s'il y avait de l'eau chaude. Le couple qu'il employait pour entretenir les pelouses et s'occuper de la maison n'avait pas oublié de passer. Balayant du regard les lignes pures de la cuisine, ses yeux s'arrêtèrent sur le voyant du répondeur, qui clignotait. Avec résignation, il souleva le combiné et enclencha l'appareil : quelqu'un qui avait raccroché sans se faire connaître, deux messages d'une ancienne petite amie, Mia, qui voulait savoir comment il allait après son « accident », et un appel de son commandant — il souhaitait le rencontrer la semaine suivante afin de programmer sa prochaine série de tests d'évaluation.

Carter enfonça la touche « Effacer ». Six semaines après son transport par avion jusqu'à un hôpital de Darwin, en Australie, on l'avait renvoyé par vol régulier à Auckland, où il avait dû faire un rapport à son supérieur.

L'entretien n'avait pas été plaisant. Bien entendu, il avait échoué aux tests d'aptitude physique. L'évaluation psychologique n'avait pas été meilleure. Si son commandant avait été impressionné par les progrès qu'il avait accomplis au cours des dernières semaines, son avis concernant sa réintégration dans la force d'action n'était pas très favorable.

La balle était entrée dans le haut de sa cuisse, à l'arrière, du haut vers le bas, et avait traversé les chairs, causant d'importants dommages aux muscles et aux ligaments, avant d'aller se loger juste au-dessus du genou. Elle n'avait pas brisé son fémur ni touché d'artère, mais avait abîmé pratiquement tout le reste. Tous les muscles principaux avaient été atteints, ce qui avait donné beaucoup de fil à retordre au chirurgien qui l'avait opéré, d'autant que le ligament rotulien avait lui aussi été détérioré.

Dans son malheur, il avait quand même eu de la chance : si le projectile avait poursuivi sa course quatre centimètres plus loin, il aurait réduit son genou en miettes.

Plusieurs semaines plus tard, après avoir subi une nouvelle intervention visant à libérer les adhérences et les nerfs pris dans le tissu cicatriciel, il avait pu tendre la jambe et, pour la première fois depuis qu'on lui avait tiré dessus, faire, malgré la douleur, quelques pas sans l'aide d'une canne. A partir de là, ses progrès avaient été rapides. Mais marcher sans béquille ne suffisait pas. S'il ne parvenait pas à courir, l'examen médical le déclarerait inapte et le service actif serait terminé pour lui. Si la balle n'avait atteint aucun organe vital, elle lui avait peut-être bien volé sa carrière.

On lui avait proposé de servir comme instructeur, mais l'offre n'enchantait pas Carter.

Il avait perdu des mois de sa vie en captivité, puis autant de temps à fréquenter assidûment les hôpitaux. On lui avait accordé six semaines pour améliorer sa mobilité et régler ses problèmes post-traumatiques, faute de quoi…

Sa mâchoire se serra comme il se dirigeait vers la véranda et contemplait le sentier de coquillages qui serpentait jusqu'à la plage. Il n'avait pas enduré tous ces mois de douleur et de frustration pour abandonner la partie maintenant : il aimait la vie qu'il avait *avant* et il entendait bien la retrouver telle qu'elle était — Dani y compris.

Si elle voulait bien lui rouvrir son cœur…

Elle avait toujours été ultra-indépendante et jalouse de sa liberté. Combien de fois ne lui avait-elle pas claqué la porte au nez — jamais sans une bonne raison, il est vrai ! Il fallait reconnaître que concilier relation de couple et carrière dans les Forces Spéciales n'était pas chose aisée. Il était souvent amené à partir à l'étranger pendant des mois d'affilée. Et, compte tenu de la durée de sa dernière absence, il ne pouvait décemment pas lui tenir rigueur de vouloir rompre…

Ça ne signifiait pas qu'il allait s'incliner. Il finirait par la ramener à de meilleurs sentiments.

Elle l'aimait.

Restait à trouver le moyen de l'en convaincre.

Dani rangea le Dinosaure dans la vieille remise où était stocké le matériel agricole, coupa le contact et descendit du siège en métal. Après le ronflement bruyant du moteur, le silence lui parut momentanément assourdissant.

Elle contempla la lumière douce de la fin d'après-midi.

Carter était de retour.

Exhalant un soupir, elle se baissa et s'assit sur un cageot retourné, savourant la pénombre et le calme.

Elle savait bien qu'il rentrerait un jour ou l'autre ; cela l'avait néanmoins troublée. Et apprendre qu'il avait été blessé avait été un choc… Ce qu'elle avait toujours redouté avait fini par advenir.

Elle changea de position et une petite douleur sourde fusa dans sa jambe, à elle aussi, réveillant des souvenirs pénibles.

Six ans plus tôt, elle avait eu un accident de voiture… Sa mère et Robert avaient été tués et elle, blessée. Elle était venue passer quelques jours de vacances à la ferme après sa première année d'exercice de la kinésithérapie à

Mason. Comme elle devait aller chercher David, qui avait passé la nuit chez un ami, elle avait proposé de déposer Susan et Robert au club de golf où ils jouaient une fois par semaine. Pour des raisons pratiques, ils avaient pris le véhicule de Robert, qui disposait d'un coffre assez spacieux pour y ranger les accessoires de golf. Elle se souvenait avoir essayé d'éviter le camion qui arrivait en face ; ses roues avaient mordu sur le bas-côté, dérapé sur le gravier… La voiture avait fait un tête-à-queue et le camion l'avait violemment percutée sur le côté, les envoyant rouler dans le fossé. Dani s'en était tirée avec une jambe cassée et de multiples lacérations — dues au pare-brise qui avait volé en éclats. Mais sa mère n'avait pas eu autant de chance : assise à l'arrière, elle avait subi le choc de plein fouet et était morte sur le coup. Les secours avaient tenté de ranimer Robert, sans succès ; il était mort pendant le transport jusqu'à l'hôpital.

L'enquête avait conclu que Dani n'était pas en tort. L'accident s'était produit sur une petite route de terre très étroite, qui ne laissait que peu de marge de manœuvre aux conducteurs. Pour autant, elle n'avait jamais pu accepter ce verdict.

Elle était une conductrice expérimentée, mais elle avait l'habitude de conduire sa petite berline, et en ville, pas un gros 4x4 à boîte automatique sur les chemins tortueux de Jackson's Ridge. Elle était juste en train de le prendre en main et de s'accoutumer à la couche de gravier dont on avait fraîchement recouvert la chaussée quand le drame était survenu. On ne lui enlèverait pas de l'esprit que, si Susan ou Robert avaient été au volant, ils auraient peut-être réussi à garder le contrôle de la voiture. Sa mère et Robert — l'homme qui avait incarné la figure paternelle qu'elle n'avait jamais eue — ne seraient pas morts et David, son jeune demi-frère, ne se serait pas retrouvé orphelin du jour au lendemain.

Pour ajouter encore à sa culpabilité, elle était persuadée que l'exploitation Galbraith ne serait pas dans une situation financière aussi épineuse si sa mère et Robert étaient encore en vie.

Avec l'aide d'un employé, Bill Harris, et de sa tante Ellen, qui avait quitté Mason pour s'installer avec elle à Galbraith, Dani avait interrompu sa pratique de la kinésithérapie pour prendre la ferme en main et s'efforcer de démêler l'imbroglio financier des affaires de Robert Galbraith.

En dépit de leur apparente prospérité, Susan et Robert n'avaient pas beaucoup d'économies, et ils n'avaient évidemment pas prévu cette mort prématurée dans un accident de la circulation sur l'une des petites routes peu fréquentées de Jackson's Ridge. Ils avaient souscrit une assurance, bien sûr, mais elle avait tout juste couvert les charges courantes de la propriété. Dani avait découvert qu'au fil des années, Robert avait lourdement hypothéqué la ferme par des prises d'intérêt dans différentes entreprises commerciales.

La structure d'investissement, qui avait été solide du vivant de Robert, s'était écroulée comme un château de cartes après sa mort. Une plantation de kiwis dans laquelle il avait des parts s'était révélée florissante, mais de soudaines fluctuations du marché avaient grignoté le petit bénéfice qu'elle en retirait et, sans Robert aux commandes, l'affaire avait fini par être revendue à perte. Mais la perte la plus notable était survenue dans l'une des entreprises les plus lucratives de Robert : son centre équestre spécialisé dans le dressage et l'entraînement des chevaux.

Dresseur réputé, Robert disposait d'une clientèle

nombreuse et pratiquait des tarifs élevés. Le centre, qu'il avait monté avec de petits moyens, avait rapidement pris de l'envergure. Pour faire face à la demande, Susan avait dû se mettre à travailler à plein temps avec les chevaux et Galbraith avait investi l'argent gagné dans la construction de nouveaux boxes et d'un manège couvert. L'affaire avait été très rentable et les revenus que Robert en tirait suffisaient largement à couvrir le prêt hypothécaire, mais, dans les jours qui avaient suivi sa mort, les clients avaient retiré leurs bêtes les uns après les autres et la source de revenus s'était tarie.

Le coup de grâce avait été le contrat d'achat d'autruches que Robert avait souscrit juste avant sa mort — un contrat qui l'engageait à acheter un oiseau par an, pendant cinq années, à un prix fixe exorbitant. L'entreprise n'avait jusqu'alors strictement rien rapporté, bien au contraire. Le marché de l'autruche avait connu un net repli et le prix des oiseaux et des produits dérivés avait plongé, ne laissant aux investisseurs que leurs yeux pour pleurer un placement qui continuait, année après année, à les saigner à blanc. Les contrats, astucieusement conçus et juridiquement contraignants, constituaient une véritable entrave pour les investisseurs, qui se voyaient obligés de payer des oiseaux qui auraient été plus à leur place dans un zoo que dans une ferme. Depuis des années, Dani et les autres investisseurs espéraient que le groupement qui avait mis sur pied ce projet ferme boutique et les libère enfin… Mais non. Contre toute attente, l'élevage d'autruches était toujours en activité.

Evidemment, la solution de facilité aurait été de se séparer d'une parcelle de terre pour couvrir les dettes ; or, au fil des années, Robert avait déjà vendu le maximum de terre autorisé par la réglementation locale pour aider au financement des nouveaux investissements. La ferme ne pouvait plus être morcelée davantage. Désormais, c'était le capital de l'exploitation que Dani devrait entamer pour s'acquitter des dettes.

Lors de son premier entretien à la banque, la possibilité de la mise en faillite et de la vente de l'exploitation par suite de défaillance hypothécaire lui avait été suggérée. Farouchement décidée à se battre bec et ongles pour conserver les biens de la famille, elle avait refusé cette option. Dans son testament, Robert Galbraith lui confiait non seulement les intérêts de David, mais la gestion de la ferme Galbraith, dont David et elle héritaient à parts égales. Elle aurait eu l'impression de le trahir en capitulant devant l'adversité, et elle se sentait déjà bien assez coupable.

Pendant des années — séquelle de son enfance traumatisée — elle avait veillé sur Susan, Robert et David. La vigilance était devenue une seconde nature chez elle. Susan le lui avait parfois reproché, disant qu'elle se montrait surprotectrice à leur égard, mais elle comprenait ce que Dani ressentait : ils étaient sa famille, et ce bien précieux l'était doublement aux yeux de Dani à cause du passé.

Mais toute son attention et tous ses efforts n'avaient servi à rien durant ces quelques secondes qui avaient été fatales à Susan et Robert. Elle avait eu beau tout faire pour s'assurer de leur sécurité, elle n'avait rien pu pour eux ce jour-là. Voilà pourquoi elle entendait bien aider David — et sauver l'exploitation Galbraith.

Se redressant, elle sortit sur l'aire poussiéreuse qui s'étendait devant la grange et contempla le ciel bleu sans un nuage. Les ombres s'allongeaient et l'air s'était un peu rafraîchi, mais il faisait encore anormalement chaud.

Les collines brunes moutonnaient au loin, l'herbe ressemblait à du velours dans la lumière rasante. Même réduite par les ventes successives de terres, la propriété était encore suffisamment vaste pour dégager un bon revenu — à condition qu'il pleuve.

Cette sécheresse n'aurait pas pu tomber à un plus mauvais moment. Voir l'exploitation mourir à petit feu lui déchirait le cœur. Et il lui arrivait de craindre que ce désolant spectacle n'ait raison de son endurance.

Après les funérailles, lorsqu'elle avait pris connaissance du testament, elle avait découvert non sans surprise que des parts de l'exploitation lui avaient été léguées ; mais elle les donnerait à David lorsqu'elle aurait réussi à redresser la situation financière. Il n'aurait pas de trop de toutes les ressources à sa disposition pour entretenir la propriété et continuer à l'exploiter, une fois qu'il aurait obtenu son diplôme d'agriculture, et elle entendait bien veiller à ce que toutes les chances soient de son côté.

Méthodiquement, elle vérifia le niveau de carburant dans le réservoir du tracteur et le remplit pour le lendemain matin. Puis elle retourna le bec verseur dans le jerrycan et referma soigneusement le bouchon avant de s'essuyer les mains, plissant le nez en sentant la forte odeur de diesel.

D'un œil atone, elle considéra ses mains. Elle avait de longs doigts, des mains élégantes. Elle aurait beau prendre sur elle, elle ne s'habituerait jamais aux odeurs de carburant et d'huile de moteur, ni à la façon dont ils abîmaient sa peau et ses ongles. Encore récemment, dans un bref accès de rébellion, elle appliquait comme par provocation une couche de vernis à ongles, mais, quelques heures plus tard, il était écaillé et terni par les agressions continuelles qu'il subissait. Elle avait fini par renoncer. Comme sa vie, ses soins de beauté étaient réduits au strict minimum.

L'air absent, elle remonta vers la maison en faisant un détour par le potager. En chemin, elle déterra une laitue, coupa des brins de basilic et ramassa quelques tomates pour le dîner ; c'était plus fort qu'elle, elle ne se déplaçait jamais pour rien.

L'espace d'un moment, elle demeura immobile, les bras chargés de légumes, savourant simplement la vue du jardin, le bruit du vent dans les arbres et le sifflement mélodieux des oiseaux.

Puis un bruit métallique, semblable à celui d'une porte qu'on aurait refermée doucement, lui fit tourner la tête.

Fronçant les sourcils, elle considéra la façade arrière de la grange, qui abritait le jardin du vent. Les portes principales, situées de l'autre côté, restaient ouvertes en permanence, sauf par temps humide. A Galbraith, on ne se souciait pas du vol. L'exploitation était isolée et, de toute façon, Jackson's Ridge était un endroit tranquille, préservé des tracas liés à la criminalité. Le village en lui-même était une petite bourgade endormie, une retraite côtière où ne prenaient leurs vacances chaque année qu'une poignée d'habitués. Il fallait rouler une bonne vingtaine de minutes, sur une petite route de terre, pour gagner de là l'exploitation. Exception faite des touristes qui venaient parfois en bateau pique-niquer sur la plage, en contrebas de la maison, Dani voyait rarement un étranger.

En silence, elle contourna la grange, tendant l'oreille. Elle distingua les sons habituels : le grondement des vagues, le craquement des branches du flamboyant dans la cour de la maison, et le cliquètement métallique d'une pièce de toit de tôle de la grange, qui ne se faisait entendre que lorsque le vent soufflait du sud-ouest, comme c'était le cas aujourd'hui. Mais ce qu'elle avait perçu n'était pas un son produit par Mère Nature.

Sa tension monta d'un cran tandis qu'elle examinait les outils poussiéreux et le tas de foin, la peur gommant d'un seul coup presque deux décennies de sécurité et de sérénité — la transportant brusquement en arrière, à une époque où le moindre son insolite la mettait en alerte. Rien ne manquait et chaque chose semblait à sa place. Pas la moindre trace d'une quelconque incursion étrangère. Secouant la tête, elle balaya du regard le fond de la grange, dont les recoins étaient plongés dans l'ombre.

Elle discerna un mouvement dans l'obscurité. Une fraction de seconde plus tard, une forme sombre passait à tire-d'aile juste à côté de sa tête. Dani n'eut que le temps de se baisser ; les tomates et le basilic lui échappèrent des mains.

Un nid d'hirondelles.

En soupirant, elle relâcha la pression sur la salade, qu'elle avait sans s'en rendre compte écrasée contre sa poitrine, puis elle se pencha pour ramasser une tomate, abîmée par sa chute. Une seconde hirondelle plongea alors depuis les poutrelles du toit vers l'extérieur de la grange.

Machinalement, elle suivit l'oiseau du regard tandis qu'il s'élevait à toute allure vers le ciel avant de décrire un arc de cercle et de revenir dans la grange.

— Allons, allons, murmura-t-elle. Tout va bien… Je n'ai pas dérangé tes bébés.

Ramassant le reste des tomates et le basilic, elle sortit dans la lumière du soleil. Les hirondelles étaient agressives. Si quelqu'un s'était trouvé dans la grange, les oiseaux auraient volé de toute part. Le bruit qu'elle avait entendu devait provenir des oiseaux ou d'un petit animal, un rat peut-être qui avait fait bouger quelque chose.

Haussant les épaules, elle se dirigea vers la maison. Au moment où elle atteignait la véranda, le bruit caractéristique d'un véhicule tressautant sur les nids-de-poule l'arrêta. Ouvrant la porte vitrée, elle déposa les légumes sur le banc et se retourna pour voir qui était son visiteur.

La luxueuse auto beige ne lui était pas familière. Elle

avait l'habitude de voir passer des voitures étrangères puisqu'il fallait longer la maison pour se rendre à son cabinet, mais il était tard et elle n'avait aucun rendez-vous. Le cabinet était ouvert de 10 heures à 15 heures, ce qui lui laissait le début et la fin de journée pour vaquer aux tâches agricoles et permettait à ceux de ses clients qui le désiraient de prendre rendez-vous pendant la pause du déjeuner.

La voiture approcha dans un nuage de poussière. Après l'accès de peur qu'elle avait eu dans la grange, Dani se sentait un peu nerveuse. Il y avait peu de chances qu'une personne se présentant chez elle de jour veuille lui chercher des noises, mais, depuis la mort d'Ellen, elle avait une conscience aiguë de sa vulnérabilité dans cette ferme isolée.

Une main en visière au-dessus des yeux, elle examina l'homme qui mettait pied à terre. Il était grand, brun, imposant ; son allure athlétique et décontractée faisait sans doute se retourner les femmes dans la rue.

Mais surtout, et cela ne lui disait rien qui vaille, il portait un *costume*. Ce n'était pas un agent immobilier : la carrosserie de sa voiture, propre comme un sou neuf, n'affichait aucun logo publicitaire.

— Mademoiselle Marlow ?

— Oui.

Le coup d'œil furtif et typiquement masculin qu'il lui décocha n'échappa pas à Dani. Elle s'était habituée à ce genre de regard bien avant d'avoir eu seize ans. Délibérément, elle tourna la tête de façon à ce qu'il voie la fine cicatrice qui soulignait sa mâchoire droite, autre séquelle de son accident.

Il se présenta comme étant Roger Wells, le nouveau directeur de l'unique banque de Jackson's Ridge, et lui tendit sa carte de visite.

— Bel endroit que vous avez là, commenta-t-il.

Dani fourra la carte dans la poche arrière de son jean et s'efforça de ne pas penser à ses mains sales. On ne se débarrassait pas comme ça de l'huile de moteur.

— Il l'était davantage encore par le passé.

La propriété Galbraith avait été réellement saisissante, avec sa maison de six chambres et ses grands jardins. Aujourd'hui, le besoin d'une bonne couche de peinture se faisait sentir, les toits et les vérandas étaient à réparer. Quant aux jardins, ils nécessitaient plus de soins et d'énergie qu'elle ne pouvait leur en accorder, compte tenu de la multiplicité des tâches qui lui incombaient.

L'homme enfonça ses mains dans les poches de son pantalon, se donnant des airs nonchalants de couverture de *GQ* et y parvenant plutôt bien.

— J'ai fait un saut jusqu'à la plage. C'est superbe par ici.

Dani se raidit. Elle n'avait pas entendu de véhicule jusqu'à présent, ce qui n'était pas étonnant compte tenu du raffut que faisait le Dinosaure, mais tout de même… Elle aurait dû l'entendre après avoir coupé le moteur. Sans doute avait-il emprunté l'un des chemins de transhumance tout au bout de l'exploitation, descendre de là jusqu'à la plage, puis remonter sur le plateau par un des autres chemins, en évitant presque sur sa totalité l'allée conduisant à la maison. Dernièrement, elle avait noté une augmentation du trafic sur la route de la plage, avec parfois même des allées et venues de nuit. En temps normal, bien qu'il s'agisse de violation de propriété privée, elle ne se souciait pas de ces intrusions illégales car les gens du coin aimaient de temps à autre venir faire du surf sur la plage ; mais, depuis que les requins du groupement s'étaient mis à fourrer leur nez un peu partout, elle avait redoublé de vigilance.

— Oui, Jackson's Bay est magnifique.

Ce qualificatif n'avait rien d'exagéré : ce coin sauvage et isolé était spectaculaire — un long croissant régulier qui allait s'incurvant au loin, comme si une mâchoire gigantesque avait grignoté une portion du littoral à cet endroit. Récemment, en raison de l'intérêt grandissant que portait le groupement à ce secteur, elle avait été submergée de propositions d'agences immobilières, beaucoup plus que ce n'était habituellement le cas, toutes cherchant à la convaincre de vendre.

— Que puis-je faire pour vous, monsieur Wells ?

Aussi ouvert et sympathique qu'il paraisse, il était 6 heures passées, le soleil se couchait et elle n'était nullement disposée à lui faire béatement confiance.

Une rangée de dents blanches scintilla.

— Je passais juste pour me présenter et vous faire savoir que rien ne changeait dans les relations entre la banque et vous. J'aime bien connaître personnellement mes clients.

Ça, elle n'en doutait pas. Peut-être était-elle trop méfiante, mais Roger Wells était très différent de Harold Buckley, son prédécesseur. D'aussi loin qu'elle se souvienne, Dani avait toujours eu affaire à M. Buckley, et elle l'aimait bien. Pas une fois, au long de toutes ces années, il ne s'était présenté à son domicile, et il se serait encore moins permis de faire le tour du propriétaire sans y avoir été invité. S'ils avaient des affaires à régler, cela se passait invariablement dans son bureau, et pendant les horaires d'ouverture.

Wells émit quelques commentaires d'ordre général sur la gravité de la sécheresse et l'état de l'économie — rien de nouveau pour Dani qui passait son temps à se torturer les méninges à ce propos — puis il entra enfin dans le vif du sujet : le nombre de têtes de bétail de Galbraith.

Serrant les mâchoires, Dani énuméra les chiffres.

Un an plus tôt, ce nombre aurait représenté un bénéfice modéré mais confortable, mais, avec la baisse du prix de la viande bovine, qui avait atteint son taux le plus bas depuis dix ans, sa marge était aujourd'hui nulle, et Wells le savait.

— La banque aurait-elle l'intention de revoir sa politique concernant le financement des prêts hypothécaires accordés aux exploitants agricoles ? s'enquit-elle sans détour. J'ai entendu dire que Tom Stoddard envisageait de vendre.

Sa tactique directe n'obtint pas l'effet escompté.

— L'engagement de la banque auprès des agriculteurs reste inchangé.

Dani demeura de marbre. Elle avait vu cette publicité à la télévision — quelque chose à propos de la banque « proche des gens ».

A en juger par les bruits qui couraient, la banque de Jackson's Ridge était proche des gens, effectivement… A la manière d'un rottweiler qui leur mordrait la main. Ils avaient pressuré Tom jusqu'à le mettre au pied du mur.

Après un nouvel échange de politesses sur un mode quelque peu contraint, Wells remonta dans sa belle voiture et s'en alla. Dani regarda le panache de poussière jusqu'à ce qu'il se dissipe dans la lumière déclinante. Elle n'avait plus faim. Aussi suave et courtois que se soit montré Wells, il n'en représentait pas moins un danger bien réel. Il avait peut-être eu l'aplomb de se promener sur ses terres sans lui en avoir demandé la permission, mais, techniquement, il était propriétaire d'une part de l'exploitation Galbraith plus importante que celles qui leur revenaient, à son frère et à elle.

4

Le lendemain après-midi, s'étant rendue en ville pour faire quelques emplettes, Dani tomba sur Becca McKay en remontant le long du quai.

Becca, une belle blonde bronzée qui avait passé la majeure partie de sa vie à voyager, avait le même âge qu'elle. Cinq ans plus tôt, elle avait atterri à Jackson's Ridge et s'était fait engager pour l'été comme serveuse au café de Nola, jusqu'à ce qu'elle tombe follement amoureuse d'un des plus gros exploitants de la côte.

Leur mariage avait pris tout le monde de court. John McKay était veuf et de douze ans son aîné. Pour compliquer les choses, c'était le frère de Nola, la patronne de Becca. Nola avait entretenu d'excellentes relations avec Becca jusqu'à ce que John se mette à fréquenter de plus en plus assidûment le café. A partir de ce moment, elle n'avait pas fait mystère de sa désapprobation quant à la différence d'âge et n'avait cessé de clamer que cette union était vouée à l'échec — alors même que John et Becca avaient eu deux enfants et qu'un troisième était en route !

Becca choisit une table, à l'extérieur, abritée du soleil par l'une des grandes voiles de bateau tendues au-dessus de la terrasse.

— J'ai appris que Carter était rentré.

Dani tira une chaise et prit son courage à deux mains. Becca et elle étaient amies depuis des années, mais leurs opinions divergeaient, s'agissant de Carter. En dépit de sa réputation de baroudeur sympathique, toujours par monts et par vaux, Becca s'était mis en tête qu'il était le mari idéal pour Dani.

— Comment l'as-tu su ?

Becca accrocha au dossier de sa chaise sa besace ornée de franges, assortie à son débardeur rayé rose et orange.

— John est tombé nez à nez avec lui au supermarché, au rayon des condiments. Carter prenait une boîte de sauce pimentée, John, du ketchup pour les enfants… Caractéristique, non ?

Dani opina. John McKay était le meilleur des pères et des maris. Il vouait à sa femme et à ses enfants une véritable adoration et n'éprouvait aucune honte à reconnaître qu'il les faisait passer avant tout le reste.

— Autant te prévenir : Carter Rawlings n'est pas mon sujet favori.

— Tu es bien la seule. Toute la ville ne parle que de lui. Il se murmure que cette fois sera la bonne, qu'il va faire sa demande.

Dani fit la moue et se plongea dans l'étude du menu.

— Il l'a faite la dernière fois qu'il était ici. Il m'a proposé d'emménager chez lui, son argument-massue étant que ce serait plus *pratique* ! Pour le romantisme, tu repasseras.

Dani prit la carafe et remplit leurs deux verres d'eau. Il n'y avait pas eu de genou à terre, pas de bague dans un écrin, rien de tout cela. Seulement une suggestion purement terre à terre. Carter s'apprêtait à franchir la porte de sa chambre, son ordre de mission et son passeport en poche, ses sacs bouclés attendant dans l'entrée. Il s'était retourné et l'avait contemplée de son beau regard à l'expression toujours un peu froide, distante. Et il avait suggéré ça, le plus naturellement du monde. Une tactique d'esquive éprouvée, bien rodée. Dani n'aimait pas songer au nombre de femmes qui avaient dû entendre ces mots-là avant elle. Ne serait-ce qu'ici, à Jackson's Ridge, Carter s'était forgé une certaine réputation et ce n'était pas par excès de sentimentalisme qu'il l'avait acquise… Elle haussa les épaules.

— J'ai répondu que je n'étais pas intéressée. De mon point de vue, c'était plus pratique pour *lui*, uniquement.

Becca fronça les sourcils.

— Es-tu vraiment sûre que ce soit terminé ? N'oublie pas que c'est un *homme*. Les hommes pensent différemment — ils pensent nourriture, sexe, football, affaires. Et pas forcément dans cet ordre-là !

La porte vitrée s'ouvrit et Nola apparut, son carnet à la main.

— Absolument sûre, rétorqua Dani avec amertume. J'ai eu le temps d'y réfléchir. *Douze* mois, pour être exacte ! Carter et moi, c'est de l'histoire ancienne.

L'expression de Nola demeura parfaitement impassible, bien qu'elle fût l'un des membres les plus actifs du fan-club de Carter Rawlings. A ses yeux, tout ce que faisait Carter était bien et Dani avait toujours tort.

Becca jeta un bref coup d'œil à Nola et posa prestement le menu.

— On va prendre deux cafés en attendant de décider si on commande autre chose, O.K. ?

Sans un mot, Nola referma son carnet avec un claquement sec.

Becca attendit qu'elle se soit éloignée.

— Elle est toujours sous le choc.

— Le choc de quoi ? protesta Dani. C'est ta *troisième* grossesse !

Becca prit un air vaguement désenchanté.

— Peut-être… N'empêche que les poules auront des

dents avant que Nola reconnaisse qu'elle s'est trompée ! Quand elle a une idée en tête, rien ne peut la faire changer d'avis. Tu sais ce que John m'a raconté ? Elle aurait eu une amourette avec Walter Douglas, de la boucherie, à l'époque où ils étaient en classe ensemble. Finalement, c'est une autre qu'il a épousée. Eh bien, figure-toi que, d'après John, si Nola s'est interdit toute autre relation depuis, c'est parce qu'elle est persuadée que Walter lui était destiné. Et ça fait *trente-cinq ans* qu'elle n'en démord pas…

La porte du café s'ouvrit, livrant passage à un couple qui quittait l'établissement. Becca leur jeta un coup d'œil.

— Tiens, à propos de mâles qui valent leur pesant d'or…

Elle désigna d'un mouvement du menton Roger Wells, qui était assis à l'intérieur, près de la vitre, puis elle détourna vivement la tête en le voyant repousser sa chaise et sortir.

— Oh, non ! murmura-t-elle. Il vient par ici. Est-ce que j'ai l'air mariée ?

— Becca, tu es enceinte de six mois. Il doit bien se douter que tu as un amoureux !

— Exact. Sans compter qu'il vient juste de vérifier les livres de comptes de la ferme. Il sait à peu près tout de moi.

Avec un sourire, elle posa la main sur son ventre rebondi.

— Est-ce que je t'ai dit que c'est une fille ? J'ai passé une échographie lundi. John est aux anges !

Roger Wells inclina la tête.

— Madame McKay, Dani.

Becca fit la grimace et Dani réprima un sourire. Roger Wells ne portait pas de costume aujourd'hui ; son allure était moins formelle que la veille — le col de sa chemise n'en était pas moins d'une blancheur immaculée. Dani fit poliment la conversation, mais le cœur n'y était pas. Aussi charmant qu'il soit, Wells représentait la banque et elle pouvait d'autant moins faire abstraction de cet état de fait qu'elle craignait de ne pas pouvoir honorer le règlement du prêt hypothécaire. De plus, il se montrait un tantinet trop aimable à son goût.

Nola apparut à la porte, les bras chargés d'un plateau. Wells, en gentleman empressé, se hâta d'aller lui tenir la porte ouverte, puis il se retourna pour les saluer d'un geste de la main avant de prendre le chemin de son bureau.

Becca s'éventa le visage.

— On dirait que tu as une touche, ma belle. D'après ce que je sais, Wells est célibataire.

Nola foudroya Dani du regard.

— Eh bien, mieux vaut pour lui que Carter ne le surprenne pas en train de te baratiner…

Elle jeta un regard noir à Wells qui s'éloignait, et haussa la voix pour être sûre d'être entendue.

— Il pourrait regretter de draguer sa petite amie !

— Je te rappelle que Carter et moi sommes séparés, répliqua sèchement Dani. Depuis des mois.

— Oui, eh bien, espérons que Carter soit au courant, répondit Nola d'un air pincé en déposant devant Dani un café accompagné d'un gâteau sec.

Becca arqua un sourcil.

— A ta place, Nola, je me mêlerais de ce qui me regarde…

Nola pivota vers sa belle-sœur. Ses yeux la transpercèrent comme deux rayons lasers.

— On ne m'enlèvera pas de l'idée que ce n'est pas joli-joli de se désintéresser de son petit ami alors qu'il gît sur un lit d'hôpital, après avoir frôlé la mort !

Dani déchira son sachet de sucre et le vida dans sa tasse.

— Comme je l'ai dit, nous avons rompu *avant* qu'il ne

parte. Et il était parti depuis huit mois quand il a atterri dans un lit d'hôpital.

Nola la toisa sans mot dire, puis, avec un rictus dédaigneux, tourna les talons.

— Elle ne le savait pas, nota Becca.

— Moi non plus, jusqu'à tout à l'heure. C'est Gladys Hainey, au supermarché, qui me l'a appris.

Becca porta la tasse à ses lèvres d'un air songeur.

— Tu ferais mieux de boire… Tu as peut-être oublié qui tient ce café, mais moi pas. A mon avis, elle va décréter d'une minute à l'autre que c'est l'heure de la fermeture… A propos de fermeture, j'ignorais que la grange Barclay avait pris feu la semaine dernière. John m'a dit qu'ils avaient perdu un hangar entier de plantes.

Dani se tendit. Elle n'était pas près d'oublier l'incendie et la rapidité avec laquelle il s'était étendu.

— J'étais là-bas pour une séance de kiné. Le bâtiment s'est embrasé au moment où je franchissais le portail. Tout est allé si vite que, à l'arrivée des pompiers, il était déjà trop tard. Heureusement, ils sont couverts par l'assurance.

Vingt minutes plus tard, John vint chercher Becca. Celle-ci se leva et grimaça en se tenant les reins.

— Tu viens prendre le brunch à la maison ? Dimanche ?

— Volontiers. Je prends date !

Les brunchs de Becca étaient légendaires dans la région et elle y invitait toujours toutes sortes de personnes plus intéressantes les unes que les autres. Dani n'aurait pour rien au monde dédaigné de s'y rendre. C'était un plaisir chaque fois renouvelé que d'élargir son horizon en rencontrant des gens nouveaux et en découvrant de délicieuses recettes. Son amie était une cuisinière fantastique. Elle n'avait pas perdu son temps au fil de ses voyages. Elle parlait plusieurs langues et savait cuisiner des plats de toutes origines avec talent et inventivité. C'était l'une des choses que Nola ne parvenait pas à voir — la personnalité riche et captivante qui se cachait derrière le joli visage et les extravagances de Becca.

Dani but une dernière gorgée de café, prit son sac à main et reprit le chemin du supermarché, derrière lequel elle avait garé sa voiture. En passant devant l'allée qui conduisait à l'arrière du café, elle s'arrêta net. Elle sentait une odeur de brûlé.

Un fragment de papier noirci bordé de flammèches orange voleta dans le vent. La fumée s'épaississait. Dani hésita à s'engager dans l'étroite allée privée. Nola n'apprécierait peut-être pas qu'elle pénètre dans sa propriété… Mais elle ne pouvait pas poursuivre son chemin comme si de rien n'était — surtout après ce qui s'était passé chez les Barclay. Les propriétaires des locaux commerciaux qui bordaient la plage, entourés d'habitations qu'ils étaient, avaient l'interdiction de faire du feu dans les arrière-cours.

Dani s'engouffra dans l'allée. Son pouls s'accéléra lorsqu'elle tourna le coin et qu'un souffle chaud la stoppa dans son avancée. De grandes flammes jaillissant d'une poubelle adossée à l'arrière du café léchaient le mur, noircissant déjà le bardage de bois qui le recouvrait et menaçant l'abri à voiture adjacent, où se trouvait le véhicule de Nola. Le vent marin, qui soufflait assez fort pour dominer le pétillement des flammes, ainsi que la musique s'échappant de l'intérieur du café, expliquaient sans doute que Nola ne se soit pas aperçue que son gagne-pain était sur le point d'être réduit en cendres.

Revenant rapidement sur ses pas, Dani cogna à la porte de service qui donnait sur le local de réception des livraisons. N'obtenant pas de réponse, elle poussa le battant.

Une jeune fille occupée à ranger des couverts dans le lave-vaisselle, au bout d'un petit couloir, leva la tête et la dévisagea avec une expression indignée.

— Vous n'avez pas le droit d'entrer ici…

— Il y a le feu à l'arrière du café !

La jeune fille demeura bouche bée. Avisant un boîtier d'alarme-incendie sur le mur, Dani en brisa la vitre à l'aide du petit marteau prévu à cet effet et enfonça le bouton. Une sonnerie stridente se déclencha tandis qu'elle entreprenait de dérouler un tuyau d'arrosage.

Nola apparut. Son visage passa du blanc au rouge. On voyait désormais les flammes par la fenêtre qui ouvrait sur l'arrière-cour.

Dani tira le tuyau jusqu'à la porte et descendit la volée de marches, la jeune fille sur ses talons déroulant le tuyau au fur et à mesure. Dani lui plaça d'autorité l'extrémité du tuyau dans les mains.

— Commence à arroser… J'appelle les secours.

Dani tirait son téléphone portable de son sac à main lorsque Nola entra en action.

— Je vais appeler directement Walter. Ça ira plus vite.

Empoignant le téléphone du café, elle composa le numéro. Outre sa profession de boucher, Walter Douglas était le chef des pompiers et la petite caserne était située juste à côté de son magasin.

Elle raccrocha puis se dirigea vivement vers la salle de restaurant pour demander aux clients encore présents de quitter les lieux. Quand l'établissement fut vide, elle courut sortir sa voiture, qu'elle gara le long du trottoir, un peu plus bas dans la rue.

Le camion de pompiers arriva, toutes sirènes hurlantes, et, quelques instants plus tard, le feu était éteint et la poubelle noyée.

Comme Nola considérait gravement le mur noirci et la masse calcinée de la poubelle, Walter désigna des résidus huileux flottant à la surface de l'eau.

— Qu'y avait-il dans cette poubelle ?

— Les détritus habituels. Des restes de nourriture, des barquettes de plastique, du papier d'emballage… Quelques boîtes.

— Vous ne sentez pas cette odeur ? On dirait du kérosène ou ces alcools gélifiés qui servent à embraser les barbecues.

Nola le regarda d'un œil incrédule.

— Ce n'est pas possible. Je n'ai ni l'un ni l'autre.

Il se pencha pour examiner les résidus de plus près.

— Si ce n'est pas toi qui as jeté un allume-feu là-dedans, quelqu'un d'autre l'a fait.

Le visage de Nola se décomposa.

— Je pensais que c'était sans doute un mégot de cigarette mal éteint, mais…

Walter lui retourna un regard sévère.

— Tu connais quelqu'un d'assez stupide, dans cette ville, pour jeter un mégot dans une poubelle ?

En quelques mots brefs, il ordonna à ses hommes d'aller vérifier si le feu ne couvait pas quelque part sous le bâtiment.

Nola reporta son regard sur l'abri à voiture.

— Je n'arrive pas à croire que ç'ait pu être intentionnel. Qui pourrait vouloir détruire mon café ?

Walter retira son casque et secoua la tête.

— Je ne sais pas.

Il se tourna vers Dani.

— Heureusement que tu as donné l'alerte. Il fait trente-quatre degrés et il y a du vent. Quelques minutes de plus et tout serait parti en fumée. Ces bâtiments anciens ont certes du charme, mais ils ne sont pas ignifugés.

La lumière tombait droit sur le bureau de Dani, éclairant les relevés bancaires et les factures empilés de chaque côté du livre de comptes de l'exploitation. Elle avait beau faire et refaire les calculs, elle parvenait invariablement au même résultat déprimant : elle n'avait pas assez d'argent.

Avec la hausse des taux d'intérêt, le prêt hypothécaire n'était pas loin de dépasser sa capacité maximale de remboursement. Le petit bas de laine que lui avait laissé Ellen avait depuis longtemps été avalé par les taxes et les traites. Tant que les bêtes ne seraient pas vendues, les seules rentrées d'argent proviendraient de son travail et de celui de David.

David, qui avait presque dix-neuf ans, passerait son diplôme à la fin de l'année. Parallèlement à ses cours, il travaillait comme pompiste et serveur à temps partiel et lui envoyait ce qu'il pouvait chaque mois. Lorsqu'il aurait son diplôme, la pression financière s'allégerait un peu ; il reviendrait s'occuper de l'exploitation et Dani pourrait se consacrer à plein temps à son cabinet de kinésithérapie.

Avec un bâillement, elle referma le registre, éteignit la lampe et sortit de la cuisine pour se préparer une tasse de camomille. Elle aurait préféré du thé, mais le médecin lui avait conseillé de surveiller sa consommation d'excitants. Depuis l'enfance, elle connaissait des nuits difficiles. En général, elle parvenait à dormir, mais il suffisait qu'elle ait consommé trop de sucre ou de caféine tard dans la journée pour qu'elle passe la nuit à contempler le plafond.

Elle n'avait jamais avoué au médecin — ni à personne d'autre, d'ailleurs — l'origine de ces insomnies. A Jackson's Ridge, personne n'était au courant des années que Susan et elle avaient passées à fuir continuellement un ex-petit ami psychopathe de sa mère, pas même Carter, et elle entendait bien ne rien y changer. Son passé demeurerait un secret bien gardé, tout comme l'identité probable de celui qui les avait harcelées.

Un moment plus tard, Dani versa de l'eau bouillante

dans une tasse, y ajouta un sachet de tisane qu'elle laissa infuser quelques secondes, puis apporta la tasse jusqu'à la table de la cuisine. Tandis qu'elle en humait les vapeurs aromatiques, une lumière attira son regard et son estomac se contracta.

Une partie de la maison de Carter était visible depuis la fenêtre de sa cuisine et la lumière qu'elle voyait briller dans l'obscurité en ce moment était celle de sa chambre. Super. Il ne manquait plus que ça.

Carter était son plus proche voisin, qu'elle le veuille ou non. L'entrée de son allée privée était à quelque distance de là, mais la maison en elle-même — qui jouissait depuis la butte, comme la maison Galbraith, d'une vue spectaculaire sur Jackson's Bay — était vraiment très proche.

Les Galbraith et les Rawlings étaient voisins depuis toujours, et ils avaient été si intimes autrefois qu'ils formaient une sorte de grande famille. Ils fêtaient Noël ensemble, alternativement chez les uns puis chez les autres, et se prêtaient régulièrement main-forte pour les travaux agricoles. Dani avait passé autant de temps chez Carter, à regarder sa mère faire des gâteaux et des confitures, que dans sa propre maison, et Carter s'était également senti chez lui à Galbraith.

Buvant sa tisane à petites gorgées, elle attendit que la lampe de Carter s'éteigne. Les minutes s'égrenèrent. Une ombre masqua momentanément la lumière — sans doute Carter était-il passé devant. Lentement, Dani reposa sa tasse. Il était 10 heures passées. Elle était fatiguée ; Carter aurait dû être couché, lui aussi.

D'un geste nerveux, elle vida ce qui restait de l'infusion dans l'évier et rangea sa tasse dans le lave-vaisselle.

Après une douche rapide, elle se brossa les dents puis se mit au lit, vêtue d'un short et d'un débardeur de coton fin. Elle prit le livre posé sur sa table de chevet, commença à lire, tourna une page, puis contempla les mots alignés d'un regard vide, consciente qu'elle n'avait pas mémorisé une ligne des paragraphes qu'elle venait de parcourir. Pour couronner le tout, elle avait mal à la tête.

Reposant le roman, elle repoussa le drap et retourna dans la cuisine, sans pouvoir s'empêcher de remarquer au passage que la lumière de Carter était éteinte.

Elle fouilla dans la boîte à pharmacie, à la recherche d'un antalgique, prit deux comprimés qu'elle avala avec un verre d'eau. Puis elle rassembla sur le comptoir de la cuisine de la farine, des œufs, du beurre, du sucre et un sachet de pépites de chocolat. Epuisée ou pas, dans l'état de fébrilité où elle était, elle savait qu'elle ne pourrait pas trouver le sommeil. Le rituel de la pâtisserie la détendait. Peut-être s'agissait-il simplement d'une sorte de… résurgence nostalgique, avec en bonus la satisfaction de pouvoir profiter du résultat, encore qu'elle ne se risquerait pas à goûter un seul des biscuits qu'elle s'apprêtait à confectionner ce soir. Si le thé l'excitait, consommer du chocolat lui ferait dresser les cheveux sur la tête !

Une heure plus tard, transpirant dans la chaleur qui irradiait du four, elle sortit la plaque couverte de biscuits et la déposa sur le plan de travail avant de sortir prendre l'air sous la véranda. Il était près de minuit. Les antalgiques avaient fait leur effet et son mal de tête avait disparu. Elle se sentait même un peu somnolente.

Nouant ses cheveux en un chignon sur le sommet de son crâne, elle s'assit sur le vieux banc de bois, juste à côté de la porte, et savoura la fraîcheur de la brise sur sa peau.

La lune n'était pas encore levée ; exception faite du scintillement des étoiles et de la lumière provenant de la cuisine, derrière elle, l'obscurité était totale. Le rythme régulier de la mer, au loin, et, tout autour, le chant incessant des cigales et des criquets, l'apaisaient. Renversant la tête en arrière, Dani contempla les constellations… et, malgré elle, replongea dans des souvenirs que le temps aurait dû se charger d'effacer — mais qui se rappelaient au contraire à sa mémoire, bien vivaces, aussi tranchants et acérés que des éclats de verre brisé.

Soudain crispée, elle se redressa sur son siège. Elle n'avait pas repensé à cette nuit depuis des années — cette nuit où *il* était entré par effraction chez elles et avait agressé Susan. De toute évidence, c'était l'appréhension qu'elle avait éprouvée en inspectant la grange, cet après-midi, qui avait déclenché cet afflux subit de réminiscences.

Or elle devait garder à l'esprit que ce n'était justement que cela : un *mauvais souvenir.*

Un frisson courut le long de son échine. Il avait dû essayer de retrouver leur trace, cela, elle n'en avait jamais douté ; il était d'une opiniâtreté à toute épreuve. Mais Dani et Susan avaient été plus malignes que lui et, à elles deux, elles avaient réussi à le semer, se déplaçant de ville en ville, de village en village, tels des fantômes, changeant parfois de couleur de cheveux — leur roux flamboyant étant par trop distinctif.

Un bruissement lui fit tourner brusquement la tête.

Le cœur battant, elle regarda dans la direction de la grange. Il n'y avait pas le moindre souffle de vent qui aurait pu expliquer ce son. L'air était calme et lourd. Si l'un des arbustes ou des buissons plantés aux abords des bâtiments avait remué, ce ne pouvait être que parce que quelque chose ou quelqu'un l'avait agité. Il s'agissait vraisemblablement d'un petit animal, mais elle ne pouvait pas aller se coucher sans en avoir le cœur net.

Elle se leva d'un mouvement souple, rentra sans bruit dans la maison pour y prendre une lampe de poche, puis ressortit, tirant la porte vitrée derrière elle en retenant son souffle.

Le son des insectes lui parut s'être intensifié tandis qu'elle s'approchait à pas de loup de la grange, produisant une cacophonie telle que plus elle tendait l'oreille pour déceler un bruit suspect, moins elle entendait quoi que ce soit. A tâtons, elle s'avança jusqu'à l'ouverture de la grange, y entra, et alluma la lampe de poche qu'elle promena devant elle, balayant tout l'espace de son faisceau par deux fois. Lorsqu'elle fut certaine qu'il n'y avait personne à l'intérieur, elle décida, au lieu de ressortir par l'entrée principale, d'emprunter une petite porte sur le côté du bâtiment, qui ouvrait sur la vaste étendue de terre séparant la grange de la remise du matériel.

La lampe éteinte, elle posa la main sur la poignée et la tourna lentement. Entre les deux bâtisses, il faisait presque aussi noir qu'à l'intérieur de la grange. L'usage de la lampe de poche l'avait rassurée, mais ses yeux ne s'étaient pas encore réaccoutumés à l'obscurité.

Elle fit un pas. Une douleur vive fusa dans sa cheville et elle trébucha. La lampe de poche lui échappa des mains tandis qu'elle se penchait pour se tenir la jambe en grimaçant. Alors seulement, elle se souvint de la vieille charrue qui était restée entreposée là.

Un rayon de lumière l'aveugla.

— Qu'est-ce que tu fais là ?

Dani sursauta et retint un juron bien senti et fort peu féminin comme Carter orientait le faisceau de sa lampe vers le mur de la grange, les éclairant tous les deux.

— Je pourrais te retourner la question.

— J'étais dehors, sur le porche, et il m'a semblé entendre marcher par ici.

Elle serra les dents.

— Eh bien, c'était moi.

— Non. Tu étais dans la cuisine. Le bruit venait de la grange.

Dani continuait à se masser la cheville. Elle avait un mal de chien.

— Je croyais que tu étais allé te coucher.

Il lui lança un regard spéculateur et elle réprima un nouveau juron. Elle s'était trahie.

— Je n'arrivais pas à dormir, dit-il en haussant les épaules.

— La prochaine fois, prends un somnifère.

— Non. Je n'en prends jamais.

Elle aurait dû s'en douter. Outre le fait qu'il était militaire de carrière et accro à l'adrénaline, Carter était secouriste. Il ne consommait jamais la moindre substance chimique sans que ce soit strictement nécessaire.

Avec une grimace de douleur, Dani ramassa sa lampe de poche, l'alluma et la pointa sur la vieille charrue abandonnée.

— Ça va ? s'enquit Carter.

— Oui.

A ceci près qu'elle avait besoin d'un calmant et d'une injection antitétanique. S'efforçant d'ignorer sa cheville endolorie, Dani balaya les alentours de sa lampe, inspectant les moindres recoins de l'allée, le contour sombre du groupe d'arbustes, cherchant la moindre forme suspecte. Si Carter avait entendu quelque chose, lui aussi…

— Je sens une odeur de chocolat, observa-t-il.

Elle soupira.

— J'ai fait des brownies. Et, inutile de poser la question, la réponse est non.

La dernière chose dont elle avait envie en cet instant, c'était de l'entendre user de cette intonation suppliante et sexy qu'elle connaissait bien. Il savait si bien l'amadouer et la manipuler. Si elle disait oui pour les brownies, il s'engouffrerait dans la brèche et elle n'était pas d'humeur à supporter un stress supplémentaire à cette heure. Sans compter qu'il savait très bien qu'elle était vulnérable, la nuit. Elle n'aimait pas être seule. La première fois qu'elle avait cédé à l'attirance qui frémissait entre eux depuis des années, c'était à peine une semaine après les funérailles de Susan et de Robert. Carter lui avait prêté une épaule accueillante et elle était tombée dans son lit comme un fruit mûr.

— Rentre chez toi, Carter. Tu n'as rien à faire chez moi à cette heure.

— A toi de voir.

— Exactement.

Avoir réussi à dire non lui procura une vive satisfaction. Elle n'avait pas mesuré jusqu'à présent à quel point elle était en colère ; elle croyait avoir eu assez de temps pour se remettre de leur séparation et l'oublier. D'une certaine façon, il était presque injuste de lui en vouloir : Carter n'avait jamais fait mystère de son envie de bouger et de voir du pays. Les missions dangereuses des Forces Spéciales lui convenaient mieux que le travail à la ferme assorti d'une relation stable. Il n'était tout bonnement pas fait pour s'engager.

La dépassant, il se dirigea d'un pas décidé vers la zone gravillonnée devant la grange. Elle lui emboîta le pas, plus lentement, en boitillant. L'une des choses qui l'ennuyaient le plus, c'était qu'elle s'était éprise de Carter alors même qu'elle s'était toujours promis que cela n'arriverait pas. Mais le cœur a ses raisons que la raison ne connaît pas… Dès le premier instant, elle s'était sentie attirée — fascinée, *envoûtée* — par lui, et il le savait. Cela ne lui avait pas facilité la vie. Elle avait déjà suffisamment de culpabilité et de questions douloureuses à surmonter sans avoir besoin, en plus, d'une relation qui ne pourrait jamais marcher.

— J'ai fait le tour des lieux, vérifié tous les taillis. Il n'y a pas de voiture garée sur la route, un peu plus bas, et je n'ai vu personne sur la plage, annonça-t-il en revenant vers elle. A mon avis, ce devait être un chien ou un chat errant.

Tournant les talons, il retraversa l'étendue de terre vers le sentier qui reliait les deux maisons, autrefois nettement dessiné par les multiples passages. Pour la première fois depuis qu'il l'avait aveuglée avec le rayon de sa torche, elle remarqua qu'il boitait.

Le remords tempéra sa colère. Il était sorti parce qu'il avait pensé qu'il y avait un rôdeur chez elle et, si cela avait effectivement été le cas, elle aurait été bien contente qu'il ait pris la peine de se déplacer.

— Carter… Attends.

Elle discernait à peine la forme claire de son T-shirt, mais assez pour voir qu'il s'était arrêté. Avant de changer d'avis, elle gagna sa cuisine et en revint quelques instants plus tard avec un paquet de brownies enveloppés dans du papier d'aluminium.

L'espace d'une minute, elle crut qu'il allait refuser son offrande de paix.

— Merci.

L'instant suivant, il avait disparu.

Une petite brise marine s'était levée ; se frictionnant les bras, elle rentra dans la maison et tira la porte vitrée derrière elle. Au cours de leur rencontre de ce soir, sans trop savoir comment, elle était passée du paroxysme de la colère à l'apaisement. Pour être tout à fait honnête, elle en était presque à le plaindre, maintenant.

Elle qui jurait ses grands dieux qu'elle avait retenu la leçon et appris à lui dire non !

5

Le bruit d'un moteur qu'on mettait en route tira Dani d'un profond sommeil. Elle cligna des yeux, éblouie par la vive lumière qui entrait à flots par la fenêtre de sa chambre. Pour la première fois depuis la mort d'Ellen, elle n'avait pas entendu sonner son réveil.

Les gestes encore maladroits, elle sauta de son lit, prit des sous-vêtements propres dans sa commode, enfila un jean et un T-shirt et glissa ses pieds dans des baskets. Sortant par les portes-fenêtres qui ouvraient sous la véranda, elle se dirigea vers la remise. Carter avait déjà sorti le tracteur en marche arrière.

— Qu'est-ce que tu fais ?

Il gara l'engin à côté des doubles portes grandes ouvertes de la grange. Laissant le tracteur au point mort, il sauta à bas du siège.

— Tu m'as dit que tu avais dû te séparer de Bill.

— Et alors ? Ça ne signifie pas que…

— Laisse tomber, Dani. Nous sommes voisins, oui ou non ?

Elle serra les mâchoires comme il entrait dans la grange et commençait à charger du foin sur la remorque. Ça, pour user d'arguments qui faisaient mouche, on pouvait lui faire confiance…

En dépit du fait qu'il avait visiblement des difficultés avec les mouvements latéraux, ce qui l'obligeait à modifier fréquemment l'appui de sa jambe, il s'acquitta de l'éreintante besogne comme si cela ne lui demandait aucun effort.

— Tu es encore en convalescence. Tu devrais te reposer.

— J'ai eu des mois de repos. J'ai besoin de me remettre en condition.

Deuxième tentative de mystification.

— Parce que tu crois que charger du foin équivaut à une séance de rééducation ?

Il épousseta le devant de son T-shirt.

— Tu pourras me dédommager de ma peine en m'offrant des séances de massage.

Elle croisa les bras sur la poitrine.

— Certainement pas. Tu ne fais pas partie de ma clientèle.

Il haussa les épaules et remonta sur le tracteur.

— Alors, quelqu'un d'autre le fera.

Dani aller se poster juste devant le tracteur, lui bloquant la voie.

— Tu ne sais pas où est le bétail.

Carter démarra et manœuvra pour la contourner.

— Dans les champs, au nord-est. J'ai jeté un coup d'œil hier soir.

— C'est à se demander si tu as fermé l'œil une minute cette nuit.

La pique sarcastique tira un sourire à Carter.

— A peu près autant que toi, chérie.

Dani grinça des dents. Elle avait oublié à quel point il aimait les joutes oratoires.

— Ecoute, tu n'as aucun droit de t'imposer comme ça, reprit-elle, alors que le nuage de poussière que soulevaient le tracteur et sa remorque l'enveloppait.

— Oh ! bravo, Dani… Très mature, très adulte, ta réaction.

Très bien ! La prochaine fois, elle appellerait la police pour faire constater la violation de propriété. S'il fallait en passer par là pour obtenir qu'il la laisse tranquille… Seul problème, et non des moindres : le policier de Jackson's Ridge, Pete Murdoch, était non seulement un ami de Carter, mais un parent — il avait épousé une de ses tantes. Nul doute que Murdoch la jetterait en prison, elle, plutôt que de chercher des noises à son neveu !

Une heure plus tard, Dani traversa le lit presque à sec d'une rivière au volant du 4x4 et se gara près de la station de pompage, dont les parois métalliques à l'éclat terni par l'âge étaient incrustées de lichen desséché. Carter s'étant mis en tête de nourrir et de déplacer le bétail à sa place, cela lui laissait plus de temps pour effectuer la tournée quotidienne des points d'eau et vérifier l'ensemble des équipements et des pompes qui alimentaient les abreuvoirs. Le niveau de la plupart de ces derniers était bas et elle en avait repéré un qui était à sec, ce qui était mauvais signe.

Dès qu'elle eut mis pied à terre, elle entendit le ronronnement de la pompe. Le système était réglé de sorte que la pompe se mette automatiquement en route lorsque l'eau descendait au-dessous d'un certain seuil. Elle l'avait inspectée la veille et le niveau d'eau était correct, mais, avec cette chaleur, l'évaporation était telle que les niveaux pouvaient s'abaisser beaucoup plus rapidement qu'à l'accoutumée. La pompe avait dû fonctionner pendant toute la nuit et qu'elle tourne encore signifiait sans doute que la buse de la conduite de prise d'eau était à l'air libre. L'estomac noué par l'inquiétude, elle se fraya un chemin au milieu des rocailles gris pâle scintillant sous le soleil ardent et localisa l'extrémité de la canalisation, qui n'aspirait effectivement que de l'air.

Elle devait impérativement rétablir une circulation d'eau dans les conduites, sinon la pompe allait surchauffer et griller, ce qui serait un désastre. Ses finances étant ce qu'elles étaient, dépenser plusieurs centaines de dollars dans une pompe neuve n'était tout bonnement pas envisageable et, sans réseau d'alimentation, eh bien, elle serait contrainte d'acheter de l'eau.

Fronçant les sourcils, elle s'approcha pour inspecter l'état de la conduite et son alignement. En temps normal, elle sortait en ligne droite de la station de pompage et s'arrimait dans la partie la plus profonde de la rivière. Bizarrement, elle s'était déplacée de plusieurs mètres, ou plutôt, *avait été* déplacée.

Car il n'y avait pas eu de crue pouvant expliquer que la conduite ait bougé du fait d'un afflux torrentiel, et elle n'avait pas mis d'animaux en pâture dans ce champ depuis sa dernière vérification, deux jours plus tôt. C'était donc que quelqu'un l'avait délibérément sortie du lit de la rivière pour faire tourner la pompe à vide et assoiffer le bétail.

Otant ses bottes et ses chaussettes, elle roula les jambes de son jean et entra dans l'eau, tirant le tuyau derrière elle. Elle le repositionna à l'endroit le plus profond, prenant soin de le fixer solidement à l'aide de gros cailloux. S'avançant encore, elle plongea la main tout au fond pour tester la prise d'eau. L'eau était bien aspirée, mais par à-coups, l'air ayant pénétré dans le circuit et fait chuter la pression.

Sortant de l'eau, elle s'essuya les mains sur son jean et prit sa clé spéciale dans la boîte à outils, à l'arrière de la camionnette. Quelques minutes plus tard, en nage, elle dévissait la valve de la pompe, enclenchait le commutateur, et remettait le tout en place en priant le ciel. L'eau gicla et gargouilla ; bientôt, le sifflement aigu de l'appareil se muait en un ronronnement rassurant. Elle espéra que la pompe n'avait pas été endommagée, mais il n'y avait aucun moyen de le savoir pour l'instant.

Elle vérifia que l'eau était correctement aspirée par la conduite immergée, puis elle remit chaussettes et bottes et longea la canalisation pour s'assurer qu'il n'y avait pas de fuites. Compte tenu de l'intensité du rayonnement ultraviolet en Nouvelle-Zélande, le plastique ne résistait pas longtemps à la lumière du soleil. La majeure partie de la conduite était enterrée, mais, par endroits, elle était exposée. Lorsqu'elle subissait des détériorations, c'était généralement autour des abreuvoirs, du fait du piétinement des bêtes.

Avec soulagement, elle constata que le premier point d'eau se remplissait. Quand il aurait atteint sa capacité maximale de remplissage, l'eau alimenterait automatiquement le point d'eau suivant, et ainsi de suite.

Un mouvement furtif attira son attention à la lisière de son champ de vision. Elle tourna la tête, soudain tendue, et scruta, sur ses gardes, le groupe d'arbres *puriri* qui délimitaient le champ.

Un faucon s'élança depuis une haute branche et décrivit une longue courbe, haut dans le ciel, juste au-dessus d'elle. Bonté divine, elle devenait paranoïaque ! Certes, quelqu'un avait touché à son réseau d'alimentation en eau, mais elle hésitait à employer le mot « sabotage ». Elle préférait penser qu'il s'agissait là d'une stupide plaisanterie enfantine — encore qu'il n'y eût pas, dans les alentours immédiats, de famille ayant des enfants en âge de se livrer à une blague de ce genre. Les Barclay étaient les plus proches, leurs terres touchant l'extrémité sud de Galbraith, mais leur maison d'habitation se trouvait à plusieurs kilomètres. Elle imaginait mal que leurs rejetons se soient aventurés aussi loin ou aient eu la force de déloger les rochers qui maintenaient en place la canalisation.

Toujours sur ses gardes sans trop savoir pourquoi, elle examina la crête des collines et, tout à coup, la raison de cette tension qui ne la quittait pas lui apparut. Une vague odeur de brûlé flottait dans l'air et elle en discernait l'origine, à présent. Des volutes de fumée s'élevaient dans le ciel, poussées par le vent, du côté de la ferme de Tom Stoddard.

Sans quitter des yeux, jusqu'à ce qu'elle atteigne les arbres, la mince colonne de fumée bleutée, elle orienta ses pas dans cette direction.

Le craquement des feuilles sèches sous ses pas produisait un vacarme disproportionné dans le silence du sous-bois. Sous la canopée, l'air était chargé de senteurs, la lumière faible. Les troncs massifs s'élançaient vers le ciel, leurs cimes disparaissant derrière les frondaisons et leurs branches envahies par les parasites ruisselant de lianes ; mais, en dépit du feuillage dense et épais, l'odeur de fumée était toujours omniprésente.

Tout en accélérant le pas, Dani regretta de ne pas avoir pris le temps de retourner à sa camionnette. Tom n'était pas du genre à faire brûler des déchets à cette époque de l'année. Ancien pompier, il était naturellement sensibilisé aux questions de sécurité. L'herbe et les arbres étant transformés par la sécheresse en véritables torches potentielles, le risque d'incendie était à son maximum et il savait mieux que quiconque que faire du feu était proscrit.

Lorsqu'elle émergea des arbres, son cœur se serra et elle se mit à courir. Ce n'étaient pas des déchets qui brûlaient, mais la maison de Tom.

Haletante, elle franchit une barrière, retomba dans un fossé puis se courba en deux pour passer au-dessous d'une clôture électrique, prenant soin de ne pas la toucher. En se redressant, elle tâta sa poche, à la recherche de son téléphone portable, et grimaça de dépit en s'apercevant qu'elle était vide. Comme elle n'avait cessé de patauger dans l'eau, elle l'avait laissé dans la camionnette.

Elle courut à travers champ, les jambes fouettées par les tiges sèches des plantes. En approchant, elle se rendit compte que ce n'était pas la maison elle-même qui avait pris feu, mais pratiquement tout le reste : les vieilles étables, à l'arrière, la grange et le garage. L'adrénaline se déversant à flots dans ses veines, elle ouvrit une barrière de bois et pénétra dans la cour gravillonnée qu'entouraient les divers corps de ferme. Le camion de Tom n'était pas à sa place, ce qui signifiait soit qu'il était sur ses terres, soit qu'il s'était rendu en ville.

Coupant à travers un petit carré de pelouse, elle actionna le loquet de la porte d'entrée. Verrouillée. Elle essaya toutes les autres portes et fenêtres ; toutes étaient fermées à clé.

Frustrée, elle regarda à travers la porte vitrée de la cuisine. Sur le comptoir, le téléphone la narguait.

Elle chercha des yeux de quoi casser la vitre. Saisissant un des gros cailloux qui, en un net alignement, délimitaient une plate-bande, elle le projeta de toutes ses forces contre la vitre.

Pour son désappointement, il ne fit que l'étoiler et former un trou de la taille d'une noix, comme sur un pare-brise de voiture.

Tom avait fait poser du verre feuilleté ! Reprenant le caillou, elle tapa avec acharnement contre la vitre jusqu'à ce qu'elle ait ménagé un espace assez grand pour y glisser le bras et ouvrir la porte de l'intérieur.

Elle se précipita vers le téléphone, luttant pour garder son calme. Elle dut refréner son impatience lorsque l'opérateur lui demanda de décliner son identité et réclama des détails.

Puis, ce fut l'attente, interminable, les secondes s'égrenant comme au ralenti. Elle regarda la porte vitrée et nota une trace rouge sur les éclats de verre. La trace se poursuivait sur le sol, menant jusqu'au comptoir. Alors seulement, elle comprit que c'était son propre sang. Une longue estafilade courait à l'intérieur de son avant-bras.

Un craquement sinistre lui fit tourner vivement la tête. Des volutes de fumée dense tourbillonnaient dans le ciel assombri. Le ronflement du feu s'était accru et elle n'entendait plus maintenant le tic-tac de l'horloge. La peur la saisit. Les pompiers mettraient au moins dix ou quinze minutes avant d'arriver et d'ici là, tout serait peut-être anéanti. Les doigts poisseux de sang, elle reposa le combiné sur son socle, attrapa un torchon propre et l'entortilla autour de son bras, se servant de ses dents pour le nouer bien serré, puis elle retourna au-dehors et courut vers la grange. Elle avait dit tout ce qu'il y avait à dire à l'opérateur ; elle ne pouvait pas rester plantée dans la cuisine de Tom, bras ballants, à ne rien faire. Il fallait au moins qu'elle essaie de sauver son tracteur. Ensuite, elle verrait si elle pouvait faire quelque chose pour la maison.

La chaleur manqua la faire reculer lorsqu'elle pénétra dans la grange. Elle repéra aisément le tracteur. Tom était plutôt pointilleux et il le rangeait toujours à la même place. La fumée lui piquant les yeux, les poumons en feu, elle se dirigea aussi vite qu'elle le put vers l'engin et grimpa sur le siège, cherchant à tâtons la clé. Le métal était déjà chaud, et la clé n'était pas sur le contact. Elle en aurait pleuré de rage. Sautant à bas du tracteur, elle se protégea le nez et la bouche avec le bas de son T-shirt et fonça vers la porte. La fumée était si épaisse maintenant qu'elle avait du mal à respirer. Une bouffée de chaleur la fit tituber ; une seconde plus tard, elle émergea de la grange, juste au moment où un véhicule entrait dans la cour. Elle aperçut les cheveux gris et le visage buriné de Tom avant de se plier en deux, secouée par une quinte de toux.

Une main ferme l'attrapa par le bras.

— Ça va ?

— J'ai appelé les secours et, ensuite, j'ai voulu sortir le tracteur… Mais je… n'ai pas trouvé la clé.

L'expression fermée, Tom répondit :

— J'en ai un double sur moi.

— Tom, *attends*…

Le vieil homme disparut dans la fumée. Il était solide comme un roc, mais si elle ne le voyait pas ressortir très vite, elle irait le chercher.

Quelques secondes plus tard, le moteur du tracteur se mit en route en crachotant, et l'engin noirci émergea, tractant une remorque. Tom le garait à côté de sa camionnette, à l'abri des flammes, lorsqu'un véhicula arriva en trombe et freina dans une gerbe de graviers.

Carter.

Son regard l'effleura, froid et bref, tandis qu'il sautait de son 4x4, puis il s'arrêta sur Tom.

— Tu en avais marre de la ferme, Tom ?

Toussant, la main sur la poitrine, cherchant son souffle, Tom descendit du tracteur.

— Visiblement, *quelqu'un* en a eu marre, oui. Le feu n'a pas pu se déclencher tout seul dans l'étable. Il n'y a rien là-dedans en ce moment. Mais je ne vais pas me laisser faire, ajouta-t-il en frottant ses yeux qui pleuraient. Il ne sera pas dit que l'incendie aura détruit ma maison ou se sera propagé aux champs alentour.

— Tu as toujours une pompe flottante ?

Tom désigna du menton la remise.

— Je m'apprêtais à aller la chercher.

— J'y vais. Si on la plonge dans le ruisseau qui coule derrière ta maison, on pourra asperger l'arrière de la grange.

Il braqua son regard sur Dani.

— Toi, aide Tom à arroser la maison avec le tuyau d'arrosage.

Le sous-entendu était clair : s'ils ne retenaient pas Tom, celui-ci retournerait à l'intérieur pour tenter de sauver ce qu'il pouvait.

Quelques minutes plus tard, tandis qu'elle tenait le tuyau fermement dirigé vers le mur latéral de la maison, Dani entendit une sirène. Le camion de pompiers fit irruption dans la cour peu après, suivi de deux camionnettes plus modestes. Au logo qu'arboraient leurs carrosseries, elle comprit qu'il s'agissait des véhicules, dotés d'un matériel mobile et léger, que les gardes forestiers utilisaient pour les tournées de détection de départs d'incendies. Lorsqu'un feu était signalé, ils étaient tenus, au même titre que les pompiers, de se mobiliser. D'ailleurs, tout propriétaire de parcelle dans un certain rayon autour du départ de feu se devait d'apporter sa contribution. Dans une commune rurale comme Jackson's Ridge, il importait que les équipes de lutte contre les incendies soient bien coordonnées, a fortiori pendant un épisode de sécheresse tel que celui-ci. Il y allait de l'intérêt de tous que les feux soient contrôlés dans les plus brefs délais.

En quelques secondes, la pompe propulsa un jet d'eau puissant et régulier directement au cœur de l'incendie. Le tuyau d'arrosage étant devenu superflu, Dani s'en alla aider Carter, toujours aux prises avec la pompe flottante.

Dans l'eau jusqu'à mi-cuisse, il préparait le raccord du tuyau à la pompe. Lorsque l'assemblage fut terminé, il sortit de l'eau. La pompe prévue pour flotter à la surface de l'eau était pourvue d'une buse d'aspiration sur sa face inférieure, ce qui faisait de cet appareil un équipement portable parfait en cas d'incendie, même s'il était plus adapté au remplissage des réservoirs des équipements anti-feu que pour l'arrosage de l'incendie en lui-même.

Dani déroula le tuyau posé au bord de l'eau et le positionna en une ligne droite orientée vers l'arrière de la grange. Revenant sur ses pas, elle saisit l'extrémité du tuyau et la tira jusqu'à la berge, pataugeant et glissant sur les bords vaseux du ruisseau. Comme elle tendait le raccord métallique à Carter, sa manche remonta et il aperçut son bandage de fortune, rougi de sang.

— Qu'est-ce que tu t'es fait au poignet ?

— Une écorchure…

— Pour que ça saigne autant, c'est plus qu'une écorchure.

Adroitement, Carter ajusta le raccord, vérifia qu'il était correctement fixé, retourna à la pompe et tira sur le câble d'amorçage.

Une bouffée de fumée bleutée s'échappa. Le bruit du moteur rendit toute conversation impossible. Rabattant sa manche, Dani s'éloigna du bord fangeux, ses bottes faisant ventouse dans la boue.

L'eau jaillit de l'extrémité du tuyau que l'un des gardes forestiers avait attrapée et pointait sur la grange. Parmi les hommes venus prêter main-forte se trouvaient Walter Douglas et Jim McCarthy, tous deux pompiers volontaires de longue date, et Athol Pike, le contremaître d'une des principales exploitations forestières. Dani se raidit lorsque son regard s'arrêta sur George Lynch, un estivant qui possédait un cabanon de vacances en bord de mer. C'était lui qui conduisait le camion de déménagement qu'elle avait percuté six ans plus tôt. En raison de la hauteur du véhicule, il n'avait été que légèrement blessé, mais l'hôpital l'avait quand même gardé une nuit, en observation.

Elle avisa un homme brun en jean et T-shirt noir qu'elle ne connaissait pas et qui se démarquait des gardes forestiers et des pompiers, tous en combinaison de travail.

Soudain, une forte explosion retentit.

Stoïque, Tom secoua la tête et commenta :

— C'est le bidon de pétrole... On ne pourra plus empêcher la grange de flamber, maintenant.

— S'il était encore plein, c'est qu'on ne s'en est pas servi pour allumer le feu, observa l'inconnu.

Dani reporta son regard sur lui, fouillant dans sa mémoire. Son visage lui semblait vaguement familier. Elle avait entendu dire qu'un étranger séjournait dans la maison de vacances des Hamilton, qui jouxtait sa propriété... Sans doute était-ce lui mais, après les divers incidents survenus autour de chez elle, le sabotage et, maintenant, cet incendie — le troisième en une semaine à Jackson's Ridge —, sa tolérance vis-à-vis des étrangers était pratiquement nulle.

6

Une demi-heure plus tard, le feu était maîtrisé et éteints les foyers épars dans le champ, derrière la grange. La femme d'un des pompiers avait apporté des bouteilles de bière fraîche, une grande Thermos de thé glacé et des sandwichs.

Carter s'avança vers Dani, une bouteille d'eau à la main, la mine grave.

— Fais-moi voir ton bras.

Elle regarda sa bouteille, la bouche subitement sèche.

— Je t'ai dit que ce n'était rien.

Il agita la bouteille sous son nez.

— Je te donne de l'eau et tu me montres ton bras.

— C'est du chantage.

— Et le seul moyen de te faire entendre raison, apparemment.

Il désigna du menton l'arrière de sa camionnette, dont le hayon était rabattu.

— Assieds-toi là.

Se perchant à l'arrière du véhicule, elle le laissa dénouer le torchon et examiner la longue coupure. Elle-même détourna les yeux. Peut-être était-ce de la sensiblerie, mais elle n'aimait pas la vue du sang… Trop de mauvais souvenirs, sans doute.

Carter, lui, n'était nullement impressionné. Il n'aurait

pas été plus maître de lui s'il avait regardé une piqûre de moustique.

— La plaie est propre, c'est déjà ça.

Elle but une longue gorgée d'eau et en soupira de plaisir.

— Pas étonnant, répondit-elle. Ça a suffisamment saigné.

Il ouvrit une petite mallette et en sortit un flacon. Le désinfectant qu'il versa avec libéralité sur la blessure la brûla comme du feu.

Elle se mordit la lèvre et s'agita tandis qu'il tamponnait la plaie avec une compresse imbibée d'antiseptique.

— Tiens-toi tranquille. Il te faudrait deux ou trois points de suture — tu as eu de la chance que l'artère n'ait pas été touchée. Comment est-ce arrivé ?

— J'ai dû briser la vitre de la porte de la cuisine pour atteindre le téléphone. Je ne m'attendais pas à ce qu'elle soit de verre feuilleté.

Il la relâcha et elle vit briller quelque chose dans sa main.

— Qu'est-ce que c'est que ça ? Une *aiguille* ?

Il saisit son poignet.

— Ne sois pas puérile.

De mieux en mieux ! Un anesthésique. Elle ferma les yeux.

— Nous ne sommes pas sur un champ de bataille, Carter, et je ne suis pas… Aïe !

Il posa l'aiguille jetable dans la mallette et en prit une autre, incurvée.

— Si je ne pose pas un ou deux points tout de suite, il faudra que tu ailles les faire faire au centre médical. Sinon, tu auras une vilaine cicatrice.

Il introduisit le fil dans l'aiguille. Elle reposa la bouteille, prise d'un léger étourdissement.

— Elle viendra s'ajouter à ma collection.

Une sur la mâchoire, un trait zigzaguant de ses côtes à sa hanche, une série de petites entailles à l'intérieur de l'avant-bras — là où des éclats de verre s'étaient plantés lorsque le pare-brise avait explosé et qu'elle s'était instinctivement protégé le visage.

— Ça va ?

— Repose-moi la question dans quelques minutes, quand tu auras mis le pansement.

Luttant contre un nouvel accès de vertige, elle se concentra sur les sapeurs-pompiers qui enroulaient leur lance. Finalement, la douleur cuisante et les élancements se dissipèrent et son bras s'engourdit. Carter approcha son aiguille. Maintenant que tout était fini et que l'adrénaline ne se déversait plus dans ses veines, elle se sentait épuisée, vidée de toute énergie.

Enfin, Carter libéra son poignet, désormais recouvert d'un épais bandage.

— Voilà.

Elle rabattit sa manche, évitant de le regarder.

— Merci.

— Je t'en prie.

Il soigna ensuite l'étranger vêtu de noir, qui s'était brûlé le dos de la main. Carter, lui aussi, avait eu son lot de cicatrices, songea Dani. Malheureusement pour elle, elle connaissait chacune d'entre elles. Ou presque… Il en était une qu'elle n'avait pas vue, celle qui, à en croire ce qu'on racontait, avait bien failli causer sa mort.

Une voiture de police entra dans la cour et se gara derrière la camionnette de Carter, suivie de près par un coupé sport. C'était celui de Tony Flynn, le propriétaire et unique reporter du journal local, le *Jackson's Ridge Chronicle*.

Pete Murdoch descendit de la voiture de police, un carnet noir à la main. Après avoir jeté un bref coup d'œil alentour, il s'en fut vers Tom qui s'était assis, exténué, à côté du chef des pompiers. Quelques minutes plus tard, il vint vers elle.

— Tom me dit que vous étiez la première sur les lieux.

— Oui, c'est exact.

— Où est votre voiture ?

Elle tendit le pouce en direction de Galbraith.

— Garée à côté de ma station de pompage.

— Vous êtes venue à pied ? s'étonna-t-il.

— Oui. Je me suis mise à courir dès que j'ai vu la fumée.

— Vous avez appelé d'ici. Pourquoi n'avez-vous pas utilisé votre portable ?

Oh-oh. Murdoch l'interrogeait d'un ton très professionnel et avec une froideur qui ne lui disait rien qui vaille.

— J'avais un problème avec ma pompe. Comme je travaillais dans l'eau, je l'avais rangé dans la camionnette. Je ne suis pas retournée le prendre parce que, quand j'ai vu la fumée, j'étais déjà à mi-distance d'ici.

Son malaise s'accentua lorsqu'elle vit du coin de l'œil Flynn se placer à portée de voix, le calepin à la main. Un instant plus tard, Carter vint se caler contre la camionnette, entre eux et Flynn, empêchant l'air de rien le journaliste de suivre la conversation.

— Je ne vois pas où vous voulez en venir, dit-elle à Murdoch, alors même qu'elle craignait de ne comprendre que trop bien. J'ai accouru aussi vite que j'ai pu. Peut-être que j'aurais mis moins de temps en voiture, mais je ne crois pas. Il aurait fallu que je redescende jusqu'à la route pour prendre l'allée de Tom. Une fois ici, j'ai dû briser la porte vitrée de la cuisine pour appeler les secours. Tom est arrivé peu de temps après.

Murdoch prenait des notes.

— Je m'étonne simplement que vous soyez arrivée sur

les lieux d'un incendie, chez votre voisin, sans voiture ni téléphone.

— Est-ce que, par hasard, vous seriez en train de m'accuser de n'avoir pas fait le maximum ?

— Pas du tout. J'essaie juste d'établir précisément les faits.

L'expression indéchiffrable, Carter intervint.

— Ce que Murdoch veut dire, c'est que les criminels reviennent souvent sur les lieux de leur forfait. C'est une façon de se protéger parce que, si on trouve leurs empreintes ou leur ADN, ils peuvent arguer qu'ils les ont laissés lorsqu'ils sont venus apporter leur aide.

Murdoch lança un coup d'œil irrité à Carter.

Dani dévisagea Murdoch, incrédule. Elle le connaissait depuis six ans. C'était l'un des officiers qui avaient été appelés sur les lieux de l'accident dans lequel sa mère et Robert avaient péri. Il avait assisté à l'enquête et pris plusieurs fois de ses nouvelles par la suite, avec un sollicitude qui lui avait paru sincère.

— Ce n'est pas moi qui ai mis le feu, si c'est ce que vous pensez.

— Calmez-vous. Je n'ai rien dit de tel.

— Mais si ! C'est exactement ce que vous insinuez.

Outrée, elle sauta sur ses pieds.

— Si c'est moi votre principal suspect, Jackson's Ridge a du souci à se faire ! Pourquoi pas Flynn… Ou… Ou Pike ? Ou *lui*, là-bas ? Que fait-il, d'ailleurs, avec les pompiers et les gardes forestiers ?

Murdoch tourna la tête vers l'étranger que Carter venait de soigner.

— Ne vous inquiétez pas de O'Halloran.

Entendant son nom, l'homme leva les yeux et les considéra d'un air impassible.

— Elle a raison. Cherchez ailleurs si vous voulez trouver votre suspect. Elle n'a pas le profil.

Un nerf tressauta dans la mâchoire de Murdoch.

— Ne vous mêlez pas de ça, O'Halloran.

L'homme en noir s'écarta de l'aile du véhicule contre laquelle il était adossé.

— Ce n'est pas mon intention.

Dani le dévisagea.

— Puisque vous n'êtes pas du coin et que vous ne faites pas partie des équipes de secours, que faites-vous ici ?

O'Halloran s'arracha à la contemplation des ruines fumantes de l'étable.

— En fait, c'est vous que j'étais venu voir. Je suis votre rendez-vous de 10 heures.

Quelques minutes plus tard, tous les véhicules de secours étaient partis, à l'exception d'une camionnette des gardes forestiers, restés pour aider au nettoyage. Tony Flynn, l'air très excité, avait sauté dans sa voiture juste après le départ de Murdoch.

La sœur de Tom, qui habitait une petite maison de plage en ville, était venue soutenir son frère, qui était pâle et plus secoué qu'il ne voulait le laisser voir.

Rassurée de savoir Tom entre de bonnes mains, Dani pivota sur elle-même et se mit en route vers les arbres. Harassée, elle ne songeait qu'à une chose : récupérer sa camionnette et rentrer chez elle.

Mais Carter lui barra la route.

— Je te raccompagne.

— Inutile. Ma camionnette m'attend à la station de pompage.

— Tu ne repars pas à pied.

Dani feignit de contempler ses jambes avec étonnement.

— Ah bon ? Moi qui croyais que c'était justement ce que j'étais en train de faire !

Son jean, en plus d'être trempé et plein de boue, était noirci par la fumée et la suie — à l'image des vêtements de tous les autres sauveteurs. On aurait dit qu'on l'avait fait descendre dans un conduit de cheminée. Un homme trapu, musclé, revêtu de l'uniforme des gardes forestiers, haussa les sourcils en les regardant.

— Eh bien, eh bien… On se chamaille ?

Irritée, Dani toisa Athol Pike qui rembobinait le tuyau avec un de ses collègues, Eddie Thompson. Elle avait été en classe avec les deux hommes, bien qu'Athol soit un peu plus âgé qu'elle.

— Mêle-toi de tes affaires.

Un large sourire lui fendit le visage.

— Oh-oh… Alors, c'est que la réponse est oui. J'ai peut-être enfin une chance de décrocher le rendez-vous que j'attends depuis si longtemps !

Eddie étouffa un petit rire.

Pas un muscle ne bougea sur le visage de Carter mais quelque chose dans son attitude dut alerter Pike, car celui-ci éleva les mains en signe d'apaisement.

— Je plaisante.

Dani jeta un coup d'œil à Carter. D'abord, il était intervenu quand Murdoch la pressait de questions et, maintenant, il mettait Pike en garde…

Carter remonta le hayon de sa camionnette.

O'Halloran s'approcha de Dani, l'air intéressé.

— Je peux vous ramener, si vous voulez, lui proposa-t-il.

Une pelle atterrit bruyamment à l'arrière de la camionnette.

— Elle ne vous recevra pas au cabinet aujourd'hui.

O'Halloran se tourna à demi vers Carter.

— Je n'avais pas l'intention de le lui demander.

Cette fois, Dani planta son regard dans celui de Carter — et ce qu'elle vit faillit la faire reculer d'un pas. Elle comprit pourquoi Pike avait baissé pavillon.

— Il est impoli de parler des gens à la troisième personne en leur présence, dit-elle avec humeur.

Carter ouvrit la portière côté passager.

— Monte, Dani. Tu as besoin de te reposer.

Il n'avait pas tort. La tête lui tournait un peu, ce qui était mauvais signe. Si elle voulait vraiment repartir à pied, il lui faudrait s'allonger un moment avant de se mettre en route.

Si Pike et Thompson avaient profité de la diversion pour s'esquiver, O'Halloran, lui, n'avait pas bougé d'un pouce. Il semblait avoir de la suite dans les idées.

— 10 heures, demain matin, ça vous conviendrait ?

Ses yeux s'abaissèrent jusqu'au poignet bandé de Dani.

— Vous croyez que vous serez en état ?

Dani plia les doigts. L'anesthésique avait endormi toute la zone, mais elle sentait quand même de sourds élancements.

— De mémoire, votre médecin vous a adressé à moi pour un problème à l'épaule et au cou, n'est-ce pas ?

— C'est ça. Une solive m'est tombée sur le dos.

Elle se souvint des notes que lui avait faxées Jan Pearce, orthopédiste à Auckland. La pièce de bois lui avait luxé l'épaule et brisé une vertèbre cervicale. Il avait eu de la chance de survivre à l'accident, et de ne pas se retrouver tétraplégique. Après une intervention chirurgicale, il avait suivi des mois de rééducation associant plusieurs disciplines — kinésithérapie, massages, ostéopathie. Tout ce dont il avait besoin, c'était de simples séances d'entretien pendant ses vacances. Elle cligna des paupières, la tête lourde comme si un étau lui pressurait le crâne.

— Comment est-ce arrivé ?

— Dans un incendie.

Une main s'enroula autour de son bras, provoquant une décharge électrique à travers le coton du T-shirt.

— Grimpe avant de perdre connaissance, ordonna Carter.

Dani se dégagea, titubante de fatigue.

— Ça, ça m'étonnerait…

De mauvaise grâce, elle monta dans le véhicule en s'accrochant au tableau de bord pour lutter contre le vertige.

— Je ne m'évanouis *jamais*.

Elle claqua sèchement la portière. Carter ne prit pas la peine de discuter.

Quelques minutes plus tard, il s'arrêtait devant chez elle. Il contourna le véhicule pour l'aider à descendre et, cette fois, elle ne protesta pas. Elle s'était à moitié assoupie pendant le court trajet et avait tellement mal à la tête à présent que chaque mouvement lui était pénible.

Se tenant à la balustrade, elle gravit laborieusement les marches qui conduisaient dans la cuisine, une par une, lentement, retira ses bottes et entra dans la pièce.

— Va t'étendre. Je vais t'apporter un antalgique.

Dani agrippa le comptoir.

— Tu n'entres pas dans ma chambre.

Elle vit passer une ombre d'agacement sur ses traits.

— Alors, allonge-toi sur le canapé.

Se déplaçant au ralenti, Dani se dirigea vers le hall, attrapant au passage deux serviettes de toilette dans l'armoire à linge qu'elle déplia sur le sofa ancien pour ne pas salir le tissu avec ses vêtements maculés de boue et de suie. En soupirant, elle s'allongea enfin.

Carter lui apporta deux comprimés et un grand verre.

— Tu dois être déshydratée. Bois ça. Ensuite, je t'en apporterai un autre.

Lorsqu'elle eut bu un second verre d'eau, Dani s'installa dans une position confortable et la somnolence la gagna.

Elle entendait Carter s'affairer dans la cuisine. En dépit de ses protestations initiales, elle trouvait étrangement réconfortant de le savoir à la maison.

Même si la notion de « réconfort » pouvait paraître curieuse, appliquée à Carter, elle n'en voyait pas de meilleure pour décrire ce qu'elle ressentait. Il avait le chic pour prendre les choses en main en toute circonstance et ramener l'ordre là où régnait le chaos. Ce qui en soi était une qualité. Aujourd'hui, il avait apaisé Tom et l'avait empêché de commettre une bêtise en retournant dans la grange, il avait pris soin d'elle — en lui posant des points de suture, en s'interposant entre elle et les ardeurs policières de Murdoch et la plume acérée de Flynn. S'il n'avait pas été là, donnant clairement à entendre qu'elle était avec lui, Murdoch aurait persisté — peut-être même l'aurait-il emmenée au poste de police pour un interrogatoire en bonne et due forme.

Une fois de plus, la chose se confirmait : malgré ses dénégations, tout le monde se comportait comme si Carter et elle étaient encore ensemble. Il n'était pas facile de se colleter avec ce qui était pourtant une réalité : qu'elle le veuille ou non, elle était toujours sous sa protection.

Dans dix ans, cela lui paraîtrait peut-être amusant. En attendant, la pilule était dure à avaler.

Tout à coup, le poids d'une couverture sur ses jambes la fit sursauter et, l'espace d'un instant, elle eut du mal à se rappeler où elle était. Il lui semblait avoir dormi des heures, or elle avait dû s'assoupir seulement quelques secondes.

Carter coinça la couverture sous le sofa et, dans son mouvement, effleura ses doigts. Le contact fut très bref, mais le regard qui l'accompagna — une expression empreinte d'une grande douceur, et quelque chose d'autre aussi… comme une *intime reconnaissance* — lui fit battre le cœur.

Bientôt, elle était de nouveau seule dans la pièce. Elle entendit la porte d'entrée se refermer ; puis le ronronnement de sa camionnette, qui décrut peu à peu.

Ses doigts s'enroulèrent dans le mohair duveteux de la couverture tandis que certaines images affluaient dans son esprit…

Le souvenir de ses nuits dans les bras de Carter et de longs après-midi passés à paresser sur la plage.

Pourquoi, au nom du Ciel, se comportait-il ainsi ?

Alors qu'elle faisait tout son possible pour l'*oublier.*

Se levant lentement, elle gagna la salle de bains.

Exténuée ou pas, elle allait avoir toutes les peines du monde à trouver le sommeil…

Carter entra dans sa cuisine et se figea. Il aurait reconnu entre mille la longue silhouette qui, devant le plan de travail, lui tournait le dos, occupée à remplir d'eau glacée un grand verre.

— Mia.

Elle se retourna et, tout sourire, le gratifia d'un clin d'œil.

— Salut ! Dis-moi, tu n'as pas l'air ravi de me voir. Figure-toi que je cueille des fruits dans la région… Alors, je me suis dit que j'allais passer te dire bonjour. Tu n'es pas facile à trouver — j'ai dû demander mon chemin à la supérette, en ville. Une femme du nom de Gladys m'a renseignée.

— Quoi ? Tu as demandé où j'habitais au supermarché ?

Tirant une chaise, Mia repartit en riant :

— Un supermarché… Comme tu y vas ! C'est minuscule. Tout comme Jackson's Ridge, d'ailleurs.

Et tout Jackson's Ridge devait désormais être au courant qu'il avait une visiteuse. Le village était peut-être petit, mais il était doté d'un réseau de communications — nom de code : Gladys Hainey — absolument inégalé. Comparé à lui, même les liaisons satellitaires auraient fait pâle figure.

— J'avais déjà demandé au pub, poursuivit posément Mia. Mais la vendeuse de la supérette s'est montrée plus avenante.

Elle sirota une gorgée d'eau et mordit dans son sandwich. Carter étouffa un grognement. Donc, elle était *aussi* allée au café…

— Tiens, j'en ai apporté un pour toi, reprit Mia en lui tendant un sachet en papier. Tu me connais. La cuisine n'est pas mon fort.

Contrairement à ce que son prénom aurait pu laisser penser, Mia n'avait rien d'une petite chose fragile. Elle était grande — près d'un mètre quatre-vingts —, mince et musclée. Carter avait fait sa connaissance au club de gymnastique qu'il fréquentait ; elle y travaillait comme coach personnel et y suivait des cours d'aérobic à ses heures perdues.

Avec un haussement d'épaules, il s'attabla à son tour et déballa son sandwich. Sous ses airs d'amazone, Mia était douce, charmante et aussi inoffensive qu'un chiot. Et, de toute façon, maintenant qu'elle était là, il ne pouvait pas lui demander de partir.

— Qu'est-ce que c'est que cette histoire de cueillette de fruits ?

— Je me suis dit que ce serait un bon moyen de me promener un peu tout en me faisant des amis. Lorsque j'aurai fini les fraises, je descendrai jusqu'à Nelson pour ramasser les pommes.

Elle désigna un sac à dos calé contre l'antique commode galloise qui occupait une bonne partie d'un des murs de la pièce.

— Ça ne t'ennuie pas de m'héberger cette nuit ? J'ai voulu prendre une chambre au pub, mais les quatre étaient louées. D'après ce que j'ai compris, un pyromane sévit dans le coin et on a dû faire appel à des renforts extérieurs.

Elle marqua une pause et le considéra d'un œil amusé.

— Ce qui expliquerait que tu ressembles à un ramoneur…

— Et que je sente le feu de bois à dix kilomètres à la ronde. Je reviens juste de l'incendie qui s'est déclaré chez un voisin. Il a perdu sa grange.

Mia ne parut pas autrement bouleversée. Aussi adorable qu'elle fût, c'était une fille de la ville. Elle n'avait pas les mêmes valeurs que lui.

Elle lui montra un gros sac posé sur le comptoir.

— J'ai acheté de la nourriture… Je ne voulais pas venir les mains vides.

— Pas de problème, répondit-il poliment en contemplant avec résignation les courses.

La chasser de chez lui aurait été tentant, évidemment, mais où aurait-elle passé la nuit ? Sans compter qu'il la connaissait depuis des années et qu'il avait à une ou deux reprises dormi sur son canapé, après leur séparation.

Après l'avoir observé quelques instants, Mia hasarda :

— J'ai gaffé en venant ici, n'est-ce pas ? Il me semblait bien que les gens me regardaient d'un drôle d'air, en ville.

Elle posa son sandwich.

— Tu as une petite amie ?

— Pas exactement.

Il avait une *ex*-petite amie, qui lui en voulait à mort et lui en voudrait bientôt beaucoup plus encore !

— Ne t'inquiète pas, je m'en irai tôt demain matin.

Le silence envahit la pièce tandis qu'elle mordait dans son sandwich et mâchait sa bouchée, en le regardant d'un air songeur.

— Tu sais, reprit-elle. Je me suis souvent dit que ç'aurait dû être toi.

Perplexe, Carter la dévisagea. Il était parfois difficile de suivre le cheminement des raisonnements de Mia. C'était l'une des raisons pour lesquelles leur relation n'avait pas duré longtemps.

— Moi… ?

— Mais oui, tu vois ce que je veux dire. *Toi.*

Elle haussa les épaules.

— Je ne sais pas pourquoi ça n'a pas marché. Tu es parfait pour moi.

Carter sortit de la douche, enfila des vêtements propres, se munit de son portable et se rendit dans la véranda.

Murdoch répondit à la seconde sonnerie, et Carter ne perdit pas de temps en civilités.

— Qui est ce O'Halloran ?

— Pourquoi ? Il t'intéresse ?

— J'aime bien savoir qui sont mes voisins.

Et ce type lui semblait vaguement familier sans que Carter parvienne à le remettre, ce qui lui était inhabituel.

— C'est surtout le voisin de Dani. Il séjourne dans cette maison de plage, à la lisière de sa propriété.

— La maison Hamilton ?

— C'est ça. Il était marié à l'une des filles de la famille.

Le regard de Carter dériva vers la plage frangée d'écume, cette longue bande brillante de sable mouillé où l'eau refluait avant de remonter inlassablement à l'assaut du rivage.

— Que fait-il ici ?

— Il est en vacances, je suppose. C'est l'été.

— Tu ne sais rien d'autre sur lui ?

— Non.

Murdoch paraissait quelque peu sur la défensive. Carter s'appliqua à adopter un ton dégagé.

— Ah bon… J'avais l'impression que tu le connaissais.

— Comme je te l'ai dit, c'était le mari d'une des filles Hamilton. Je l'ai déjà vu par ici.

Ce qui n'était pas le cas de Carter. Il prit des nouvelles de sa tante puis, après qu'ils eurent échangé quelques banalités, il raccrocha. Il contempla les rouleaux qui avançaient vers la plage, leurs crêtes moutonnantes d'écume. Il se tramait quelque chose à Jackson's Ridge — quelque chose qui ne lui disait rien de bon. Et Murdoch en savait plus qu'il ne voulait l'avouer.

7

Ce fut un rayon de soleil sur son visage qui éveilla Dani. Elle se leva et alla s'examiner dans le miroir de la salle de bains. A part le bandage à son poignet, elle avait l'air… étonnamment normal. Malgré le maelström d'émotions qui l'avaient habitée la majeure partie de la nuit, elle avait réussi, une fois de plus, à ne pas entendre son réveil.

Trente minutes plus tard, douchée et en vêtements de travail, elle sortit et se dirigea vers la grange. Elle avait entendu le tracteur quelques instants auparavant ; il était à présent rangé dans la remise. Carter l'avait donc de nouveau prise de vitesse et s'était chargé de nourrir les bêtes.

N'ayant par conséquent plus rien à faire, elle rebroussa chemin pour se servir une seconde tasse de thé. Elle avait beau faire de son mieux pour trouver des défauts à Carter, elle n'y parvenait pas. Quoi qu'elle ait à lui reprocher, il demeurait… l'homme providentiel. Il avait contribué à sauver la maison de Tom, soigné les blessés, dont elle-même, puis il s'était occupé d'elle après l'avoir ramenée à la maison ; et ce matin, il se chargeait d'une des besognes les plus harassantes à sa place. D'ailleurs, songea-t-elle, qu'il se soit remis avec autant de facilité au travail de la ferme indiquait que, s'il avait fait le choix de devenir militaire, il n'en restait pas moins un agriculteur dans l'âme.

La moindre des choses était tout de même de le remercier. Elle allait déposer des brownies sur le comptoir de sa cuisine.

Un plat recouvert d'un film plastique à la main, elle frappa un coup bref, puis poussa la porte d'entrée sans attendre, persuadée qu'il n'était pas là.

Elle s'arrêta net, stupéfaite.

La femme était grande, avec un physique de top model, et pratiquement nue, n'étaient un minuscule Bikini et un sarong transparent. Achevant de torsader ses longs cheveux noirs et soyeux, qu'elle arrima gracieusement sur le sommet de son crâne, elle se retourna.

— Carter est dehors, quelque part. Voulez-vous que je l'appelle ?

— Non… Merci.

De façon complètement irrationnelle, Dani remarqua que l'étrangère était postée à côté d'une peinture à l'huile de l'arrière-arrière-grand-mère de Carter. Amalie Rawlings avait été grande, brune et belle — comme cette femme qui se tenait là, devant elle. Selon la légende qui courait dans la famille Rawlings, elle avait été fiancée à un aristocrate, mais lui avait finalement préféré Thomas Rawlings. Thomas et Amalie avaient quitté l'Angleterre et étaient venus s'installer à Jackson's Bay à peu près à la même époque que la famille Galbraith.

Les dents serrées, Dani tourna les talons et redescendit les marches. Le fait d'avoir vu cette femme debout à côté du portrait d'Amalie avait remis brutalement en perspective sa relation avec Carter. Thomas Rawlings avait renoncé au roi et à la couronne d'Angleterre pour Amalie, et il avait passé la bague au doigt de celle qu'il aimait pour entériner leur union.

— Hé ! Attendez ! Ce n'est pas ce que vous croyez.

Dani plaqua un sourire sur son visage.

— Je ne crois rien du tout. Je suis juste sa voisine.

En descendant la dernière marche du porche, elle aperçut Carter dans le champ, torse nu, la sueur scintillant sur ses épaules musclées tandis qu'il réparait une clôture. L'espace d'un instant, elle perdit tous ses repères et la réalité qu'elle s'était soigneusement édifiée vacilla. Ce spectacle était banal, quotidien, une simple scène de la vie de tous les jours, mais les émotions qu'il déchaînait en elles n'étaient rien de tout cela.

Les doigts de Dani se resserrèrent autour du plat. Elle avait l'impression qu'on venait subitement de lui retirer des œillères. Blessé ou pas, Carter n'avait rien perdu de sa vigueur. Il travaillait avec patience et méthode et il se dégageait de lui une formidable puissance. On lui avait rapporté, dans les grandes lignes, ce qui lui était arrivé en Indonésie : la façon dont il avait survécu à des mois de captivité en pleine jungle, puis à une blessure potentiellement mortelle, grâce à sa présence d'esprit et à une extraordinaire endurance, réussissant non seulement à organiser sa fuite, mais aussi à se mettre en quête des hommes qui avaient été envoyés à son secours, n'ayant de cesse qu'*il* les ait finalement trouvés. Pendant des années, elle avait essayé de le faire entrer dans sa vie, cherché à le placer dans une case qu'elle pouvait *contrôler*, mais la manœuvre n'avait pas fonctionné pour la bonne et simple raison qu'elle présentait deux défauts fondamentaux.

Un, Carter n'était pas homme à se laisser *contrôler* et, deux, elle l'aimait.

Brusquement, elle comprit ce qu'avait éprouvé sa mère en rencontrant Robert et, du même coup, toutes les femmes qui avaient un jour connu l'amour fou. Les émotions qui vous submergeaient étaient irrépressibles.

Elle *voulait* Carter, elle avait *besoin* de lui, il le lui *fallait*.

A la minute où elle avait vu cette brune chez Carter, quelque chose de primitif s'était réveillé en elle. De sauvage, presque. Elle avait vu rouge. Pour un peu, elle l'aurait tirée hors de la maison par les cheveux. Qu'une femme séjourne chez Carter lui était intolérable, tout bonnement parce que Carter était à *elle*.

Elle était *juste* sa voisine, avait-elle dit, mais elle ne voulait pas être *juste* quoi que ce soit aux yeux de Carter. Elle voulait… Elle voulait… L'ampleur de ce qu'elle voulait la sidérait — d'autant plus qu'elle l'avait perdu.

Un petit bruit mat lui fit baisser les yeux. Son pouce avait percé l'enveloppe de plastique. Elle relâcha son emprise et considéra les biscuits.

Non seulement son univers venait de basculer, mais elle perdait vraiment le sens commun. Apporter des biscuits au chocolat à Carter ! Et pourquoi pas se glisser par surprise dans son lit tant qu'elle y était !…

A supposer que la place ne soit pas déjà prise.

Une heure plus tard, pâle et s'efforçant non sans mal de faire bonne figure, Dani, changée, les cheveux tirés en queue-de-cheval, était fin prête pour ouvrir son cabinet.

Comme elle traversait la pelouse, Carter se détacha de l'ombre de la grange et vint la rejoindre.

Elle dut se faire violence pour ne pas accélérer l'allure. Pour la première fois depuis bien longtemps, elle avait conscience, dans la proximité de Carter, de la façon dont *son* cœur se mettait à battre la chamade, l'aiguisement soudain de tous ses sens.

Il lui fallait un peu de temps — pour s'habituer. Pour élaborer une stratégie afin de se protéger. Etant donné la situation, il lui était impossible de boucler ses bagages et de prendre la fuite. La ferme la retenait ici, pieds et poings liés. Qu'elle le veuille ou non, elle était obligée de rester.

Un mouvement attira son attention à travers les arbres. La femme aux cheveux aile de corbeau était en train de charger un sac à l'arrière de la camionnette de Carter.

Dani évita obstinément le regard de ce dernier.

— Tu ferais mieux d'y aller, lui dit-elle. Il semblerait que ton amie s'apprête à partir.

— Mia n'est pas mon amie, objecta-t-il d'une voix si basse qu'elle l'entendit à peine.

Mia ? Même son nom était exotique ! Dani se serait tapé la tête contre les murs. Pourquoi diable s'était-elle imaginé que mettre fin à leur relation constituerait une punition pour Carter ? S'il avait jamais connu un vide émotionnel dans sa vie, il n'avait pas dû durer plus de deux secondes ! Elle avait toujours su que les femmes se bousculaient pour l'avoir, mais maintenant la file d'attente, apparemment, commençait à son portail !

De longs doigts bronzés se refermèrent autour de son bras, et une onde électrique se propagea le long de sa peau.

— Ce n'est pas Mia que je veux. C'est toi.

Il la contemplait avec une ferveur telle qu'un frisson la parcourut. Cette intensité de mâle dominant aurait dû lui faire prendre ses jambes à son cou…

Après le traumatisme subi dans son enfance, quelle ironie de songer qu'elle avait fixé son choix sur un homme comme lui ! Un homme qui, de son propre aveu, pouvait être dangereux ! Mais il y avait une logique dans tout cela, au fond. Après des années de fuite perpétuelle, elle n'aurait jamais pu éprouver de l'attirance pour un homme de caractère faible. Carter, lui, avait fait ses preuves dans un domaine qui pouvait briser des hommes solides. Il n'était pas de la race des proies, comme Susan et elle l'avaient été. Il était un prédateur.

D'un geste mesuré, elle libéra son bras. Les choses étaient en train de lui échapper.

La veille encore, leur relation appartenait au passé ; et, maintenant, ils en étaient… Elle ne savait plus très bien où. Elle s'était aventurée hors de sa zone de sécurité pour entrer en territoire étranger… Or, s'agissant de Carter, maîtriser la situation avait toujours été primordial à ses yeux. Elle avait beau être forte, il lui avait toujours fallu veiller à ne pas le laisser prendre l'ascendant sur elle. Quoi qu'elle lui donne, il réclamait toujours davantage. Et l'instinct de préservation était trop enraciné en elle pour qu'elle se laisse fléchir si facilement.

— Si ce n'est pas ton amie, pourquoi était-elle chez toi ?

Il lança un coup d'œil vers sa camionnette. Mia avait abaissé le hayon et était tranquillement assise à l'arrière, le visage tendu vers le soleil.

— Si je le savais, je te le dirais. Elle était là à mon retour hier, après l'incendie. Ecoute, il faut que nous parlions…

Le bruit d'un moteur précéda alors un nuage de poussière. La voiture de O'Halloran tourna le coin de l'allée et s'arrêta dans le petit parking, devant la porte d'entrée du cabinet. Elle consulta sa montre. Il était 10 heures pile. L'homme était ponctuel.

Dani combla la distance qui la séparait du bâtiment, Carter toujours à son côté, ouvrit la porte latérale et accrocha la clé au crochet, à l'intérieur.

— Ça ne va pas ? Qu'est-ce que tu fais ? s'exclama Carter. Au cas où tu l'aurais oublié, il y a un vandale qui sévit dans le coin.

— Et, au cas où tu l'aurais oublié, Murdoch pense que c'est moi.

Carter ne répondit pas. Irritée, elle ouvrit les fenêtres.

— Bon, qu'est-ce que tu veux dire ? Tu penses que c'est O'Halloran ?

— Je ne sais pas. Ce que j'aimerais comprendre, c'est pourquoi Murdoch s'est focalisé sur toi.

Dani sentit une bouffée de chaleur monter en elle. Elle n'avait pas commis de crime mais à la simple idée d'évoquer les raisons qui pouvaient avoir orienté vers elle les soupçons de Murdoch, elle se sentait coupable. Elle traversa le hall d'accueil pour aller déverrouiller la porte principale.

— J'étais la première arrivée sur les lieux, chez les Barclay, et il se trouve que j'étais en ville quand le feu s'est déclenché chez Nola et que c'est moi qui ai donné l'alerte. Je n'ai pas besoin de te dire comment les choses se sont passées chez Tom.

La première sur place, chaque fois.

O'Halloran entra. Débarrassé de la cendre et de la suie, il était plus jeune qu'elle ne l'avait cru — une petite trentaine d'années, au maximum. Son hâle et sa musculature solide étaient ceux d'un homme habitué aux travaux d'extérieur. Pour quelqu'un qui avait frôlé la mort de près dix-huit mois plus tôt, il avait l'air remarquablement en forme.

Son regard s'arrêta sur Carter. La température dans la pièce grimpa de quelques degrés.

Dani l'invita d'un geste à entrer dans le cabinet et décocha une œillade éloquente à Carter. Celui-ci s'empara d'un magazine et prit place dans l'un des fauteuils de la salle d'attente. Le message était clair.

Il n'avait pas l'intention de s'en aller avant que O'Halloran ne soit parti.

*
* *

A 3 h 30, Dani déposa sa recette de la journée à la banque de Jackson's Ridge et demanda le solde du compte de la ferme.

Ses honoraires de kinésithérapie avaient un peu renfloué le compte, mais pas suffisamment. Il lui faudrait vider son compte courant pour payer l'élevage d'autruches. Une fois cette dette réglée, David et elle se retrouveraient sans un sou.

Une demi-heure plus tard, rentrée chez elle, elle prit le téléphone et composa le numéro de David. Après avoir échangé quelques plaisanteries avec deux de ses colocataires, elle obtint enfin qu'ils lui passent son frère.

— Je vais vendre quelques meubles, lui annonça-t-elle.

Il y eut un court silence.

— Non, Dani. Il vaut mieux que je vende ma voiture ; elle n'a pas de valeur sentimentale.

C'était tellement caractéristique de David ! Doué depuis l'enfance de sens pratique et d'un esprit vif, il avait un don inné pour les affaires et la gestion d'une exploitation agricole. C'était lui qui avait eu l'idée de passer de l'élevage des moutons à celui des bovins et c'était cette décision qui leur avait permis de revigorer un peu les finances de la ferme — jusqu'à cette malencontreuse sécheresse. David ne s'intéressait pas particulièrement aux biens mobiliers ; il aurait vendu des meubles sans état d'âme, mais il savait qu'*elle* y était attachée.

— Non. Ce mobilier ne nous est d'aucune utilité alors que tu as besoin de ta voiture.

— Je peux prendre le bus ou me faire conduire par un camarade.

— De toute façon, j'ai déjà un acquéreur.

— Tu n'en tireras pas grand-chose. Papa a vendu les meubles de valeur voilà des années. Se séparer d'une voiture serait plus logique ; c'est une source de dépenses supplémentaires. Et puis, il ne reste plus que quelques semaines avant mes examens : ensuite, je serai de retour pour de bon. Et alors, je pourrai utiliser la camionnette.

— Toi non plus, tu ne tireras pas grand-chose de la voiture.

— Quelques centaines de dollars. C'est toujours mieux que rien.

Dani reposa le combiné et réexamina les chiffres. Chaque fois qu'elle calculait le total de leurs dépenses et comparait le résultat avec celui de leurs rentrées d'argent, elle se sentait mal. Elle avait beau s'efforcer à l'optimisme, elle ne pouvait pas nier l'évidence mathématique. Même si David vendait sa voiture *et* qu'elle vendait tout le mobilier de la maison, à moins que le prix du bœuf ne remonte, ils seraient encore à court d'argent.

Repoussant sa chaise, elle déambula de l'une à l'autre des vastes pièces de la maison, s'arrêtant finalement dans la chambre qui avait été celle de Robert et de sa mère.

Elle ouvrit le petit tiroir du haut d'un secrétaire et en sortit le coffret de bois qui contenait les bijoux de sa grand-mère. Elle n'en avait pas parlé à David parce que, s'il avait su qu'elle avait l'intention de s'en défaire, il se serait fâché tout rouge.

Un par un, elle ouvrit les casiers tendus de velours rouge et en sortit les bijoux, qu'elle étala sur le dessus-de-lit. Ils l'avaient toujours fascinée : une délicate broche en diamant en forme d'étoile, un peigne à cheveux en croissant qui avait autrefois été orné de plumes d'aigrette, un rang de perles qui scintillait d'un doux éclat de bronze et une bague victorienne très ornementée, incrustée d'une multitude de petites pierres facettées. Ces parures étaient le seul lien qui la rattachait à une famille dont elle n'avait jamais fait partie — un fragment du passé de Susan et les vestiges d'un temps révolu, celui où les bijoux qu'arborait une mariée étaient ceux qui s'étaient transmis de génération en génération au sein de la famille. Enfant unique, Susan avait hérité des bijoux à la mort de sa mère, peu avant la naissance de Dani.

Remettant le tout en place dans le coffret, elle quitta la chambre et gagna la cuisine. Là, elle compulsa l'annuaire, le cœur serré, et trouva le numéro qu'elle cherchait.

Bientôt, une voix un peu éraillée à l'intonation sévère lui répondait.

Agée d'environ soixante-dix ans, Harriet Dawson tenait une joaillerie dans la ville voisine de Mason. Amie de toujours d'Ellen, elle avait absolument tenu à ce que David et elle l'appellent tante Harriet. A la mort d'Ellen, elle avait invité Dani à garder le contact et lui avait fait promettre de ne pas hésiter à se tourner vers elle si elle avait besoin d'aide. Ce n'était sans doute pas ce genre d'aide qu'elle avait eue en tête, mais la vente des bijoux était la seule solution qui lui restait aujourd'hui.

Rapidement, Dani décrivit les pièces en sa possession.

— Combien de temps faudrait-il pour les vendre, à ton avis ?

Il y eut une longue pause.

— Dani, tu es bien sûre de vouloir t'en séparer ?

— Je n'aurais pas appelé si ce n'était pas le cas.

— S'ils sont aussi beaux que la description que tu m'en fais, très rapidement, je pense. J'ai parmi ma clientèle un collectionneur toujours à l'affût de belles pièces anciennes.

Prise d'un soupçon soudain, Dani demanda :

— Tu n'as pas l'intention d'en faire toi-même l'acquisition, n'est-ce pas, tante Harriet ?

La vieille dame laissa échapper une exclamation dédaigneuse.

— Pourquoi le ferais-je ? J'ai assez de bijoux comme ça. Je passe mes journées à les examiner et mes nuits à redouter qu'un cambrioleur ne me les vole. Je suis navrée d'apprendre que tu doives te séparer de ces trésors de famille, mais au moins puis-je faire en sorte que tu en tires le meilleur prix.

8

Le portail de l'élevage d'autruches scintillait sous le soleil de la fin d'après-midi lorsque Dani entra dans la propriété et se gara devant la petite bâtisse qui abritait le bureau et la boutique.

Harry Tapp émergea bientôt du bâtiment, ses cheveux gris en bataille, les yeux vitreux comme s'il venait juste de se réveiller, ce qui était probablement le cas. Il était réputé pour avoir des habitudes nocturnes bien établies — notamment au comptoir du pub de Jackson's Ridge. C'était lui qui s'occupait de l'élevage depuis son ouverture et il était la preuve vivante, si besoin en était, que l'affaire fonctionnait à perte.

— J'espère que je ne vous ai pas dérangé pendant votre sieste ?

Harry chaussa une paire de lunettes noires et ajusta son aide auditive.

— Quoi ?

Dani verrouilla le 4x4 et mit son sac à main en bandoulière.

— Je disais, vous avez un portail flambant neuf.

— Mmm…

Il posa les poings sur ses hanches.

— On va peut-être ouvrir un café pour que les clients puissent se désaltérer pendant qu'ils achètent les produits. On ne peut pas laisser l'élevage partir à vau-l'eau, hein ?

— Pourquoi pas ? marmonna Dani entre ses dents.

— Quoi ?

— Je disais qu'il fait une chaleur accablante !

Il la considéra d'un air suspicieux.

— Oh… Mouais… La pluie se fait attendre.

Dani le suivit à l'intérieur de la boutique, où il faisait plus frais. A considérer les rayonnages chargés de bouteilles d'huile, de flacons de cosmétiques et autres produits fabriqués à partir des plumes et de la peau des oiseaux, l'épaisse couche de poussière qui les recouvrait parlait d'elle-même. Si Harry avait vendu un article depuis son dernier passage, l'année précédente, elle voulait bien manger le chapeau de cuir défraîchi accroché à la patère juste à côté d'elle ! Le seul argent qui rentrait dans la caisse de l'éleveur était celui des pauvres investisseurs qui avaient eu la mauvaise idée de placer de l'argent dans cette affaire.

Harry la conduisit jusqu'à son minuscule bureau, tira sa chaise et s'y laissa tomber lourdement.

— Vous voulez voir votre autruche ?

Dani s'assit sans attendre d'y être invitée.

— Non… pas vraiment.

Harry eut un petit rire caquetant et poursuivit sans même l'avoir écoutée :

— Pas possible aujourd'hui. Le dresseur est en congé maladie et je ne dois pas pénétrer dans l'enclos… pour éviter d'éventuelles contaminations des bêtes.

« Le dresseur », « les bêtes »… A l'entendre, on aurait cru qu'il parlait de grands fauves !

— Ce n'est pas grave… Je la verrai un autre jour.

Quand il gèlerait en enfer, par exemple.

La mort dans l'âme, elle sortit son chéquier de son sac à main et inscrivit le montant dont elle était redevable. Il était déjà assez rageant de devoir vider leur compte pour payer une affaire qui n'avait jamais été et ne serait jamais rentable — ni même seulement viable ! — sans devoir, par-dessus le marché, voir se matérialiser sous ses yeux l'incarnation de leur erreur ! Harry pouvait bien garder ses autruches jusqu'au jour du jugement dernier !

Un autre véhicule s'arrêta dans le parking tandis qu'elle abattait sur le bureau une copie de son contrat.

— Je veux un reçu de ce règlement, dit-elle. Et une attestation signée indiquant que je suis désormais dégagée de toute obligation. C'est le dernier paiement de l'exploitation Galbraith que vous encaissez.

A sa grande surprise, Dani vit la silhouette de Tony Flynn s'encadrer dans l'embrasure de la porte.

— Toc toc toc ! lança-t-il en tapant inutilement sur le battant ouvert. Je sais que tu es là, Harry…

Harry se leva, un vieux livre de comptes à la main, et grommela :

— C'est pas un secret.

En le voyant s'avancer vers lui, Flynn éleva deux doigts et fit mine de viser Harry avec un pistolet.

— Bang ! Bang ! Tu es mort, Harry.

L'intéressé stoppa net, comme un lapin pris dans les phares d'une voiture, puis se détendit aussi vite qu'il s'était figé sur place.

— Très drôle. Est-ce que vous avez apporté le chèque ?

Flynn souffla sur son arme fictive et feignit de la ranger à sa ceinture.

— Malheureusement, oui.

Une heure plus tard, le contrat définitivement résilié bien en vue sur la table de sa cuisine, Dani s'offrit le luxe de célébrer l'occasion en ouvrant la cave à vins — un placard situé au-dessous du comptoir où l'on rangeait autrefois les conserves faites maison. Elle ne contenait plus aujourd'hui que quelques bouteilles rescapées des vins de fruit expérimentaux de tante Ellen.

S'asseyant, elle fit sauter le bouchon d'une bouteille de vin de mûre et en versa une quantité raisonnable dans un verre à liqueur. Les vins d'Ellen, pour expérimentaux qu'ils soient, n'en étaient pas moins forts…

Elle avait bu la moitié du capiteux breuvage lorsqu'un bruit de pas résonna, suivi d'un coup frappé à la porte. L'instant suivant, Carter faisait irruption dans la pièce.

— Oh ? Tu fêtes quelque chose ?

Dani éleva le verre dans sa direction, puis sirota une nouvelle gorgée.

— J'en ai terminé avec les autruches aujourd'hui.

Elle fronça les sourcils en remarquant qu'elle peinait à articuler la fin de sa phrase.

Carter examina le niveau de liquide dans la bouteille d'un air soupçonneux.

— Tu as… quoi ?

Elle tapota le contrat posé devant elle.

— J'ai réglé la dernière échéance de l'élevage d'autruches.

— Ah… Je peux me joindre à toi ?

— Eh bien… Oui, tiens, pourquoi pas ?

Carter tira une chaise, considéra de nouveau la bouteille d'un œil dubitatif, puis annonça :

— Je vais prendre un verre.

C'était Carter tout craché, ça… On lui donnait la main et il prenait le bras !

— C'est *ma* cuisine et ce sont *mes* verres… C'est moi qui vais t'en sortir un.

Le comptoir lui parut plus éloigné qu'à l'accoutumée et un peu plus difficile d'accès. Plaçant le verre devant lui, elle se rassit, tendue tout à coup.

Il se versa une rasade du liquide brun et sirupeux et

elle lui retira la bouteille des mains pour la reboucher, coupant court à l'éventualité d'une nouvelle tournée.

— Tu ne t'accordes donc jamais un vrai moment de détente ?

— Pas ces temps-ci, non.

Elle s'aperçut qu'il avait le regard vrillé sur le reçu que Harry avait agrafé au contrat.

Il releva les yeux et rencontra les siens.

— Combien d'argent te reste-t-il ?

Dani repoussa sa chaise dans un grincement atroce et se leva. Lui permettre de pénétrer dans son territoire, dans *sa* cuisine, était déjà plus qu'elle n'aurait dû lui accorder ; mais lui offrir à boire était complètement insensé.

— Peu importe… Ça ne te concerne pas.

Les secondes s'égrenèrent tandis qu'il étudiait le contrat avec une attention qui lui donna envie de le lui arracher des mains.

— Combien ?

Elle s'avisa qu'il n'avait pas touché à son verre. Il était sobre, en pleine possession de ses moyens, à un point tel que c'en était irritant. Elle se dirigea vers la porte et l'ouvrit en grand, laissant entrer l'air frais et parfumé de la nuit.

— Tu n'as plus un sou, c'est ça ?

— Pas tout à fait.

Les bijoux seraient bientôt vendus et elle avait un acquéreur en vue pour le mobilier… Lorsqu'elle se serait séparée de tout, absolument tout ce qui était vendable, alors, non, elle n'aurait réellement plus un sou vaillant.

Haussant les épaules, Carter passa devant elle pour sortir sous la véranda.

Dani observa la raideur de sa démarche, naguère souple comme celle d'un félin.

— Je ne savais pas que tu avais été porté disparu, dit-elle.

Les mots avaient jailli tout seuls, mais, en cet instant, elle ne se souciait pas de ce que cela révélait. Il avait failli *mourir.*

— On ne t'a pas prévenue parce que tu ne figurais pas sur la liste de mes proches. Mes parents ont été avertis, tardivement, mais on leur a expressément demandé de ne pas ébruiter la nouvelle.

Dani en comprenait la raison, même si le résultat ne lui plaisait pas. Si la presse avait eu vent de sa disparition, elle en aurait fait ses choux gras et, peut-être, mis en péril les chances qu'ils avaient de le récupérer vivant.

— Tout ça ne change rien à ce qui ne fonctionne pas entre nous.

Carter la regarda droit dans les yeux.

— Rafraîchis-moi la mémoire. De quoi parles-tu ?

Il était proche, tout à coup, beaucoup plus proche qu'il ne l'avait été, quelques secondes plus tôt. Ses doigts effleurèrent les siens. S'il l'avait brusquement enlacée, elle l'aurait repoussé sans remords, mais, par la pression de ses doigts, légère comme une plume, il anéantissait toutes ses défenses, et il le savait. Doucement, inexorablement, il l'attira à lui, jusqu'à ce qu'elle sente la chaleur de son souffle dans son cou et, aussi subitement que si on avait actionné un commutateur, un immense sentiment de solitude la submergea. Elle avait beau s'en défendre, il lui avait terriblement manqué.

Les yeux bleus s'arrêtèrent sur sa bouche.

— Je ne t'ai pas embrassée hier soir. Et, pourtant, j'aurais pu.

Elle se mit à triturer le col de sa chemise. Elle sentait le sol se dérober sous ses pieds.

— Ne joue pas à ce jeu-là. Tu essaies de prendre l'avantage.

Les mains de Carter se posèrent autour de sa taille.

— C'est bien le seul avantage que j'aurai eu en une année entière !

Les coins de la bouche de Dani frémirent malgré elle.

— Et le seul que tu obtiendras.

Il appuya son front contre le sien.

— J'ai appelé avant d'embarquer et j'ai réessayé ensuite plusieurs fois, de Brunei. Une femme m'a répondu à deux reprises, mais sans dire qui elle était, ni qu'Ellen était malade.

Ce devait être Harriet. Elle était directe, un peu bourrue même, et farouchement protectrice. Pendant la période où Ellen avait été hospitalisée, dans un état critique, elle s'était portée volontaire pour dissuader les importuns qui appelaient à toute heure pour prendre de ses nouvelles, afin que Dani puisse se reposer un peu entre ses visites à l'hôpital. Dani était en état de choc à ce moment-là, obnubilée par l'état de santé de sa tante. Puis Ellen était morte et les choses avaient été plus chaotiques encore. David, rentré pour les vacances, avait pris le relais et différents voisins les avaient aidés à accomplir toutes les formalités, se chargeant eux aussi de répondre au téléphone.

— Harriet est venue passer deux semaines ici.

— Je ne sais pas à qui j'ai eu affaire, mais c'était un vrai chien de garde.

La bouche de Carter s'abaissa vers la sienne, chassant les pensées qui se bousculaient dans son esprit et, de longues minutes durant, elle se laissa porter par un raz-de-marée de pures sensations. Sans même qu'elle y prenne garde, ses mains remontèrent jusqu'à son cou et elle s'abandonna contre lui, savourant le plaisir animal d'être enlacée par ses bras puissants. Près d'une année entière s'était écoulée depuis la dernière fois que Carter l'avait tenue ainsi contre lui, une année depuis qu'elle s'était sentie aussi féminine et désirée.

Carter émit un son rauque et, tout à coup, son baiser se fit avide, vorace.

Elle se sentit gagnée par la même ardeur, en même temps qu'un petit signal d'alarme retentissait dans sa tête. C'était en cela que leur relation avait toujours été déséquilibrée. Elle cédait trop vite, trop facilement.

De longues secondes s'écoulèrent pendant lesquelles elle s'obligea à cataloguer la myriade d'émotions qui l'habitaient, s'efforçant tant bien que mal de prendre du recul. Son corps frémissait de désir, chaque parcelle de sa peau, soudain hypersensible, palpitait. Embrasser Carter, ce n'était pas comme approcher d'un feu, c'était se jeter à corps perdu au cœur du brasier. Ses mains se posèrent à plat sur son torse. Avec un méritoire effort de volonté, elle réussit à prendre une grande inspiration et à se dégager.

Il releva la tête. Un peu penaude, Dani s'aperçut que, si elle avait cru Carter totalement emporté par la passion, elle s'était trompée. Certes, il était excité, mais il n'avait pas perdu le contrôle.

Il serra les mâchoires.

— J'ai eu une petite conversation avec Wells aujourd'hui. Je peux t'aider à franchir cette mauvaise passe.

Dani se détacha à regret de lui, car il lui semblait que seul le cercle de ses bras la maintenait debout tant ses jambes flageolaient. Ainsi, il avait discuté de son cas avec le nouveau directeur de la banque ? Elle avait du mal à le croire. Wells, en dépit de ses allures de couverture de *GQ*, était un professionnel de la finance à cheval sur le règlement. Il avait refusé d'évoquer la situation de Tom Stoddard avec elle. Comment avait-il pu accepter de parler de sa situation financière, à *elle*, avec Carter ? Il n'y avait qu'une explication à cela : Carter avait dû faire valoir une relation personnelle les liant, elle et lui.

Subitement dégrisée, elle recula d'un pas, et prit appui contre le chambranle de la porte.

— Que suggères-tu, exactement ?

Il ne cilla pas.

— Que tu me laisses t'aider.

— En échange de quoi ?

— De rien.

Dani n'en crut pas un mot. Elle étudia la ligne de sa mâchoire, la façon dont il la dévisageait, sans ciller. Il avait changé. En une année, il était devenu plus dur, plus abrupt. L'attirance physique était bien présente — il brûlait toujours autant d'envie de l'entraîner dans son lit — mais une sorte de froideur sous-jacente, presque *clinique,* se dégageait de lui. Elle avait refusé sa proposition un an plus tôt ? Qu'à cela ne tienne, il revenait aujourd'hui à la charge en se servant de ses difficultés financières pour tenter de la circonvenir ! Elle savait qu'il n'aimait pas plus qu'elle la vulnérabilité dont s'accompagnait l'attrait qui les poussait l'un vers l'autre. Elle *comprenait* qu'il cherche à contenir et à maîtriser leur relation par tous les moyens, mais cela ne signifiait pas qu'elle devait y souscrire.

Aussi précieuse que soit l'exploitation Galbraith à ses yeux, elle ne valait pas qu'elle vende son âme en acceptant ce marché. Sa personne et son intégrité, estimait-elle, avaient bien plus de prix encore.

D'un pas saccadé, elle recula à l'intérieur de la maison et claqua la porte.

— Va au diable.

Elle aimait Carter — c'était ainsi, elle n'y pouvait rien. A un point que c'en était démesuré — terrifiant. Mais, précisément pour cette raison, elle devait se méfier de ses sentiments. Parce qu'ils la mettaient à sa merci.

Sitôt entré dans sa cuisine, Carter griffonna le nom de la société propriétaire de l'élevage d'autruches sur le bloc-notes posé à côté du téléphone puis s'empara de ce dernier.

En quittant le S.A.S. pour sauvegarder son mariage, Gabriel West avait opéré la transition de la vie militaire au monde des affaires avec la même facilité qu'il avait laissé derrière lui son passé d'enfant des rues pour entrer dans le renseignement. Il savait tout ce qu'il y avait à savoir sur les personnalités qui comptaient dans le milieu des affaires en Nouvelle-Zélande.

Quand West décrocha, Carter annonça sans détours la raison de son appel.

— J'ai besoin d'un service.

9

Dani arriva chez Dora McIntosh pour son rendez-vous hebdomadaire à domicile.

Sa patiente était octogénaire et à demi impotente et Dani ne pouvait guère faire mieux qu'assouplir ses articulations et soulager ses douleurs par des massages ; mais, au fil des semaines, les deux femmes en étaient venues à apprécier ces séances mensuelles et à les clôturer en buvant le thé. Dora avait peut-être des difficultés à se déplacer, mais elle n'avait pas son pareil dans une cuisine. Les gens venaient de loin pour lui rendre une petite visite amicale et se régaler de ses biscuits et de sa confiture de prunes.

Quelques minutes après la fin de la séance, tandis que Dora versait le thé dans des tasses de porcelaine si fine qu'elle en était presque transparente, Dani se crispa tout d'un coup. Elle sentait une odeur de fumée.

Prétextant qu'elle se rendait dans la salle de bains, pour le cas où elle serait en train de devenir folle, elle longea le petit couloir aux murs ornés de photos sépia décolorées par les années. La moquette étouffait ses pas. Lorsqu'elle ouvrit la porte d'une des petites chambres situées sur l'arrière de la maison, un tourbillon brûlant de fumée et de chaleur lui sauta au visage, lui coupant la respiration.

Reculant d'un bond, elle tira la porte derrière elle et

rebroussa chemin précipitamment. Le couloir était maintenant empli de fumée. Dora l'attendait à la porte de la cuisine, le visage blême, les yeux agrandis par la peur. Avant toute chose, Dani devait la mettre à l'abri. Outre l'arthrite, elle souffrait d'asthme ; il fallait absolument éviter que le stress ou l'inhalation de fumée déclenche une crise.

Vivement, elle attrapa le sac à main de Dora, prit ses propres affaires et tourna la poignée de la porte d'entrée. Rien ne se passa. Courant à la porte de derrière, elle découvrit que celle-ci était également verrouillée et que la clé, comme celle de la porte de la cuisine, avait disparu.

Après avoir fouillé frénétiquement partout, en vain — le pot contenant toutes les clés de la maison n'étant plus à sa place —, Dani ouvrit l'une des antiques fenêtres à guillotine, aida Dora à sortir, jeta leurs sacs à l'extérieur et revint chercher les médicaments de Dora et son broncho-dilatateur.

Lorsqu'elle eut installé la vieille dame sur le siège passager de la voiture, Dani se posta sous le grand noyer qui ombrageait l'allée et sortit le téléphone portable de son sac. Les flammes dévoraient déjà le tiers arrière de la maison. Elle ferait ce qu'elle pouvait avec le tuyau d'arrosage mais, Dora habitant à un quart d'heure de Jackson's Ridge, d'ici l'arrivée des pompiers, il serait peut-être trop tard.

L'opérateur qui lui répondit marqua subitement un temps d'arrêt, tandis qu'elle lui expliquait la situation. La tension était presque palpable sur la ligne lorsqu'il demanda :

— N'est-ce pas vous, déjà, qui avez appelé la semaine dernière ?

L'incendie chez les Barclay.

— Si, si, c'était bien moi. La même personne, la même

ville, le même type d'urgence, à ceci près que, cette fois, il faut de plus envoyer une ambulance.

Quinze minutes plus tard, le camion de pompiers s'arrêtait devant la maison, suivi d'une ambulance et d'une voiture de police.

Tony Flynn s'insinua au milieu des pompiers et des secouristes, son éternel calepin à la main.

— Qui, selon vous, a pu mettre le feu, madame McIntyre ?

Dora se figea devant l'ambulance dans laquelle elle s'apprêtait à monter. Son regard s'attarda sur les restes fumants de son cottage.

— Comment voulez-vous que je le sache ? Et je m'appelle McIntosh, pas McIntyre.

— Il paraît que c'est Dani Marlow qui a appelé les secours… encore une fois.

L'ambulancier lança un regard torve à Flynn et essaya de faire monter Dora, qui résista et se retourna.

— Je l'aurais fait moi-même si je pouvais me déplacer plus rapidement. Si elle n'avait pas été là, je ne serais pas en train de vous parler en ce moment.

— Mais, à en croire les rumeurs qui courent, si elle n'avait pas été là, vous auriez peut-être encore votre maison.

Dora le foudroya du regard.

— Je n'écoute pas les ragots, jeune homme. Et vous seriez bien inspiré de suivre mon exemple !

L'un des ambulanciers écarta sans ménagement Flynn et aida Dora à grimper à l'arrière du véhicule.

Les portes se refermèrent et, quelques instants plus tard, l'ambulance démarrait. Le regard de Flynn dériva vers Dani, à quelque distance de lui.

Elle croisa les bras sur la poitrine et le dévisagea.

— Ne prenez pas la peine de poser la question, lança-t-elle d'un ton rogue. Je ne vous dirai pas un mot.

L'expression de Flynn perdit de sa neutralité professionnelle et Dani comprit qu'il se délectait de la situation. Des maisons étaient détruites, des gens vivaient des tragédies, mais il ne voyait dans tout cela qu'une aubaine. Ces incendies en série étaient la meilleure chose qui lui soit arrivée depuis qu'il était ici.

— Ce n'est pas ma faute si les gens murmurent que, partout où vous passez, un incendie se déclare.

Une ombre engloutit la silhouette du plumitif.

— Si j'étais vous, j'arrêterais tout de suite de chercher à la provoquer pour lui extirper une déclaration, Flynn.

Carter. Elle l'avait vu en train de parler avec Murdoch et son unique adjoint, Lowell Higgins. Il avait dû arriver juste après la police ; c'était donc que Murdoch l'avait prévenu.

Flynn referma son calepin dans un claquement sec et le glissa dans la poche de poitrine de sa chemise.

— Je ne fais que mon travail, Rawlings.

— Ah oui ? Ce serait bien la première fois que colporter des ragots s'apparenterait à du journalisme !

La physionomie de Flynn se durcit.

— De quoi m'accusez-vous, exactement ?

— De rien… pour le moment.

La menace à peine voilée ne parut pas l'émouvoir. Reportant son attention sur Dani, il tira une carte de sa poche et la lui tendit.

— Tenez… Si vous acceptez de me parler, je pourrai peut-être vous obtenir un petit dédommagement de la part d'un magazine. Réfléchissez-y.

Dani ignora la main tendue.

— Gardez-la. Ça m'évitera de la jeter.

Même si elle avait eu quelque chose à dire, ce n'était certainement pas vers Flynn qu'elle se serait tournée. Il avait apporté à Jackson's Ridge un style de journalisme à sensation dont la petite commune se serait bien passée. De l'avis général, c'était un garçon de la ville, arrogant, pressé et trop frontal dans sa façon d'aborder les gens, mais qui finirait, avec le temps, par s'accoutumer au rythme plus paisible de la campagne. En attendant, tout satisfait qu'il soit de posséder son propre journal, il n'avait montré aucun signe d'adoucissement et n'avait en conséquence réussi qu'à se mettre à dos la majorité des habitants.

Un grand fracas retentit, suivi d'un panache de fumée et de vapeur, comme le toit de la maison de Dora s'effondrait. Walter Douglas rugit un ordre et les hommes qui tenaient la lance dirigée vers la maison reculèrent juste avant qu'un des murs ne s'écroule vers l'extérieur.

Une colère sourde s'empara de Dani tandis que les murs s'effondraient les uns après les autres tels des dominos. En quelques minutes, la maison de Dora — où elle avait vécu pendant soixante ans — avait été réduite à un tas de cendres et de débris calcinés, de même que le joli jardin qui l'entourait. Les soupçons de Flynn à son endroit passèrent au second plan, lui paraissant tout à coup dérisoires au regard de tout ce que Dora avait perdu.

Un frisson s'insinua en elle lorsqu'elle se rappela les portes hermétiquement closes. Dans l'urgence du moment, elle ne s'était pas appesantie sur cet aspect des choses ; elle s'était contentée d'agir et de chercher une issue. Mais, maintenant qu'elle y repensait, l'intention que cela trahissait était positivement sinistre. Dora ne fermait pas ses portes à clé, pas plus qu'elle ne laissait les clés dans les serrures. Comme tout chez elle, les clés étaient méticuleusement rangées toujours au même endroit, en l'occurrence dans un pot en grès posé sur le comptoir de la cuisine. Sa disparition avait été tout aussi soigneusement préméditée que l'incendie, qu'on avait pris soin d'allumer dans une des petites chambres du fond, loin des pièces de vie, là où le feu aurait le temps de se propager avant que quelqu'un se rende compte de ce qui se passait.

Ça n'était pas simplement un acte de malveillance commis au hasard par de jeunes vandales en mal d'émotions fortes ou par un pyromane fasciné par le feu. Non, un esprit adulte, méthodique et organisé, était derrière tout ça. On avait mis le feu dans l'intention de provoquer la panique, de blesser, voire de tuer. Ceux qui doutaient de son innocence se trompaient de cible, mais il y avait bel et bien un dangereux pyromane — doublé peut-être d'un meurtrier — à l'œuvre à Jackson's Ridge. Restait à en convaincre Murdoch.

Comme s'il avait lu dans ses pensées, le policier s'avança vers elle. Il salua Carter, qui était venu se poster à son côté — sans que Dani n'y trouve rien à redire pour une fois. Quelque chose avait changé depuis sa révélation de la veille ; sa réticence naturelle s'était volatilisée. Les points de désaccord sur lesquels leur relation avait toujours achoppé persistaient et elle ne savait pas si elle saurait s'accommoder de la vulnérabilité qui allait de pair avec l'amour, et qui lui faisait tellement peur ; mais, d'une certaine façon, elle l'acceptait tel qu'il était. Elle n'aurait pu dire s'ils parviendraient jamais à trouver un statu quo satisfaisant pour tous les deux, mais le fait est qu'elle ne remettait plus en question le besoin inné qu'il éprouvait de la protéger.

Après une brève entrée en matière, Murdoch sortit son carnet de sa poche — et leva les yeux au ciel en voyant Flynn approcher. D'un signe de la tête, il invita Dani et Carter à le suivre dans sa voiture.

— C'est Murdoch qui t'a prévenu, n'est-ce pas ?

demanda-t-elle à voix basse à Carter tandis qu'ils emboîtaient le pas au policier.

— Oui… Nous sommes en train d'élaborer une théorie.

— J'espère qu'elle cadre avec la mienne.

Dani se jucha sur le siège passager et répondit patiemment aux questions de routine. Lorsque Murdoch en eut terminé, elle descendit de la voiture et se pencha pour le regarder bien en face.

— Avez-vous pensé que le coupable cherchait peut-être sciemment à orienter les soupçons vers moi ?

Murdoch referma le carnet et mit pied à terre. Carter l'imita.

— J'y ai songé. C'est fort possible, en effet…

Carter se cala contre le capot.

— Tous les incendies se sont produits chez des voisins, souligna-t-il.

— Ou des clients, ajouta Murdoch, songeur.

Des clients. Dani blêmit. Le film des événements repassa dans sa tête. Elle avait d'abord pensé qu'on cherchait à nuire à Dora, mais le rapport entre les incendies et la vieille dame n'était pas évident. Alors que, dans son cas, il sautait aux yeux. Elle était présente chaque fois qu'un incendie s'était déclaré. Si le lien entre elle et les feux n'était pas le produit d'une pure coïncidence, cela pouvait signifier que c'était *elle* qui avait été visée, et non Dora.

— *Mon carnet de rendez-vous !*

Elle était quelqu'un de très organisé, avec des habitudes de travail immuables ; sa vie, de manière générale, était réglée comme une horloge. L'idée que quelqu'un ait pu en profiter pour lui faire porter le chapeau de ses crimes paraissait un peu tirée par les cheveux, mais ce n'était pas impossible. Brièvement, elle expliqua son raisonnement à haute voix.

Murdoch prit des notes.

— Votre bureau est-il facilement accessible ?

— Les deux portes sont fermées à clé quand je n'y suis pas.

Contrairement à la maison, elle verrouillait toujours son cabinet, les dossiers de ses clients contenant des données confidentielles.

La mine sévère, Carter commenta :

— Peut-être, mais les serrures sont anciennes et d'un modèle courant. Je suis sûr qu'on trouve facilement des clés qui leur correspondent dans n'importe quelle quincaillerie…

Murdoch haussa les épaules.

— Quoi qu'il en soit, au point où nous en sommes, on ne peut négliger aucune piste.

Du coin de l'œil, Dani remarqua la désormais familière silhouette de O'Halloran, qui regardait les pompiers rembobiner la lance à incendie.

— J'ai reçu O'Halloran au cabinet, la semaine dernière, dit-elle pensivement.

Le regard froid, Murdoch répliqua :

— Ne vous inquiétez pas, je me renseigne sur lui.

Une demi-heure plus tard, Murdoch entrait dans le cabinet, précédé de Dani. Il étudia la liste de ses clients et le cahier de rendez-vous.

— Je peux vous les emprunter ? J'en ferai une photocopie et vous les rendrai demain.

Dani recopia les rendez-vous de la semaine, puis sortit le répertoire d'adresses de sa clientèle et le lui tendit.

— Tenez, ceci pourrait peut-être vous être également utile.

Murdoch le prit, puis secoua la tête, l'air surpris.

— Je ne pensais pas que vous traitiez autant de clients, ici.

Il rangea les documents dans sa serviette, puis se redressa.

— Dites-moi, Dani, quelqu'un aurait-il des raisons de vous en vouloir ?

— Pas à ma connaissance.

Jackson's Ridge avait toujours été pour elle un havre de paix. Les gens du village l'appréciaient, et elle le leur rendait bien.

Pourtant, selon toute vraisemblance, quelqu'un, parmi les noms de cette liste, cachait son jeu. Et, manque de chance, durant le mois qui venait de s'écouler, elle n'avait jamais autant travaillé !

Comme Dani regardait la voiture de police s'éloigner, Carter lui plaça d'autorité une boisson chaude dans les mains.

— Il va quand même continuer à enquêter sur moi…

Carter s'adossa à l'embrasure de la porte et trempa les lèvres dans son café.

— Normal. C'est son travail.

Etrangement, sa brève réponse la réconforta un peu.

— J'ai remarqué que Walter figurait sur cette liste, ajouta-t-il.

Dani huma l'arôme du café.

— Il vient me voir depuis des années. Rien de bien méchant… Il souffre de sciatique chronique.

Carter acheva sa boisson en silence, quitta son appui et se dirigea vers la kitchenette pour rincer sa tasse.

— Ça ne peut pas être Walter, dit-elle en secouant la tête.

Carter revint vers elle.

— Va savoir… Il est pompier depuis des années.

Dani n'avait pas besoin qu'il lui fasse un dessin. Les pyromanes prenaient plaisir à contempler le feu qu'ils avaient provoqué. Or quel meilleur poste d'observation pouvait-il y avoir que celui des pompiers eux-mêmes ? Mais elle n'imaginait pas Walter dans le rôle du pompier pyromane.

— Non, je n'y crois pas. Ça ne peut pas être lui.

— Et pourtant, il y a bien quelqu'un qui met le feu. Quelqu'un d'habile et de suffisamment malin pour ne pas laisser de trace. Et tu es au centre de tout son scénario.

Le regard limpide et impavide de Carter ne la rassura pas davantage que l'emploi du mot « scénario », qui évoquait la froide préméditation d'un esprit désaxé.

Elle porta la tasse à ses lèvres et but en se forçant à chasser de son esprit le sentiment de malaise grandissant qui l'étreignait.

— Que sais-tu des criminels qui opèrent selon un scénario précis, toujours le même ?

— Pas mal de choses… Dans le cadre de mon travail, j'ai été amené à m'intéresser à la question.

Sa réponse ne la rasséréna pas davantage. Si Dani s'était renseignée sur les opérations menées par le S.A.S., elle n'en savait guère plus que la plupart des gens. Les informations disponibles dans les ouvrages qu'elle avait compulsés et les documentaires qu'elle avait vus ne faisaient généralement que survoler le sujet. Ils fournissaient un aperçu du monde dans lequel Carter était entré, sans plus.

— Carter, quelle est *exactement* la nature de ton travail ?

Ce fut d'une voix neutre, le visage dénué d'expression, qu'il lui répondit. Parfois, il s'agissait simplement de maintenir la paix ; d'autres missions étaient d'une nature différente, car — découverte pour Dani — il était avant tout un spécialiste des assauts. Le caractère confidentiel des opérations auxquelles il avait pris part lui interdisait d'entrer dans les détails, mais une grande partie de son travail s'effectuait sous couverture. La dernière mission à laquelle il avait participé, une simple opération de sécurité dans une zone réputée relativement stable, aurait dû n'être qu'une promenade, au lieu de quoi il avait bien failli y laisser la vie. La fois précédente, on lui avait confié une mission secrète, à haut risque. Il avait été infiltré dans un pays étranger pour traquer un terroriste. Cela lui avait pris des mois, mais il avait fini par le débusquer.

L'idée de Carter pourchassant sans relâche ce terroriste, jusqu'à ce qu'il parvienne finalement à ses fins, lui glaça le sang. Elle avait toujours eu conscience des qualités physiques et intellectuelles de Carter — elles se traduisaient dans chacun de ses actes. Mais, maintenant, elle se rendait compte que son charme de surface n'était pour une grande part qu'un mirage. Bien des gens s'y étaient laissé prendre, elle y compris. Elle avait été tellement obnubilée par sa relation avec le personnage qu'il présentait au monde extérieur qu'elle était passée complètement à côté de l'homme véritable qu'il cachait.

Son cœur se mit à tambouriner et une sensation d'oppression lui enserra la poitrine.

— Bon... Qu'est-ce que tu comptes faire ? s'enquit-elle, car il était clair, à voir sa mine résolue, qu'il n'avait pas l'intention de rester les bras croisés.

Il regarda les collines roussies par la sécheresse et le scintillement bleu de la mer, au travers des arbres.

— Je vais le coincer.

10

Une heure plus tard, douché et habillé, Carter sortit sous la véranda et considéra les véhicules garés devant le cabinet de Dani.

Si Murdoch avait sa théorie et lui, la sienne, leurs approches étaient fondamentalement différentes. Murdoch s'inquiétait des preuves et du motif — approche typiquement policière ; Carter, lui, ne voulait qu'une chose : mettre la main sur ce type.

Retournant à l'intérieur, il prit sa paire de jumelles à haute résolution puis descendit jusqu'à la plage.

Quelques minutes plus tard, il s'accroupissait pour étudier la surface de la route à l'endroit où elle s'élargissait en une vaste aire de terre et d'herbe. Si un véhicule avait stationné là récemment, il devrait pouvoir en trouver la trace.

Se redressant au bout d'un moment, il fit le tour de la zone et finit par découvrir des traces de pneus qui disparaissaient derrière un bosquet de manukas. Il les suivit et déboucha sur un terrain plat, dissimulé par les branches d'un des pohutukawas qui délimitaient la lisière de la brousse. A en juger par les multiples marques de pneus et les traces de piétinement tout autour, l'endroit avait été fréquenté à plusieurs reprises. La possibilité que quelqu'un se soit garé là simplement pour aller pêcher ne pouvait pas être écartée, mais c'était peu probable.

Il aurait pour cela fallu que la personne transporte son matériel de pêche au travers de la végétation dense qui recouvrait le secteur, alors qu'il existait de nombreux endroits plus proches de la plage où stationner.

Il tira son portable de sa poche et appela Murdoch.

Attablé dans la cuisine de Carter, Gabriel West contemplait la mer depuis la fenêtre.

— Magnifique. L'endroit idéal pour se retirer des affaires.

— Ne commence pas.

West posa un regard critique sur la jambe de Carter.

— Tu te remets bien de ta blessure, mais ta patte est encore raide. Tu devrais songer à suivre des séances de kiné.

Carter remplit la bouilloire sous le robinet et mit l'eau à chauffer.

— J'y ai songé, mais elle n'avait plus de place.

— Elle ?

Carter désigna d'un mouvement de tête la ferme Galbraith.

West examina la grande bâtisse aux élégantes lignes coloniales pendant que Carter préparait le thé et, l'espace de quelques secondes, une femme rousse, svelte et élancée, traversa son champ de vision. Bien des choses demeurées mystérieuses dans l'attitude de Carter s'éclaircirent tout à coup. La raison pour laquelle son village natal et l'exploitation familiale avaient pris tant d'importance à ses yeux au cours des deux dernières années, par exemple.

— Oh-oh… Ta plus proche voisine ?

— Pourquoi dis-tu ça sur ce ton ?

West secoua légèrement la tête.

— Elle habite là depuis longtemps ?

— Depuis toujours.

West lui décocha un regard qui aurait été jugé impénétrable pour un œil moins exercé que celui de Carter. Son ami était doué d'un sixième sens en matière de combats et il jouissait, qui plus est, d'une chance insolente ; elle ne l'avait jamais quitté jusqu'à son départ du S.A.S. A sa façon calme et posée, il appliquait désormais ses talents à la vie civile et n'avait pas son pareil pour découvrir le dessous des cartes en toute chose.

Carter posa une tasse de thé devant West et en poussa une autre dans la direction de Tyler, sa femme. Attrapant au passage le sucrier, il tira une chaise du pied et s'assit face à eux. Le silence lourd de signification qui pesait sur la pièce ne lui échappa pas. Les secondes s'égrenèrent tandis qu'il remuait son thé. Lorsqu'il releva la tête, West regardait de nouveau par la fenêtre.

Résigné, Carter reposa sa tasse.

— Et puis après ?

L'expression de West ne changea pas, et il se contenta de hausser les épaules. Carter se raidit. Depuis son retour ici, il était obligé de faire très attention à son comportement. Or, en ce moment même, ses nerfs étaient soumis à rude épreuve : sur l'échelle des plaisirs, l'analyse des problèmes de couple, de son point de vue, arrivait à peu près ex-æquo avec une séance d'arrachage de dent chez le dentiste.

Et West ne faisait pas non plus un bon confident. Dans ce domaine, ils n'étaient pas plus à l'aise l'un que l'autre.

N'empêche… Dani était *effectivement* sa voisine depuis dix-neuf ans, et il était suspendu à ses jupes depuis presque aussi longtemps.

— Eh bien… ? Tu as une suggestion à faire ?

— Non, répondit West.

Carter soupira.

— A quoi t'attendais-tu ? s'étonna Tyler. C'est peut-être un éminent spécialiste des conflits, mais, en matière de vie privée, il est aussi fin psychologue qu'un fusil-mitrailleur !

Un long silence s'ensuivit. Carter se renfonça contre le dossier de sa chaise en prenant garde de ne rien laisser transparaître de son embarras. Il était temps de changer de sujet. Le manque de communication de West avait été pendant longtemps un sujet de discorde au sein du ménage. Aujourd'hui, ils étaient heureux, mais il avait fallu huit années à Gabriel pour reconnaître qu'il avait du mal à exprimer ses émotions, et plus encore à faire ce qu'il fallait pour rétablir l'harmonie au sein du couple.

Carter jeta un coup d'œil à l'attaché-case de West.

— Alors, tu as quelque chose pour moi ?

— Oui… Un tas de choses que je ne m'attendais pas à trouver.

West fit jouer les serrures de sa mallette et en sortit une feuille de papier, qu'il tendit à Carter.

— Est-ce que ces noms t'évoquent quelque chose ?

Carter balaya la liste du regard. Il reconnut le nom d'un homme d'affaires influent, Alex Bainbridge — incontournable sur le marché local de la vente de bétail — ainsi que celui de Dave MacLean, un agriculteur qui dirigeait une exploitation située de l'autre côté de la ville. Un troisième nom, Jordan Carlisle, attira son attention.

West croisa les bras.

— J'ai eu un peu de mal à dénouer les fils, mais j'ai fini par y arriver… Bainbridge est membre du conseil d'administration de Jackson's Bay Holdings — la société à qui appartient la grande exploitation gérée par MacLean. Par l'entremise d'une filiale, Jackson's Bay Holdings est également l'actionnaire principal de l'élevage d'autruches. Carlisle est un financier qui a partie liée depuis des années avec Bainbridge. L'élevage d'autruches en lui-même est un fiasco total — et les principaux bénéficiaires des pertes sont... je te le donne en mille : Bainbridge et Carlisle. En fait, je ne serais pas surpris d'apprendre qu'ils possèdent aussi la petite société qui détient des parts dans l'élevage, parce que, fiscalement, il est systématiquement déclaré déficitaire — pas très joli, mais parfaitement légal. Ce qui est intéressant, c'est que l'élevage est idéalement situé d'un point de vue immobilier — proche de la plage et de la ville. En faisant jouer quelques relations, j'ai pu avoir accès à la maquette de la future station balnéaire de Jackson's Bay. Et, devine quoi ? La majorité des constructions se situe sur l'emplacement actuel de l'élevage. Pour compliquer encore les choses, Bainbridge siège au conseil d'administration de la banque à laquelle le groupement a fait appel pour financer le projet immobilier. Et, comme par hasard, il se trouve qu'il s'agit de la seule banque implantée à Jackson's Ridge.

Carter commençait à se sentir nettement ragaillardi.

— Celle-là même qui a consenti des prêts hypothécaires aux agriculteurs de toute la région, articula-t-il lentement.

— Tout juste.

West rangea les documents dans son attaché-case avec la même nonchalante méticulosité qu'il mettrait à enfoncer Bainbridge, Carlisle et, peut-être, Wells, si l'occasion lui en était donnée.

— Le montage financier que j'ai mis à jour suffirait à signer l'arrêt de mort du projet de construction de la station balnéaire.

— Pour aborder un tout autre domaine, maintenant..., dit Carter en tirant de sa poche un petit objet qu'il posa devant lui.

C'était un boîtier qui ressemblait à une télécommande. Il appuya sur un bouton. L'écran à cristaux liquides s'alluma.

— J'ai emprunté ceci au vétérinaire du coin. C'est un

scanner miniature. Ils sont principalement utilisés par les propriétaires de chiens de race, mais, apparemment, c'est ce même système qui est employé par l'élevage d'autruches. Chaque oiseau est équipé d'une puce sous-cutanée et c'est cet appareil qui permet de les identifier.

West posa sa tasse.

— Mmm… Ça devrait être intéressant.

West ouvrit la portière arrière de la camionnette de Carter et attendit que Tyler et le chien qu'ils avaient adopté — un grand bâtard efflanqué répondant au nom de Zoom — soient montés. Zoom s'installa à côté de sa maîtresse, tête dressée, le museau frémissant, le regard braqué sur la vitre. En claquant la portière, West entrevit un nouvel éclair de cheveux flamboyants et de longues jambes bronzées au travers du rideau d'arbres qui séparait la propriété Galbraith du domaine Rawlings.

— Depuis combien de temps vis-tu à côté de Dani, m'as-tu dit ?

— Depuis toujours, pratiquement… Dix-neuf ans.

West hocha la tête.

Dani monta dans sa camionnette et tourna la clé de contact. Le moteur émit un raclement du plus mauvais augure et cala. Implorant silencieusement le ciel, elle retint son souffle et recommença en appuyant sur la pédale d'accélérateur. Cette fois, le seul son que produisit le moteur fut un bref déclic.

Grinçant des dents, elle redescendit. Comme elle le faisait pour le tracteur, elle bichonnait la camionnette tout en croisant les doigts pour qu'elle ne la lâche pas au moment le plus inopportun. Il y avait des semaines qu'elle aurait dû la conduire chez le garagiste pour sa visite de contrôle technique et son rendez-vous régulier d'entretien. Le véhicule pouvait se passer de ce dernier puisqu'elle s'était elle-même chargée de la vidange et du changement des filtres, mais, maintenant, il ne passerait jamais le contrôle technique…

L'un des feux arrière ne fonctionnait plus et deux des pneus étaient quasiment lisses. Cependant, ces soucis-là n'avaient rien à voir avec le problème présent. Le petit « clic » semblait indiquer que la batterie était à plat.

Elle tâtonna au niveau de la calandre, cherchant le taquet d'ouverture du capot. Bientôt, elle soulevait celui-ci.

— Si c'est le démarreur, je te tue, grommela-t-elle d'un ton menaçant.

— Je te prêterai le pistolet, si tu veux, murmura Carter dans son dos. Tu aurais dû abattre ta monture voilà des années.

Dani laissa retomber le capot et regarda Carter s'avancer dans l'ombre du garage, sa haute silhouette se découpant contre la lumière vive du soleil.

— Pas si vite… En termes de mécanique, c'est quasi une antiquité. Elle aura peut-être bientôt une grande valeur.

— Mais oui… Dans un autre univers. Un univers où la tôle rouillée et les durites percées sont un critère suprême de qualité !

Bloquant le capot en position ouverte, Dani s'arma d'un tournevis et se mit à gratter l'épaisse couche de cristaux bleuâtres qui recouvrait les bornes de la batterie.

— Le meilleur moyen de nettoyer l'oxydation sur les bornes, c'est de verser de l'eau bouillante dessus.

Dani exhala un soupir et compta jusqu'à trois. Mieux valait ne pas s'appesantir sur le fait qu'il était superbe dans son T-shirt blanc immaculé et son jean moulant.

— Que veux-tu, Carter ? Comme tu le vois, je suis occupée.

— Eh bien, justement… Il est temps que tu t'accordes un après-midi, non ? Allez, viens, je t'emmène voir ton autruche.

— Je ne peux pas dire que j'en meurs d'envie.

Et c'était un doux euphémisme !

Elle continua à s'affairer, le nez dans le moteur, consciente qu'il restait là, à l'observer.

— Quel âge a cette batterie ?

Posant son tournevis, elle attrapa un chiffon, se frotta les mains, puis referma le capot.

— Cinq ans et demi. Je sais, je suis dans le déni.

Elle n'avait pas attendu qu'il lui pose la question pour effectuer le calcul et sauter à la conclusion qui s'imposait : il était urgent de la changer. Se glissant de nouveau derrière le volant, elle tourna la clé. Le sinistre petit « clic » confirma ses craintes.

— Quoi que tu décides, il va falloir que je t'emmène en ville. Et puis, franchement, je pense qu'il serait bon que tu ailles jeter un coup d'œil à cet oiseau… Il t'appartient, après tout.

— A quoi bon ? J'ai déjà vu des autruches… Je sais à quoi elles ressemblent.

« Et combien elles coûtent. »

Avec un haussement d'épaules, Carter chaussa une paire de lunettes noires et tourna les talons, se dirigeant sans se presser vers sa camionnette, garée à l'ombre d'un arbre.

A contrecœur, Dani retira la clé du contact et lui emboîta le pas. Autruches ou pas, Carter avait raison. Elle avait besoin d'une batterie neuve.

L'une des vitres arrière de la camionnette s'abaissa sans bruit comme elle approchait. Une mèche de cheveux auburn frissonna au vent et l'estomac de Dani se contracta.

Pour la seconde fois en deux jours, il y avait une femme dans la voiture de Carter — et celle-ci était enceinte.

Carter intercepta son regard et elle se demanda s'il lisait dans ses pensées.

— Je te présente un couple d'amis d'Auckland, Gabriel et Tyler West.

Dani avisa un homme brun, assis à côté de Tyler, tandis qu'elle ouvrait la portière du côté passager. Elle avait déjà entendu Carter parler des West, elle avait même vu leur portrait de mariage dans son salon. Pour autant, c'était la première fois que Carter lui présentait un de ses amis du S.A.S.

Alors qu'elle bouclait sa ceinture, le museau d'un chien se posa sur son épaule. La femme se pencha en avant et sourit.

— Bonjour. Je suis Tyler et, lui, c'est Zoom. Vous devez être Dani. Carter m'a parlé de vous.

Dani se força à lui retourner son sourire.

— Vous séjournez chez lui ? s'enquit-elle poliment.

— En attendant que Gabe trouve un motel.

Elle posa la main à plat sur son abdomen.

— Nous préférons dormir en ville, pour le cas où ce petit bonhomme s'annoncerait à l'improviste.

Plusieurs véhicules étaient garés devant l'élevage. Non sans surprise, Dani identifia parmi eux la camionnette de Walter Douglas, juste à côté de la berline rutilante de Roger Wells.

West aida Tyler à descendre, puis contempla la plage qu'on voyait miroiter au travers d'une rangée d'arbres échevelés, agités par le vent.

— Quelle vue on a d'ici !

Carter descendit et contourna le véhicule.

— Mmm… Pas le genre de terrain sur lequel on s'attendrait à trouver un élevage d'autruches.

Dani claqua sa portière.

— Et, pourtant, il est bien là… hélas, dit-elle sombrement.

Un coupé sport entra dans le parking et vint se garer à côté de la camionnette de Carter. Tony Flynn en émergea et les gratifia d'un bref sourire.

— Ça alors, quelle surprise.

Dani avisa la caméra accrochée autour de son cou.

— Peut-être pas tant que ça… puisque vous nous suiviez.

Elle avait repéré le véhicule peu après leur départ, lorsqu'ils avaient bifurqué sur la route du comté. On aurait pu utiliser beaucoup de qualificatifs pour décrire Flynn, mais celui de « subtil » ne figurait pas dans le lot.

— Je ne vois pas ce que vous voulez dire. On peut encore rouler librement sur la route, non ? Ce n'est pas interdit, que je sache.

Carter verrouilla la camionnette et rangea ses clés dans sa poche.

— Mais ça pourrait le devenir… en cas de harcèlement.

Nullement démonté, Flynn rétorqua, sarcastique :

— Arrêtez… Vous allez me faire peur.

Harry apparut sur le porche ombragé, en train d'ajuster ses lunettes de soleil sur son nez. Il toisa Flynn.

— Qu'est-ce que vous faites encore là, vous ?

— Je suis venu acheter de l'huile d'autruche… Pour graisser mon pistolet. Vous avez ça, je crois ?

— Hein ? fit Harry en portant une main à son oreille.

Dani dépassa Flynn. A présent qu'elle était là, elle voulait en finir au plus vite. Voir ce maudit oiseau et s'en aller.

— Il ne vous a pas entendu. Son aide auditive n'est pas réglée assez fort !

Harry tourna la tête vers elle.

— Hé, inutile de crier comme ça.

Son regard revint sur Flynn.

— Qu'est-ce que vous voulez ? Vous avez payé.

— Ne m'en parlez pas. Pourquoi Wells est-il ici ? continua Flynn. L'élevage serait-il enfin au bord de la faillite ?

— Vous aimez jouer les petits malins, vous, hein ? Faites donc attention à ce que vous dites.

— Ah oui ? Sinon, que se passera-t-il ?

Harry fusilla Flynn du regard, puis reporta son attention sur Dani.

— Et vous ? Vous voulez voir votre oiseau ?

— Entre nous, je ne vois pas bien quelle autre raison pourrait m'amener ici.

— Eh bien, il va falloir que vous attendiez. Walter est en train de regarder le sien.

Carter s'avança sous la véranda et s'arrêta juste devant Harry, le dominant de toute sa taille.

— Et alors ? Il faut attendre quoi ?

— Il faut attendre Jim. Il n'y a que lui qui puisse approcher les oiseaux.

Harry secoua la tête.

— Ils sont sacrément dangereux.

Il pivota sur ses talons, puis s'interrompit dans son mouvement comme s'il venait de penser à quelque chose. Il désigna de la main l'unique table en plastique, flanquée de deux chaises, qui se trouvait sous la véranda.

— Si vous voulez une tasse de thé, vous pouvez vous asseoir dans le café.

Le regard de Tyler balaya la surface crasseuse de la table.

— Où est la serveuse ?

Harry disparut à l'intérieur de son pas traînant, puis, au bout de quelques instants, ils le virent passer devant la fenêtre de son bureau, une bouilloire électrique à la main.

Carter retira ses lunettes noires et se dirigea vers l'entrée.

— Je crois que ça répond à ta question.

Harry ouvrit le portail d'un air embarrassé. Walter Douglas, accoudé à la barrière, parlait avec Roger Wells. Dans l'enclos, tout au fond, Jim, armé d'un grand balai, avait réussi à bloquer une autruche dans un coin. Il braqua un scanner sur l'animal.

— V'là votre oiseau, Walter ! cria-t-il.

L'intéressé tourna la tête et considéra le grand oiseau, avec son long cou et ses yeux globuleux.

— Super, marmonna-t-il d'un ton maussade.

Jim tourna le dos à l'autruche. La petite tête plongea en avant et Jim poussa une exclamation de douleur, suivie d'un juron. L'oiseau passa au-dessous du balai avec lequel Jim tentait vainement de lui faire barrage et courut rejoindre ses congénères à l'autre extrémité de l'enclos.

Harry contemplait la scène, mi-fasciné, mi-horrifié, confirmant ce qu'il proclamait à qui voulait l'entendre : il n'était pas question qu'il approche de ces sales bêtes.

Recouvrant son sang-froid, il s'éclaircit la gorge.

— J'ai un autre client pour toi, Jim !

— Un autre « propriétaire », corrigea celui-ci.

Sans quitter les oiseaux du regard, Harry grommela :

— Si tu veux… C'est pareil.

Carter s'appuya sur la barrière et épingla Jim de ce que Dani appelait « son regard de tueur ».

— Voilà une affaire qui semble menée de main de maître, dites-moi.

Jim le dévisagea, sur la défensive.

— Moi, je me contente de montrer les oiseaux aux propriétaires.

— J'aimerais bien savoir combien de bêtes vous avez, exactement.

— Pas mal. J'peux pas vous donner un chiffre comme ça.

Une étincelle d'espoir s'alluma dans le regard de Jim.

— A moins que vous ne vouliez investir ?

Carter l'enveloppa d'un regard dénué d'expression.

— Laissons ça pour le moment.

Dani contempla les oiseaux. Elle éprouvait le même sentiment d'incrédulité chaque fois qu'elle les voyait. Compte tenu des difficultés que connaissait l'élevage des ovins et des bovins, elle ne comprenait pas ce qui avait pu pousser des gens à se lancer dans une entreprise telle que celui, autrement risqué, de ces animaux exotiques.

Jim se dirigea vers le troupeau. En courant, les autruches s'éparpillèrent pour reformer les rangs dans un autre angle de l'enclos. Le visage rouge, haletant, il finit par réussir à séparer les bêtes en deux groupes. Quelques secondes plus tard, il isola un oiseau dans un coin à l'aide de son balai.

— On dirait qu'il a choisi cet oiseau au hasard, commenta à haute voix Carter. J'aurais cru qu'il se focaliserait sur le plus gros.

— Le plus gros ? répéta Dani en balayant du regard le reste du troupeau. Vus d'ici, ils sont tous énormes.

— Le hasard ? Vous plaisantez, se récria Jim, l'air ulcéré. Regardez…

Comme il tirait le scanner de sa poche, Carter poussa la haute barrière métallique et pénétra dans l'enclos.

— Hé, attendez un peu ! Vous n'avez pas le droit de…

Carter s'approcha de l'animal que Jim avait immobilisé sans prendre la peine de répondre.

— C'est l'autruche de Dani ?

— Evidemment que c'est son…

— Vous êtes sûr ? Vous avez vérifié ?

— Comme si j'en avais besoin ! Je les ai élevées depuis qu'elles sont toutes petites. Je les connais par cœur.

Carter tira de sa poche le scanner qu'il avait emprunté.

Le visage de Jim vira à l'écarlate.

— Non, mais… Attendez ! Qu'est-ce que vous faites ?

— La même chose que vous. Je vérifie.

Il consulta l'écran, puis compara les informations fournies avec celles qui étaient encore affichées sur l'appareil de Jim.

— Tiens… C'est curieux. C'est l'oiseau que vous avez présenté à Walter comme étant le sien.

Carter avait parlé assez haut pour être entendu par Walter et Wells. Leur conversation s'interrompit.

Carter sortit un papier de sa poche. Les yeux de Dani se rétrécirent. Le document ressemblait étrangement à son contrat d'achat d'autruche. Elle n'avait pas remarqué qu'il manquait, mais, après le baiser qu'ils avaient échangé sous la véranda, l'autre soir, vérifier que ce document-là était bien toujours à sa place n'avait pas vraiment été une priorité. La dernière chose dont elle se souvenait, c'était Carter regardant le montant figurant sur le reçu. Ensuite, ma foi… Ses souvenirs se faisaient nébuleux.

Mais, si *elle* n'avait pas eu les idées très claires, il n'en avait pas été de même pour Carter. Elle savait bien qu'il l'avait embrassée pour tester sa réaction. Il cherchait à évaluer s'il avait regagné du terrain et à arrondir les angles avant de lui proposer son aide matérielle. Il n'avait pas totalement réussi dans son entreprise, puisqu'elle avait refusé de se laisser lier à lui financièrement, mais il avait tout de même repris la main en replaçant leur relation sur un plan purement physique — et en s'emparant des informations qu'il voulait obtenir.

Il y avait quelque chose d'implacable chez Carter, elle

l'avait toujours su. Il n'avait pas caché qu'il voulait la reconquérir — ou, plutôt, comme il l'avait élégamment formulé un an auparavant — qu'il désirait la lier à lui *à ses conditions*.

Elle ne lui faisait pas confiance, point. Si elle avait eu besoin d'une piqûre de rappel pour bien s'enfoncer ça dans le crâne, eh bien, c'était désormais chose faite.

Contrariée, elle le regarda approcher l'appareil du cou de l'autruche et se pencher pour comparer le code qui s'affichait sur l'écran avec celui qui était inscrit sur le contrat.

— Ah, il semblerait que je vous doive des excuses, l'entendit-elle déclarer. C'est bien l'oiseau de Dani.

Jim battit des cils, le balai tremblant dans ses mains.

Carter continua à promener son appareil le long du cou de l'animal.

— Et c'est aussi celui de Walter… et… de six autres propriétaires.

D'un geste vif, il fit disparaître le contrat au fond de sa poche et arracha le balai des mains de Jim. L'oiseau stressé en profita pour s'échapper.

— Outre le fait que cela constitue une escroquerie caractérisée, il doit exister une loi interdisant de poser *huit* puces dans le cou d'un animal.

Wells approcha, l'air intéressé.

— Qu'est-ce que c'est que cet appareil ?

Carter le rangea, lui aussi, dans sa poche.

— Un scanner miniature — le même qu'utilise Jim. Il permet de relever le code attribué individuellement à chacun des animaux. L'élevage compte plus d'une centaine d'investisseurs. Or, curieusement, d'après ce que je vois, il n'y a qu'une trentaine d'oiseaux. Vous ne trouvez pas qu'il y a un problème, Jim ?

Une veine pulsait furieusement sur la tempe de ce dernier.

— Je… Moi, j'en sais rien. Je suis que le dresseur. C'est Harry qui s'occupe des comptes.

Ledit Harry semblait au bord de l'apoplexie.

Walter s'empourpra.

— Je viens juste de leur faire un chèque !

Carter n'avait pas quitté Jim des yeux.

— Si j'étais vous, Walter, je le récupérerais sur-le-champ.

Walter hocha vigoureusement la tête.

— C'est bien mon intention.

Jim avança d'un pas.

— Hé, vous ne pouvez pas…

Carter lui bloqua le passage.

— Il ne peut pas quoi ? Récupérer l'argent que vous venez de lui voler ?

Harry prit une expression indignée.

— On a rien volé du tout !

West, qui était resté nonchalamment accoudé à la barrière pendant l'échange, se redressa et avança d'un pas.

— Qui est votre patron ?

La veine, sur la tempe de Jim, parut sur le point de se rompre.

— Tais-toi, Harry. On a rien à leur dire tant qu'ils ont pas un mandat.

Carter inclina la tête sur le côté.

— C'est vrai, ça, dit-il, l'air dégagé, en sortant son portable de sa poche. Murdoch va se faire un plaisir…

Jim blêmit.

West sortit un papier de sa poche.

— Alex Bainbridge, ça vous dit quelque chose ?

Harry cligna rapidement des yeux à plusieurs reprises.

— Puisque vous semblez avoir perdu votre langue, je

vais vous rafraîchir la mémoire : c'est le propriétaire de Jackson's Bay Holdings. En d'autres termes, votre patron. Il est également à la tête du groupement qui rachète peu à peu les exploitations et les petites entreprises du secteur.

Dani fronça les sourcils, l'œil attiré par un mouvement dans le bureau de Harry. Elle tourna la tête. Flynn était en train de fouiller les tiroirs.

— Jackson's Bay Holdings ? répéta-t-elle. C'est la société à qui appartient l'exploitation de Dave MacLean. Est-ce qu'il n'a pas épousé une Bainbridge? Hetty Bainbridge.

Carter la regarda.

— La *femme* de MacLean est une Bainbridge ?

Dani haussa les épaules.

— Tante Ellen a un ami à Mason qui était à l'école avec elle. Peu de gens le savent, mais Hetty MacLean est la demi-sœur d'Alex Bainbridge.

Le portail métallique claqua derrière Carter.

— Eh bien, voilà. Il est cuit.

West secoua la tête.

— Ah… Les petites villes ! Elles ont ceci de bien que *tout* finit *toujours* par se savoir.

— Vous avez bien dit « Bainbridge » ?

Dani se retourna et regarda Wells, qui s'était approché, derrière elle.

— Absolument. Par une curieuse coïncidence, son nom semble associé à toutes les affaires louches qui se trament en ce moment dans la région.

Cette fois, Jim parut véritablement paniqué.

— Je comprends rien à ce que vous racontez. C'est la première fois que j'entends parler de lui.

— Dans ce cas, il serait temps que vous vous familiarisiez avec lui…

Dani indiqua d'un mouvement du menton le bureau

où la silhouette de Flynn se dessinait toujours en ombre chinoise derrière la vitre.

— … parce que, quand Flynn aura vent de toute l'histoire, autant vous dire qu'on ne parlera plus que de ça en ville.

Wells, visiblement, était de plus en plus mal à l'aise.

— Je crois, dit-il, que nous devrions nous entretenir… en privé.

11

Sous le clair de lune, le grillage qui clôturait l'élevage d'autruches luisait d'un éclat argenté. Une petite brise soufflait de la mer, agitant les manukas rabougris par le manque d'eau et les buissons parfumés des coprosmas.

Une camionnette, tous feux éteints, longea à petite allure le grillage, puis s'arrêta. Un homme en sortit, prit un sac sur la banquette arrière et se dirigea vers l'enclos.

Tandis qu'il marchait, le vent forcit, faisant grincer la pancarte accrochée à l'entrée. Lorsqu'il atteignit le portail, il fit glisser d'un coup d'épaule son sac à dos pour en extraire une grosse paire de tenailles. Un instant plus tard, il coupait d'un coup sec la chaîne qui maintenait les battants.

Il rangea la tenaille dans le sac, se munit d'une pince coupante plus petite et se faufila à l'intérieur.

Avec un sourire diabolique, il fit méthodiquement le tour de l'enclos, s'arrêtant de temps à autre pour pratiquer une ouverture dans la clôture grillagée. Lorsqu'il eut terminé, il examina son travail d'un œil critique.

L'élevage d'autruches avait plus que rempli sa mission.

Carter ôta ses lunettes à infrarouge et contempla la ligne pâle des vagues, légèrement luminescente dans la clarté lunaire. Puis, pivotant sur lui-même, il scruta les replis sombres des collines qui plongeaient vers la mer, attendant que ses yeux s'accoutument à l'obscurité.

Changeant de position, il s'efforça de chasser la raideur de sa jambe. Comme les trois nuits précédentes, la plage et les collines environnantes étaient désertes. Apparemment, l'intrus qui avait caché son véhicule dans les fourrés pour aller fouiner chez Dani n'était pas revenu.

Les minutes passèrent. Un subtil changement dans l'atmosphère le fit se raidir, tout à coup. Un souffle de vent poussait vers lui une odeur un peu âcre. *De la fumée.* Au même moment, quelque chose bougea devant lui. Parfaitement immobile, il suivit le mouvement du regard. Une ombre se déplaçait en silence d'arbre en arbre… Une silhouette masculine, grande et solidement bâtie.

Sans la quitter des yeux, Carter se mit à remonter, tout en calculant le point où sa trajectoire et celle de l'intrus se croiseraient.

Un moment plus tard, serrant les dents pour lutter contre la douleur qui fusait dans sa cuisse, il banda ses muscles et bondit en avant, envoyant d'une bourrade l'homme rouler au sol avec lui. Un genou l'atteignit en plein plexus solaire, lui coupant le souffle, et l'homme, rapide comme l'éclair, en profita pour lui échapper. Un objet métallique tomba sur le sol poussiéreux. L'intrus s'élança ; Carter lui attrapa la jambe, mais écarta vivement le visage comme une botte lui frappait la mâchoire. Les oreilles bourdonnantes, il contre-attaqua et s'abattit de tout son poids sur son adversaire, le clouant au sol.

Dans le clair de lune, il vit son visage.

— O'Halloran.

Le détective O'Halloran, pour être précis. Ancien membre du Groupe d'Intervention Spéciale. S'il n'avait jamais eu l'occasion de le rencontrer personnellement dans le cadre professionnel, deux de ses collègues du

S.A.S. avaient travaillé avec lui. Dix-huit mois plus tôt, alors que O'Halloran dirigeait une enquête portant sur des incendies criminels, il avait été pris pour cible. On avait mis le feu à sa maison, dans laquelle sa femme et sa fille se trouvaient. En tentant — en vain — de les sauver, il avait été gravement blessé et avait dû être hospitalisé.

Une autre ombre observait Rawlings et O'Halloran, tapie derrière un grand chêne. Il n'entendait pas ce que les deux hommes se disaient, mais le sujet de leur conversation ne faisait aucun doute. En silence, il rebroussa chemin, s'enfonçant profondément dans les futaies qui bordaient la propriété Galbraith, heureux d'avoir écouté son instinct et emprunté un autre itinéraire.

Lorsqu'il fut certain que la voie était libre, il sortit de l'ombre et longea sans bruit la pelouse baignée par le clair de lune.

Au loin, une sirène retentit.

Quelqu'un s'était aperçu que l'élevage d'autruches avait pris feu.

La sirène réveilla Murdoch. L'instant suivant, son portable posé sur sa table de nuit se mit à vibrer. Repoussant les draps, il prit connaissance du message, sauta à bas du lit et enfila son uniforme. Sa femme, habituée à ces appels nocturnes, ne bougea pas. Murdoch contempla sa forme immobile, les cheveux épars sur l'oreiller, lui enviant ce sommeil que rien ne perturbait. Depuis quelque temps, le hurlement de la sirène le hantait.

Dix minutes plus tard, après avoir appelé les deux policiers de Mason affectés en renfort à la lutte contre les incendies de Jackson's Ridge, il passa chercher Lowell et prit le chemin de l'élevage d'autruches.

Un kilomètre plus loin, quelque chose jaillit des taillis, au bord de la route. Murdoch fit une embardée ; ses phares éclairèrent brièvement un plumage blanc et gris, qui disparut de l'autre côté de la chaussée. Une autruche. Redoublant de prudence, il poursuivit son chemin, remarquant tout le long de la route des mouvements furtifs dans les fourrés, dans les champs au-delà, et même, en contrebas, sur la plage. Il y avait des autruches partout.

Jurant sous cape, il arriva enfin en vue de l'élevage — ou, du moins, de ce qu'il en restait. Etant donné que les deux « experts en autruches » de Jackson's Ridge avaient passé la soirée au pub, il était peu probable que Harry ou Jim soient en état de récupérer les oiseaux. Il avait lu quelque part qu'ils pouvaient atteindre une vitesse de plus de quarante-cinq kilomètres à l'heure. Le compte était facile. A ce train-là, ils seraient à Mason le lendemain matin. Il fallait absolument que quelqu'un trouve le moyen de les regrouper, et vite.

Le camion de pompiers était garé juste de l'autre côté du portail, gyrophare en action. D'après les informations que lui avait communiquées le central, ils étaient intervenus très rapidement ; néanmoins, le bâtiment principal n'était plus qu'une ruine fumante.

Au moment où il sortait de la voiture de patrouille, une silhouette maigre apparut dans la brève et vive lueur d'un flash d'appareil photo. Flynn l'avait pris de vitesse et était déjà occupé à mitrailler la scène de l'incendie.

Murdoch s'approcha de lui.

— Vous ne dormez donc jamais, Flynn ?

— Je fais mon travail, Murdoch… Comme vous.

— A ceci près que je me rends utile en faisant le mien.

Flynn appuya sur le déclencheur et un nouveau flash

zébra la nuit. Il abaissa son appareil sans chercher à dissimuler son amusement.

— Allons, allons… Importuner les médias n'est jamais une bonne tactique, vous savez.

— Si j'étais vous, je gommerais ce sourire de mon visage. Je sais que vous avez des parts dans cet élevage, ce qui vous place en tête de liste des suspects.

Flynn ne se démonta pas.

— Comme pratiquement tout le monde en ville.

Une silhouette massive en uniforme de pompier vint vers eux.

Walter Douglas ôta son casque et s'essuya le visage.

— On a dénombré six départs de feu. Celui qui a fait ça n'a rien laissé au hasard ; il voulait vraiment faire tout flamber.

Il secoua la tête.

— En plus, ils ont de l'huile d'autruche là-dedans, ce qui a bien sûr contribué à activer le feu.

— Tu es arrivé sur les lieux en un temps record.

Walter prit un air méfiant.

— Certains soirs, je reste tard à la caserne. Maintenant que Lily n'est plus là, je trouve le temps long le soir, à la maison.

Deux ans plus tôt, l'épouse de Walter — ex-épouse à présent — était retournée vivre sur les terres de sa famille, plantées de vergers. Le fait que Lily Douglas, née Barclay, vive là où s'était produit le premier incendie de la série avait tracassé Murdoch pendant une bonne partie de la nuit. Il aimait bien Walter et ne cherchait nullement à prouver qu'il était l'auteur de ces troubles, mais il ne pouvait négliger aucune piste.

— Je comprends… Mais, enfin, tu pourrais t'occuper à autre chose. Il n'y a pas que le travail dans la vie.

La pompe se mit à crachoter frénétiquement et le

tuyau s'affaissa. Walter remit son casque et alla dévisser l'embout sur le réservoir vide avant de le fixer sur l'autre, plus petit. De nouveau, la pompe gargouilla, puis se remit à ronronner normalement. Le tuyau se gonfla et les braises grésillèrent sous le jet d'eau puissant. Walter, encore ruisselant de sueur, s'aspergea le visage et rugit des instructions.

Murdoch attendit que l'incendie ait été totalement circonscrit. On était à la campagne, ici. L'une des choses qu'il appréciait, dans la vie en zone rurale, c'était que les gens étaient plus francs et plus directs. Bien sûr, il y avait des exceptions et, depuis quelque temps, il régnait à Jackson's Ridge une atmosphère délétère. Des familles installées ici depuis des générations s'en allaient, leurs terres étaient rachetées par le groupement qui voulait faire de l'endroit une station balnéaire, les maisons d'habitation étaient laissées à l'abandon. Qui plus est, de nombreux agriculteurs étaient en difficulté à cause de la sécheresse… Et, pour couronner le tout, ces feux, maintenant.

Prenant son carnet, il l'ouvrit et reporta son attention sur Walter. Il ne servait à rien de tourner autour du pot.

— Depuis quand restes-tu le soir à la caserne, Walter ?

L'intéressé grimaça.

— Où veux-tu en venir ?

Le regard de Murdoch dériva vers les pompiers, qui enroulaient leur lance.

— Nulle part, mais toute cette solitude… Ça ne peut pas être bon pour toi. Tu devrais sortir un peu, peut-être te faire aider par un professionnel.

L'expression de Walter se ferma.

— Je n'ai pas besoin d'aide. Lily est partie voilà deux ans. Ça a été dur, mais j'ai surmonté son départ.

— Encore une question…

— Ecoute, j'éteins les incendies. Je ne les allume pas.

— Tu as des parts dans cette entreprise, je crois ?

— Eh bien, justement ! Il faudrait que je sois fou pour y mettre le feu. Ces salauds me doivent de l'argent !

Murdoch se gratta la tête. C'était là que le bât blessait. En effet, Walter n'aurait eu aucun intérêt à faire brûler l'élevage.

Un véhicule s'arrêta derrière sa voiture. Murdoch soupira. Rawlings et O'Halloran. Pourquoi diable avait-il l'impression que cette nuit qui avait déjà mal commencé allait encore se compliquer ?

Un autre véhicule arriva à fond de train, traversant l'énorme mare qui s'était formée sur le sol et les éclaboussant. Elle se gara de travers et Harry Tapp en émergea en titubant. Il contempla, hébété, le bâtiment.

— Il y a eu un incendie, annonça Murdoch en s'avançant pour lui bloquer le passage.

Harry lui jeta un regard perplexe, ce qui signifiait qu'il n'avait pas actionné son aide auditive.

— Quoi ?

Murdoch recula d'un pas. L'haleine de Harry empestait l'alcool. S'il s'approchait du feu, il s'enflammerait comme une torche ! Murdoch tâcha de faire abstraction du fait que, non content d'avoir beaucoup trop bu, Harry avait *en outre* pris le volant pour venir jusqu'ici. Aussi irritant qu'il soit, il venait de perdre son gagne-pain. Dans certaines circonstances, il fallait savoir fermer les yeux. D'une voix tonitruante, il lança :

— Nous aurions quelques questions à vous poser…

Murdoch s'éloigna de quelques pas et fit signe à Lowell d'approcher. Celui-ci fronça les sourcils.

— Qu'est-ce que je suis censé lui demander, chef ?

Une fois de plus, Murdoch songea à ces petites pilules que le médecin lui avait prescrites un jour contre le stress.

Il les avait rangées dans un tiroir et ne les avait jamais utilisées, mais, parfois, la tentation était grande…

— Ce que tu veux… L'important, c'est que tu l'occupes.

Lowell s'avança vers Harry et recula vivement d'un pas lorsqu'il fut devant lui. Murdoch sourit. Le sens de l'humour quelque peu pervers qui l'aidait à tenir bon refaisant surface.

— Oh ! et… Lowell ?

Son collègue se retourna et lui lança un regard noir.

— Interroge-le sur les autruches, par exemple.

Carter examina le bâtiment calciné et les personnes présentes. Il y avait Murdoch, bien sûr, Lowell et deux autres policiers qu'il ne connaissait pas — des renforts de Mason, probablement. Maintenant que le feu était éteint, ils posaient le ruban jaune et noir délimitant le périmètre.

Murdoch les accueillit en lançant un regard dur à O'Halloran.

— Si vous voulez vous rendre utiles, ne pénétrez pas sur la scène du crime. Essayez plutôt de récupérer les oiseaux. Lowell se charge de Harry.

Il indiqua du pouce les deux policiers venus de la ville.

— Et ces deux-là surveillent les lieux.

Carter passa un appel. Quelques minutes plus tard, les phares d'une voiture qui approchait attirèrent son attention.

West en sortit. Son regard s'arrêta sur O'Halloran.

— Tu es bien loin du commissariat central d'Auckland.

O'Halloran le considéra sans manifester d'étonnement.

— Je suppose que je ne devrais pas être surpris de te voir ici.

— Je suis dans le coin, répondit évasivement West.

— C'est ce que j'ai entendu dire.

L'année précédente, West et Carter avaient tous deux

participé à l'arrestation d'un voleur de bijoux notoire et d'un gang qui fabriquait de faux bijoux. Carter avait échappé aux projecteurs des médias, mais West avait eu moins de chance : l'affaire, et certains de ses précédents exploits, avaient fait la une de la presse locale et d'un grand journal national. En congé maladie, O'Halloran n'avait pas travaillé sur l'affaire.

Une autruche franchit en trottinant le portail ouvert, piquant droit vers la plage. O'Halloran la regarda s'éloigner de son étrange démarche dégingandée.

— Comment s'y prend-on pour les attraper ?

L'air passablement déprimé, Lowell déclara :

— D'après Harry, il faut se servir d'un balai. Mais ils ont tous brûlé dans l'incendie.

— C'est votre jour de chance, fit Carter.

Il se dirigea vers l'arrière de sa voiture et lui en lança un.

Lowell le rattrapa de justesse et se mit à le manipuler avec autant de précaution que s'il s'agissait d'une arme automatique avec le cran de sécurité désactivé.

Un grand van à chevaux s'arrêta devant le portail.

Carter conseilla à Lowell :

— Attendez de voir le blanc de leurs yeux.

La rampe s'abaissa à l'arrière du van. John McKay fit descendre trois chevaux, tous sellés et prêts à partir. Il tendit les rênes d'un grand alezan à Carter en observant :

— Ne me dis pas que, *toi aussi*, tu as souscrit un contrat d'achat d'autruche ?

— Non, je n'en ai pas eu le temps.

John enfourcha un cheval bai.

— Alors, tu dois bien être le seul.

D'un mouvement de tête, Carter signifia à West qu'il pouvait prendre le troisième cheval.

West recula, élevant les deux mains devant lui.

— Sans façon ! Hors de question que je monte une de ces bêtes.

Il était dans l'enchevêtrement des ruelles d'une ville comme un poisson dans l'eau, mais jouer les cow-boys du Grand Ouest, ce n'était pas pour lui.

— O'Halloran… A toi l'honneur.

Haussant les épaules, O'Halloran se mit en selle, et grimaça de douleur comme il tirait sur les muscles de ses bras pour se hisser sur le cheval.

West prit un autre balai à l'arrière de la camionnette de Carter, porta deux doigts à sa bouche et siffla. Un chien noir et feu jaillit par la fenêtre du véhicule et accourut vers lui, langue pendante, en remuant vigoureusement la queue.

— C'est un chien de berger que nous avons recueilli, expliqua West, un peu embarrassé. Il devrait pouvoir nous être utile.

12

La sonnerie du téléphone tira Dani du sommeil. Encore à demi endormie, elle reconnut la voix de Becca. Il y avait eu un autre feu, à l'élevage d'autruches cette fois. John s'était rendu sur place pour aider à rassembler les oiseaux qui s'étaient échappés. Sitôt que sa mère serait là pour s'occuper des enfants, Becca se mettrait en route, elle aussi, pour apporter aux hommes du café et des sandwichs.

— Il y a quelqu'un avec toi ?

— Qui veux-tu qu'il y ait ? rétorqua Dani en réprimant un bâillement, vaguement sur ses gardes tout à coup.

Des bêtes s'étant échappées de leur enclos, il était du devoir tacite de tous les propriétaires terriens du secteur de participer aux recherches.

— Je ne sais pas… Carter, au hasard ?

— Non… Il n'est pas là, maugréa Dani en se redressant. Pourquoi ?

Mais elle avait déjà compris où Becca voulait en venir. Jackson's Ridge était un petit village et tout le monde savait que les soupçons s'étaient d'abord portés sur elle.

— Je sais que ça ne me concerne pas, mais… disons que, s'il avait été avec toi, cela aurait fait taire les rumeurs.

Dani alluma la lampe de chevet.

— Ah ! C'est un argument de poids, répliqua-t-elle

avec humeur. Je n'oublierai pas de l'ajouter à ma liste des « pour » si jamais l'envie me prenait de renouer avec lui.

— Pardonne-moi… Ce ne sont pas mes affaires, mais Jackson's Ridge est rempli de femmes qui ne se feraient pas prier pour sortir avec Carter.

— Oui, eh bien, il faut croire que je ne suis pas comme elles.

— Mais, toi et lui, vous étiez…

— *Etiez*, tu le dis toi-même ! coupa Dani, peu encline à se laisser entraîner dans une conversation ayant pour thème principal Carter et le sexe. A l'*imparfait* !

— Peut-être… Mais, depuis le temps que je te connais — et cela fait un certain nombre d'années — c'est le seul homme, à ma connaissance, avec qui tu aies jamais été.

L'estomac de Dani se noua.

— Becca, je dois te laisser…

— Attends une seconde… Tu avais déjà un faible pour lui *avant* qu'il n'entre à l'armée. Et tu n'as jamais couché avec un autre homme depuis, n'est-ce pas ? Il n'y a eu que Carter. Encore et toujours Carter.

Dani enfila une pantoufle et tâtonna du bout de l'autre pied pour localiser la seconde.

— A t'entendre, on croirait que c'est gravé dans le marbre.

Becca lui assena le coup fatal.

— C'est peut-être bien le cas. Regarde les choses en face, Dani : tu l'aimes, un point c'est tout.

— Eh bien, fais-moi plaisir, ne le chante pas sur tous les toits. J'essaie de dominer mes sentiments, histoire de limiter les dégâts.

— Tu veux dire qu'il n'est pas au courant ?

Et elle n'avait aucunement l'intention de le renseigner. Jamais elle ne donnerait autant de pouvoir à un homme, amoureuse ou pas.

— Ecoute, il faut vraiment que j'y aille.

La perspective de courir après des autruches en pleine nuit lui semblait tout à coup bien plus attrayante que de poursuivre cette conversation.

L'élevage était à plus de dix kilomètres par la route mais, si elle coupait par la plage, elle n'en aurait que pour une quinzaine de minutes à cheval. Et comme, de toute façon, il lui faudrait un cheval une fois sur place, elle n'hésita pas longtemps.

Une fois passée rapidement sa tenue d'équitation — jean, bottes et blouson doté de bandes réfléchissantes —, elle plaça dans un sac à dos une lampe de poche, une bouteille d'eau et un sandwich. Ils risquaient fort de passer le reste de la nuit à quadriller les environs.

Elle sella Elsie, une haute jument *quarter-horse* qui avait été élevée à la ferme. C'était sa monture attitrée depuis sa naissance, et son animal de compagnie tout autant qu'un cheval de travail. Se juchant en selle, Dani attrapa un balai posé contre le mur de l'étable, puis se dirigea au petit trot vers le portail. Après avoir vu Jim batailler face aux grands oiseaux, il n'était pas question qu'elle les approche, les mains vides, sans rien pour les tenir en respect.

Sous la lune, elle guida Elsie le long du sentier qui serpentait, en pente douce, jusqu'à la plage, puis la mit au trot sur la bande de sable mouillé où venaient mourir les vagues. Même d'ici, alors qu'elle était encore loin de l'élevage, on sentait une odeur de fumée flotter dans l'air. Elle laissa Elsie passer du trot au galop puis, comme elle approchait de l'extrémité du long croissant de sable, elle commença à distinguer devant elle des formes mouvantes.

Une douzaine d'autruches couraient de façon désordonnée, leurs plumes blanches scintillant dans le clair de lune.

Elle stoppa Elsie juste avant que l'animal ne se cabre, effrayé par ce spectacle inhabituel.

Dani sourit, tout en tenant fermement les rênes. Pour Elsie, ce troupeau n'aurait pas paru plus étrange s'il était venu tout droit de la planète Mars.

Les chevaux n'aimaient pas la nouveauté. Et ce troupeau d'autruches ne ressemblait à rien de ce que la jument connaissait.

D'une voix douce, Dani la rassura.

— Tout va bien, ma belle. Ce sont juste des vaches très bizarres, avec des plumes et un long cou. On va essayer de les rassembler.

Tant qu'elles restaient groupées, on pouvait prévoir leurs déplacements. Elle lança Elsie en avant et, brandissant le balai, contourna le petit troupeau avant que les bêtes ne se dispersent sur la plage ou dans les manukas. Une fois qu'elles se seraient enfoncées dans la végétation, il deviendrait difficile de les retrouver. Des taureaux sauvages rôdaient déjà dans le sous-bois ; ils n'avaient vraiment pas besoin, en plus, d'une troupe d'autruches inamicales.

Les oiseaux hésitèrent, ralentissant l'allure. Six paires d'yeux vitreux la dévisagèrent. Elsie s'agita, de nouveau prête à se cabrer. L'une des têtes se dressa comme un périscope. Les autruches semblaient tout aussi apeurées qu'Elsie. Une série de sons gutturaux résonna dans le silence de la nuit, bientôt dominé par un sifflement aigu ; puis, brusquement, la petite troupe d'oiseaux fit volte-face et se mit à courir dans la direction d'où ils venaient.

***

Quelques minutes plus tard, Dani remontait au trot la portion de plage de Jackson's Bay qui s'étendait devant l'élevage. Elle apercevait au loin les gyrophares d'un camion de pompiers et de deux voitures de patrouille. L'odeur de fumée la prit à la gorge. Sur la plage, deux cavaliers — Carter et John McKay — se matérialisèrent devant elle, empêchant les oiseaux de courir droit devant et les forçant à s'engager sur le chemin qui remontait vers l'élevage. Il y eut un moment de panique, puis, dans un bruissement d'ailes, les autruches obtempérèrent. Encadrées par les cavaliers, elles poursuivirent leur chemin jusqu'à ce que, rencontrant une rangée de véhicules qui leur faisait barrage, elles obliquent brusquement vers l'enclos.

Deux hommes se dépêchèrent de refermer la barrière de fortune qui avait été fabriquée à l'aide de piquets de clôture et de fil de fer. Dani reconnut Pike et Lynch. Lorsque Pike eut fixé le crochet, il désigna du menton le balai de Dani :

— Qu'est-ce que c'est que ça ? Tu avais l'intention de jouter ?

La plaisanterie de son compagnon fit pouffer Lynch.

— Equipement de base pour mener les autruches, expliqua laconiquement Carter.

Perplexe, Pike considéra les bêtes réunies dans l'enclos.

West surgit de l'ombre, le T-shirt déchiré et un avant-bras zébré de rouge, Zoom trottinant joyeusement sur ses talons.

Il jeta le balai par terre, puis regarda Carter, l'air dépité :

— Inutile de me poser la question, la réponse est non : je n'ai pas réussi à mater ces sales bestioles.

Une demi-heure plus tard, le cheptel enfin rassemblé au grand complet dans l'enclos, Dani alla attacher Elsie à un poteau métallique, à distance du nuage de fumée et des lumières des gyrophares. John McKay et Carter s'apprêtaient à faire remonter les chevaux dans le van ;

Becca, postée près de sa camionnette, distribuait à la ronde tasses de café et sandwichs aux valeureux combattants du feu.

Comme Dani acceptait à son tour une tasse, elle observa :

— Je ne savais pas que vous aviez aussi acheté une autruche, John et toi.

Becca haussa les épaules.

— John préfère ne pas en parler.

— Il n'est pas le seul.

Pete Barclay avait surgi de nulle part, le casque à la main et le visage maculé de noir.

Dani se tendit malgré elle en le regardant accepter un café. Après tout, le premier incendie de la série s'était déclaré chez lui. Et, fait qu'elle avait oublié, il était pompier volontaire.

Walter Douglas et Pike vinrent eux aussi chercher cafés et sandwichs et remercièrent Becca, d'une voix rendue rauque par la fumée. Si la conversation s'interrompit pendant que tout le monde mangeait, le silence qui s'installa n'était pas pour autant naturel. La tension entre Barclay et Walter était tangible et Dani se souvint que l'ex-femme de Walter était la sœur de Barclay.

Une sonnerie retentit dans le silence. Walter posa sa tasse et sortit son bipeur. Quand il eut lu le message, il s'éloigna vers le camion de pompiers, le téléphone collé à l'oreille. Peu après, il reparut dans le cercle de lumière.

— Si quelqu'un avait encore des doutes, ce n'est pas Dani la pyromane.

Barclay posa sa tasse, le visage fermé.

— Et qu'est-ce que tu en sais ?

Une voix intervint froidement :

— Question de logique et de bon sens.

Carter surgit de l'ombre et s'avança parmi eux.

— Dani est agricultrice, comme toi, Barclay.

Barclay rougit. Walter parut embarrassé.

— Oui, souligna-t-il. Et non seulement cela, mais un incendie s'est déclaré de l'autre côté de la ville. Chez Nola — à son domicile, cette fois. A moins d'avoir le don d'ubiquité, Dani ne peut pas avoir allumé deux feux dans deux endroits différents.

Les pompiers se hâtèrent de finir de ranger leur matériel et se mirent en route pour aller éteindre l'autre incendie, laissant les forestiers en charge de la surveillance de l'élevage d'autruches, en cas d'éventuelles reprises de feu.

Le regard de Carter s'arrêta sur Dani.

— Ça va ?

— Bien sûr que ça va, répondit Becca à sa place. Dani a l'habitude de se débrouiller seule. Pourquoi veux-tu qu'elle ait subitement besoin de réconfort parce que Barclay la prend pour une criminelle endurcie ?

Carter lui tendit sa tasse vide.

— Barclay est un idiot. Il est furieux d'avoir perdu sa grange et, en plus, il vit avec l'ex-femme de Walter, ce qui ne doit pas contribuer à arranger son humeur.

— Ne m'en parle pas, dit Becca en rebouchant sa Thermos. Lily a décidé subitement que Walter n'était pas assez bien pour elle. Et lui, au lieu de l'envoyer au diable et de se tourner vers Nola qui est sortie une fois avec lui voilà trente-cinq ans et porte une ceinture de chasteté depuis, ne pense qu'à reconquérir sa femme… Quel casse-tête !

Elle rangea la Thermos dans le grand casier arrimé à l'arrière de sa camionnette. Le sucre et le lait le rejoignirent.

— C'est incroyable ce que les gens peuvent faire par amour.

Elle lança un coup d'œil acéré à Carter.

— Ça me rappelle un couple de ma connaissance…

Un couple qui n'est pas marié, lui, mais qui devrait l'être depuis longtemps.

Carter releva vivement la tête. L'estomac de Dani se mit à papilloter. Becca était restée vague, mais il avait parfaitement saisi l'allusion.

Le visage en feu, Dani se leva et traversa l'aire de parking pour aller détacher Elsie. Un mouvement attira son regard et elle eut la sensation désagréable qu'on l'observait. Une silhouette masculine se détacha dans l'ombre, adossée à un véhicule.

L'espace d'une seconde, ce fut comme si le présent perdait toute substance et elle se retrouva projetée en arrière, étendue sur un parquet, dans l'hiver froid de l'île du Sud, le souffle bloqué dans sa gorge tandis qu'elle *le* regardait, au comble de la terreur. Elle n'avait jamais su son nom ; sa mère avait refusé de le lui dire, arguant que le simple fait de le nommer aurait été lui accorder une dignité qu'il ne méritait pas. Il n'était qu'un misérable lâche dont la place était derrière des barreaux.

Elsie piaffa d'impatience. Clignant des yeux, Dani s'arracha à cette brutale plongée dans le passé. D'une main mal assurée, elle détacha le cheval et lança la bride sur la selle, de plus en plus pressée de s'éloigner.

Carter se profila près d'elle comme Elsie franchissait le fossé pour rejoindre la route. Dani se crispa. Aucun doute : il avait bien compris le sens de la remarque de Becca.

Il attrapa les rênes.

— Attends… J'ai à te parler.

D'un coup de talon, Dani mit Elsie au trot.

— Plus tard.

Lorsqu'elle aurait eu le temps de recouvrer son sang-froid et d'ériger ses défenses, si souvent mises à mal ces derniers temps.

Tandis qu'elle guidait Elsie le long de la plage, elle ne put s'empêcher de songer à une chose qui aurait dû l'alerter plus tôt. Un fait flagrant.

Tous les hommes étaient venus boire un café ou manger un sandwich, à l'exception d'un seul : O'Halloran. A un moment ou à un autre, au cours de la dernière demi-heure, O'Halloran avait disparu.

Tout était tranquille sur la plage ; le grondement des vagues s'était changé en un doux murmure et la brise fraîche du petit matin avait dissipé l'odeur âcre du feu.

Dani descendit de cheval, retira ses bottes et son blouson, et entra dans les flots, plongeant tout entière pour chasser l'odeur de la fumée. Rafraîchie, elle revint vers la plage, rangea bottes et blouson dans le sac à dos et remonta en selle.

Quand elle arriva dans le champ, devant la maison, Elsie secoua la tête et hennit brièvement. Prête à affronter l'inévitable, Dani tourna la tête.

Carter était là, qui l'attendait.

Un frémissement la parcourut tandis qu'elle mettait pied à terre, son T-shirt lui collant à la peau comme une algue.

— Pourquoi ne m'as-tu jamais rien dit ? s'enquit doucement Carter.

Dans un éclair de lucidité, elle dut reconnaître qu'elle n'avait cessé d'être sur la défensive, qu'une part d'elle avait toujours redouté une trop grande proximité entre eux. Bien sûr, il l'avait quittée trois fois, mais elle *l'avait laissé faire,* sa dangereuse carrière au sein du S.A.S. servant d'échappatoire commode. Elle s'était dit que c'était *lui* qui répugnait à s'engager, mais il n'était pas le seul.

— A quoi bon ?

Il serra les mâchoires.

— Maintenant que je sais, il est hors de question que je m'en aille.

Et, pour la première fois, elle fut persuadée qu'il disait vrai. Depuis son retour, elle s'était rendu compte que les règles avaient changé ; qu'ils aspiraient tous deux à autre chose.

Par le passé, elle avait toujours réussi à préserver son moi le plus intime et le plus secret, mais, dès l'instant où elle avait compris qu'elle l'aimait, cette subtile ligne de défense s'était désagrégée. Elle le désirait du plus profond de son âme. Pour ajouter encore à l'acuité de son problème, elle n'avait jamais eu d'autre liaison et ne disposait donc pas de point de comparaison pour juger de l'intensité de ses sentiments. Carter était son premier, son dernier et son unique amour.

Sans un mot, il dessella Elsie et emporta le matériel dans la sellerie. Dani flatta sa jument, lui retira le licol et la regarda se diriger tranquillement vers son coin préféré de l'enclos.

Lorsqu'elle se retourna, Carter était debout devant elle.

Le cœur battant la chamade, elle mêla ses doigts aux siens. Elle avait perdu beaucoup de temps et manqué beaucoup d'occasions par entêtement et par peur. C'était risqué, sans doute, mais elle ne voulait pas en laisser passer d'autres.

Chaque cellule de son corps frémit comme ils marchaient dans l'obscurité, traversaient l'aire qui séparait les deux maisons, entraient dans sa chambre. Le clair de lune dessinait les contours du lit recouvert d'une courtepointe sobre, typiquement masculine, les lignes pures du mobilier et le rectangle du tapis ancien au motif fané.

Sa chemise chut sur le sol. Dani retint son souffle, laissant son regard courir sur les larges épaules, la peau luisante, les muscles durs. Comment avait-elle pu s'imaginer pouvoir lui résister ? Au lieu de l'embrasser, il passa derrière elle et se mit à dénouer ses cheveux tressés, qui tombèrent peu à peu, tel un rideau humide, dans son dos.

— Etais-tu vierge la première fois que nous avons fait l'amour ?

— Qu'est-ce que tu crois ? Il n'y a jamais eu personne d'autre.

Les doigts de Carter se refermèrent sur le ruban soyeux de ses cheveux, l'attirant contre son torse, et une bouffée de chaleur naquit en elle. Elle sentit son souffle sur sa joue.

— Je suis heureux que Becca ait vendu la mèche — au moins maintenant je comprends un peu mieux.

Son T-shirt tomba.

— Que veux-tu dire ? Tu comprends mieux… quoi ?

Il enroula son bras autour de sa taille, la pressant de nouveau contre lui. Le contact de sa peau nue contre la sienne lui parut torride après le froid du coton mouillé.

— Toi. Ton comportement.

Il laissa courir sa bouche sur sa nuque et elle se mordit la lèvre.

— J'ai toujours su que c'était toi qui étais compliquée.

Il effleura le lobe de son oreille et elle s'efforça de se concentrer. D'un mouvement souple, il la fit pivoter sur elle-même sans relâcher le cercle de ses bras.

— Il n'y a jamais rien eu de compliqué dans ce que, *moi*, je désire.

L'humour dont se teintait sa déclaration allégea le poids qui l'oppressait. Laissant échapper un soupir, Dani posa la tête au creux de son épaule, passa les bras autour de sa taille et s'autorisa enfin à se détendre. Ce n'était pas comme si elle faisait un plongeon dans l'inconnu — une telle complicité les liait depuis tant d'années…

Leur premier baiser fut incommensurablement doux,

le deuxième plus encore. Quelque chose lui chatouilla le front. Un fragment de plume tomba sur son nez.

Elle souffla pour le déloger.

— Les autruches. Décidément, je n'arrive pas à m'en débarrasser, murmura-t-elle.

— Oublie les autruches.

Carter l'entraîna vers le lit. L'arrière de ses genoux heurta le matelas. Elle s'assit, attirant Carter à elle.

— Attends.

Elle entrevit son air un peu contrit dans la pénombre tandis qu'il se redressait. Il ouvrit un tiroir de sa table de nuit. Dani jeta un coup d'œil à l'intérieur. Une boîte de préservatifs y était rangée, à côté d'une étrange paire de lunettes et d'un pistolet.

Cette vision la troubla. Les armes qu'elle avait coutume de voir étaient généralement des fusils de calibre 22, modèle favori des agriculteurs — et elles étaient rangées sous clé, pas à portée de main dans la chambre à coucher. Cela lui rappela brutalement la nature de la profession de Carter.

Il sourit.

— Désolé. Question d'habitude.

Il se débarrassa de son jean et, pour la première fois, elle vit la cicatrice sur sa cuisse, rappel, si besoin en était, qu'elle avait été près de le perdre définitivement.

— Viens.

Un frisson d'anticipation la saisit. Il dégrafa son soutien-gorge et fit glisser son jean le long de ses jambes. Habillé, Carter était impressionnant ; mais la vue de son corps nu aurait fait se pâmer n'importe quelle femme normalement constituée.

Sa bouche s'abaissa vers la sienne et elle perdit toute notion du temps. Il se montrait extrêmement doux, comme si elle était faite de porcelaine, mais cette retenue n'était pas loin de l'exaspérer. Nouant les bras autour de son cou, elle lui retourna son baiser en se pressant contre lui. Son corps mâle, plein de vie, vibra contre le sien. Elle avait failli le perdre, oui, mais il était là à présent et, pour l'heure, tout à elle.

La lune avait disparu et le ciel s'éclaircissait à l'est quand Dani sentit ses paupières s'alourdir. Carter l'enlaça et se lova contre elle, et elle remua jusqu'à trouver la position la plus confortable.

Combien de fois ne s'étaient-ils pas endormis ainsi, soudés l'un à l'autre ? Dani se souvint de la première fois qu'ils avaient couché ensemble. Pour elle, l'expérience avait été entièrement nouvelle, et le réconfort que lui apportaient ces bras puissants après la perte de Susan et de Robert, inexprimable.

Après des mois d'absence, Carter avait été là quand elle avait le plus besoin de lui. Il s'était occupé de l'exploitation, l'avait protégée de la curiosité qu'avait suscitée cette double tragédie. Il l'avait aidée à surmonter l'épreuve de l'enquête puis à démêler l'imbroglio juridique du testament. Le fait qu'il lui ait aussi offert son épaule pour épancher son chagrin avait eu raison des barrières qu'elle avait érigées ; après avoir passé des années à éviter toute notion d'intimité avec Carter, elle avait d'un seul coup baissé sa garde.

Elle ouvrit grand les yeux. Dans un moment d'intense lucidité, elle vit ce qu'elle avait refusé de voir.

Six ans plus tôt, Carter était entré dans sa vie au moment où elle était le plus fragile, abrutie de chagrin. Et, quelques semaines plus tard, il avait dû repartir, appelé par le devoir…

Le déséquilibre de leur relation était né à ce moment-là.

En dépit de ses absences et de trois ruptures, elle n'avait jamais éprouvé l'envie de sortir avec quelqu'un d'autre. D'ailleurs, même si, bien sûr, des hommes s'étaient intéressés à elle, personne ne l'avait ouvertement invitée. Elle avait remarqué leur réserve, mais elle ne l'avait pas gênée puisqu'elle ne *voulait* personne d'autre. Maintenant, elle était certaine que Carter avait fait en sorte qu'il soit bien clair, dans l'esprit de tous les mâles vivant dans un rayon de soixante-dix kilomètres, qu'elle était à lui. Et sa campagne ne s'était sans doute pas limitée aux hommes… Ce n'était pas un hasard si tout Jackson's Ridge, aujourd'hui, se comportait comme si Carter et elle formaient un couple marié.

Les extrémités auxquelles Carter pouvait aller pour obtenir ce qu'il voulait firent courir un frisson dans son dos. Elle avait cru que sa mésaventure indonésienne l'avait changé, mais elle s'était trompée. Il y avait toujours eu en lui ce côté intransigeant — inflexible. C'était une part intrinsèque de sa personnalité.

Le soleil inondait la pièce quand le téléphone retentit. Carter décrocha. La conversation fut brève, monosyllabique.

— Murdoch.

Il reposa le combiné et se pencha pour embrasser Dani sur la bouche.

— Je lui avais promis de le retrouver ce matin.

La torpeur de Dani s'évapora tandis que Carter gagnait la salle de bains. Elle entendit le ruissellement de l'eau dans la cabine de douche puis Carter reparut, déjà à moitié habillé. Il alla chercher une chemise dans le placard. Elle se dressa sur son séant, remontant le drap sur ses seins.

— Qu'est-ce qu'il veut ?

— Parler du pyromane.

— Dans ce cas, je devrais venir, moi aussi.

Carter enfila la chemise en se retournant.

— Il veut simplement examiner avec moi des informations concernant son profil.

— Alors, c'est qu'il doit avoir un suspect.

— Disons qu'il a de fortes présomptions contre quelqu'un, mais ce ne sont que des soupçons pour l'instant — rien de concret.

Elle haussa les sourcils.

— En bref, il préfère me tenir à l'écart.

Il acheva de boutonner sa chemise, puis s'inclina de nouveau pour l'embrasser.

— Au diable, Murdoch. *Moi*, je préfère que tu restes en dehors de tout ça. De plus, je crois avoir entendu John hier te rappeler que tu étais attendue pour un brunch aujourd'hui.

Dani le dévisagea, désorientée. On était dimanche. Les catastrophes s'étaient succédé à un tel rythme ces derniers temps qu'elle avait l'impression qu'un mois s'était écoulé depuis qu'elle avait accepté l'invitation de Becca.

13

Une seconde tasse de café fumant à la main, Murdoch s'assit à son bureau et initialisa son ordinateur en soupirant. Le poste de police aurait dû être fermé en ce jour de repos dominical. Il vivait à Jackson's Ridge depuis près de vingt ans. Après avoir débuté sa carrière en ville, son arrivée ici avait été pour lui une bouffée d'air frais. Il avait épousé une fille du coin, avait eu des enfants et s'était peu à peu fait une place au sein de la petite communauté. Il avait bien l'intention de rester ici quand l'heure de la retraite aurait sonné. Il adorait la vie à Jackson's Ridge, et cela lui rendait d'autant plus pénible ce qui s'y passait en ce moment.

Pourchasser des criminels endurcis et rappeler à l'ordre des adolescents stupides, cela ne lui posait pas problème. Mais enquêter sur des citoyens ordinaires — des gens qu'il connaissait et côtoyait tous les jours —, c'était une chose tout à fait différente... et qui lui déplaisait souverainement. C'était un peu comme fouiller dans leurs poubelles. A la lumière du jour, tout pouvait paraître suspect.

Le grincement de la porte d'entrée lui fit relever brusquement la tête. Froidement, il regarda les deux hommes qui s'avançaient dans son bureau.

— Je ne vous attendais pas, O'Halloran.

— J'ai eu envie de venir renifler l'odeur des crimes en passe d'être résolus, répondit l'intéressé.

Murdoch ne prit pas la peine de dissimuler son agacement.

— J'ai procédé à quelques vérifications. Votre profil psychologique n'est pas exempt de défauts.

Il cliqua sur l'économiseur d'écran.

— D'après ce que j'ai découvert, vous êtes peut-être flic, mais, dans la dernière affaire sur laquelle vous avez travaillé, vos méthodes frisaient l'illégalité.

— Je préfère dire qu'elles sont non conventionnelles.

— Quoi qu'il en soit, il n'est pas question que vous fourriez votre nez dans cette affaire. Selon le commissariat central d'Auckland, vous êtes en congé prolongé… le temps qu'on vous ait un peu oublié.

O'Halloran attrapa une chaise et s'y assit.

— Peut-être, mais le fait est que je suis en mesure de vous aider.

Il se renfonça contre le dossier et désigna la carte de Jackson's Bay que Murdoch avait dépliée à l'extrémité de son bureau.

— Il se trouve que j'ai remarqué dernièrement un trafic suspect sur la route de la plage, toujours de nuit et tous feux éteints. Je suis allé jeter un coup d'œil. Ce ne sont ni des pêcheurs ni des adeptes des bains de minuit. Un véhicule vient se garer…

Du doigt, il montra un point sur la carte.

— Ici.

Les yeux de Carter se rétrécirent. C'était l'endroit qu'il avait lui-même signalé à Murdoch.

— C'est un 4x4, précisa-t-il. Tout près, il y a un sentier qui remonte jusque chez Dani.

— Vous avez pu avoir un visuel ? demanda O'Halloran.

— Pas encore, dit Carter en posant un petit sac sur le bord du bureau.

Les pieds du siège de Murdoch crissèrent sur le sol.

— Attendez une minute… Pas si vite. Si je vous autorise à participer à l'enquête, vous suivez les ordres à la lettre, O'Halloran. Et pas un mot à Ray Cornell — ni à qui que ce soit d'Auckland, est-ce bien clair ?

Le visage de O'Halloran s'anima pour la première fois.

— En ce qui me concerne, je n'ai jamais mis les pieds ici.

— Bien.

Murdoch poussa un calendrier vers ses interlocuteurs.

— Notre criminel suit un plan. Et il existe un lien entre Dani et pratiquement chacun des incendies. Le premier a eu lieu chez Barclay, il y a deux semaines, et Sybil, la femme de Pete, avait rendez-vous ce jour-là avec Dani pour une séance de kiné.

— On est sûrs que ce feu-là faisait partie de la série ?

— L'activateur utilisé était le même que pour les autres incendies. Il y a peu de chances que nous ayons affaire à plusieurs pyromanes.

— O.K. Et, à part Dani et l'activateur de feu, qu'avons-nous de concret ?

L'expression de Murdoch s'assombrit.

— Depuis l'incendie d'hier soir, une longue liste de suspects — tous propriétaires d'autruches. Et le fait que Walter Douglas soit arrivé le premier chez Barclay. D'après l'un des pompiers volontaires, il faisait tourner le moteur du camion quand il a reçu l'appel.

— Et ceci, intervint Carter en tirant de son sac un sachet en plastique contenant un petit bidon. Je cherchais si quelque chose n'avait pas été volé dans la grange de Dani et voilà ce que j'ai trouvé. Il n'y était pas hier.

Murdoch hocha sombrement la tête.

— Donc, quelqu'un l'y a déposé *après* l'incendie. Je vais l'envoyer à Mason, l'analyse prendra une journée. Cependant, s'il s'agit comme nous le pensons d'un stratagème visant à incriminer Dani, je suis prêt à parier qu'on ne trouvera pas d'empreintes.

Une heure plus tard, leur plan de campagne établi, O'Halloran se leva. A la porte, il se retourna et regarda Carter.

— J'ai entendu dire que vous aviez travaillé avec Cornell sur une ou deux affaires, mais je ne pensais pas vous trouver impliqué dans une enquête policière à Jackson's Ridge. Oh ! mais, j'y pense, c'est vrai que vous êtes parents, Murdoch et vous, mmm… ?

Murdoch jura dans sa barbe et O'Halloran sortit en sifflotant.

Carter tira une chaise et s'assit à côté de Murdoch.

— Ne t'inquiète pas. Il n'utilisera pas cette information.

Murdoch cliqua sur sa souris.

— Tu avais raison… Susan Marlow est fichée, mais pas pour les raisons habituelles.

Deux secondes plus tard, le dossier de Susan s'affichait sur le moniteur.

Carter se pencha par-dessus l'épaule de Murdoch. La première plainte datait de vingt-quatre ans.

— Elle a déposé plainte par trois fois dans trois villes différentes. Deux fois pour violation de domicile avec effraction, et la dernière fois pour coups et blessures volontaires… Les trois plaintes ont été retirées, il n'y a eu aucune inculpation et, après ça… plus rien.

Carter considéra le nom de l'agresseur désigné lors des deux premiers dépôts de plainte, Jordan Carlisle. Dans le troisième cas, le plus grave, la plainte avait été déposée contre X, non pas par Susan elle-même, mais par un voisin.

— As-tu une idée de qui est ce type ?

Avec un signe de dénégation, Murdoch effectua une recherche sur Carlisle, mais n'obtint rien de probant.

— On aboutit à une impasse. Mais ce n'est pas surprenant. Les fichiers informatiques ne permettent pas de remonter si loin. Il faut que je fasse une demande écrite si je veux obtenir son dossier.

— Alors, fais-la.

Murdoch croisa les bras et toisa son neveu.

— Ce n'est pas la peine de me dire ce que je dois faire. Je ne suis pas membre d'un de tes escadrons de la mort.

Carter dut se faire violence pour ne pas le rabrouer.

— Il n'y a pas d'escadrons de la mort au S.A.S. — c'est une notion qui date de la Seconde Guerre mondiale.

Murdoch lui lança un regard torve.

— C'est bien sûr, ça ?

Carter réussit à garder son sang-froid.

— Tu es en train de rédiger ta demande ?

— A ton avis ? rétorqua Murdoch avec humeur en appuyant sur la touche « Envoi ».

Carter se leva.

— Mon avis… Je ne suis pas certain que tu aies envie de l'entendre, répondit-il avant de quitter le bureau.

Il savait approximativement la date à laquelle Susan et Dani étaient apparues à Jackson's Ridge, or cela laissait un trou de quatre années entre la dernière plainte et le moment de leur arrivée. Quatre ans pendant lesquels elles semblaient avoir disparu de la surface de la terre.

Les faits n'étaient pas concluants ; ce n'était pas parce que Susan Marlow n'avait pas déposé de nouvelle plainte qu'elles étaient forcément en fuite. Mais, du point de vue de Carter, un élément important du puzzle venait de trouver sa place. Pour avoir travaillé sous couverture pendant des années, il savait comment « disparaître » et il était certain que c'était exactement ce que Susan et Dani avaient cherché à faire. Il savait, par des bribes d'information qu'avait laissé échapper sa mère, que Susan se cachait de quelque chose… ou de quelqu'un. A leur arrivée à Jackson's Ridge, elles n'avaient rien d'autre que deux valises et leur voiture et, les premiers mois, Susan avait refusé de se faire ouvrir un compte dans les magasins, préférant systématiquement régler ses achats en espèces. Oui, s'il ne s'était pas trompé dans ses calculs, elles avaient passé au moins quatre années dans la clandestinité… Et, plus vraisemblablement, six.

Il commençait à comprendre pourquoi Dani était tellement insaisissable. Si l'homme qui les avait harcelées était bien celui auquel il pensait, il n'était pas étonnant qu'elle se méfie autant des hommes et qu'elle ait peur de s'engager.

Dani entendit le véhicule avant qu'il n'apparaisse. Albert Docherty, antiquaire à Mason, en descendit et, d'un geste, signifia aux deux hommes qui l'accompagnaient de l'attendre.

Dani lui montra, de pièce en pièce, le mobilier dont elle voulait se séparer, pendant que le chauffeur du camion manœuvrait pour se garer le plus près possible des marches du perron.

Docherty posa sur les meubles de la chambre à coucher un regard appréciateur. Après une brève inspection, il tendit un chèque à Dani.

— On ne voit pas souvent ce genre de meubles sur le marché. Je devrais trouver acquéreur facilement.

Ses employés commencèrent à charger le mobilier dans le camion. Cela demanda un certain temps, tiroirs et miroirs devant être retirés et enveloppés individuellement. Quant au lit, il était tellement travaillé qu'il s'avéra compliqué à démonter et plus encore à déplacer.

Dani regarda les pièces se vider les unes après les autres. Le brocanteur n'était pas antipathique et ses employés non plus, mais cela ne changeait rien au fait qu'elle était en train de perdre des biens précieux. Lorsque le dernier meuble fut sorti, elle déambula dans la maison, qui lui parut dépouillée de tout ce qui avait fait son âme. Elle avait conservé le mobilier de sa chambre et de celle de David, un des canapés du salon, la table et les chaises de cuisine. Quant aux portraits de famille, ils étaient toujours accrochés aux murs. Seuls les cadres présentaient de l'intérêt aux yeux d'un brocanteur et, compte tenu de la modique somme qu'ils auraient représentée, elle avait préféré les conserver. Au moins David garderait-il ainsi un lien avec l'histoire familiale.

L'homme porta les jumelles à ses yeux et regarda le dernier meuble disparaître à l'intérieur du camion. Dommage que tout ce mobilier ne reste pas dans la maison, mais peu importait. Un profond sentiment de satisfaction s'empara de lui. Tout se déroulait exactement selon ses plans. Il voulait voir Dani mordre la poussière, comme lui l'avait mordue. Peu à peu, sa vie allait lui glisser entre les doigts, s'effilocher jusqu'à ce qu'il ne lui reste plus rien.

Dani examina son relevé bancaire à la lumière de sa lampe de bureau et saisit sa calculette. Puis elle se cala contre le dossier de sa chaise et passa une main tremblante dans ses cheveux. Lorsqu'elle aurait encaissé le chèque du mobilier et celui de la voiture de David, le compte serait un peu renfloué, mais pas suffisamment. Il lui faudrait vendre autre chose, mais quoi ? Il ne restait que les bêtes.

Repoussant sa chaise, elle se leva, descendit le couloir et sortit par la porte qui donnait sur le porche arrière au lieu de passer comme elle le faisait habituellement par celle de la cuisine. Abattue, elle inspira à pleins poumons l'air de la nuit et contempla les myriades d'étoiles qui parsemaient le ciel nocturne, d'une extraordinaire clarté. Cette limpidité indiquait que le taux d'humidité de l'air était très faible et que la pluie continuerait à se faire attendre. Sous le soleil radieux, l'exploitation dépérissait à vue d'œil, les nuits tièdes succédant à la chaleur accablante des journées. Aujourd'hui, elle avait découvert qu'il n'y avait plus d'eau dans le puits numéro deux. Il lui avait fallu déplacer le bétail une fois de plus et le rapprocher de la maison. Elle devrait donc puiser de nouveau dans les réserves de nourriture pour l'hiver.

Quand David verrait l'état des champs, il en aurait une attaque. Certains, pratiquement réduits à l'état de vaste étendue de poussière, devraient être prochainement ressemés. Les autres étaient recouverts par une variété locale d'herbe appelée kikuyu, qui présentait l'avantage d'être résistante mais demeurait pauvre en éléments nutritionnels. Ceux-là aussi devraient être ressemés.

En résumé, la malchance s'acharnait sur Galbraith et rien n'indiquait que la roue tournerait bientôt.

Dani jeta un coup d'œil vers la maison de Carter. Elle était plongée dans l'obscurité. Par conséquent il n'était pas encore rentré.

Elle s'apprêtait à faire demi-tour pour retourner à l'intérieur lorsque quelque chose scintilla à la périphérie de son champ de vision.

L'adrénaline pulsa dans ses veines. Un hululement à deux tons retentit, à quelques mètres de l'endroit où elle se trouvait. Quelque chose passa en silence au-dessus de sa tête. Poussant un soupir de soulagement, elle se détendit. Une chouette.

Dani balaya du regard la pelouse et les massifs sombres qui la bordaient. Elle fronça les sourcils. Quelque chose avait bougé — une modification dans le contour des ombres qui ne pouvait pas s'expliquer par le vent puisqu'il n'y en avait pas ni par le vol silencieux d'un oiseau de nuit.

Les secondes s'écoulèrent ; elle demeura immobile, aux aguets. Une certitude grandissante lui hérissa les cheveux dans la nuque. Il y avait quelqu'un ou quelque chose là-bas.

Pivotant sur elle-même sans bruit, elle rentra dans la maison, s'arma de sa lampe de poche puis, sur la pointe des pieds, se faufila entre les arbres jusqu'à chez Carter.

Elle gratta à la porte, bien qu'elle fût presque sûre de son absence, la camionnette n'étant pas dans le garage. Elle entra dans la maison.

Avec l'impression d'être une voleuse, elle se dirigea vers sa chambre, sans allumer les lumières. Elle tira les rideaux puis, accroupie devant la table de chevet, elle alluma sa lampe de poche et ouvrit le tiroir. L'arme n'y était plus, mais c'était l'autre objet qui l'intéressait.

Elle l'examina. C'était bien ce qu'elle s'était imaginé. Elle en avait lu assez sur les Forces Spéciales pour savoir quel type de mission ils accomplissaient et de quel équipement ils se servaient. C'était une paire de lunettes à vision nocturne.

Elle les prit, referma le tiroir et quitta la chambre. Ayant repéré le commutateur, elle l'enclencha et ajusta l'appareil sur son nez. Instantanément, la cour de Carter, devant la maison, lui apparut dans un dégradé de vert fantomatique et lumineux.

La satisfaction l'emporta sur l'appréhension. Elle n'était

pas en train de pourchasser un rôdeur qui pouvait s'avérer être le criminel qui semait la terreur à Jackson's Ridge ; elle s'assurait simplement que tout allait bien. Il y avait quelque chose, là, dans l'obscurité. Très certainement, un chat de gouttière ou un chien, auquel cas elle aurait plus de chances de le repérer de nuit, munie de cet équipement. S'il s'agissait d'un humain…

Son estomac se contracta. Si c'était un rôdeur, eh bien… au moins serait-elle fixée une fois pour toutes et pourrait-elle faire quelque chose.

Vérifiant que les lunettes étaient bien assujetties, elle sortit sous la véranda et se fondit dans les buissons qui longeaient la pelouse. Il lui fallut quelques instants pour s'accoutumer à la vision au travers des binoculaires, qui nimbaient toute chose d'une espèce de halo irréel.

Elle voyait parfaitement lorsqu'elle regardait droit devant, beaucoup moins sur les côtés. Pour élargir son champ visuel, elle avait besoin de tourner constamment la tête de droite et de gauche.

Restant à couvert des fourrés, elle se mit à avancer, scrutant d'abord les alentours immédiats de la maison et de la grange, puis élargissant progressivement le périmètre de ses recherches jusqu'aux grands arbres et aux champs qui entouraient les bâtiments.

Une brindille craqua et elle tourna vivement la tête. Quelque chose remua, se fondit dans la végétation. Une branche grinça comme si on l'avait écartée pour se frayer un passage avant de la relâcher brusquement. Son sang se glaça dans ses veines. Si c'était un animal, il était plus gros qu'un chien ou un chat.

Pendant de longues minutes, elle tendit l'oreille, n'osant plus bouger, mais, avec la légère brise qui commençait à agiter la cime des arbres, il était difficile de capter les sons les plus ténus.

Un bruissement dans les buissons, derrière elle, la pétrifia. Il avait dû la contourner sans qu'elle s'en aperçoive. « Il », car elle était persuadée désormais qu'il s'agissait d'un homme. Le cœur cognant à toute force dans la poitrine, elle fit volte-face et buta contre un torse. Une main lui couvrit la bouche, étouffant son cri de frayeur.

— Si tu appuies sur le bouton de droite, souffla la voix de Carter à son oreille, elles passent en mode thermique.

Elle obtempéra, le cœur tambourinant encore. L'image se modifia ; le contour de Carter prit une teinte orangée. Lentement, il la relâcha.

— Selon la qualité de la lumière ambiante, il vaut parfois mieux passer sur ce mode.

Il lui retira les lunettes, ajoutant :

— Quoi qu'il en soit, tu n'as pas besoin de savoir ça. Je n'arrive pas à croire que tu sois là dehors, toute seule, en train de pourchasser un rôdeur. Ça me rend fou !

— Je ne pourchassais rien du tout… Je jetais simplement un coup d'œil.

— Eh bien, la prochaine fois que l'envie te prend de « jeter un coup d'œil », abstiens-toi ! Quand as-tu pris ces lunettes ?

— Il y a quelques minutes.

— Je ne t'aurais pas crue aussi fourbe. Heureusement que je me suis rendu compte qu'elles n'étaient plus là.

L'embarras l'envahit, mais ce qu'il venait de révéler aiguisa son intérêt. S'il avait voulu se servir des lunettes, c'était qu'il avait une idée derrière la tête.

— Je pensais que tu n'étais pas là. Je n'ai pas entendu ta camionnette.

— C'est parce que je l'ai garée plus bas, sur la route.

— Il se passe quelque chose.

Il prit sa main.

— Oui… C'est pourquoi il faut que tu viennes avec moi.

14

Le ronronnement d'un moteur dominait le bruit des vagues. Bien que le véhicule roulât tous feux éteints, Dani, qui était accroupie sur le flanc de la colline, vit distinctement la camionnette tourner à gauche pour s'éloigner de la plage et quitter la route. Peu après, le moteur se taisait.

Les silhouettes convergèrent vers la forme qui était descendue du véhicule. Le faisceau d'une lampe de poche balaya l'obscurité et la voix de Murdoch résonna.

— Walter ?

Walter Douglas se redressa, se libérant de l'emprise de Carter.

— Qu'est-ce que c'est que ce cirque ? Je suis juste venu pêcher.

— Et je suppose que c'est pour ça que tu as caché ta camionnette dans les fourrés ?

— Il faudrait être stupide pour la laisser en vue. On pourrait me voler les roues.

Murdoch fureta autour de lui.

— Qui, Walter ? Tu es sur une propriété privée et Jackson's Ridge n'est pas exactement Chicago. Enfin… jusqu'à dernièrement.

— Je préfère ne pas courir le risque.

Murdoch soupira.

— O.K., allons voir ce qu'il y a dans ta camionnette.

Et tu serais aimable de m'expliquer pourquoi tu viens pêcher à marée basse.

— J'ai ma canne à pêche, tu pourras le constater par toi-même, protesta Walter.

Dani regarda Walter s'éloigner, flanqué de quatre officiers de police. Elle avait été remontée à bloc, prête à entrer en action, et se sentait soudain étrangement désappointée. Elle n'arrivait pas à croire que le coupable soit le chef des pompiers.

Quelques minutes plus tard, Carter et Murdoch la rejoignirent à l'endroit où ils lui avaient demandé de les attendre.

— J'ai arrêté Walter, annonça Murdoch, l'air désolé. Il avait un bidon de gel allume-feu dans sa camionnette. On n'emporte pas ce genre de produit quand on va pêcher. Il prétend qu'il ne sait pas qui l'a mis là.

Il secoua la tête.

— J'ai parlé à son ex-femme au téléphone cet après-midi et elle m'a confirmé qu'elle avait vu Walter traîner autour de la ferme Barclay à plusieurs reprises avant le premier incendie. Le fait qu'il se soit trouvé ici, au-dessous de chez vous, parle de lui-même. D'après Lily, c'est Robert Galbraith qui avait convaincu Walter d'acheter des parts dans l'élevage d'autruches.

Murdoch haussa les épaules.

— Il nie avoir voulu se venger, et c'est un motif quelque peu tiré par les cheveux, mais quand on additionne tous ces faits…

Les feux des voitures de patrouille disparurent dans la nuit. La camionnette de Walter avait été laissée sur place, à l'intérieur d'un périmètre sécurisé par un ruban de scène de crime.

Carter décrocha l'une des cordes qui étaient attachées à un tronc d'arbre. Il l'enroula et la passa sur son épaule.

— Eh bien, voilà... Il semblerait que ce soit terminé. Rentrons.

O'Halloran rangea le filet qu'ils n'avaient pas eu besoin d'utiliser dans un long sac noir.

— Mmm... Ça m'a paru presque trop facile.

Gabriel West, revenu d'Auckland pour apporter son concours, tira la fermeture Eclair du sac et le souleva.

— Parce que ça l'était. Pour un peu, je l'aurais presque pris en pitié. Il n'était pas armé. Et il boitille légèrement.

D'une oreille distraite, Dani écouta Carter et West évoquer en plaisantant quelques souvenirs d'opérations similaires, dans d'autres lieux, tous lointains : l'Afghanistan, l'Irak, la Papouasie-Nouvelle-Guinée, un peu partout où il y avait eu des conflits ou des rivalités ethniques. La camaraderie de leur échange évoquait la complicité qui lie les membres d'une même famille. Elle avait lu cet ouvrage sur Mars et Vénus. Les hommes et les femmes étaient différents, bien sûr, mais ce n'était pas seulement cette différence-là qu'elle décelait chez eux — ces hommes vivaient dans un autre univers.

La main de Carter se posant au creux de sa taille faillit la faire sursauter. Machinalement, elle se mit en route, calquant son pas sur le sien. Deux ombres avançaient à côté d'elle. Elle ne put s'empêcher de remarquer que, exception faite de ses propres pas, aucun bruit ne venait perturber le grondement étouffé des vagues. Ils se déplaçaient sans le moindre bruit alors même que rien ne les obligeait au silence. La force de l'habitude, sans doute. De la même façon, aucun d'eux ne montra le plus petit signe de fatigue en gravissant la côte, pourtant raide, qui conduisait à sa ferme. Un léger frisson courut le long de son échine — vestige, sans doute, de la tension qui l'avait tenaillée pendant qu'elle attendait que le piège se soit refermé sur Walter. Elle avait l'impression, tout à coup, de marcher entourée d'une meute de loups.

Perché à plat ventre sur la branche distordue d'un vieux pohutukawa, un homme habillé de sombre suivait la progression du petit groupe. Lorsqu'ils eurent disparu de son champ de vision, il attendit quelques minutes, écoutant le chant des vagues et les bruits de la nuit, jusqu'à ce qu'il soit absolument certain qu'il était seul.

Puis, tranquillement, il se redressa, longea la branche qui lui avait servi de poste d'observation, descendit le long du tronc noueux de l'arbre et disparut dans les collines.

Le *Jackson's Ridge Chronicle* était sorti. Walter avait été mis en examen puis libéré sous caution en attendant son procès, avec obligation de subir une expertise psychiatrique.

Flynn se frottait les mains. Les ventes de l'édition du milieu de semaine avaient battu tous les records — ce qui avait permis au journal de sortir du rouge à la banque pour la première fois depuis des mois. Les habitants de Jackson's Ridge étaient soulagés. Murdoch, lui, ne l'était pas.

Il laissa tomber un exemplaire du *Chronicle* sur le bureau de Carter.

— Walter ne reconnaît avoir allumé qu'un seul des incendies, celui de la grange des Barclay. Et nous n'avons pas un début de preuve contre lui concernant les autres.

Carter parcourut l'article. Comme Murdoch, il n'était

pas satisfait par l'arrestation de Walter. Il n'avait tout simplement pas le profil d'un pyromane compulsif.

— Tout semble indiquer que nous avons affaire à un imitateur. Walter a-t-il une idée de l'identité de l'autre pyromane ?

Murdoch prit son café, le considéra d'un œil suspicieux et le reposa.

— C'est là que ça se complique. Walter était censé retrouver le véritable pyromane sur la plage. Il affirme que c'est la première fois qu'il s'y rendait pour autre chose que pour pêcher depuis des mois. Il prétend avoir reçu un message lui fixant rendez-vous ce soir-là. Selon lui, c'est l'auteur des incendies qui a placé le gel dans sa voiture. S'il dit vrai, alors il a été piégé.

— *S'il* dit vrai ? J'en conclus qu'il n'a pas pu produire le message ?

— Il l'a brûlé, répondit Murdoch avec un haussement d'épaules. Walter a peur. Qui que soit l'autre pyromane, il a menacé Walter de mettre le feu à son domicile et à son magasin s'il ne venait pas. Si Walter perd la boucherie, il ne peut plus travailler.

— Oui, mais comparé au risque d'aller en prison…

— Les Barclay sont d'accord pour ne pas porter plainte. Walter a fait partie de la famille pendant trente-cinq ans, c'est compréhensible. Et Lily s'en veut… Elle pense qu'elle est en partie responsable, pour l'incendie. Apparemment, elle ne lui avait jamais dit qu'elle n'était pas heureuse avant de le quitter.

Murdoch haussa de nouveau les épaules.

— Si nous ne trouvons rien d'autre contre lui, il s'en tirera probablement avec une note salée pour rembourser les dégâts causés et l'intervention des secours.

Un rayon de soleil scintillant sur une chevelure mordorée attira l'attention de Carter. Fasciné, il regarda Dani se diriger vers le café de Nola de sa longue foulée gracieuse. Il n'y avait qu'une femme avec cette allure-là à Jackson's Ridge — ou ailleurs, du reste. Dani sortait du lot. Comme Susan Marlow, elle attirait irrésistiblement le regard.

— Et Carlisle ?

Ce nom n'avait pas cessé de lui trotter dans la tête.

Murdoch déterra un document sous une pile de dossiers et le déposa devant Carter.

— C'était au courrier de ce matin. Très instructif.

C'était beaucoup plus que cela, songea Carter lorsqu'il en eut pris connaissance. Jordan Rayburn Carlisle, fils aîné de la riche et influente famille Carlisle, était né avec une petite cuillère en argent dans la bouche. Etudiant brillant, il avait obtenu son diplôme de droit avec les félicitations du jury ; sa voie était toute tracée : il aurait dû entrer en tant qu'associé dans le grand cabinet juridique familial. Au lieu de quoi, il avait été rayé du barreau et banni par la famille, et était allé croupir en prison pour coups et blessures graves et tentative de meurtre sur la personne de son enfant à naître… Danielle Margaret Marlow.

Carter serra les dents en lisant les détails fournis. Carlisle était sorti avec Susan Marlow, secrétaire juridique au cabinet familial, l'avait mise enceinte, puis avait exigé d'elle qu'elle se fasse avorter. Comme elle refusait, il l'avait violemment frappée au ventre pour lui faire perdre l'enfant qu'elle portait. Entendant crier et appeler au secours, le propriétaire de l'appartement de Susan était intervenu — il avait eu la mâchoire fracturée et un traumatisme crânien. La police avait arrêté Carlisle et il avait été libéré sous caution. Susan avait été hospitalisée et avait failli perdre le bébé. Par la suite, les intimidations s'étaient poursuivies, mais elle n'avait pas lâché prise et l'avait fait inculper. Carlisle avait été condamné à une peine de huit ans de prison et libéré au bout de six ans.

Le dossier s'arrêtait là, mais Carter aurait pu le compléter. A sa sortie de prison, n'ayant plus le droit d'exercer sa profession d'avocat et se sachant renié par la famille, Carlisle avait pris sa revanche en se mettant à harceler sans répit Susan et Dani. Il les avait poursuivies de ville en ville, jusqu'à ce que, désespérée et craignant pour leur vie, Susan cesse de porter plainte contre lui et se contente de disparaître de la circulation. En décidant de s'établir à Jackson's Ridge, elle avait pris un grand risque. Elle avait bien dû se douter que Carlisle finirait par retrouver leur trace.

Carter releva les yeux.

— Où est-il ?

Murdoch ouvrit les mains vers le plafond.

— Pfft ! Envolé. On ne l'a plus vu chez lui depuis des semaines.

Mais il n'était pas bien difficile de deviner où il se trouvait. La seule chose qui intriguait Carter, c'était qu'il soit parvenu à se cacher. Dans un endroit aussi petit que Jackson's Ridge, à la seconde où un étranger arrivait en ville, tout le monde était au courant.

Dani entra dans le café de Nola. Becca déjà attablée l'attendait, un exemplaire du *Jackson's Ridge Chronicle* étalé devant elle.

Nola, occupée à nettoyer une table voisine, s'interrompit dans sa tâche pour venir lui tendre un menu.

— Il paraît que Carter repart demain.

Dani prit place face à Becca.

— Il a son dernier rendez-vous médical.

— J'imagine qu'ils vont le renvoyer en mission en Indonésie. La situation serait instable là-bas.

Dani conserva un masque impassible et commanda un café.

— Je n'en sais pas plus que toi.

Mais l'idée du départ de Carter, fût-ce pour une nuit, remuait en elle les mêmes vieilles angoisses. Mis à part le fait qu'ils couchaient ensemble — l'intimité qu'elle s'était juré d'éviter renaissant entre eux et bouleversant sa vie —, rien dans leur relation n'avait changé.

Becca fronça les sourcils en regardant Nola s'éloigner.

— Ne l'écoute pas. Elle t'en veut encore d'avoir ne serait-ce qu'envisagé de rompre avec Carter.

— Ne t'en fais pas, ce n'est pas grave.

Et, aussi surprenant que cela puisse paraître, c'était vrai, en dépit des manières parfois abruptes de Nola. Car Dani savait qu'il n'y avait aucune malveillance derrière ses propos ; sa franchise témoignait seulement de la familiarité qui existe entre des personnes qui se connaissent depuis toujours. Nola avait fait sauter Carter sur ses genoux quand il était bébé. Elle l'avait vu grandir, connaissait ses parents et ses grands-parents. Elle était d'ailleurs toujours en contact avec la mère de Carter. Ils n'étaient pas liés par les liens du sang, mais, pour Nola, c'était tout comme.

Becca replia le journal.

— Est-ce que Carter t'a demandée en mariage ?

L'espace d'un bref instant, le cœur de Dani cessa de battre. Jusqu'à cette minute, elle n'avait pas voulu reconnaître qu'elle espérait une telle demande, et non seulement cela, mais qu'elle aspirait à tout ce qui allait de pair avec : une famille, des enfants. Ce puissant désir s'était insinué dans son cœur sans qu'elle y prenne garde, bousculant toutes les résolutions qu'elle avait cru fermement ancrées en elle.

— Pas dernièrement, non.

— Mais il ne te quittera plus maintenant, décréta Becca.

Dani plongea le nez dans le menu. Maintenant qu'elle admettait être follement amoureuse de lui, elle n'avait plus l'intention de se montrer indulgente. S'il repartait, cette fois les dés seraient définitivement jetés. Car se séparer de lui ne serait plus alors simplement une façon de se protéger, cela deviendrait un impératif vital.

Becca haussa les sourcils. Elle attendait visiblement une réaction de sa part.

— Bon, alors, que comptes-tu faire ?

— Rien…

— Ce n'est pas croyable ! La dernière fois que tu as pris un engagement, c'est quand tu as repris les rênes de l'exploitation à la mort de Robert. Et tu as mis ta vie sur « pause » depuis. Quand vas-tu renoncer à vouloir tout gérer toute seule ? David a dix-neuf ans maintenant… Il devrait avoir bientôt son diplôme, non ?

— Oui.

Sans s'attarder, Nola apporta le café que Dani avait commandé. Elle en but lentement une gorgée.

— J'arrêterai quand le bétail sera vendu et le prêt hypothécaire remboursé, reprit-elle.

Et pas avant. Elle devait bien ça à David, et à la mémoire de sa mère et de Robert.

— Eh bien, j'espère que Carter patientera jusque-là.

— Pourquoi penses-tu qu'il reviendra une fois qu'il aura été déclaré apte à reprendre du service ?

— Appelle ça de l'intuition féminine.

Becca soupira.

— Tu sais, parfois, j'ai envie de te secouer. Tu es l'une des femmes les plus intelligentes que je connaisse mais tu ne vois pas ce qui est juste sous ton nez.

Un mouvement attira l'attention de Dani de l'autre côté du treillis qui ceignait la partie extérieure de l'établissement. Nola était en grande conversation avec un homme. Une seconde plus tard, elle la vit se dresser sur la pointe des pieds et embrasser l'homme sur la bouche.

Gênée, elle détourna les yeux.

— Ne me dis pas que c'est Walter, dit-elle à Becca, qui hocha la tête, l'air réjoui.

— Bien sûr que si ! Ça y est… Ils sortent ensemble.

— Depuis quand ?

— Depuis qu'il y a eu le feu chez elle. Le bruit court que c'est elle qui l'aurait déclenché dans l'unique but d'attirer l'attention de Walter.

Comme elle portait sa tasse à ses lèvres, Dani aperçut la camionnette de Carter qui se garait en face du café.

Becca le suivit des yeux tandis qu'il verrouillait le véhicule et traversait la route.

— Tiens, tiens ! Quand on parle du loup…

Dani le regarda approcher. Carter ne passait pas inaperçu, c'était certain. Toutes les femmes se retournaient sur lui. Elle se raidit soudain en entendant une voix familière l'apostropher. Tournant vivement la tête, elle vit Mia assise à une table, à l'ombre, en compagnie de Roger Wells. Tiens donc… N'était-elle pas censée aller cueillir des pommes à Nelson ? De deux choses l'une : soit elle n'avait jamais quitté la ville, soit elle était revenue.

Carter éleva la main, mais ne bifurqua pas pour aller la saluer. Dani laissa échapper un soupir de soulagement. Elle n'avait jamais été d'un naturel jaloux mais, apparemment, c'était encore une chose qui était en train de changer.

Nola se matérialisa à côté de leur table dès qu'il se fut assis près de Dani. Elle déposa un verre d'eau fraîche devant lui et se mit à le presser de questions.

Dani l'écouta répondre, constatant une fois de plus qu'il ne cherchait nullement à jouer de l'attrait qu'il exerçait sur la gent féminine. Il ne flirtait pas, n'usait pas de son charme. Et pourtant, malgré sa réserve, les femmes étaient irrésistiblement attirées vers lui — qu'elles aient huit ans ou quatre-vingts ans. Elles l'appréciaient, tout simplement.

Nola coinça son plateau sous un bras.

— Quand pars-tu ?

Le regard de Carter dévia en direction de Dani.

— Demain soir.

Dani s'appliqua à ne rien laisser transparaître de son émoi. Quelques minutes plus tard, il l'aidait à grimper dans la camionnette. Elle se sentait vulnérable, sur les nerfs, plus encline à chercher la bagarre qu'à deviser agréablement.

— Où va-t-on ?

— A la maison.

Ces mots lui parurent plus lourds de sens que d'ordinaire. *Plus qu'une journée…* Sans raison particulière, une étrange appréhension s'empara d'elle.

15

Dani se leva avant même que la lueur de l'aube n'ait envahi le ciel. Rex, le cheval de David, hennit et trotta derrière elle tandis qu'elle approchait d'Elsie. Une petite brise océane lui effleura le visage comme elle sortait la jument de l'enclos ; la fraîcheur de l'air iodé chassa les dernières brumes du sommeil. Réprimant un frisson, elle caressa le museau d'Elsie tout en retirant la longe, puis elle passa les rênes par-dessus son cou et lui mit le mors aux dents.

— C'est la dernière fois, ma belle. Ensuite, tu pourras prendre ta retraite.

Comme elle. Après ça, elle plierait bagage. Au retour de David, elle avait l'intention soit d'établir son cabinet à Jackson's Ridge, soit de repartir de zéro à Mason. Elle avait passé la majeure partie de sa vie à Galbraith, mais l'heure de partir avait sonné. Qu'elle réussisse ou non à faire face à l'échéance du prêt, il était plus que temps pour elle de prendre son envol. Cette perspective la revigorait et lui faisait peur tout à la fois, mais c'était la bonne décision à prendre, elle en était sûre.

Becca avait raison : le moment était venu de lâcher du lest. Elle avait trente ans et, depuis six ans, obsédée par la terrible culpabilité qui la hantait, elle luttait contre vents et marées pour maintenir à flot l'exploitation Galbraith. Mais, une fois que David serait réinstallé à Galbraith, il ne tarderait pas à rencontrer quelqu'un, puis il fonderait une famille. Et Dani entendait bien s'effacer avant que cela ne se produise.

Elle enfourcha Elsie. Elle imprima une brève pression des mollets sur ses flancs, mais ce n'était pas nécessaire : sa jument était un vrai cheval de ferme ; à près de seize ans, elle aimait toujours autant travailler. Les oreilles dressées, elle se mit en route, se dirigeant automatiquement vers le portail de la propriété.

Dani consulta le cadran lumineux de sa montre. Les bétaillères arriveraient en fin de matinée, ce qui lui laissait plus de six heures pour rassembler le cheptel. Un bon nombre de bêtes paissaient à proximité ; les amener dans le parc à bestiaux ne devait donc théoriquement pas poser problème, mais la loi de Murphy s'appliquait à toute chose, même à l'agriculture… Il y avait toujours un animal récalcitrant dans le lot. Dans ce cas précis, elle était prête à parier que ce serait Buster. Buster avait été un veau indocile et, dès sa naissance, avait montré un caractère difficile. Et la castration n'y avait apparemment rien changé ; il s'estimait toujours en capacité de n'en faire qu'à sa tête.

Tandis qu'Elsie avançait, il lui sembla tout à coup que l'écho de ses sabots se dédoublait. Avec un sentiment de fatalité, elle regarda en arrière. La silhouette d'un cavalier se dessina dans la pénombre. C'était Carter, chevauchant Rex. Il avait dû le seller juste après qu'Elsie et elle furent sorties.

Soudain oppressée, elle observa, comme il venait à sa hauteur :

— Je croyais que tu partais aujourd'hui…

— J'ai repoussé mon rendez-vous.

*
* *

A la mi-journée, le troupeau au complet, cheptel de reproduction y compris, était réuni dans le parc à bestiaux, prêt à partir à la vente. Deux heures plus tard, dans un nuage de poussière, la dernière bétaillère tournait le coin de la route, laissant les champs et les étables de l'exploitation déserts.

Quand le silence se fit, l'émotion noua l'estomac de Dani. Il lui semblait que ce qui faisait battre le pouls de Galbraith venait de s'arrêter. Elle s'était préparée à cette sensation de vide, mais elle ne s'était pas attendue à éprouver… oui, du chagrin. Au fil des années, ce plateau venté au panorama spectaculaire et la bande côtière, en contrebas, s'étaient ménagé une place de choix dans son cœur. C'était… chez elle.

Tandis qu'elle et Carter revenaient son mot dire vers la maison, un étrange calme la submergea. Il lui fallait encore attendre de connaître le prix de vente des bêtes pour savoir s'il suffirait à solder le remboursement du prêt hypothécaire. Mais, que la réponse soit positive ou négative, elle avait fait de son mieux. Et, si ce n'était pas assez, eh bien, elle n'y pouvait plus rien maintenant.

L'air était lourd, les étoiles rares, le ciel nuageux. Un véhicule roulait à petite allure sur les chemins de terre qui sillonnaient la propriété Rawlings et permettaient d'accéder à la longue péninsule qui s'avançait dans la mer, formant la pointe septentrionale de Jackson's Bay. La route s'incurvait à l'approche de la plage, avant de rétrécir jusqu'à n'être guère plus qu'un sentier, mais Carlisle n'en avait cure. Il ne voulait pas atteindre l'extrémité de la péninsule.

Stoppant son véhicule sous une petite dune, à l'abri du vent, il prit un sac à dos et se mit à marcher vers la maison

Rawlings, veillant à rester dissimulé sous le couvert des buissons de manukas aux branches desséchées par les embruns et courbées par les vents marins. Certain d'avoir pris toutes les précautions pour éviter Marc O'Halloran, qui avait bien failli le coincer par deux fois, il s'arrêta sous les frondaisons d'un pohutukawa isolé, s'accordant quelques minutes pour s'habituer aux bruits de la nature environnante. Quand il fut sûr d'être seul, il se mit à gravir la pente, lentement, d'un pas régulier.

Une demi-lune émergeait d'un banc de nuages, éclairant la forme massive de la propriété Rawlings. Restant à distance de la maison, il se coula sans bruit dans l'ombre, attendant patiemment qu'un nuage passe devant la lune. Rawlings était parti, certes, mais ce n'était pas une raison pour prendre des risques inutiles.

Enfin, un cumulus combla ses vœux. La nuit se fit totalement noire et il se glissa entre les dépendances de la ferme, aussi à l'aise dans ces ténèbres qu'un poisson dans l'eau.

Dani remonta le chemin jonché de coquillages qui conduisait de la plage jusqu'à chez elle. Carter était parti peu après le rassemblement du troupeau. Elle avait beau savoir que ce n'était que pour une nuit, son départ ne l'en avait pas moins perturbée.

Les rayons obliques de la lune baignaient la maison de Carter. Elle regarda sa montre. 11 h 10. Elle avait marché pendant une bonne heure, espérant tomber comme une souche après cet exercice physique. Mais le remède préventif n'avait pas fonctionné ; elle ne se sentait même pas fatiguée. Après des mois de solitude, il ne lui avait fallu que quelques jours pour se réhabituer à être la moitié d'un couple. Carter lui *manquait*.

*
* *

Une bouffée de rage submergea Carlisle lorsqu'il vit Dani avancer entre les arbres, en short et pieds nus, ses longs cheveux dénoués dans le dos, comme si elle revenait d'une promenade sur la plage. Dans la faible clarté de la lune, sa ressemblance avec Susan était saisissante.

Se renfonçant dans l'ombre d'un arbre, il se prépara à attendre, concentrant son attention sur le ressac pour calmer son accès de colère. Un moment après, il vit la lumière s'allumer quelques instants dans sa chambre, puis s'éteindre. Il rongea encore son frein pendant dix minutes, puis il se leva et traversa la pelouse en direction de la maison.

Un quart d'heure plus tard, il s'insinuait en rampant sous la maison, tirait de son sac à dos du papier journal, des brindilles de bois sec, un briquet et un flacon de gel allume-feu. Le pétrole et le white-spirit étaient plus volatils et il aimait bien l'explosion qu'ils provoquaient, mais il devait veiller à faire le moins de bruit possible. Le ressac étoufferait les premiers crépitements des flammes, mais pas pendant très longtemps, et il ne voulait surtout pas alerter Dani.

Il regarda les flammes dévorer papier et brindilles, puis, reculant un peu, il lança des branches plus épaisses qu'il avait prises sur le tas de bois de chauffage. Une expansion de flammes bleu-blanc projeta une braise rougeoyante hors du feu. Elle enflamma instantanément les feuilles sèches qui s'étaient accumulées là.

Traînant son sac derrière lui, il recula encore et étudia les conditions météorologiques. La brise marine était tombée, il n'y avait plus un souffle d'air. Dommage. L'absence de vent et l'emplacement du départ d'incendie allaient ralentir la progression du feu ; cependant, lorsqu'il aurait pris, il serait extraordinaire.

Il s'assura qu'il n'avait rien oublié qui puisse l'incriminer, puis retourna s'embusquer derrière les arbres. Cette fois, il ferait exception à la règle : il resterait sur place pour profiter du spectacle.

Carter déambulait dans sa maison plongée dans l'obscurité, attendant l'appel de Murdoch. Il avait annoncé très ostensiblement cet après-midi son intention de s'en aller en fin de journée, prenant soin de s'arrêter au supermarché pour être sûr que la nouvelle se répande dans tout Jackson's Ridge. Si Carlisle passait à l'action, ce serait ce soir.

Il n'avait rien dit à Dani. Pour l'instant, Murdoch et lui n'avaient pas l'ombre d'une preuve contre Carlisle ; leur conviction ne se fondait que sur des suppositions. Avec le dispositif de surveillance qu'ils avaient mis en place — cinq policiers postés stratégiquement en divers points de la propriété — Dani n'avait pas besoin de savoir que l'homme qui les avait harcelées, Susan et elle, lorsqu'elle était enfant, était à Jackson's Ridge.

Le téléphone sonna. Murdoch et Lowell étaient un peu plus bas sur la route de la plage, les deux officiers de police de Mason surveillaient l'allée de Dani, O'Halloran était à son poste, sur le rivage.

Repoussant le drap, Dani posa ses pieds nus sur les lattes fraîches du parquet et s'avança pour mettre en route le ventilateur du plafond. En temps normal, elle aurait laissé les portes-fenêtres ouvertes afin de laisser l'air circuler librement dans la maison, mais Carter lui avait fait promettre de fermer toutes les issues de la maison en son absence. Il faisait donc chaud comme dans un four dans la maison hermétiquement close.

Les pales se mirent à tourner, sans lui procurer de réel soulagement : elles ne rafraîchissaient pas l'atmosphère, elles remuaient simplement de l'air chaud.

Se remettant au lit, elle tâcha de trouver une position confortable. Il fallait qu'elle dorme, mais il était difficile de se relaxer alors que la relation qu'elle désirait voir se développer avec Carter semblait de nouveau échapper à son contrôle — pour la quatrième fois.

Lorsque Carter lui avait dit aujourd'hui même qu'il repartait, elle était tombée d'autant plus haut qu'il lui avait annoncé son intention de reporter son rendez-vous.

Elle souleva la tête de l'oreiller et tendit l'oreille, mais le ronronnement du ventilateur masquait les bruits de la nuit, à l'exception du cri d'un pukeko, un de ces oiseaux des marais qui nichaient dans les marécages près du lit de la rivière. Bourrant son oreiller d'un coup de poing rageur, elle s'efforça de se détendre et de laisser venir le sommeil.

Etait-ce son imagination ? Il lui semblait qu'il faisait de plus en plus chaud.

Le téléphone de Carter sonna une nouvelle fois. O'Halloran avait repéré une voiture cachée au bout de la plage. Cela ne l'avait pas alarmé outre mesure du fait de la distance à laquelle elle était stationnée, à l'autre extrémité du rivage, sur le chemin qui menait à la péninsule. Les gens du coin qui possédaient des 4x4 et voulaient pêcher sérieusement se rendaient parfois là-bas. Et le véhicule était familier ; il appartenait à un voisin.

Carter se tendit, tous ses sens soudain en alerte. Les

chemins de Galbraith étaient tous surveillés, mais pas les siens. Cette faille dans leur système de surveillance résultait, non pas d'une négligence, mais d'un risque soigneusement calculé. D'une part, Murdoch ne pouvait pas poster plus d'hommes qu'il n'en avait, et ils avaient donc sciemment opté pour tout miser sur les routes de Galbraith. D'autre part, Walter ayant été arrêté, ils s'étaient dit que Carlisle devrait se sentir assez en sécurité pour prendre le chemin le plus direct.

— Y a-t-il des supports pour cannes à pêche soudés à l'arrière du véhicule ?

O'Halloran jura dans sa barbe.

— Non.

— Alors c'est notre homme. Appelez Murdoch et dites-lui qu'on change de plan… Il est déjà ici.

Carter prit le Glock dans sa table de nuit, y inséra le chargeur, puis glissa l'arme dans la ceinture de son pantalon.

Enfilant un bonnet noir pour cacher ses cheveux clairs, il sortit de la maison par les portes-fenêtres qui faisaient face à la plage. La maison de Dani se découpait, silhouette massive, contre le ciel nocturne. Les lumières étaient éteintes.

Il testa la porte de la cuisine, puis une fenêtre. Fermées… Elle était en sécurité — pour l'instant. Se dissimulant sous les arbres, il se dirigea sans bruit vers la grange et les dépendances. Il savait qu'elle avait verrouillé les autres issues de la maison ; il l'avait vue faire.

16

Le clair de lune pénétrant par l'étroit interstice entre les rideaux faisait briller le bois ciré de la commode edwardienne qui occupait le mur, face au lit.

Regonflant d'une tape de la main son oreiller, Dani se retourna pour la centième fois dans son lit. Si le matelas était neuf, le lit en lui-même était ancien. Un léger grincement retentit, à peine audible, mais, ce soir, elle était attentive au moindre bruit. Le lit était sculpté dans le même chêne que la commode et le secrétaire qui occupait le coin de la pièce. Tous avaient été offerts en cadeaux de mariage à l'une des épouses Galbraith par son mari.

Le mariage… Dani contempla le décor en plâtre qui ornait le centre du plafond. C'était bien là le problème… Elle était entourée, dans cette maison, de souvenirs de mariage. Il n'était pas un meuble qui n'avait son histoire romantique ou son anecdote amusante, chacune d'entre elles rappelant la perpétuation des Galbraith de génération en génération.

Maintenant que presque tout le mobilier était parti — et les légendes familiales avec lui — la maison lui semblait vide et nue, comme si son cœur lui avait été arraché. La malchance qui poursuivait l'exploitation Galbraith avait finalement eu raison d'elle.

Elle se retourna une nouvelle fois, contrariée, essayant

de trouver un endroit frais. Malgré l'action du ventilateur, la température semblait s'élever dans la chambre.

Le grondement des vagues était plus fort, désormais, et le vent aussi. Etouffant un bâillement, elle appuya sur le bouton de sa lampe de chevet.

La pièce demeura plongée dans l'obscurité. Soit l'ampoule avait grillé, soit il y avait une panne d'électricité.

Fronçant les sourcils, elle se leva et se dirigea à tâtons vers la fenêtre. Lorsqu'elle écarta les rideaux, tout espoir d'entendre bientôt une pluie subtropicale marteler le toit et détremper la végétation assoiffée l'abandonna. Le ciel était uniformément clair, à l'exception d'un nuage solitaire qui dérivait lentement vers le nord. La lune se reflétait dans la mer. Un imperceptible souffle de vent agitait à peine la cime des arbres.

Elle repoussa une mèche de cheveux qui collait à son front. La chaleur était étouffante — même les lames du parquet lui semblaient chaudes.

Elle se crispa. Elles ne lui *semblaient* pas chaudes… Elles *étaient* chaudes.

Dani baissa les yeux. Une petite volute de fumée s'enroula autour de ses chevilles. Elle s'était trompée. La malchance qui frappait Galbraith n'avait pas encore atteint son point culminant… Elle était toujours en phase ascendante.

Ce ronflement sourd… Ce n'était pas le grondement des vagues ni le vent qui s'était levé.

On avait mis le feu à la maison.

Les flammes grandissaient peu à peu, même si le feu ne se propageait pas aussi vite qu'il l'aurait voulu, et pourtant, la satisfaction que Carlisle s'attendait à éprouver était gâchée par un pressentiment désagréable.

S'introduisant sans bruit dans les ténèbres de la grange, il se débarrassa d'un coup d'épaule de son sac à dos et le posa sur le sol. Une étrange oppression l'empêchait de respirer. Les choses ne se déroulaient pas comme elles l'auraient dû. Quelque chose n'allait pas.

Il leva les yeux, attiré par un petit point lumineux clignotant dans un coin. Il crut d'abord que c'était une luciole, mais il déchanta vite. Les lucioles ne restaient pas suspendues en l'air, en vol statique, et elles ne clignotaient pas à intervalles réguliers.

Il s'avança vers le point lumineux, prenant soin de ne rien heurter sur son passage, et se risqua à braquer sa lampe de poche vers la mystérieuse lumière…

Il se retrouva nez à nez avec l'objectif d'une caméra.

Dani tourna le commutateur du plafonnier de la chambre. Rien. Il n'y avait donc plus d'électricité. Mais ce fait prenait maintenant une connotation plus sinistre. Soit l'incendie avait causé la coupure de courant, soit le pyromane s'en était chargé. Il existait bien une faible possibilité qu'un court-circuit ait provoqué l'incendie, mais elle n'y croyait pas. Si tout était ancien dans la maison, l'installation électrique, elle, avait été rénovée l'année précédant la mort de Robert et de Susan.

Ouvrant un tiroir, elle prit un jean et un T-shirt et s'habilla à la hâte. Tout en longeant le couloir et en tournant pour rejoindre le vestibule, elle appela les secours sur son portable.

Une bouffée de fumée emplit ses narines et lui piqua les yeux tandis qu'elle fournissait tant bien que mal, entre deux quintes de toux, ses coordonnées. Elle palpa l'étagère, à côté de la porte d'entrée, cherchant sa lampe de poche. Elle l'alluma fébrilement. La fumée était plus épaisse ici que dans le reste de la maison ; elle s'élevait du plancher, dont les lattes étaient plus brutes et disposées moins serrées — le vestibule aménagé ayant été autrefois un porche.

Coinçant le téléphone entre son épaule et sa mâchoire, elle enfila ses bottes à l'aveuglette. S'il s'était agi d'un film, l'humour de la situation l'aurait fait sourire mais, avec la gorge qui la brûlait et les poumons en feu, elle ne se sentait guère d'humeur à rire du fait que l'opérateur, qu'elle n'avait pourtant encore jamais eu au téléphone, avait entendu parler d'elle.

— Oui, Dani Marlow, c'est bien ça… Encore une fois.

Elle fronça les sourcils lorsque ses doigts ne rencontrèrent que le vide là où elle laissait toujours la clé pendue à son clou, à côté de la porte d'entrée. Elle appuya sur la poignée. La porte était verrouillée. Elle retourna dans le vestibule et referma la porte derrière elle pour empêcher la fumée d'entrer. Elle se rappelait fort bien avoir rangé la clé à sa place lorsqu'elle avait fermé toutes les issues de la maison avant de se mettre au lit. Ce qui signifiait que quelqu'un était entré *après* qu'elle était allée se coucher et que ce quelqu'un était en possession d'une clé.

Il lui avait donc fallu en subtiliser une, en faire faire le double et la remettre en place.

Le casier dans lequel elle rangeait toutes les clés de la maison était vide.

La frayeur s'empara d'elle. Elle actionna fébrilement la poignée de la porte de la cuisine, puis les portes-fenêtres du séjour. Fermées, elles aussi. Inutile de faire le tour de toute la maison. Toutes les portes seraient bloquées, comme elles l'avaient été chez Dora. Cela ne suffirait pas à l'empêcher de sortir, mais c'était une façon de la retarder, de laisser au feu le temps de se propager.

Plaquant le bas de son T-shirt sur sa bouche, Dani ouvrit une des fenêtres à guillotine du séjour.

Elle inspira à fond une grande bouffée d'air frais, enjamba le rebord et se laissa tomber dans l'herbe. Se relevant immédiatement, elle balaya la façade avec le faisceau de sa lampe. Une fumée épaisse s'échappait de dessous la maison.

Elle courut jusqu'au tuyau d'arrosage enroulé sur son support, près de la citerne de vingt mille litres qui alimentait la maison en eau. Au moment où elle tournait le robinet, elle se rendit compte qu'elle pataugeait dans la boue. Serrant les dents, elle continua à dérouler le tuyau en réfléchissant à toute vitesse. Partout, la terre était dure comme de la pierre à cause de la sécheresse. Pour que le terrain soit aussi spongieux, il fallait qu'une grande quantité d'eau se soit écoulée. Une fuite ? C'était très improbable. Elle surveillait de près son système d'alimentation en eau et, si le tuyau avait été percé, elle l'aurait remarqué.

S'agenouillant, elle se pencha et regarda dans le vide sanitaire. Pas besoin de lampe de poche pour voir le halo orangé qui crépitait, à l'autre extrémité de la maison. Elle se redressa et fit courir le faisceau de sa lampe de poche sur le bois qui recouvrait le vide sanitaire. Un trou noir attira son regard un peu plus loin. L'un des évents avait été laissé ouvert afin d'alimenter le feu.

Celui qui avait allumé l'incendie n'avait rien laissé au hasard. Les fragments de branches sèches et les bûchettes qui traînaient devant l'évent indiquaient qu'il s'était servi sur place dans son stock de bois pour démarrer le feu ; il avait situé le foyer au point où l'espace entre le terrain et les solives de la base de la maison était le plus réduit et, en laissant la trappe béante, il s'était assuré que l'air accélérerait la combustion.

Fiévreusement, Dani tira sur le tuyau, trouva un espace dans le bois par lequel elle le fit passer et dirigea son jet vers les flammes. Un nuage de vapeur et de fumée se forma dans un chuintement, rendant difficile d'évaluer l'efficacité de son action. Bien sûr, en rampant dans le vide sanitaire, elle aurait pu orienter le jet d'eau avec une plus grande précision. Problème : la fumée serait si dense qu'elle serait forcée de ressortir presque aussitôt. Elle n'eut pas le temps de résoudre son dilemme car la pression chuta tout à coup dans le tuyau. Elle baissa les yeux ; il ne s'écoulait plus qu'un mince filet d'eau.

Dani considéra, interdite, l'extrémité du tuyau. La veille, elle avait vérifié le niveau de la citerne et constaté qu'il restait un peu moins d'un quart de sa contenance — à savoir, environ quatre mille cinq cents litres. De quoi alimenter le tuyau pendant plusieurs heures.

On avait vidé la citerne.

Reculant, sonnée, cherchant une solution de rechange, elle buta contre un obstacle. Eclairant le sol, elle vit une hache, dont le manche dépassait d'un massif d'hydrangeas. Elle non plus n'était pas venue ici toute seule.

La gorge sèche, elle songea aux divers incidents qui s'étaient produits depuis quelques semaines. Quelqu'un s'était familiarisé avec la maison et les différents corps de bâtiment et avait mémorisé l'endroit où chaque chose était rangée.

Un frisson d'effroi la parcourut. Qui pouvait bien l'avoir enfermée chez elle, avoir mis le feu à la maison alors qu'elle était censée dormir et avoir déplacé ou fait disparaître tous les outils ou objets pouvant lui être d'une quelconque utilité ?

Tant de malveillance et de préméditation étaient proprement glaçantes.

Un coup violent suivi d'un craquement lui fit relever

brusquement la tête. Eteignant sa lampe, elle bondit jusqu'à un énorme rhododendron tout proche et se cacha sous ses branches retombantes, les doigts serrés autour du manche de la hache. Quelques secondes plus tard, elle vit une silhouette sombre sauter par-dessus le rebord de la fenêtre par laquelle elle était sortie. Elle atterrit dans l'ombre de la maison et se redressa. L'homme, complètement immobile, tourna la tête dans un sens puis dans l'autre, arrêtant finalement son regard droit sur elle, comme s'il la voyait distinctement. Pourtant, les vêtements qu'elle avait attrapés à l'aveuglette étaient foncés — elle aurait dû se fondre dans l'obscurité. Elle se recroquevilla sur elle-même.

L'homme porta une main à hauteur de ses yeux et une onde de soulagement la submergea lorsqu'elle discerna une mèche de cheveux blonds.

Carter… Equipé de ses lunettes de vision nocturne !

— J'ai cru que j'étais arrivé trop tard, murmura-t-il en s'avançant vers elle.

Il arracha le bonnet noir qu'il avait sur la tête et l'enlaça, la serrant à l'étouffer.

— Tu n'étais pas censé être à Auckland ?

— Il y a eu un changement de programme.

— Tu veux dire que tu as fait croire à ton départ, dit-elle, voyant subitement clair dans son jeu.

Depuis des jours, Murdoch et lui complotaient, elle s'en était bien rendu compte. Elle se laissa aller contre lui, savourant son odeur familière, réconfortante, la pression de ses bras autour d'elle.

— Les pompiers sont en route.

Le froid s'insinua en elle à la minute où il la relâcha et s'écarta d'elle. Elle tressaillit.

— Il a vidé l'eau de la citerne principale… Et toutes les portes étaient fermées.

— Oui. Du moins jusqu'à il y a environ trente secondes… Tu vas devoir faire poser une nouvelle porte de cuisine.

Un souffle d'air agita ses cheveux. Dani tourna la tête et regarda la fumée qui sortait d'au-dessous de la bâtisse âgée de plus de cent ans, construite de bois de kauri. S'ils ne faisaient rien, l'incendie aurait dévoré toute la maison avant même l'arrivée des pompiers.

Des parasites détournèrent l'attention de Carter et elle s'avisa alors qu'il était équipé d'un petit micro.

— Murdoch et ses hommes fouillent les environs, grésilla une voix masculine. Mais on dirait bien qu'il nous a filé entre les doigts.

Carter informa brièvement son interlocuteur que Dani allait bien, puis illumina de sa torche les massifs entourant la maison.

— Et ta deuxième citerne ?

Elle braqua à son tour sa lampe de poche sur une citerne incrustée de lichen et presque entièrement recouverte de chèvrefeuille. Elle était vieille et en mauvais état, mais elle l'avait conservée comme réservoir de secours.

— Il y a un problème, dit-elle. Elle est directement reliée à la maison. Elle n'a pas de robinet où on puisse raccorder un tuyau.

Carter réfléchit aux solutions qui se présentaient à eux. Restait le bidon rouillé qui servait de récupérateur d'eau de pluie, raccordé à une gouttière de la grange… Mais ils manqueraient de longueur de tuyau. Il pourrait aller en chercher un chez lui, mais cela leur ferait perdre un temps précieux.

Se creusant désespérément la cervelle, il frappa en différents endroits sur la paroi de la cuve. Elle était presque à moitié pleine. Quelle ironie… Ils avaient de l'eau à portée de main, mais ils ne pouvaient pas s'en servir !

Le regard de Carter tomba sur la hache qu'elle tenait encore à bout de bras. Il la lui prit des mains.

— Qu'est-ce que tu fais ?

— J'essaie de faire preuve d'inventivité et de me servir des moyens du bord.

Il abattit la hache à la base du réservoir. Elle comprit ce qu'il tentait de faire. La maison était bâtie sur une légère pente descendant vers l'océan. L'inclinaison était faible, mais suffisante. Depuis quelque temps, tout allait de travers à Galbraith, mais, pour autant qu'elle sache, l'eau s'écoulait encore du haut vers le bas.

Carter éleva de nouveau la hache et assena un autre coup sur la paroi de la citerne. Ce fut le moment que choisit le portable de Dani pour sonner.

S'éloignant de quelques pas, elle prit l'appel, qui émanait des services de secours, notant au passage un filet de sang sur le dos de sa main. Elle avait dû s'écorcher au contact d'une épine d'églantier ; elle n'avait rien senti.

Le béton armé éclata au troisième coup et un peu d'eau s'écoula de l'ouverture. Carter continua à cogner avec acharnement, à coups réguliers, entaillant le béton en plusieurs endroits, formant un rond. Lorsque le cercle fut terminé, il frappa un grand coup au centre de la zone fragilisée avec la tête de la hache. Tout le morceau de béton céda et l'eau jaillit du trou béant, trempant Carter et se déversant au-dessous de la maison.

17

Le feu se réduisit à un tas de braises chuintantes. Le son de la sirène des pompiers transperça la nuit. Carter contourna rapidement la maison, puis reparut à la fenêtre de la cuisine.

— Où sont les meubles ?

Dani cligna des paupières. Avec ce qui venait de se produire, elle en avait oublié qu'elle avait vidé la maison de presque tout son contenu.

— J'ai dû les vendre.

— A qui ?

Dani lui indiqua le nom du brocanteur.

— Tu aurais dû m'en parler. Je t'aurais aidée.

Dani se raidit.

— Non… Tu n'as pas à me faire la charité.

Un long moment, Carter demeura figé, silencieux.

— Il ne s'agit *pas* de charité.

Trop tard, Dani se rendit compte qu'elle l'avait froissé. Instinctivement, elle avait toujours lutté contre son attitude de macho qui prend tout en charge, mais c'était comme combattre la testostérone qui faisait de lui un mâle. Carter réagirait toujours ainsi vis-à-vis des femmes qui comptaient dans sa vie. Il était l'homme et, à ce titre, il se sentait investi d'une mission ; il considérerait toujours de son devoir de la protéger et de l'aider si elle en avait besoin.

Un crépitement de parasites rompit le silence. D'une voix tendue, Carter dit quelques mots dans son micro, puis il gagna la porte, se retournant avant de sortir pour lancer :

— Reste près de la fenêtre de la cuisine, que je puisse te voir. O'Halloran a trouvé quelque chose du côté de la grange. J'en ai pour une minute.

Puis il franchit la porte et se fondit dans la nuit.

Dani soupira. Tel qu'elle connaissait Carter, elle était sûre qu'il n'allait pas perdre de temps en palabres à n'en plus finir à propos du mobilier. Il allait empoigner son téléphone, appeler le brocanteur et exiger la restitution immédiate des meubles. Et elle préférait ne pas être à la place de Docherty si jamais il en avait déjà vendu une partie…

Posant sa lampe de poche sur le comptoir, elle ouvrit le placard dans lequel elle rangeait la boîte à médicaments. Tandis qu'elle la sortait, sa main entra en contact avec du métal… *L'extincteur.* Elle avait tellement l'habitude de le voir placé là, non loin du poêle, à portée de main en cas d'urgence, qu'elle l'en avait oublié !

La pièce avait beau être familière, les ombres mouvantes que jetait le rayon oblique de sa lampe posée sur le comptoir lui conféraient une atmosphère fantastique.

Les fins rideaux de la fenêtre, au-dessus de l'évier, remuèrent, agités par un souffle d'air, tandis qu'elle sortait le désinfectant et les pansements. Un frisson lui courut le long de l'échine — une impression de déjà-vu.

— Allons, allons, reprends-toi, grommela-t-elle à mi-voix, irritée de se laisser ainsi impressionner.

Le froissement du papier résonna d'étrange façon quand elle sortit le pansement de son emballage dans la pénombre de la cuisine. Elle déboucha le flacon d'antiseptique ; le bouchon en plastique tomba avec un bruit sec sur le comptoir et l'odeur du produit flotta jusqu'à ses narines… mêlée à autre chose.

Dani redressa la tête d'un coup, tous les sens en alerte. C'était une odeur d'essence qu'elle sentait.

Du coin de l'œil, elle décela un mouvement ; son sang se figea dans ses veines. Sans bruit, très lentement, elle tendit le bras. Ses doigts glissèrent le long de la surface cylindrique de l'extincteur et se refermèrent sur la poignée.

— Carter ?

Un nouveau mouvement dans l'ombre. Il y eut une espèce de souffle, un « woosh » aussitôt suivi d'une explosion de lumière ; un torrent d'adrénaline déferla dans les veines de Dani. L'instant suivant, une silhouette s'encadra dans l'embrasure de la porte de la cuisine, se découpant contre le fond orangé des flammes.

Le cœur battant à toute force, elle décrocha l'extincteur.

Elle vit des yeux scintiller au milieu du visage masqué de noir. Il fondit sur elle. Le temps lui parut s'arrêter tandis qu'elle braquait l'extincteur dans sa direction et appuyait sur la gâchette. Rien ne se produisit.

La sécurité… Elle ne l'avait pas désamorcée.

Dans un mouvement convulsif, elle jeta le lourd cylindre métallique à la tête de l'intrus et plongea sur le côté. L'extincteur le percuta en pleine poitrine, stoppant son élan, mais, comme il titubait sous le choc, son épaule heurta celle de Dani et la projeta contre le comptoir. Des doigts puissants lui agrippèrent l'avant-bras et un accès de terreur pure s'empara d'elle. Elle sentait la chaleur de son corps, l'odeur aigre de la sueur. Sans réfléchir, elle empoigna la lampe de poche et l'abattit violemment sur son crâne.

L'homme poussa un cri guttural et la lâcha.

Les doigts engourdis par le choc, elle se précipita vers

la porte, la lampe de poche toujours à la main ; mais, au moment où elle l'atteignait, il attrapa le bas de son T-shirt.

Elle se sentit brutalement tirée en arrière. Se débattant comme un beau diable, elle réussit à se libérer de nouveau et elle lança la lampe dans sa direction. Le faisceau éclaira brièvement le visage masqué. Mais, déjà, son agresseur s'avançait de nouveau vers elle, menaçant. Au désespoir, elle se déplaça d'un bond, mettant la table de la cuisine entre elle et lui, et attrapa le premier objet qui était à sa portée : un balai. Mais, avant qu'elle ait pu s'en servir, une ombre passa en flèche à côté d'elle. Carter !

Les deux hommes basculèrent, poussant dans la mêlée la table qui heurta violemment le mur. Le souffle coupé, elle les regarda se livrer une bataille acharnée, puis il y eut un cri assourdi et le son d'une respiration sifflante. Une chaise se renversa, une autre se brisa sous le poids des deux hommes.

Le pouls cognant à ses oreilles, Dani les contourna pour atteindre l'extincteur. Elle ne savait pas s'il était encore en état de fonctionnement, mais il fallait au moins qu'elle essaie.

Ramassant sa torche au passage, elle se rua vers le séjour. La fumée et la chaleur emplissaient la pièce. Des feux avaient été allumés à plusieurs endroits et les flammes qui avaient déjà brûlé tous les rideaux léchaient le papier peint aux teintes fanées. Le vieux sofa en crin de cheval — seule antiquité dont Docherty n'avait pas voulu et seul meuble restant dans la pièce — se consumait contre un mur, sans s'enflammer. S'il avait été fait de matériaux modernes, le séjour aurait déjà été transformé en enfer.

Plissant les yeux et toussant, Dani désactiva le taquet de sécurité et appuya sur la gâchette, l'extincteur braqué vers le foyer le plus proche. Un brouillard de mousse blanche étouffa les flammes en un clin d'œil. Elle se déplaça dans la pièce aussi vite qu'elle le put, éteignant méthodiquement un feu après l'autre, consciente que l'effet du produit chimique ne durerait guère plus que quelques minutes. Lorsque la bouteille fut vide, elle sortit à reculons du séjour. Ainsi vidé de son mobilier et maculé de fumée et de suie, il n'avait plus rien de l'élégante pièce de réception qu'il avait été.

Des lumières clignotantes, bleues et rouges, illuminèrent le couloir. Une sirène hurla. Le camion de pompiers était arrivé. Et Murdoch aussi.

Laissant tomber l'extincteur par terre, elle récupéra sa lampe et entra dans la cuisine en la braquant devant elle. La pièce était remplie de policiers en uniforme. Dans le faisceau de sa lampe, elle ne put que constater l'étendue des dégâts. La pièce, et tout son contenu — à savoir, le seul mobilier qui lui restait, exception faite de celui de sa chambre — était totalement dévastée.

Dans un coin, une forme sombre était allongée sur le sol. Carter s'avança au milieu du chaos jusqu'à elle. Il s'accroupit et arracha la cagoule qui dissimulait ses traits.

Malgré l'œil au beurre noir et le visage tuméfié, il était aisément reconnaissable.

George Lynch.

Dani connaissait Lynch depuis des années, depuis qu'il avait acheté un petit cottage en bord de mer, mais elle n'avait jamais particulièrement prêté attention à lui, ni entretenu de relations amicales avec lui. A présent, elle remarquait la cicatrice qu'il avait sous l'œil, la légère incurvation de l'arête du nez qui témoignait d'une ancienne fracture. Pendant une fraction de seconde, le temps se suspendit. Une singulière sensation de déjà-vu s'empara d'elle et la peur l'envahit, viscérale… Animale.

Ce visage… C'était celui de l'homme qu'elle avait

frappé vingt-deux ans plus tôt. La même étincelle haineuse luisait dans son regard.

— George Lynch, murmura-t-elle.

— De son véritable nom Jordan Carlisle, dit Carter. Ton père.

Dani se laissa aller contre son épaule.

Son père. Ce père qui ne l'avait pas reconnue et dont Susan n'avait jamais voulu lui dire le nom, pensant la protéger de son mieux.

Lynch/Carlisle battit des paupières et son regard, d'abord vague, s'arrêta bientôt sur elle. Et, en contemplant ce regard fielleux, rempli de haine, elle sut tout à coup ce qui s'était passé six ans plus tôt.

— C'est *vous*… C'est *vous* qui conduisiez le camion.

Après l'avoir harcelée sans répit pendant des années, il avait finalement réussi… Il avait tué Susan.

18

Dani croisa le regard de Murdoch et y lut de la compassion.

La tristesse et le chagrin l'envahirent. Elle s'était crue responsable de l'accident, mais, en réalité, elle n'avait pas pu éviter Carlisle parce qu'il avait foncé droit sur leur voiture.

Carter n'eut pas besoin qu'elle en dise davantage. Il avait compris, lui aussi. Il s'en voulut de ne pas avoir creusé de ce côté-là. Carlisle/Lynch les avait tous mystifiés. Il s'était terré à Jackson's Ridge sous une fausse identité et avait réussi à perpétrer un double meurtre en restant impuni. Puis il avait attendu que Dani se retrouve seule dans l'exploitation pour la prendre pour cible. La seule faille, dans son plan, avait été le retour inopiné de Carter.

O'Halloran considéra Carlisle d'un œil froid.

— Carlisle et fils, dit-il. Le grand cabinet d'avocats d'Auckland. Je me disais bien que son visage m'était familier.

— C'est le fils aîné, confirma Murdoch, la mine sévère. Celui qui aurait dû être l'héritier. Mais mieux vaut ne pas avoir son dossier psychiatrique pour livre de chevet !

Brièvement, Murdoch résuma le passé de Carlisle et le rôle que Susan avait joué dans son arrestation. Dani contempla les cheveux grisonnants de l'homme, sa mâchoire mal rasée. Les mystères du passé étaient enfin résolus. Biologiquement, il était bel et bien son père, mais, hormis la révulsion que lui inspiraient les actes monstrueux qu'il avait commis, elle n'éprouvait strictement rien pour cet homme.

Il l'avait terrorisée pendant toute son enfance, mais tout cela était terminé. Elle n'avait plus peur de lui.

Murdoch s'avança vers Lynch et lui passa les menottes pendant qu'un des policiers de Mason lui lisait ses droits, puis ils le prirent aux épaules, l'obligeant à se mettre debout.

Carter l'épingla d'un regard glacial.

— Deux inculpations de meurtre au premier degré, dit-il doucement. Auxquelles s'ajoutent deux tentatives d'assassinat… Je ne parle même pas des incendies volontaires… Cela devrait aller chercher dans les vingt ans de prison, même si les peines se confondent. Vous serez un vieillard quand vous sortirez… Si vous sortez un jour. Et, si cela arrive, croyez-moi, je le saurai.

Le visage de Carlisle vira à l'écarlate et, l'instant suivant, il se déchaîna. Murdoch et les deux autres policiers ne furent pas trop de trois pour le maîtriser. Puis, tout à coup, son expression changea, et il vrilla sur Carter un regard d'une normalité qui faisait froid dans le dos.

— La mort de Susan était un accident. La cour a statué.

Murdoch fit signe aux policiers de Mason de l'emmener.

— Vous oubliez les fondamentaux, cher Maître, rappela-t-il d'un ton patelin. Ce n'est pas parce que l'affaire est close qu'elle ne peut pas être rouverte au vu des nouveaux éléments versés au dossier.

O'Halloran se raidit.

— Je sens une odeur de fumée.

Carlisle grimaça un sourire obscène.

— Ah… Voyons si vous allez le trouver, celui-là…

O'Halloran le dévisagea, subitement ramené en arrière.

Il voyait briller, au fond du regard de Carlisle, la même lueur démente qu'il avait vue dans celui de l'homme qui avait tué sa femme et sa fille. Pendant plus d'une année, il s'était torturé, se demandant ce qu'il aurait pu faire pour éviter la tragédie et les sauver. Mais la réponse lui apparaissait clairement aujourd'hui… Rien.

Pas plus que Rawlings, il ne pouvait prévoir le moment où un esprit dérangé se déciderait à frapper, ni pourquoi.

Le dernier foyer d'incendie se situait dans la remise où Dani rangeait son tracteur. Quand les pompiers l'eurent localisé, les flammes menaçaient déjà de traverser l'allée qui séparait la remise de la grange. Ils positionnèrent la lance et projetèrent l'eau à faible débit. Quelques minutes plus tard, un nuage de vapeur s'élevait des flammes et le feu était maîtrisé.

Secouée par un frisson, Dani contempla le squelette fumant de la remise et les débris calcinés du tracteur. Les flammes avaient commencé à noircir la façade de la grange. Elle soupira. Avec le vieux Ferguson hors d'usage, c'était une ère qui prenait fin. Aussi capricieux qu'ait été le Dinosaure, il avait été le fil qui la reliait au passé — une part apparemment solide, immuable de Galbraith — et il allait lui manquer.

Oui… Décidément, il y avait du changement dans l'air. L'été touchait à sa fin et, bientôt, Galbraith n'aurait plus besoin d'elle. Exception faite des chevaux, il n'y avait plus de bêtes. La maison était vidée de tous ses meubles… Une page blanche sur laquelle David serait libre d'écrire sa propre histoire.

Elle avait jusque-là obstinément résisté à l'idée de se lancer dans une nouvelle vie, mais le moment était venu, qu'elle soit prête ou non.

*
* *

Murdoch regarda Lynch monter dans le camion de police, poussé par Lowell. Il secoua la tête.

Si Carter ne lui avait pas demandé de fouiller dans le passé de Susan Marlow, l'enquête serait peut-être encore en train de piétiner.

Carlisle était un criminel hors du commun et, pourtant, Murdoch n'était pas homme à être facilement surpris. L'idée de se servir de l'incendie dont Walter s'était rendu responsable chez les Barclay pour couvrir ses propres crimes était un trait de génie. Mais, s'il avait fait preuve d'habileté et de flair, Carlisle n'en avait pas moins un point faible qui avait causé sa perte : sa soif de vengeance. C'était elle qui avait contribué à sa capture, elle encore qui allait fournir à Murdoch les preuves dont il avait besoin pour envoyer Carlisle derrière les barreaux.

Il ouvrit la malle arrière de la voiture de patrouille et considéra les pièces à conviction : un sac à dos contenant des briquets et un bidon vide de gel allume-feu communément utilisé pour les barbecues et autres feux domestiques. Il rabattit le hayon, rempli d'une sinistre satisfaction. Avec l'arrestation de Carlisle, quatre-vingts pour cent des crimes non élucidés de Jackson's Ridge se trouvaient résolus — dont un qui n'avait même jamais été soupçonné.

Murdoch s'assit au volant, O'Halloran à son côté, tandis que Lowell prenait place à l'arrière pour tenir leur suspect à l'œil.

— Au fait, Carter, lança-t-il par la portière ouverte. Quelqu'un a signalé cet après-midi la présence d'un couple d'autruches du côté de la pointe. Si j'ai bonne mémoire, ces terres sont à toi, non ?

L'un des policiers de Mason, qui s'apprêtaient eux aussi à repartir, se mit à rire.

— Avec un peu de chance, c'est peut-être un mâle et une femelle !

Carter claqua la portière de Murdoch.

— Ha ha ! Vous êtes drôles, tous les deux. Sacrément drôles.

Les deux policiers de Mason démarrèrent dans un nuage de poussière. O'Halloran éleva une main comme Murdoch insérait la clé dans le contact.

— A bientôt, Rawlings.

Carter regarda le véhicule de Murdoch disparaître au détour du chemin.

S'il était une personne qu'il était pressé de voir débarrasser le plancher, c'était bien O'Halloran. Celui-ci avait beau s'être défendu d'avoir des vues sur Dani, Carter n'aurait pas l'esprit tranquille tant que le policier n'aurait pas rencontré quelqu'un. Il devait repartir pour Auckland la semaine suivante. Et il se trouvait que Carter avait quelques contacts là-bas… Des gens qui lui étaient redevables. O'Halloran ne pourrait pas faire un pas sans que Carter en soit averti.

Il trouva Dani en train de regarder, l'air absent, les pompiers ranger leur matériel. Mêlant ses doigts aux siens, il l'attira dans ses bras et la pressa contre lui.

Les traits tirés, elle était pâle et avait l'air aussi fragile qu'un oiseau. Il serra les dents. Elle était épuisée par des années de culpabilité et de peur, et des mois passés à s'occuper seule de Galbraith.

Il avait toujours aimé aller là où il pouvait se rendre utile. Et, pendant des années, Jackson's Ridge n'avait pas eu besoin de lui… Du moins, en apparence car, à l'insu de tous, une véritable bombe à retardement avait été là, sous leurs yeux, pendant toutes ces années ; une bombe qui avait fini par exploser, se traduisant par la vague de criminalité sans précédent qu'ils venaient de connaître.

Il ne lui arrivait pas souvent de manquer des indices, encore moins de ne rien voir du tout. Ses voisins avaient été assassinés pour ainsi dire sous son nez, Carlisle avait vécu au vu et au su de tout le village, son cottage délabré et son apparent manque d'argent lui servant à couvrir sa double vie. Il avait joué au chat et à la souris avec eux tous — pas seulement physiquement, financièrement aussi. Il avait exercé sa vengeance sur toute la communauté qui avait accueilli à bras ouverts Susan et Dani Marlow, vingt-deux ans plus tôt.

Comme les pompiers s'éloignaient, Dani se dégagea et fit mine de rentrer chez elle. Carter lui attrapa la main.

— Non… Tu emménages chez moi.

Dani le dévisagea, interloquée.

— Tu ne crois pas que je devrais avoir mon mot à dire ?

— Tu me le diras demain matin.

Dani ne se sentit pas le courage de discuter. Elle était sale, recrue de fatigue et elle en avait par-dessus la tête des incendies.

Ils traversèrent l'aire qui séparait les deux maisons et Carter l'entraîna directement dans sa chambre.

Elle haussa les sourcils.

— Quel romantisme, nota-t-elle, pince-sans-rire.

L'ombre d'un sourire frémit aux commissures des lèvres de Carter.

— Tu me connais.

Pour la première fois depuis le moment où Carlisle l'avait attaquée, la tiédeur de la nuit réussit à faire fondre la gangue de glace qui enserrait son cœur.

Il lâcha sa main, le temps d'ouvrir le tiroir de sa

commode. Il en sortit quelque chose qu'il glissa dans sa poche, reprit sa main et l'entraîna à l'extérieur.

— Tu veux aller sur la plage ? s'étonna-t-elle.

— Oui… Fais-moi plaisir.

La sensation de fatigue abandonna Dani, supplantée par une tension d'une tout autre nature. Elle suivit Carter sur le chemin de coquillages. La plage avait toujours été pour elle un territoire neutre, même si, certains jours, elle lui semblait tellement chargée de souvenirs qu'elle ne parvenait pas, là non plus, à trouver la paix.

La lune sortit de derrière les nuages et le cœur de Dani se mit à battre un peu plus fort. Elle avait une petite idée de ce qu'il avait mis dans sa poche.

Carter s'arrêta lorsqu'ils furent à quelques mètres de l'eau. C'était la marée haute, l'eau était lisse comme un miroir.

Une chouette hulula au loin. La gorge nouée, Dani regarda Carter prendre ses deux mains dans les siennes.

— Danielle Margaret Marlow, veux-tu m'épouser ?

Les mots avaient retenti, clairs et limpides dans la nuit. L'emploi de son nom complet conférait à sa demande une note solennelle, un peu démodée, qui ajouta encore à son émotion.

Elle contempla leurs mains jointes.

— Quand t'es-tu décidé ? souffla-t-elle.

— Eh bien, à vrai dire, voilà environ… six ans.

Elle déglutit péniblement. Il avait l'air le plus sérieux du monde.

— J'ai retiré la bague du coffre, à la banque, la dernière fois que je suis venu.

Mais il avait renoncé, lui expliqua-t-il, parce qu'il avait senti sa réticence. Il lui avait proposé de venir vivre avec lui, or elle avait refusé. Ensuite, il était parti pour l'Indonésie et elle avait bien failli ne jamais le revoir.

Elle pressa ses doigts.

— Je ne veux plus te perdre.

— Ça n'arrivera plus, que tu acceptes ou non de m'épouser. Mais j'aimerais bien que nos enfants portent mon nom.

Elle le dévisagea, interdite. Carter et… des enfants. Elle en avait le vertige.

Ils n'avaient jamais parlé mariage et enfants. Elle avait toujours pensé que Carter n'en voulait pas, mais elle commençait à voir pourquoi la question n'avait jamais été évoquée. Tel un crabe embusqué au fond de sa coquille, elle avait pris trop grand soin de se protéger, trop grand soin de dissimuler ses sentiments.

Elle battit des cils. Le clair de lune, la mer, une demande en mariage… Elle admira les angles et les méplats de son beau visage, conquise… Subjuguée.

— C'est… c'est inattendu.

Son cœur tambourinait si fort que c'était à peine si elle parvenait à respirer.

— Prends ton temps. Rien ne presse. J'ai donné ma démission. Je voulais te donner les documents officiels, mais je ne les ai pas encore reçus. Tu ne seras pas une femme de militaire… C'est un exploitant agricole que tu épouseras.

D'abord, elle en eut le souffle coupé. Puis elle prit une longue, très longue inspiration et elle déclara posément :

— La réponse est oui.

L'espace d'un instant, elle se demanda s'il l'avait entendue : immobile et silencieux, il n'avait eu aucune réaction. Enfin, il sortit un petit coffret en cuir de sa poche.

La bouche de Dani s'assécha. Ce boîtier avec son liseré d'or et la marque d'un grand joaillier gravée sur le dessus, elle l'avait déjà vu… sur sa commode, lors de sa dernière permission.

Il ouvrit le coffret. Une bague ancienne ornée d'un gros diamant cerné d'une multitude de petites pierres scintilla sous la lune. Son cœur se serra. Elle reconnaissait ce bijou ; c'était celui qu'arborait son arrière-arrière-grand-mère sur le portrait qui était accroché dans son couloir — une bague que l'aîné des garçons Rawlings de chaque génération offrait traditionnellement à l'élue de son cœur.

Lentement, il saisit sa main gauche et glissa la bague à son annulaire.

Elle lui allait à la perfection, comme si elle avait été faite pour elle. Elle effleura d'un doigt le diamant central et un étrange tressaillement la saisit. C'était insensé, et pourtant, par ce bref contact, elle avait eu l'impression d'avoir perçu quelque chose… Un doux chuchotis… Comme un message d'amour et de dévotion qui se transmettait au travers des âges.

Une goutte d'eau tomba sur sa joue, puis une autre.

Carter l'embrassa doucement sur les lèvres. Lorsqu'il s'écarta, un nuage masquait la lune.

Incrédule, Dani leva la tête. Il pleuvait ! La sécheresse était finie. Se suspendant à son cou, elle lui retourna son baiser avec une infinie tendresse, s'appuyant enfin sans arrière-pensée contre le solide, fiable et chevaleresque Carter. Après des années d'errance, enfin, elle était à la maison.

19

La veille du mariage, Dani et Becca se rendirent pour le dernier essayage dans la maison de ville de Harriet, à Mason.

Deux mois s'étaient écoulés depuis que Carter avait demandé sa main et presque aussi longtemps depuis que l'échéance finale du prêt hypothécaire avait été remboursée et que David était revenu à Galbraith. Avec le nouveau prêt que la banque lui avait consenti, il avait pu effectuer les réparations indispensables, racheter des bêtes et un tracteur. La situation financière était encore tendue — et le resterait quelque temps encore — mais Galbraith, enfin, se redressait.

A partir du moment où la sécheresse s'était interrompue, la pluie n'avait plus cessé. Leurs craintes qu'un pyromane ne soit tenté de reprendre le flambeau de Carlisle s'étaient vues emportées par un déluge d'eau qui avait accéléré la repousse d'une belle herbe verte et grasse. C'était encore l'hiver, mais le printemps était déjà dans l'air. Les agriculteurs avaient le sourire, les enfants s'amusaient à sauter à pieds joints dans les flaques, chaussés de bottes en caoutchouc, les mères et les épouses pestaient contre le surcroît de lessives. Le groupement qui avait commencé à racheter les exploitations agricoles avait renoncé à son projet, avec pour conséquence une légère hausse du marché du bétail. La société de courtage de Carlisle avait dû cesser ses activités et Bainbridge s'était vu interdit de conseil d'administration. Il était dans le collimateur de la justice et ses activités étaient désormais soumises à l'examen de la brigade de répression de la délinquance économique et financière.

Aux dernières nouvelles, Carlisle était toujours en détention provisoire, en attente de son procès, la libération sous caution lui ayant été refusée. Quant à Bainbridge, sentant le vent tourner, il avait quitté le pays, poursuivi par Flynn qui l'avait pisté jusqu'aux Caraïbes, où il séjournait dans une luxueuse résidence appartenant à un « ami ». Flynn avait vendu son article à un quotidien national et rédigé une synthèse de l'histoire pour le compte d'un grand magazine. L'injection massive de capital avait sauvé Flynn de la faillite et empêché le *Chronicle* de sombrer définitivement dans l'oubli.

Wells, armé d'un embarrassant arsenal de preuves des malversations de Bainbridge au sein de la banque, avait fait pression sur la direction générale pour qu'elle consente à lever un certain nombre d'hypothèques, dont celles de Tom Stoddard et des Galbraith. La banque n'avait pas changé de slogan publicitaire, mais elle semblait désormais enfin décidée à s'en montrer digne.

Harriet ouvrit la porte et les conduisit rapidement à l'étage, dans une chambre d'amis. Un sac d'un grand couturier trônait au milieu du lit.

Dès l'instant où Dani avait accepté d'épouser Carter, Harriet et Becca s'étaient attelées aux préparatifs. Harriet avait des contacts dans le milieu de la haute couture. Sous sa supervision attentive, elles étaient toutes trois tombées d'accord sur le choix d'un modiste et Harriet avait tenu à lui offrir sa robe en cadeau de mariage.

En voyant le vêtement de soie blanche que déballaient

précautionneusement ses deux amies, Dani poussa un soupir d'aise. Tout serait parfait, elle n'en doutait plus.

Peu après, elle contemplait son reflet dans le miroir, ébahie. La robe bustier moulait ses formes, laissant ses épaules et ses bras nus, puis allait en s'évasant en plis gracieux jusqu'à ses pieds. Becca ajusta le voile sur sa tête et recula pour juger de l'effet.

Harriet observa le résultat d'un œil critique.

— Il va te falloir une bonne coupe de cheveux.

Becca hocha la tête.

— Et une manucure.

— Quoi ? Mais je ne veux pas raccourcir mes cheveux.

— Qui parle de les raccourcir, ma chérie ? rétorqua Harriet d'un ton conciliant. Je demanderai simplement à Jose de les épointer et de les effiler un peu.

— Jose ?

— C'est le meilleur coiffeur de Mason, répondit Harriet en soulevant le rideau pour regarder au-dehors. Tiens… Le voilà.

Dix minutes plus tard, Dani se retrouvait assise dans le salon ensoleillé de Harriet, entre les mains expertes d'un grand et mince Asiatique muni d'un matériel de coiffure si complet qu'on aurait pu croire qu'il s'agissait de l'équipement technique d'une mission pour Mars. La NASA avait-elle été prévenue ?

— Mais la manucure… Vous êtes sûrs que c'est nécessaire ?

Becca haussa les sourcils.

— Combien de fois as-tu l'intention de te marier ?

Une. Une seule.

Dani capitula.

— D'accord. Tu marques un point.

*
* *

L'église était pleine à craquer ; la mariée était en retard. Carter consulta sa montre.

Son témoin, Gabriel West, observa nonchalamment :

— C'est normal. C'est la tradition.

Le vicaire regarda également sa montre. La vieille organiste plissa sévèrement le front, ce qui ramena Carter à son enfance, quand elle le fusillait du regard parce qu'il avait chanté faux.

De nouveau, il jeta un coup d'œil à sa montre.

Dix minutes plus tard, la limousine s'arrêtait devant l'église. Dani poussa la portière sans attendre que David vienne lui ouvrir. Après avoir dû ronger son frein pendant que le chauffeur changeait la roue, elle n'était pas d'humeur à jouer les grandes dames.

Relevant légèrement l'ourlet de sa robe pour ne pas se prendre les pieds dans les plis du tissu, elle gravit les marches du porche et rejoignit enfin Carter, qui l'attendait devant les portes.

Il prit sa main.

— Tu m'as attendue, souffla-t-elle, ne s'apercevant qu'après coup combien elle avait eu peur qu'il ait disparu à son arrivée.

— Tu ne croyais tout de même pas que j'allais te laisser me filer entre les doigts, cette fois ?

Les mains de Carter se resserrèrent autour des siennes et son regard bleu, déterminé, plongea au fond du sien.

Elle le connaissait si bien… Aussi bien qu'elle se connaissait elle-même, songea-t-elle avec émotion. Le cœur débordant de tendresse, elle le regarda… et ce qu'elle vit la remplit d'un bonheur plus grand encore.

C'était la confirmation dont elle avait besoin : Carter

l'aimait. Il l'avait toujours aimée. Si elle n'était pas arrivée, il serait parti à sa recherche.

— La voiture est tombée en panne… Tu te rends compte ! Une *limousine* ?

Il rit doucement.

— Le coup de la panne ? J'aurais cru que c'était *ma* spécialité.

— Plus maintenant.

Elle croisa les doigts d'une main derrière elle, espérant de toute son âme que c'était le dernier accroc. Elle avait surmonté suffisamment d'obstacles… Tout ce qu'elle voulait à présent, c'était se marier.

David gravit les marches et tendit à Dani son bouquet, puis il lança un regard incertain à Carter.

— Tu n'es pas censé te trouver à l'intérieur de l'église ?

Carter jeta un coup d'œil à la limousine, parut hésiter, puis il relâcha sa main… comme à regret, se dit-elle, le cœur battant. Comme s'il aurait préféré la conduire lui-même jusqu'à l'autel.

Les dernières tensions de la matinée se dissipèrent tandis que Dani soulevait le voile de son visage, positionnait son bouquet et posait sa main sur le bras de David. Et une curieuse sensation de calme l'envahit comme ils se mettaient à remonter l'allée centrale de l'église au son de la Marche Nuptiale.

La réception se tint dans la grande salle communale de Jackson's Ridge, une bâtisse presque aussi ancienne que le pub et qui avait autrefois servi de baraquement militaire.

Carter s'arrêta devant la plaque commémorative en laiton qui était fixée près de l'entrée.

— Décidément, tout me ramène à mon ex-profession.

Harriet s'approcha de la mariée, avec à la main un petit coffret que Dani aurait reconnu entre mille.

— Tiens… Voilà ton vrai cadeau de mariage.

Trop émue pour dire quoi que ce soit, Dani souleva le couvercle. Les bijoux de sa grand-mère étaient tous là, exactement tels qu'elle les avait rangés. Une boule dans la gorge, elle sut avec certitude que Harriet n'avait même pas ouvert le coffret. Elle l'avait simplement mis de côté en attendant de le lui restituer. Ses yeux s'embuèrent.

— Mais je… Tu m'avais dit que tu avais un acquéreur en vue…

Les sourcils de Harriet s'arquèrent.

— Eh bien, j'ai menti, répliqua-t-elle comme si cela coulait de source.

David glissa discrètement une enveloppe dans sa main.

— Je voudrais que tu ouvres ceci avant de partir.

D'une main qui tremblait un peu, elle tira un document officiel de l'enveloppe, puis secoua la tête, les larmes aux yeux.

— Non. Tu ne peux pas… Je ne peux pas accepter.

David haussa les épaules.

— C'est moi qui n'accepte pas que tu me donnes tes parts de l'exploitation. Je sais que tu t'es mis en tête que Galbraith ne t'appartenait pas, mais il se trouve que je pense exactement le contraire. Tu y es autant chez toi que moi. De plus, sans toi, Galbraith aurait certainement été vendue aux enchères.

Dani ouvrit la bouche pour protester, mais il la réduisit au silence d'un ton sans appel.

— Dani, inutile d'insister. Je n'accepte pas tes parts.

Elle surprit le regard de Carter posé sur elle. Tout, dans son langage corporel, trahissait une impatience grandissante. Bien sûr, c'était son mariage et il se montrait affable avec tous les invités. Il était d'un naturel sociable, mais jusqu'à un certain point seulement… Et, à une multitude de petits signes, Dani voyait qu'il avait presque atteint ses limites. Elle se pressa contre lui et il posa la main sur sa taille, l'entraînant discrètement vers l'issue la plus proche. Il dut encore soutenir l'assaut d'amabilité d'une vieille dame, qui les retarda de quelques minutes, puis il murmura à son oreille :

— Partons d'ici. Que dirais-tu d'un charter pour une île du Pacifique et deux semaines sur une plage déserte ? Juste toi et moi, sans pistolets, sans lunettes à infrarouge, sans pyromanes et sans autruches ?

Le visage de Dani s'éclaira d'un sourire radieux.

Comment aurait-elle pu résister à cela ?

KYLIE BRANT

Un troublant dilemme

BLACK *ROSE*

éditions HARLEQUIN

Titre original : CLOSE TO THE EDGE

Traduction française de HERVÉ PERNETTE

83-85, boulevard Vincent-Auriol, 75646 PARIS CEDEX 13.
Service Lectrices — Tél. : 01 45 82 47 47
www.harlequin.fr

1

Quand il aperçut la jeune femme blonde qui venait d'entrer au Frenchy's, Lucky Boucher commençait à peine à se détendre, estimant que le pire de sa journée était passé.

Sa Firebird — la voiture qu'il chérissait comme un bébé — était tombée en panne le matin même et son coiffeur avait eu la main bien trop lourde sur la paire de ciseaux.

Il s'apprêtait à passer une soirée calme et relaxante, qui lui aurait permis d'oublier ces désagréments, sauf que cette apparition, pour le moins inattendue, ruinait tous ses espoirs. Résigné, il regarda la jeune femme se diriger vers le bar. Des sifflements admiratifs fusèrent à son passage.

Lucky se concentra de nouveau sur sa partie de billard en secouant la tête avec fatalité. En ce monde, il y avait des choses immuables, et notamment le fait qu'en présence d'une jolie femme, la plupart des hommes se mettaient à se comporter comme des idiots.

Toutefois, il était décidé à utiliser cette apparition à son avantage. Profitant de ce que son adversaire avait le regard tourné vers le bar, il plaça subrepticement sa boule numéro trois en bonne position, la frappa et l'envoya dans le trou du coin opposé.

Le bruit fit tourner la tête au dénommé Stally, son adversaire, qui fronça les sourcils.

— Eh, qu'est-ce que tu fiches ?

— Je te colle une piquette au billard, répondit Lucky qui remettait nonchalamment du bleu au bout de sa queue. Je me demande bien pourquoi tu poses la question. J'en viendrais presque à regretter de te prendre ton fric. J'ai bien dit presque…

— On ne fait rien tant que les deux joueurs n'ont pas les yeux posés sur la table. Ce dernier coup ne compte pas.

Lucky se pencha en avant et se prépara à jouer le coup suivant.

— D'où est-ce que tu sors cette règle à la noix ? Regarde plutôt, mon ami, et prends des leçons.

Il rentra la boule numéro six.

— En général, mieux vaut se méfier de lui, intervint Remy, l'ami de Lucky, depuis une autre table. Heureusement pour toi, Stally, j'ai vu le coup. Il était propre, rien à dire.

— Ouais, eh bien ça ne me plaît pas quand même !

Lucky soupira et rata volontairement le coup suivant.

— Allez, Stally, je te laisse une dernière chance. Ne la gâche pas.

L'intéressé renifla de dédain et fit le tour de la table, l'air absorbé, pour réfléchir à sa stratégie. Lucky en profita pour jeter un coup d'œil vers le bar. La jeune femme blonde s'était assise sur un tabouret à côté de Goldie Bellow, un petit proxénète local. Ce dernier portait une chemise jaune vif et une veste verte. Elle, elle était vêtue d'un chemisier immaculé et d'un jean impeccablement ajusté. A côté, Goldie semblait attifé pour le carnaval.

Le barman posa un verre devant elle et Goldie s'empressa d'indiquer qu'il l'invitait en sortant, d'un geste théâtral, une liasse de billets de sa poche.

D'autres types abandonnaient progressivement leurs

tables pour aller s'asseoir au bar. « Encore un quart d'heure, et il va y avoir du grabuge », songea Lucky.

Stally poussa un juron, et Lucky revint au jeu. Son adversaire venait de rater son coup, après avoir entré trois boules.

— On dirait que tu as trouvé quelqu'un à ta mesure, Boucher ! commenta Remy.

— Ne parle pas trop vite, mon vieux… Admire plutôt le boulot…

Il rentra trois boules consécutivement. Il était sur le point de jouer son quatrième coup lorsque des éclats de voix retentirent du côté du bar. Il redressa la tête puis, après une courte hésitation, se remit en position.

— Bouge de là, mec ! C'est à moi de jouer.

Lucky leva la tête et fixa Stally sans comprendre.

— Qu'est-ce que tu racontes ?

— T'as touché le feutre avec ta queue.

Lucky se remit en position pour jouer, mais du coin de l'œil, il nota qu'au bar, les esprits s'échauffaient. Il souhaitait maintenant en terminer au plus vite. Il rentra la dernière boule, se redressa et s'empara des deux billets de vingt dollars posés sur le rebord du billard.

Mais Stally lui saisit le poignet.

— Je viens de te dire que tu avais touché le feutre. La partie est à rejouer.

— Pourquoi ? Tu comptes enfin te mettre à jouer correctement ? rétorqua Lucky, sans quitter le bar des yeux.

Goldie s'était levé de son tabouret et avait posé sa main sur le bras de la jeune femme. Un autre homme s'approchait de lui d'un air menaçant.

— Très drôle ! dit Stally, mais on va rejouer la partie, à moins que tu souhaites que tout le monde ici sache que tu es un lâche et un tricheur.

— Si je peux me permettre…, intervint Remy, je ne

crois pas qu'il ait touché le feutre. Boucher aime tricher avec les femmes, mais pas au billard. Tu as perdu, Stally, il n'y a rien d'autre à ajouter.

— Merci, Remy, dit Lucky. Je te revaudrai ça un de ces jours.

De toute évidence à contrecœur, Stally lui lâcha le poignet.

— Je suis sûr que tu auras plus de chance la prochaine fois, vieux, lui dit Lucky.

Puis il reporta toute son attention sur le bar. Goldie et l'inconnu en étaient venus aux mains, et la femme tentait de s'écarter d'eux. Goldie finit par envoyer son assaillant sur une table et se jeta sur lui. Plusieurs clients formèrent un cercle autour d'eux et lancèrent des clameurs d'encouragement pour l'un ou l'autre. La jeune femme profita de cette distraction pour se diriger vers la sortie, mais un type au cou épais lui barra le passage.

Lucky se précipita vers eux, mais avant qu'il ait eu le temps d'intervenir, la femme avait envoyé son genou dans le bas-ventre du type et pris la fuite.

Trois autres hommes se lancèrent à sa poursuite, mais cette fois, Lucky eut le temps de s'interposer.

— Goldie offre cent dollars à tous ceux qui viendront à sa rescousse ! dit-il.

Deux des hommes se retournèrent pour évaluer la bagarre ; le troisième s'en désintéressa.

— Laisse tomber, tu n'es pas son genre, dit encore Lucky à ce dernier, en le retenant par le col. Reste donc ici pour profiter de la fête.

— Va au diable, Boucher ! Tu veux la garder pour toi, c'est ça ?

Lucky ne vit pas le coup venir et n'eut pas le temps de le parer complètement. Il vacilla sous l'impact, mais se reprit très vite. Il saisit son agresseur par le bras et lui faucha les jambes. L'homme s'effondra et, du genou, Lucky l'immobilisa au sol.

— J'ai bien peur que tu aies quelques bleus demain, mon pote…

Il releva la tête et repéra Remy qui avait assisté à la scène et qui le regardait, un sourire aux lèvres.

— Je te confie notre ami, Remy, si ce n'est pas trop te demander. Encore une fois, je te revaudrai ça.

— Si tu veux mon avis, cette femme est trop bien pour toi aussi, rétorqua Remy avec un clin d'œil.

Lucky sortit du bar en se disant qu'effectivement, parmi toutes les femmes qu'il avait fréquentées, aucune, jamais, n'avait été issue de la haute société de La Nouvelle-Orléans. Il aimait à croire que c'était son choix. *Son choix à lui…*

Il fourra les mains dans ses poches et traversa la rue. En tout cas, les événements de la soirée avaient confirmé une de ses théories : les blondes sont *toujours* sources d'ennuis.

Un œil sur la pendule accrochée au mur de son bureau, Jacey Wheeler déboutonna son chemisier blanc d'une main et son jean de l'autre, puis elle ôta dans un même mouvement son pantalon et ses bas. Si elle se dépêchait, elle arriverait peut-être à temps au dîner de charité organisé par une amie de sa mère, ce qui lui éviterait des remontrances.

Derrière elle, un petit bruit attira son attention. Elle se retourna ; la porte de son bureau s'ouvrait. Elle poussa un cri étranglé et se saisit du premier objet qui lui tomba sous la main pour se défendre : un gros presse-papiers de verre transparent.

Mais lorsqu'elle reconnut l'homme qui venait d'entrer, elle poussa un soupir de soulagement.

— Bon sang, Boucher ! Tu viens de me faire une peur bleue !

En réponse, Lucky lui adressa un long regard appréciateur.

— Dis donc, si tu avais un peu dévoilé tes atours au bar, tout à l'heure, ta soirée aurait peut-être été plus productive…

Elle le fixa sans comprendre, puis s'empressa de reposer le presse-papiers lorsqu'elle suivit son regard, afin de refermer les pans de son chemisier, le rouge aux joues.

— Un gentleman aurait détourné les yeux !

— Je me demande bien ce que j'ai pu faire pour que tu penses que je suis un gentleman.

Jacey convint à part soi que *gentleman* n'était en effet pas un terme qui lui serait venu à l'esprit pour définir Lucky. Il ressemblait plutôt à un homme de main de Lucifer, envoyé sur Terre pour causer la perte des femmes. Ses cheveux noirs, qu'il portait toujours un peu longs, étaient tirés en arrière, même si, plus tôt dans la journée, il avait quitté le bureau en déclarant qu'il avait rendez-vous chez le coiffeur. Il n'aimait pas se raser et portait toujours une barbe de deux ou trois jours. Ses yeux noirs brillaient en permanence d'un éclat malicieux et, selon la légende, ils avaient déjà fait chavirer bien des cœurs.

La plupart du temps, son accent du bayou et son élocution un peu traînante mettaient les gens à l'aise, mais il ne fallait pas se fier aux apparences, ni à ses airs nonchalants. Lucky Boucher était un homme qui avait grandi dans les marais de Louisiane et survécu grâce à sa débrouillardise dans les bas-fonds de La Nouvelle-Orléans.

Il fit quelques pas et vint s'appuyer contre un dossier de chaise.

— Bon, si tu m'expliquais maintenant ce que tu faisais au Frenchy's, ce soir ?

— Je ne vais pas rester là à discuter avec toi alors que je suis à moitié nue, Lucky…

Il eut un sourire ironique.

— Dommage ! Tu es très bien comme ça.

Elle fit mine de reprendre le presse-papiers et de le lui jeter à la figure. Il leva alors les mains comme pour se rendre et se retourna.

— Quels sont tes projets pour la soirée, alors que tu viens de déclencher une émeute au Frenchy's ? Tu vas te battre avec des alligators ?

— J'ai un dîner avec ma mère.

Un nouveau regard à la pendule lui indiqua que son retard était consommé. Elle ôta son chemisier et le laissa tomber au sol.

— Passe-moi ma robe, s'il te plaît.

Il tendit le bras pour prendre la robe noire posée sur un dossier de chaise et la leva devant lui pour la contempler.

— C'est une nonne qui t'en a fait cadeau ?

Elle la lui prit des mains, défit la fermeture Eclair et la passa.

— Non, ma mère.

— Ah, je comprends mieux. Mais tu n'as toujours pas répondu à ma première question.

Jacey se tortilla pour remonter la fermeture de sa robe, ce qui fit chevroter légèrement sa voix.

— Cet après-midi, j'ai obtenu un tuyau sur Cheryl Kenning… Tu sais… la fille portée disparue.

— Oui, je vois… Une fille de vingt ans déclarée disparue par ses grands-parents. La police a déterminé qu'elle se prostituait, c'est bien ça ?

— Exactement, répondit Jacey en enfilant ses escarpins. J'ai appris qu'elle travaillait pour Goldie et, après quelques recherches, j'ai découvert où ce dernier avait ses habitudes.

Sans demander la permission de se retourner, Lucky fit volte-face.

— Et tu envisageais de lui demander en toute simplicité où retrouver la fille ?

— Ne me prends pas pour une idiote, tu veux ? En fait, j'ai également appris qu'il gardait toujours sur lui son carnet de travail, si on peut appeler cela ainsi.

Elle contourna le bureau, ouvrit un tiroir, en sortit un petit carnet noir et l'agita avec un air de triomphe.

— Ce carnet est tombé de sa poche après que je me suis arrangée pour le distraire. Je l'ai récupéré avant de prendre la poudre d'escampette.

— Arrangée pour le distraire ? Le type qui a provoqué Goldie travaillait avec toi ?

Un des avantages avec Lucky, c'était qu'on n'avait jamais besoin de lui expliquer les choses longtemps.

— Bien joué, reprit-il, admiratif. Risqué, mais bien joué.

— Merci. Mais je dois tout à mon maître en la matière…

Elle attrapa un petit sac assorti à sa robe et y transféra des affaires qu'elle sortit du sac à main plus grand qu'elle utilisait précédemment.

— Il semblerait que toutes les filles qui travaillent pour lui fréquentent les mêmes hôtels. Quand j'aurai le temps, j'irai les passer en revue, et une fois que j'aurai localisé Cheryl, j'avertirai ses grands-parents.

— Et ils feront quoi ? Ils comptent la kidnapper ?

Jacey ferma son sac, puis sortit le collier de perles de sa grand-mère de sa boîte à bijoux.

— Ce sera à eux d'en décider. Mon boulot, c'est de la retrouver, rien d'autre. Aide-moi à mettre ce collier, s'il te plaît…

Lucky passa derrière elle, prit les deux extrémités du

bijou et le ferma. Une fois cela fait, il prit Jacey par les épaules et l'obligea à lui faire face, le visage grave.

— Ecoute… Elle a eu l'occasion d'échapper à cette vie la dernière fois que la police l'a interpellée, et ses grands-parents ont déjà été mis au courant. Peut-être n'a-t-elle tout simplement pas envie de sortir de la prostitution… Tu peux considérer que c'est un mauvais choix, mais personne n'a le droit de décider à sa place.

Ce n'était pas la première fois qu'ils avaient un désaccord sur une affaire, ni sans doute la dernière. Ils étaient issus de deux milieux totalement opposés, et leur façon de voir les choses s'en ressentait parfois. Pourtant, même en sachant cela, ce désaccord contrariait Jacey.

— Que je l'approuve ou non, là n'est pas la question, Lucky. Goldie l'a peut-être rendue accro à la drogue. Il se peut également qu'elle ait trop peur de lui pour s'enfuir. Mon seul souci, c'est qu'elle ait le choix, sans qu'il soit dicté par la peur ou la dépendance.

Les enquêtes menées par Wheeler et Associés n'étaient pas toutes porteuses d'implications morales, loin de là. Mais il y avait des affaires à traiter, et pour Jacey, c'était le plus important. Elle avait lancé son cabinet d'investigations privées dès qu'elle avait pu disposer de ses économies, malgré les violentes protestations de sa mère. Elle s'était formée toute seule, s'était occupée de trouver des locaux et de faire la publicité. Ensuite, pendant près d'un an, les affaires avaient été dures.

Peu de gens dans son entourage avaient besoin des services d'un détective privé, même discret, et ceux qui s'étaient montrés intéressés avaient vite renoncé, en découvrant qu'elle travaillait seule. Cette situation avait radicalement changé, trois ans plus tôt, lorsque Lucky Boucher avait poussé la porte de son bureau.

Il n'était pas venu parce qu'il avait besoin de ses services, mais parce qu'il cherchait du travail. Au départ, l'idée de le recruter avait paru risible à Jacey, étant donné qu'elle n'avait même pas assez de travail pour elle-même. En outre, Lucky n'avait pas du tout le profil : il avait des manières cavalières, était un peu grossier et avait enchaîné les petits boulots auprès de gens peu recommandables. Mais il avait été tout bonnement impossible de se débarrasser de lui.

Après un bref entretien, il s'était emparé du seul dossier posé sur son bureau, en lui promettant de boucler l'affaire dans les vingt-quatre heures.

Il lui en avait fallu six.

Ensuite, après deux semaines supplémentaires et deux autres affaires résolues, son insistance pour se faire embaucher avait fini par avoir raison d'elle. De plus, comme il se plaisait à le lui rappeler, il travaillait pour des clopinettes. Elle l'avait donc engagé en pensant qu'il ne tarderait pas à se lasser du boulot de détective privé et par s'en aller de lui-même. Or il n'en avait rien fait. Et plus étonnant encore, au fil du temps, ils étaient devenus de véritables amis.

Elle avait confiance en lui plus qu'en n'importe qui d'autre, même si, par moments, il était difficile de déterminer qui était le patron et qui était l'employé. Elle passait d'ailleurs beaucoup de temps à le lui rappeler.

Il la lâcha et laissa retomber ses bras le long de son corps. Elle s'aperçut seulement alors qu'il avait un œil légèrement enflé.

— C'est ton partenaire de billard qui t'a frappé ?

Lucky sauta sur l'occasion pour se faire plaindre.

— Non, en fait, c'est un de tes admirateurs. Ils étaient plusieurs à vouloir te suivre lorsque tu as quitté le bar et moi, je me suis sacrifié pour les en dissuader.

Mais au lieu de se confondre en excuses et remerciements, Jacey eut l'air amusée.

— Alors comme ça, tu m'as protégée ? C'est trop mignon !

Lucky haussa les épaules, ne sachant comment prendre sa remarque. Parfois, face à elle, il se sentait comme un gamin de douze ans, sans comprendre pourquoi.

— Si tu avais été blessée, j'aurais dû faire tout le boulot ici, alors que je suis déjà exploité ! C'est d'abord pour moi que je l'ai fait.

Elle se contenta de feindre le dédain. Il avait beau s'amuser à la provoquer, elle ne mordait jamais à l'hameçon, ce qui le faisait enrager.

Elle consulta la pendule, fit une petite grimace et prit son sac.

— Il faut vraiment que j'y aille. Ma mère va encore me faire une scène…

— Oui, ça tu n'y échapperas pas.

Il imaginait sans mal les reproches qu'adresserait Charlotte Wheeler à sa fille. Il avait un certain mépris pour elle, qu'elle lui rendait bien.

— Tant pis, reprit Jacey avec un soupir en s'arrangeant rapidement les cheveux avec la main. De quoi j'ai l'air ?

Lucky la contempla d'un œil critique.

— D'une bibliothécaire austère et ennuyeuse.

— Pourquoi t'ai-je posé la question ? marmonna Jacey, en sortant un tube de rouge à lèvres de son sac.

Elle alla se poster devant le miroir sur le mur opposé et se l'appliqua avec soin.

— Je sais parfaitement quels sont tes goûts en matière de tenues vestimentaires féminines.

Il s'approcha d'elle et s'appuya de l'épaule contre le mur.

— Un petit haut décolleté et une minijupe, dit-il. Une tenue qui ne se démode jamais.

— Exactement et pour se faire une idée de tes compétences en matière de mode, il suffit de regarder les T-shirts ringards que tu portes en permanence !

Il prit un air offensé et baissa les yeux sur son T-shirt noir favori, qui portait l'inscription : *J'aime tout le monde, et la prochaine sur la liste, c'est toi.*

— Tu fais la méchante parce que tu es obligée de passer la soirée avec ta mère…

Elle rangea son tube de rouge à lèvres et referma son sac.

— Tu penseras bien à fermer derrière toi ? Et n'oublie pas non plus de mettre l'alarme en service et de vérifier les fenêtres. Et… fais attention avec la porte, elle a tendance à mal fermer. J'ai peur que…

Il la poussa doucement vers la sortie.

— Je sais comment faire, file ! Et passe la meilleure soirée possible en compagnie des sorcières du Sud.

— Merci ! Et toi, demande à une de tes copines de s'occuper de ton œil. Tu en trouveras bien une qui aura pitié de toi.

— J'espère bien, sinon, ça voudra dire que j'ai perdu la main.

Il la regarda rejoindre sa voiture au pas de course, démarrer puis s'éloigner. Quand elle fut hors de vue, il rentra dans le bureau et réfléchit. Qui allait-il appeler ? Desiree ? Monique ? Leanne ?

Il sortit son téléphone de la poche de son pantalon et composa un numéro. Une chose était sûre : quoi qu'il fasse ce soir, il passerait un bien meilleur moment que Jacey.

2

— Je t'ai excusée auprès de notre hôtesse…

Le ton était comme d'habitude distingué et posé, mais au fil des années, Jacey avait appris à déceler les reproches larvés que sa mère lui adressait. Tout comme elle savait qu'aucune excuse ne serait valable à ses yeux pour expliquer son retard. Elle n'en chercha donc pas.

— Merci. Est-ce que tu as repéré où nous sommes assises ?

Charlotte pinça légèrement les lèvres.

— Nous sommes à la même table. Je t'ai attendue pour manger, mais je ne voulais pas empêcher les autres convives de commencer à dîner.

— Bien, alors allons nous asseoir… Tu es ravissante ce soir, cette couleur te va vraiment bien.

Cela, au moins, elle pouvait le dire avec sincérité. Sa mère portait une robe d'un vert assorti à la couleur de ses yeux. Elle avait soixante ans mais, grâce aux miracles d'un habile chirurgien esthétique, elle en paraissait au moins quinze de moins. Elle avait les cheveux bruns coupés court, car, selon elle, il était indécent pour une femme d'un certain âge de garder des cheveux longs. C'était, entre autres, une des idées préconçues sur lesquelles elles étaient en désaccord.

Jacey suivit donc sa mère à travers la salle bondée et s'arrêta plusieurs fois pour saluer des connaissances et échanger quelques mots. Le contraste entre ce dîner guindé et l'ambiance du bar enfumé dans lequel elle se trouvait quelques heures plus tôt était total. Si elle avait laissé sa mère tenir les rênes de son existence, Jacey aurait passé son temps dans des soirées mondaines toutes plus ennuyeuses les unes que les autres. Elle y aurait côtoyé les mêmes gens tout aussi rasoirs et qui formaient ce qu'on appelait la haute société de La Nouvelle-Orléans. Cette pensée lui donna rétrospectivement la chair de poule.

Un serveur en veste blanche les invita à s'asseoir avant de faire signe à un second serveur d'apporter leurs assiettes. Même après toutes ces années, Jacey continuait à se battre contre sa mère pour justifier ses choix de carrière. Mais il lui suffisait d'assister de temps en temps à une soirée comme celle-ci pour se convaincre qu'elle avait pris la bonne décision. Et elle avait bien besoin de s'en convaincre, car ces querelles avec sa mère lui laissaient parfois des blessures profondes.

Lorsqu'un orateur monta sur l'estrade et se lança dans un discours bourré de pathos sur l'extermination des phoques, elle n'avait pas encore fini de manger, et se félicita d'être arrivée en retard. Ainsi, elle pouvait se concentrer sur le contenu de son assiette plutôt que sur les propos de l'intervenant.

Non pas qu'elle fût indifférente au sort de ces pauvres bêtes, le but du dîner de charité de ce soir étant de récolter des fonds pour leur sauvegarde. Mais elle trouvait absurde de réunir à aussi grands frais et dans un endroit aussi chic les donateurs potentiels. Il aurait été plus logique de consacrer directement l'argent dévolu à cette organisation somptuaire à la cause que tous, ici, entendaient défendre.

Elle songea à ses propres affaires, qui auraient nécessité, elles aussi, un peu d'aide. Lucky plaisantait quand il affirmait travailler comme une bête de somme, mais il n'était pas moins indéniable que le recrutement d'un troisième enquêteur ne serait pas superflu. C'était un luxe d'avoir un tel souci, alors que quelques années plus tôt, elle se demandait si elle parviendrait à rendre son activité rentable. Depuis deux ans maintenant, sa société tournait bien et elle n'avait plus besoin de puiser dans ses économies personnelles pour régler ses factures. Joan, sa secrétaire, avait des journées bien remplies, mais engager un autre enquêteur à temps plein était encore prématuré. Elle se disait donc qu'elle allait passer une annonce pour recruter un collaborateur occasionnel.

Soudain, des applaudissements retentirent, et Jacey suivit le mouvement, même si elle n'avait pas écouté un seul mot de l'intervention. Sa mère attendait d'elle qu'elle se mêle aux autres convives et participe aux conversations d'après dîner, mais la jeune femme évalua qu'avec un peu de chance, elle parviendrait à remplir assez rapidement ses obligations et à être rentrée d'ici une heure.

Elle était impatiente de se retrouver chez elle, de pouvoir se préparer une boisson chaude et de se glisser sous la couette.

Elle se leva de table et commença à passer de groupe en groupe, sans s'attarder plus que nécessaire. Alors qu'elle discutait avec Suzanne Shrever, une ancienne camarade de classe, elle eut l'impression désagréable que quelqu'un la fixait. Elle regarda tout autour d'elle mais ne remarqua personne qui lui aurait porté une attention particulière.

— Honnêtement, Jacey, je t'envie, disait Suzanne. Tu dois vraiment mener une vie trépidante. Est-ce que ton travail est dangereux ?

Il était difficile de répondre à cette question, sachant que pour Suzanne, engager un nouveau traiteur était déjà une aventure.

— Je fais attention, lui dit-elle finalement, et puis, il y a aussi beaucoup de routine dans mon activité.

Elle resta volontairement vague, n'ayant aucune envie que sa mère ait connaissance de ses exploits de la journée, par exemple.

De nouveau, elle eut la sensation d'être observée. Elle leva les yeux et aperçut un homme qui se tenait devant la porte-fenêtre donnant sur le balcon. C'était lui qui la regardait. Elle l'identifia immédiatement : Walter Garvey, un riche entrepreneur local. Lorsque leurs regards se croisèrent, Garvey lui adressa un petit signe de tête et sortit sur le balcon.

Suzanne continuait à lui parler, mais Jacey ne l'écoutait plus. Elle regardait autour d'elle pour s'assurer que le signe de Walter Garvey n'était pas destiné à quelqu'un d'autre. Puis elle s'excusa auprès de son amie et s'approcha de la porte-fenêtre, intriguée.

L'entrepreneur était appuyé contre la rambarde du balcon et fumait un cigare. La famille Garvey était l'une des plus riches de La Nouvelle-Orléans, en grande partie grâce à Walter, qui avait développé de manière spectaculaire la société de transport maritime qu'il dirigeait. Elle le connaissait un peu pour l'avoir côtoyé quelques fois au cours de soirées semblables à celle-ci, mais elle se demandait bien pourquoi il aurait cherché à lui parler directement.

— Fermez la fenêtre et approchez-vous, l'entendit-elle dire à voix basse. A l'intérieur, il ne se passe pas deux minutes sans que quelqu'un m'interpelle pour me proposer une affaire.

Elle s'avança vers lui, regrettant de ne pas avoir pris sa veste, car la nuit était fraîche.

— Bonsoir, monsieur Garvey. Comment allez-vous ?

— Pas très fort…

Jacey esquissa un petit sourire. Walter Garvey était réputé pour sa franchise qui tranchait avec les usages de la haute société. Mais son sourire se figea lorsqu'il ajouta :

— En fait, je n'en ai plus pour très longtemps. Je suis gravement malade.

— Je suis désolée.

Il balaya ces mots d'un geste de la main.

— Je suis atteint d'un mal incurable, et j'aimerais que vous gardiez cette information pour vous. Je n'en ai encore rien dit à ma famille. Je ne supporterais pas qu'on vienne se lamenter sur mon sort.

Même si Jacey en savait peu sur lui, elle était convaincue qu'il n'était effectivement pas du genre à souhaiter qu'on ait pitié de lui.

— Que puis-je faire pour vous ?

— Je cherche quelqu'un qui puisse mener une enquête pour moi. J'ai déjà passé en revue quelques agences mais je pense que vous seriez la plus qualifiée pour cette mission.

Jacey sentit son intérêt grandir. Mettre sa perspicacité au service des autres pour régler leurs soucis, c'était ce qu'elle préférait. Et elle aimait à croire qu'elle le faisait bien.

— Je suis heureuse de l'entendre.

Soudain, Walter Garvey ôta sa veste et la lui passa autour des épaules. Ce geste de courtoisie la surprit de la part d'un homme qu'on décrivait généralement comme assez brutal, en affaires comme en famille.

— J'ai fait de Garvey Enterprises une société prospère au rayon d'action vaste et diversifié. Mais je ne peux pas l'emporter avec moi dans ma tombe, bien que je le regrette…

— Qui va vous succéder ?

Il eut un petit mouvement de tête approbateur et tira une bouffée de son cigare.

— Vous posez la bonne question, Jacey… On m'avait assuré que vous étiez maligne et vous venez de m'en donner la preuve. La vérité, c'est que j'ignore qui va me succéder. Et c'est précisément pour le savoir que j'ai besoin de vous.

Jacey haussa les sourcils, intriguée.

— Un homme connaît rarement le succès dans les affaires et dans sa vie de famille. Pour ma part, j'ai échoué avec ma famille. Dans leur jeunesse, mes enfants ont été trop gâtés, et ils ne se sont pas bonifiés avec l'âge. Rupert, mon fils, est un coureur de jupons dépensier, et Lianna, ma fille, est une mondaine à la cervelle de moineau. Leurs enfants ne me paraissent guère valoir mieux, mais je n'ai personne d'autre vers qui me tourner. J'ai besoin que vous m'en appreniez plus sur mes petits-enfants : que vous déterminiez quels sont leurs points forts, s'ils en ont, ainsi que leurs faiblesses. Si parmi eux, il s'en trouve un qui présente de véritables qualités, il y aura encore un Garvey à la barre de l'entreprise pour une génération au moins. En revanche, si, suite aux informations que vous me fournirez, j'en conclus qu'aucun ne vaut mieux que ses parents, eh bien…

Il inspira, puis souffla un rond de fumée.

— Les parts de la société seront divisées entre tous, et aucun n'aura plus de pouvoir qu'un autre.

Jacey le regardait maintenant avec un brin de compassion, songeant au tableau qu'il venait de lui brosser.

— Ce doit être difficile d'imaginer que votre société pourrait finir entre les mains d'inconnus.

— Pas autant que d'imaginer qu'elle pourrait échoir à un incompétent, qu'il fasse partie ou non de ma famille.

Elle comprenait ce que cet homme pouvait ressentir. Wheeler et Associés était un peu son bébé ; c'était elle qui avait eu l'ambition de créer cette agence et qui avait fait en sorte de donner vie à son rêve. Elle aurait beaucoup de mal à s'en voir dépossédée, ou à devoir la laisser aux mains d'incapables.

— Donc, vous voulez que j'enquête sur la vie de vos petits-enfants et que je vous informe de ce que j'aurai découvert ?

— Exactement, et je veux également que vous me fassiez part de vos observations personnelles sur eux.

Walter s'aperçut de son regard étonné. Il tapota son cigare contre la rambarde pour faire tomber la cendre et reprit :

— N'importe quelle agence d'investigation pourrait me fournir des informations générales sur leur vie, mais vous, vous évoluez dans les mêmes cercles qu'eux. Votre nom de famille et vos relations vous permettront de vous faire inviter partout. C'est pour cela que je vous ai choisie. J'ai toujours pensé que pour cerner véritablement la personnalité de quelqu'un, il faut observer comment il se comporte en société.

Il désigna de la tête la salle de réception.

— Au fil du temps, on finit toujours par montrer ce qu'on est et, qu'on aime ou qu'on déteste les soirées comme celle de ce soir, elles constituent toujours une mine d'informations précieuses.

La perspective de devoir assister à ce genre de mondanités pour le bien de cette nouvelle enquête refréna un peu l'enthousiasme initial de Jacey. Mais Garvey avait raison.

— Alors, qu'en dites-vous ? L'affaire vous intéresse ?

— Oui, répondit-elle sans hésitation.

— Parfait !

Son ton suggérait qu'il n'avait pas envisagé qu'elle puisse décliner son offre. Il lui serra brièvement la main.

— Demain matin, je vous enverrai un dossier complet contenant les informations de base sur mes petits-enfants ainsi que les modalités pour que vous puissiez me contacter. Je souhaite être tenu au courant régulièrement des progrès de l'enquête.

Elle acquiesça.

— Je vous transmettrai un rapport hebdomadaire. Souhaitez-vous venir signer le contrat en personne ou bien dois-je vous l'envoyer ?

— Faites-le envoyer aux bureaux de ma société. Moins on nous verra ensemble, plus nous serons sûrs de préserver la confidentialité de notre association.

Ceci fixé, Walter Garvey semblait vouloir de nouveau être seul. Jacey ôta de ses épaules la veste qu'il lui avait prêtée et la lui tendit.

— Je vous recontacte très prochainement, lui promit-elle.

Avant de retourner dans la salle, elle lui jeta un dernier regard.

Il était de nouveau appuyé contre la rambarde et regardait droit devant lui, son cigare dans une main, sa veste dans l'autre. Il avait l'air terriblement solitaire. Elle en fut touchée. Même s'il avait une grande famille, cet homme mourrait sans doute de la même façon qu'il s'était fait une place dans le monde des affaires : tout seul.

Une fois à l'intérieur, elle chercha sa mère du regard pour lui dire au revoir avant de s'éclipser. Mais lorsqu'elle la retrouva, cette dernière ruina ses espoirs de passer une heure ou deux à se détendre chez elle avant d'aller se coucher.

— Es-tu venue en taxi ou avec ta voiture ? lui demanda-t-elle.

— Avec ma voiture, répondit Jacey sans réfléchir.

— Très bien… Dans ce cas, tu vas pouvoir me déposer chez moi. John m'a accompagnée ici, après quoi je lui ai donné sa soirée.

Jacey écarquilla les yeux de surprise. Ce n'était pas le

genre de sa mère d'avoir des largesses avec son personnel de maison.

— Si tu veux, je peux t'appeler un taxi.

— Pourquoi ? C'est sur ton chemin…

Ce n'était pas vrai, mais elle pouvait difficilement refuser de raccompagner sa mère sans passer pour une ingrate. Elle laissa de côté sa déception et commença à prendre congé des convives.

Les grilles de la vaste propriété s'ouvrirent lentement et l'auto remonta l'allée. La nuit était tombée sur les pelouses soigneusement tondues et les buissons taillés. Jacey avait toujours considéré que le manoir était plus beau de nuit. Les fenêtres éclairées lui donnaient un aspect chaleureux et attirant alors qu'en plein jour, ses lignes rigides et austères le rendaient froid et impersonnel.

Un peu à l'image de sa mère, qui y vivait seule.

— Gare-toi devant l'entrée, je vais demander qu'on nous serve le thé dans le salon.

Jacey s'exécuta.

— Je n'ai vraiment pas le temps d'entrer, maman. La journée a été longue et, demain, je commence tôt. Mais je te promets de t'appeler demain soir.

— Ne sois pas stupide, répliqua sa mère qui, comme à son habitude, balayait ses protestations pour arriver à ses fins. Nous devons parler de la situation dans laquelle tu te trouves, et je refuse de le faire au téléphone.

La situation dans laquelle elle se trouvait ? Qu'est-ce qu'elle voulait dire ? Tandis que sa mère descendait de voiture, Jacey se massa les tempes pour atténuer la migraine qu'elle sentait venir. S'agissait-il de sa conversation avec Walter Garvey ou de son apparition au Frenchy's ?

Elle coupa le contact, descendit à son tour et songea

que ces deux hypothèses étaient fort improbables. De toute façon, c'était bien le genre de sa mère de souhaiter discuter de son « petit hobby », comme elle aimait à appeler son travail à Wheeler et Associés. Jacey sentait qu'elles allaient encore avoir une conversation dont elle connaissait déjà la teneur et qui ne mènerait nulle part.

Toutefois, elle suivit sa mère à l'intérieur. Au moins, son mal de tête la rendait déterminée à être encore plus ferme que d'habitude.

Elle pénétra dans le salon, toujours impeccablement rangé, et meublé avec élégance et bon goût. Mais, chaque fois, elle avait un peu l'impression de pénétrer dans un musée, pas dans une maison habitée.

— La situation dans laquelle tu te retrouves est des plus embarrassantes, je ne te le cache pas. Mais je pense avoir trouvé un moyen pour que tu t'en sortes avec un minimum de dignité.

— Maman, pourquoi est-ce que tu ne me laisses pas décider de ce qui est bien pour moi ou pas ? Je suis adulte.

Autant parler dans le vide.

— Certes, ce n'est pas entièrement ta faute. J'avoue que je ne croyais pas Peter capable de se conduire aussi mal. Mais après tout c'est un homme, et les gens pardonneront toujours plus facilement son comportement à un homme qu'à une femme.

Elle s'assit et indiqua d'un geste à sa fille d'en faire autant.

Jacey resta cependant debout, à tenter de démêler le sens des propos de sa mère.

— *Peter ?* Peter Brummond ? Pourquoi est-ce que tu me parles de lui ? Qu'est-ce qu'il a fait ?

En guise de réponse, Charlotte se leva, traversa la pièce et revint avec, en main, une petite enveloppe de couleur crème qu'elle lui tendit. Jacey l'ouvrit et en sortit un carton d'invitation. Elle le lut et se laissa tomber sur le canapé.

« Vous êtes cordialement invitée aux fiançailles de Peter Brummond et Celeste Longwaite… »

— Tu n'en savais rien ? Ne me dis pas qu'il ne t'a même pas invitée !

Jacey déglutit, la gorge serrée. Elle se souvint soudain qu'une enveloppe similaire était posée sur la petite desserte de son vestibule, au milieu d'une pile de courrier qu'elle n'avait pas encore eu le temps d'ouvrir.

— Non, enfin, si, je crois… J'ai reçu une lettre semblable, mais j'ai été tellement occupée que…

Le regard toujours posé sur le carton d'invitation, elle n'eut pas la force de finir sa phrase. Bien sûr, Peter et elle étaient séparés, mais elle ne pouvait croire qu'il allait se marier. Avec une autre…

— Il faut toujours ouvrir son courrier sans attendre, Jacey, déclara sa mère d'une voix doctorale. Je suis d'ailleurs étonnée que, ce soir, personne ne t'en ait parlé et demandé si ce n'était pas trop pénible pour toi.

Pénible ? Jacey faillit éclater de rire. Oui, ça aurait été certainement *pénible* d'apprendre de cette manière que l'homme duquel elle s'était séparée d'un commun accord trois mois plus tôt, afin de « souffler un peu et de prendre le temps de voir où ils en étaient » avait en fait rencontré une autre femme et l'avait demandée en mariage. Une demande qu'à elle, il n'avait jamais faite.

Elle n'avait jamais eu envie qu'il le lui propose, cela dit, mais quand même.

— Je crois que Suzanne y a fait allusion, mais je n'ai pas décodé, murmura-t-elle, le carton d'invitation toujours serré entre ses doigts.

— Suzanne Shrever est une véritable commère, déclara

sa mère. Mais si elle s'est permis d'y faire allusion, c'est qu'elle a entendu d'autres en parler.

Or Charlotte Wheeler détestait plus que tout être la cible de commérages, même si c'était au travers de sa fille.

— Au point où nous en sommes, reprit-elle, nous devons agir sans tarder pour limiter les dégâts.

— Limiter les dégâts..., répéta Jacey d'une voix morne. Ce n'est pas une opération militaire, maman.

— Une réputation, c'est fragile, Jacey. J'ai donc laissé entendre, sans en faire trop bien sûr, que depuis quelque temps, tu fréquentais quelqu'un qui ne vit pas à La Nouvelle-Orléans. Nous devons donc faire vite pour trouver un homme qui pourra te servir de cavalier à la réception des fiançailles. Si la semaine dernière, tu avais répondu aux messages que je t'ai laissés sur ton répondeur, nous aurions gagné du temps !

Il fallut un moment à Jacey pour comprendre les propos de sa mère. Elle était en colère contre Peter, elle se sentait blessée et humiliée.

— C'est inutile de te donner tant de mal, maman. Je n'irai pas aux fiançailles de Peter.

— Bien sûr que si tu iras ! cria presque Charlotte. Sans quoi les ragots ne feront que s'amplifier ! Je demanderai à Dorothy Genesson d'annoncer à son club de bridge que tu seras accompagnée. Tu n'auras pas à rester longtemps à la réception, mais suffisamment pour que tout le monde puisse te voir. Il faudra que tu paraisses heureuse avec l'homme qui t'accompagnera.

— Maman... Il n'est pas question que je me prête à cette comédie ! D'une part parce qu'en ce moment, je n'ai personne dans ma vie, d'autre part et surtout parce que je considère que battre la campagne dans le seul but de dénicher un homme qui acceptera de jouer les amoureux transsis le temps d'une réception pour sauver les apparences est plus pathétique que de ne pas y aller du tout !

— Tu vois toujours tout sous un angle négatif. Seulement, il faut savoir prendre ses responsabilités et faire ce que la situation exige.

— Ça a toujours été ma philosophie.

— Parfait alors !

Sa mère s'avança vers elle et lui tendit une liste de noms et de numéros de téléphone.

— Dorothy et moi, nous avons réfléchi et nous sommes tombées d'accord sur ces cinq noms. Tous ces hommes vivent en dehors de la ville, ils sont célibataires et te feront une escorte très honorable. J'ai pensé que tu souhaiterais choisir toi-même celui qui te conviendra le mieux.

Jacey dévisagea sa mère, un instant interloquée. Est-ce que c'était une blague ? Mais Charlotte Wheeler avait l'air extrêmement sérieux, sa liste à la main.

— Tu plaisantes, j'espère ? Tu ne crois tout de même pas que je vais appeler des inconnus pour les supplier de m'accompagner à une réception de fiançailles !

— Ne sois pas aussi agressive… Rien ne t'oblige à fréquenter ensuite l'homme que tu auras choisi pour cette soirée. Bien qu'ils soient tous de bons partis, entre parenthèses, et que je ne verrais pas d'un mauvais œil que tu le fasses.

— Je n'en doute pas…

Jacey était certaine que sa mère avait épluché en détail le profil des candidats.

— Mais si je me souviens bien, jusqu'à très récemment, tu avais une opinion positive de Peter.

— Epargne-moi tes sarcasmes, veux-tu ? Peter aurait fait un excellent mari, et tu ne peux t'en prendre qu'à toi-même pour ce fiasco.

« Nous y sommes », songea Jacey. Sa mère avait

laissé de côté sa fausse compassion et dévoilait à présent clairement son jeu.

— Qu'est-ce que ça veut dire ? lui demanda-t-elle. Que j'aurais dû enfermer Peter après notre séparation pour m'assurer qu'il ne rencontre personne d'autre ? Les cachots ne sont plus aussi sûrs de nos jours, tu sais…

— Si tu t'étais mieux débrouillée, c'est ton nom qui figurerait sur ce carton d'invitation.

— Très romantique, comme conception du mariage ! Une sorte de machination montée contre l'autre !

— Tu as très bien compris ce que je veux dire. Parfois, il faut savoir laisser le romantisme de côté, faire preuve d'un peu de pragmatisme pour assurer sa position dans la société. C'est ça le plus important.

Jacey connaissait par cœur la position de sa mère sur ce point. Et elle lui fit froid dans le dos.

— Si Peter et moi, nous avions souhaité nous marier, nous en aurions parlé. Ça ne t'a jamais traversé l'esprit ?

— S'il n'a pas souhaité se marier avec toi, c'est à cause de ta stupide occupation ! Quel homme voudrait d'une épouse qui consacre ses journées et même ses week-ends à des enquêtes criminelles ?

Jacey ouvrit la bouche pour répondre avant de se raviser. C'était inutile, comme toujours, et puis son métier n'était pas leur sujet de dispute initial.

— Je ne te comprends plus du tout, Jacey… Pourtant, tu étais une petite fille si gentille et si docile !

Une petite fille qui avait peur de déplaire à sa mère, oui, jusqu'à ce qu'elle comprenne que, quoi qu'elle fasse, sa mère ne serait jamais entièrement satisfaite. Aujourd'hui encore, c'était troublant de repenser au courage dont elle avait dû s'armer pour s'opposer à elle et mener la vie qu'elle désirait.

Elle avait de plus en plus mal à la tête et comme il n'y avait plus rien à ajouter, elle se leva.

— Je dois m'en aller, maman. Je… j'apprécie le mal que tu te donnes, mais ne t'inquiète pas. Je me débrouille très bien toute seule.

Elle se dirigea vers la porte. Charlotte se leva également au moment où Luella, la domestique, arrivait avec une théière et deux tasses sur un plateau.

— Attends, Jacey, nous ne nous sommes pas encore mises d'accord sur la façon de procéder.

— Encore une fois, c'est mon problème, maman, et je le traiterai à ma façon.

Elle savait que sa mère n'oserait pas faire une scène devant la domestique et en profita pour s'en aller.

— Je t'appellerai d'ici deux jours…

Elle ouvrit la lourde porte d'entrée et descendit rapidement les marches du perron pour rejoindre sa voiture, soulagée d'en avoir terminé.

« Ceux qui fuient resteront en vie pour combattre la prochaine fois. » Cet adage de son père lui revint en tête. Chaque fois qu'il le lui récitait, il lui adressait un clin d'œil complice. Il n'aimait pas se quereller avec Charlotte et avait opté pour la coexistence pacifique.

Il s'était mis à pleuvoir et compte tenu de sa fatigue et de son mal de tête, Jacey roula lentement, avec prudence.

Sa mère avait toujours trouvé que Peter et elle allaient très bien ensemble. Elle avait coutume de dire partout qu'ils formaient un beau couple. Mais surtout, Peter était issu d'une famille fortunée, à la lignée prestigieuse, et ce « détail » était pour sa mère plus important que tout. Ils se connaissaient depuis l'enfance, et leur liaison avait à peine commencé que Jacey s'était demandé si c'était parce qu'ils s'étaient toujours connus que leur relation manquait à ce point de… passion. Parfois, elle avait l'impression qu'ils avaient déjà vingt ans de mariage derrière eux.

Elle ne se rappelait plus qui d'elle ou de lui avait suggéré cette période de recul pour déterminer où ils en étaient. Peter, probablement. Quoi qu'il en soit, elle n'avait pas hésité un instant à accepter cette proposition. Ce qui était révélateur. En outre, à aucun moment depuis, elle n'avait regretté cette décision. Autre indice, s'il en fallait…

La circulation était fluide. La plupart des gens devaient être chez eux, au chaud, installés confortablement. Mais la perspective d'en faire de même ne l'attirait plus.

Lorsqu'elle s'était rendu compte que l'adresse de l'expéditeur était celle de Peter, elle n'avait pas osé ouvrir l'enveloppe qu'elle avait reçue. Ce qui n'était pas franchement la réaction d'une femme impatiente d'avoir des nouvelles de son amoureux. Alors pourquoi la nouvelle de ses fiançailles la mettait-elle autant en colère ? Etait-ce l'orgueil ou le dépit d'avoir été si vite remplacée ?

Elle tourna dans sa rue et se gara devant chez elle. Elle se pencha en avant et resta quelques secondes prostrée, la tête appuyée contre le volant.

Elle s'était fait quasiment publiquement larguer, pour dire les choses crûment, et ça lui faisait mal de l'admettre.

Sa mère avait cependant raison sur un point : elle allait devoir songer à la façon de réagir.

3

— Ravitaillement ! déclara Lucky, passant le bras par l'entrebâillement de la porte pour agiter un sac.

Jacey ne leva même pas les yeux de ses papiers.

— Je n'ai pas faim.

Lucky entra malgré tout dans le bureau de la jeune femme et referma la porte de l'épaule.

— C'est bientôt l'heure de la fermeture et Joan m'a dit que tu n'avais pas déjeuné. Il faut que tu manges. Les hommes aiment les femmes aux courbes généreuses, pas les sacs d'os.

Cette dernière remarque lui fit enfin lever les yeux, mais ce fut pour le fusiller du regard. Lucky ne cilla pas. Il connaissait trop bien ses points faibles.

— Tu seras peut-être étonné d'apprendre que je ne mène pas ma vie dans le seul but de plaire aux hommes.

En réponse, Lucky ouvrit le sac et huma l'intérieur avec ostentation.

— Et toi, tu seras peut-être étonnée d'apprendre que ces sandwichs ont été confectionnés avec de la véritable baguette française de chez Leindenhamer.

A sa grande satisfaction, il vit l'expression de Jacey s'altérer.

— Ah ! Mais j'oubliais… Tu n'aimes plus ça, n'est-ce pas ?

— Non, en effet.

Il posa le sac sur la petite desserte à côté du bureau. Jacey ne le quittait pas du regard.

— Quel dommage… Moi, j'ai une faim de loup, aujourd'hui, mais je ne suis pas certain d'être capable d'engloutir deux sandwichs à la suite. Je vais peut-être garder celui au jambon pour plus tard.

— Espèce d'animal !

Elle se leva de son siège et attrapa le sandwich avant même qu'il ait le temps d'esquisser un geste.

— Finalement, manger un morceau ne me fera pas de mal.

— Et pour faire descendre le tout…

Il sortit deux canettes de bière du sac. En fait, il était certain qu'elle ne buvait pas de bière. Elle était plus du genre à apprécier le vin et le champagne. Il espérait donc qu'elle allait décliner son offre et qu'il pourrait boire les deux, d'autant qu'elle gardait toujours une bouteille d'eau minérale sous son bureau.

Elle désigna la porte d'un mouvement de tête.

— Tu sais que, normalement, je ne tolère pas d'alcool dans les locaux, Lucky.

— Allez, ça va ! Détends-toi !

Il se laissa tomber sur une chaise et en rapprocha une autre pour poser les pieds dessus.

— Quand je suis arrivé, Joan était sur le point de partir. Elle a un dîner, je crois.

Il étendit les jambes et les croisa. Joan, la secrétaire, était très stricte ; pour elle, l'alcool était le mal absolu.

— Bien, alors dans ce cas…

Jacey tendit la main vers une des canettes.

Il tenta de dissimuler son étonnement.

— Allez, avoue… En fait, tu n'aimes pas la bière.

— Pas que je sache, en effet, mais ça t'apprendra. La prochaine fois, tu choisiras une boisson qui me plaît.

Il fit amende honorable et décapsula sa canette avant de s'occuper de la sienne.

— Mauvaise soirée, hier, je parie ?

— Non, c'était supportable.

Elle mordit dans son sandwich et en ferma les yeux de plaisir.

Lucky ne la crut pas. Il savait d'expérience que passer du temps avec Charlotte Wheeler ne laissait pas indemne.

— Tu es restée terrée ici depuis ce matin, et à te regarder, je dirais que tu n'as pas beaucoup dormi la nuit dernière.

Il savait reconnaître quand elle n'avait pas le moral. Il le lisait dans son apparence. Elle portait un tailleur strict, qui aurait peut-être pu être sexy sans le chemisier boutonné jusqu'au cou. Elle avait coiffé ses cheveux en chignon et mis ses lunettes à monture épaisse, plutôt que ses lentilles de contact.

— Alors, qu'a fait Charlotte, cette fois ?

Il mordit à son tour dans son sandwich, sans la quitter des yeux. Quand Jacey voyait sa mère, elle pouvait rester ensuite plusieurs jours taciturne et obsédée par le travail, comme si travailler d'arrache-pied l'aidait à oublier la désapprobation de sa mère pour son métier.

— Elle n'a rien fait. J'ai beaucoup de boulot, c'est tout. J'ai décidé d'engager un enquêteur supplémentaire à temps partiel. J'ai donc rédigé une annonce de recrutement pour le journal. La soirée d'hier m'a permis de décrocher une nouvelle affaire et j'ai aussi préparé le contrat. Le dossier est arrivé cet après-midi.

L'intérêt de Lucky fut piqué.

— Dis-m'en un peu plus…

Jacey lui rapporta alors sa conversation avec Walter Garvey. Lucky avait déjà entendu parler de lui ; il était impossible de vivre à La Nouvelle-Orléans sans connaître Garvey Enterprises.

Lorsqu'elle eut terminé, il avait fini son sandwich alors qu'elle n'avait qu'à peine entamé le sien. Il s'essuya la bouche avec une serviette en papier et tendit la main pour prendre sa bière.

— Donc, il décidera auquel de ses petits-enfants il va laisser son entreprise en se fondant sur ce que tu auras découvert sur leur compte ?

Elle prit une nouvelle bouchée de son sandwich, la mâcha lentement et avala avant de répondre.

— D'après mes estimations, sa société vaut plusieurs dizaines de millions de dollars. On ne peut donc pas le blâmer de s'inquiéter de son successeur.

— L'impression que me donne sa démarche, c'est qu'il considère que personne n'est capable de prendre sa suite.

Jacey se contenta de hausser les épaules et continua de manger. Même quand elle mordait dans un sandwich, constata Lucky, elle le faisait avec classe.

Quand il l'avait rencontrée pour la première fois, il s'était dit qu'il avait affaire à une petite bourgeoise plus fortunée qu'intelligente. Et qu'elle n'allait pas tarder à se rendre compte que le métier de détective privé n'était pas fait pour elle.

Très vite, il avait dû admettre qu'il s'était trompé. Il s'était retrouvé face à une femme déterminée, compétente. Et si parfois elle laissait paraître sa vulnérabilité, il en était touché. Elle avait donc à la fois gagné son respect et éveillé chez lui l'envie de la protéger. Sans doute était-elle surprise que, trois ans après leur rencontre, il travaille encore pour elle. Mais lui l'était davantage. Jamais auparavant il n'était resté aussi longtemps au service du même employeur. Cette pensée le troublait d'ailleurs, et il préférait ne pas s'y attarder.

Il termina sa bière et posa un regard de convoitise sur la seconde canette, qui était intacte.

— Combien de petits-enfants Garvey a-t-il ?

— Quatre. Rupert a trois enfants, deux fils et une fille, qu'il a eus de trois femmes différentes. Lianna a un fils. Tous ont entre vingt-cinq et trente-six ans.

— Tu les connais ?

— J'ai déjà rencontré les enfants de Rupert au cours de soirées. En revanche, je lis dans le dossier que le fils de Lianna s'appelle Jeffrey Wharton, or ce nom ne me dit rien. Quand elle était mariée, elle vivait à Boston et, apparemment, son fils a passé la majeure partie de son enfance et son adolescence à naviguer entre son ex-mari et elle. Il vit à La Nouvelle-Orléans depuis six mois.

Elle lui donna une tape sur la main au moment où il allait s'emparer de sa canette. Il afficha alors une mine de chien battu.

— Allez, sois sympa ! De toute façon tu ne la boiras pas.

— Oh que si…

Pour appuyer ses propos, elle porta la canette à ses lèvres et but une longue gorgée. Elle fit la grimace et eut une petite quinte de toux.

— C'est…

Elle inspira pour reprendre contenance.

— Excellent !

Lucky éclata de rire.

— Tu as vraiment bon goût, et j'avoue que je ne m'attendais pas à ce que tu apprécies la bière. Finalement, je m'en voudrais de te dissuader de la finir.

— Mais je compte bien la finir.

Elle allait devoir tenir parole et il allait bien s'amuser en la regardant faire. Elle but une nouvelle gorgée, avec davantage de précautions, et parvint à ne pas faire la grimace.

— Merci pour le sandwich. Aujourd'hui, je me suis un peu laissé absorber par la tâche.

Lucky se leva, rassembla les restes du repas et fourra le tout dans un sac plastique.

— Dis plutôt que tu t'es volontairement abrutie dans le boulot pour ne pas penser au reste.

Lui, au contraire, avait passé la soirée de la veille en galante compagnie et était arrivé au travail détendu. Il lui aurait bien suggéré d'en faire autant, mais il savait que c'était vain. Jacey s'était peut-être affranchie de son milieu sur le plan professionnel, mais il n'en allait pas de même dans sa vie privée. Elle sortait toujours avec des hommes de la haute société qui se prenaient un peu trop au sérieux.

Il jeta le sac à la poubelle. Il releva les yeux et s'aperçut qu'elle faisait des étirements pour se détendre. Il contourna le bureau et se posta derrière elle.

— Attends, laisse-moi faire…

Il commença à la masser avec doigté et, après quelques secondes, provoqua chez elle un gémissement de bien-être.

— Comment est-ce que tu fais ça ?

— Nous avons tous nos petits talents cachés. Toi, tu es capable de mettre hors d'état de nuire un motard qui fait le double de ta taille d'un coup de genou bien placé ; moi je sais comment détendre des muscles contractés grâce à mes doigts de fée. En l'occurrence, là, tu es vraiment crispée.

— Je me suis retournée toute la nuit dans mon lit et j'étais déjà tendue au réveil.

« Si elle n'a pas dormi, c'est à cause de sa mère, en déduisit Lucky. Dieu sait ce qu'elle a encore inventé pour lui gâcher la vie… » Mais s'il faisait allusion à Charlotte Wheeler, cela ne ferait que raviver la tension de la jeune femme.

— Il faut que tu apprennes à te détendre, Jacey.

— C'est ce que tu me dis toujours.

Elle roula des épaules. Elle commençait à être moins raide.

— Dis donc, avec un tel toucher, tu pourrais devenir masseur professionnel.

— Tu crois ? demanda-t-il, feignant de prendre sa suggestion au sérieux. Eh bien, peut-être que je vais cesser de me faire traiter comme un esclave pour le salaire de misère que tu m'offres et lancer ma propre affaire, alors.

En réponse, elle émit un grognement de dédain qu'il ignora.

— Ou bien je pourrais acheter une camionnette équipée. Ainsi, j'irais directement chez mes clientes pour leur prodiguer un bon massage dès le réveil. Et j'appellerais ma société… « Echauffez-vous avec Lucky. »

— Pourquoi pas ? J'ai entendu parler de toiletteurs pour chiens qui travaillent de cette manière. Ils se rendent chez leurs clients et font tout à l'arrière de leur camionnette. D'ailleurs, tu serais en partie sur le même créneau qu'eux, car je parie que certaines de tes clientes auraient elles-mêmes besoin d'un bon traitement antipuces.

Tous deux rirent de bon cœur.

— Il faut vraiment que tu sois cruelle pour briser mon rêve de cette façon ! feignit-il de se plaindre.

— Un rêve ? Je dirais plutôt un fantasme…

— Peut-être. Mais, désormais, j'ai un autre fantasme. Je m'imagine…

Un bruit de pas le fit s'interrompre. Quelques secondes plus tard, la porte s'ouvrit et un homme fit son apparition.

Un instant, tous trois restèrent interdits, à se regarder. Puis Jacey se redressa pour faire comprendre à Lucky de retirer ses mains. Mais il n'en fit rien. Il reprit même ostensiblement son massage.

— Ça faisait longtemps, dit-il au nouveau venu. Remarquez, je ne peux pas dire que vous m'avez manqué…

Le regard de Peter Brummond se posa sur les mains de Lucky puis sur la canette de bière que tenait Jacey.

— Désolé si j'arrive au mauvais moment, déclara-t-il sèchement.

— Nous venons juste de terminer un dîner de travail, expliqua Jacey.

Elle voulut se lever, mais la pression qu'exerçait Lucky sur ses épaules l'en empêchait. Elle se retourna et lui adressa un regard sans ambiguïté.

— Il est tard, déclara-t-elle. Tu peux t'en aller, Lucky. Et ferme derrière toi, d'accord ?

Il était évident qu'elle voulait être seule avec Peter et cela le contrariait. Rompre avec Brummond avait été, de son avis, une des meilleures décisions que Jacey ait prises.

— Tu es sûre ? Nous n'avons pas tout à fait terminé…

Elle lui retourna un sourire crispé.

— Oui, je suis sûre !

Il décida d'obéir, sans chercher à dissimuler qu'il le faisait à contrecœur. Il ignorait pourquoi Brummond était là, mais il était certain que sa présence ne présageait rien de bon. Lentement, il contourna le bureau. Peter s'écarta pour le laisser passer puis referma la porte quand il fut sorti.

— C'était quoi, cette petite séance ? demanda-t-il.

En d'autres circonstances, Jacey aurait juré qu'il était jaloux. Mais c'était absurde. Il allait se marier. Il avait fait son choix.

— Je t'en prie, assieds-toi, lui dit-elle d'un ton aimable et détaché dont sa mère aurait été fière. Je t'avoue que je suis un peu surprise par ta visite.

Peter se laissa tomber sur une chaise.

— Je suis bien conscient que j'ai été très maladroit,

Jacey… Un nombre incalculable de fois, j'ai voulu te parler, mais je… je n'ai jamais trouvé les mots. Je ne savais pas comment t'expliquer.

— Quoi qu'il en soit, l'heure est aux félicitations. Avez-vous déjà fixé une date pour votre mariage ?

Jamais elle n'avait vu une expression aussi déconfite à Peter. Si elle ne s'était pas sentie aussi mal à l'aise elle-même, elle s'en serait réjouie.

— Ce sera une petite cérémonie privée… C'est pourquoi ma mère a tant insisté pour que nous fêtions nos fiançailles. Tu sais à quel point elle adore organiser ce genre d'événement.

Ce qu'Audrey Brummond aimait par-dessus tout, c'était avoir les projecteurs braqués sur elle. Effectivement, organiser un petit mariage intime ne pouvait pas être son idée. Elle s'était rattrapée avec les fiançailles.

— Tu sais, avec Celeste… Tout s'est passé si vite… J'en ai été le premier surpris…

— Nous avions décidé d'un commun accord de nous séparer, Peter. Tu avais donc tous les droits de voir une autre femme.

Il sembla se détendre un peu.

— Oui, c'est vrai. Mais je pense toujours que j'aurais dû t'avertir, ne serait-ce que par courtoisie. Seulement, je n'ai jamais réussi à trouver le moment opportun.

— Je mentirais si je te disais qu'apprendre tes fiançailles ne m'a pas prise de court.

C'était un euphémisme. Pour la première fois de sa vie, Jacey songea que les cours de bonnes manières de Mlle Denoue se révélaient utiles ; si elle s'était écoutée, elle aurait envoyé à la figure de Peter les dossiers empilés sur son bureau.

— Mais nous nous connaissons depuis longtemps, reprit-elle comme si cela justifiait tout, et je suis heureuse pour toi. Je serai là à tes fiançailles, et je me joindrai à tes amis pour vous souhaiter, à ta fiancée et toi, tous mes vœux de bonheur.

— Justement…

Il avait l'air très embarrassé.

— Ma mère m'a appris qu'elle t'avait envoyé une invitation… Evidemment, je souhaite ta présence, mais je crains que la situation ne nous mette mal à l'aise. Qu'est-ce que tu en penses ?

Ce qu'elle en pensait ? La colère monta d'un coup en elle. Elle serra plus fort la canette qu'elle avait encore à la main. Peter n'était pas venu pour s'excuser, contrairement à ce qu'elle avait pensé. Il avait parfaitement joué son rôle en prenant un air coupable, mais il avait toujours été doué pour obtenir ce qu'il voulait vraiment. Il était uniquement venu pour la dissuader d'assister à sa soirée de fiançailles.

Elle sentit qu'elle pourrait faire un mauvais usage de sa bière et préféra poser la canette sur le bureau. Si elle s'en tenait au code des bonnes manières de leur milieu, dans lequel les apparences primaient sur tout le reste, elle aurait dû approuver. Si elle n'assistait pas à ses fiançailles, sa fiancée et lui, en effet, se sentiraient mieux.

En revanche, pour elle, ce serait pire. Mais de cela, ils n'étaient pas censés discuter.

— Mal à l'aise ? Tu crois vraiment ? répondit-elle, espérant que son sourire dissimulait son tumulte intérieur. Moi, je considère au contraire que la meilleure façon de faire taire les commérages, c'est que les gens nous voient ensemble. Ainsi, ils comprendront que nous sommes restés amis, et ne seront pas tentés de gloser…

Il glissa une main dans sa poche de pantalon et se mit à jouer avec ses clés, signe typique chez lui de nervosité.

— Oui, c'est logique… C'est d'ailleurs exactement ce

que j'ai dit à Celeste. Mais elle est plutôt timide et elle redoute de ne pas être à la hauteur. Elle n'est pas aussi habituée que nous à ce type de situation.

— Je vois…, dit Jacey d'un ton faussement empathique. Mais rassure-toi, en aucun cas je ne ferai quoi que ce soit qui puisse la perturber. Cependant, je persiste à penser que ce serait mieux pour nous trois si je faisais une apparition à la soirée. Tu sais à quel point la rumeur peut être nuisible. Toi, lorsque tu seras marié, tu n'auras plus à t'en faire de ce côté-là. En revanche, si je suis absente à tes fiançailles, les ragots sur mon compte vont redoubler et je n'en ai vraiment pas envie. Alors, s'il te plaît, Peter, épargne-moi cela.

Elle ne put s'empêcher d'éprouver de la satisfaction à le voir aussi ennuyé.

— Mon intention n'est pas de te causer du tort, c'est certain, Jacey…

— Parfait alors ! dit-elle en se levant avec un sourire. Nous nous reverrons donc le… Quelle est la date, déjà ?

— C'est samedi prochain.

Il se leva à son tour, mais plus lentement. Il n'avait pas réussi à la dissuader de venir, et devait être fort contrarié de repartir sur un échec. Mais il était trop bien élevé pour insister davantage.

— Tu seras la bienvenue. J'espère ne pas t'avoir donné l'impression du contraire.

Il ne parvenait pas à paraître sincère. Consternée, Jacey lui retourna un petit signe de tête.

— Formidable ! Pour rien au monde je n'aurais manqué cette soirée.

Cinq minutes plus tard, Lucky, qui était resté dans les locaux, passa la tête par la porte juste à temps pour la voir descendre d'une traite le reste de sa bière — tiède, très probablement —, puis reposer brutalement la canette sur son bureau. Elle surprit son regard ébahi.

— Vraiment délicieuse ! Dommage que tu n'en aies pas apporté d'autres. Est-ce que tu as verrouillé la porte principale ?

— Oui, il y a environ dix minutes.

Il entra dans la pièce, intrigué par son attitude.

— Tant mieux.

Elle alla se rasseoir derrière son bureau.

— Je vais rester encore un peu, mais toi, tu peux t'en aller. Tu te plains sans cesse que je te fasse travailler trop dur. Alors, à demain.

Elle posa le regard sur la pile de dossiers devant elle. Elle avait besoin de s'immerger dedans pour se détendre un peu avant de rentrer chez elle. D'autant qu'il y avait encore de nombreux détails à passer en revue sur l'affaire Garvey. Le mieux serait sans doute que Lucky et elle se partagent les investigations sur les quatre héritiers potentiels et fassent le point quotidiennement. Ou alors, peut-être serait-ce mieux si…

Lucky posa les deux mains sur le bureau et se pencha au-dessus d'elle. Elle ne l'avait même pas entendu approcher. Il se déplaçait avec la discrétion d'un chat.

— Que s'est-il passé ?

Jacey fit de son mieux pour afficher la même désinvolture qu'avec Peter.

— Avec Peter ? Rien de spécial. Pourquoi poses-tu la question ?

Mais avec Lucky, ça ne prenait pas.

— Ne me raconte pas de salades, Jacey ! Si tu n'as pas envie d'en parler, dis-le-moi. Mais ne me mens pas. Nous méritons bien de nous parler franchement, non ?

Jacey se sentit un peu honteuse et fit mine de compulser le dossier ouvert devant elle pour dissimuler son trouble.

— Peter va bientôt se marier, déclara-t-elle après quelques secondes. Et ce week-end, il y a une soirée pour célébrer ses fiançailles.

Lucky eut une expression dubitative.

— Il est venu pour te l'annoncer ?

Elle sentit la tension revenir dans ses épaules. Lasse, elle se laissa aller au fond de son fauteuil.

— Je l'aurais appris moi-même si j'avais ouvert l'invitation qu'on m'a envoyée chez moi. Mais je n'en ai rien fait, et c'est ma mère qui m'en a informée hier soir.

Elle fit une grimace et ajouta :

— Et ma mère n'apprécie pas que je l'aie laissé m'échapper. C'est du moins ainsi qu'elle voit les choses.

— Et lui, qu'est-ce qu'il est venu faire ici ?

Elle eut un sourire amer.

— Eh bien, tout est question d'interprétation. N'étant pas d'humeur particulièrement charitable, je dirais qu'il était envoyé par sa fiancée pour faire en sorte que je ne vienne pas gâcher son plaisir par ma présence à cette soirée.

— Et tu lui as répondu quoi ?

— Que je ne souhaitais pas attiser les rumeurs qui ne manqueraient pas de fleurir, si on ne m'y voyait pas… Et pourtant, je te jure que je n'ai aucune envie d'y aller !

Les autres convives passeraient sans doute leur temps à l'épier et à interpréter ses moindres faits et paroles. Cette perspective la révulsait.

— Si ça te coûte autant, n'y va pas.

— Je n'ai pas le choix. Enfin, si, j'ai le choix, mais aucune des deux options ne me plaît. Et au final, je crois que je supporterais moins d'être l'objet de rumeurs et de spéculations que de faire face. Donc j'irai, tête haute, et je ferai bonne impression. Je suppose que cette réaction signifie que je ressemble plus à ma mère que je veux bien l'admettre…

— Non, ça signifie que tu as de l'orgueil. Et il n'y a rien à y redire.

Même si elle détestait la bière, Jacey regrettait de ne pas en avoir une seconde.

— A ma place, qu'est-ce que tu ferais, Lucky ?

— Je ferais exactement comme toi. Tu as raison : c'est la meilleure façon pour que les gens ne racontent pas n'importe quoi sur ton compte.

Elle réfléchit quelques secondes avant d'acquiescer.

— Oui, je crois que c'est le mieux, en effet. Ma mère m'a même conseillé d'y aller accompagnée. Elle a préparé avec une amie une liste de célibataires que je pourrais appeler pour leur demander de venir avec moi. Je parie que, selon ses critères, ces hommes constituent le gendre idéal.

Lucky resta impassible.

— Pour une fois, ta mère et moi sommes au moins d'accord sur un point. Si les autres invités te voient accompagnée, ils n'auront plus rien à raconter. Cependant, tu n'as pas besoin de sa liste. Je t'accompagnerai moi-même.

A cette idée, Jacey eut une bouffée de chaleur. Se montrer à la soirée de Peter en compagnie de Lucky, ce serait un peu comme dégoupiller une grenade. D'un autre côté, si elle n'était pas seule, elle éviterait qu'on lui adresse des regards de sollicitude, voire de pitié. Car si elle, elle était insensible à son charme, ce n'était pas le cas de bon nombre de femmes.

Elle sourit. Ne serait-ce que pour voir la réaction de sa mère, elle était tentée d'accepter. Toutefois, elle n'osa pas franchir le pas.

— Non, c'est gentil, Lucky, mais je sais d'avance que tu détesterais cette soirée.

— Eh bien tu me devras une faveur, c'est tout, répondit-il avec un haussement d'épaules. Entre amis, se rendre service, c'est normal…

— J'ai trop peur de ce que tu me demanderais en retour ! plaisanta-t-elle. Non, je trouverai une autre solution…

Une solution qui, elle l'espérait, lui laisserait sa dignité intacte. Et si, par la même occasion, elle parvenait à rendre la monnaie de sa pièce à Peter, ça n'en serait que mieux.

D'ici au samedi, elle devait donc trouver un moyen de convaincre ses amis et connaissances que la tournure des événements lui était indifférente.

Et elle y arriverait.

4

Quand on redoute un événement, il semble toujours approcher à une vitesse qui défie le cours normal du temps…

Jacey avait envoyé Lucky à Rhode Island pour enquêter sur le parcours universitaire de Jeffrey Wharton. Il était parti depuis trois jours, et, même si elle n'aimait pas l'admettre, il lui manquait. Quand il était là, elle pouvait échanger avec lui, confronter son point de vue, et c'était toujours stimulant, même si, la plupart du temps, il affirmait ses opinions avec plus de brutalité que nécessaire.

De son côté, elle avait partagé son temps entre les dernières investigations pour boucler l'affaire Kenning et la recherche d'informations sur les enfants de Rupert Garvey. En une demi-journée, elle avait découvert les endroits possibles où pouvait se trouver la jeune Cheryl et transmis les informations à ses grands-parents. Ce qu'ils feraient ensuite n'était plus de son ressort. Si Lucky avait été là, il aurait sans doute exprimé sans détours ce que tout cela lui inspirait.

Et tout ce travail l'avait conduite bien gentiment au samedi…

En début d'après-midi, elle avait quitté son bureau avec un sentiment d'accomplissement. Un dossier avait été bouclé, un autre était bien lancé. Cependant, plus la soirée se profilait, plus ce sentiment de satisfaction l'abandonnait.

Et lorsqu'elle ouvrit la porte de son dressing, en fin de journée, et en observa le contenu d'un air absent, elle était tout à fait morose. Elle regrettait de ne pas avoir consacré un peu plus de temps à chercher un moyen d'éviter la tête haute de se rendre à cette fête de fiançailles.

Elle finit par choisir une robe et la passa. En fait, si elle n'avait pas réfléchi davantage à cette soirée, c'était précisément parce qu'elle savait qu'elle ne pourrait pas y échapper. De toute façon, même si elle passait un moment pénible et désagréable, elle n'allait pas en mourir ! Elle allait se montrer, saluer tous ceux qu'elle connaissait, elle leur ferait la conversation, présenterait ses félicitations aux futurs mariés puis s'éclipserait discrètement.

Elle consacra un long moment à se faire un chignon. Après avoir observé le résultat dans le miroir, elle décida de libérer deux mèches pour encadrer son visage. Tout en jetant un œil sur la pendule, elle choisit des boucles d'oreilles, une bague et un collier. Enfin, elle se parfuma puis contempla une dernière fois son allure dans la glace. Si elle s'était rendue à son exécution, elle n'aurait pas eu la mine plus sombre. Et pourquoi avoir choisi cette robe ? Certes, d'habitude, elle aimait la façon dont elle épousait ses formes, mais, ce soir, compte tenu des circonstances, elle la trouvait d'un coup un peu trop osée. Elle jeta un nouveau regard à la pendule pour savoir si elle avait encore le temps de se changer, lorsque la sonnette de la porte d'entrée retentit.

Elle s'immobilisa. Ce n'était tout de même pas sa mère ? Toute la semaine, elle avait volontairement évité de répondre à ses appels et messages. Etait-elle venue pour s'assurer qu'elle se rendrait bien à la soirée ?

La main sur la poignée, elle hésita. Sa mère était tout

à fait capable de se présenter avec un des hommes de sa liste. Méfiante, Jacey retira sa main et regarda par l'œilleton. C'était Lucky.

Soulagée, elle s'empressa de lui ouvrir.

— Lucky ! Tu es de retour !

Nonchalamment appuyé contre le montant de la porte, il lui retourna son sourire.

— Ben ouais ! J'ai été tenté de rester plus longtemps, de m'amuser un peu et de faire passer les dépenses en note de frais, mais… j'étais à Rhode Island… Et ce n'est pas un endroit très marrant.

Il se redressa, fit un pas en avant pour entrer et la contempla de la tête aux pieds.

— Tu es… superbe.

« Toi aussi », songea-t-elle, sans le dire à voix haute. Jamais elle ne l'avait vu aussi bien habillé, et elle se demandait pour quelle occasion il s'était mis sur son trente et un. Il portait un jean noir, une chemise noire et une veste assortie. Avec ses cheveux négligemment rejetés en arrière, il avait une allure d'ange déchu.

— On dirait que tu as profité de ton séjour là-bas pour faire quelques emplettes vestimentaires ; j'espère que tu n'as pas fait passer ça sur le compte de la société.

— Non, pas du tout. Pour ta gouverne, sache que je n'ai pas que des jeans râpés et des T-shirts.

Il entra dans le salon et lui adressa un clin d'œil.

— La soirée n'a même pas encore commencé et tu m'es déjà redevable, car me faire sortir mes plus beaux vêtements, ça se mérite.

Elle le regarda tout d'abord sans comprendre.

— La… soirée ?

Il se retourna pour lui faire face, les mains dans les poches.

— Oui, les fiançailles de Brummond. Comme tu ne

m'as pas précisé l'heure, j'ai décidé de venir tôt en me disant que, si nous avions un peu de temps à tuer, nous pourrions faire un point sur notre enquête.

Les pensées confuses, elle battit des paupières plusieurs fois.

— Euh, ça commence à 19 heures. Mais il me semble me revoir te dire que j'irais sans toi.

— Et moi, je me rappelle parfaitement t'avoir affirmé que je t'accompagnerais. Il y a un problème ? Tu as finalement décidé d'utiliser la liste de ta mère ?

— Certainement pas !

— Parfait. Alors, quel est le souci ? Tu vas te présenter là-bas en compagnie d'un homme et faire taire les rumeurs. Même si certains décident de continuer à colporter des ragots, au moins, avec moi, ils ne t'adresseront pas des regards de compassion. Tu sais que la pitié peut être pire que la méchanceté, n'est-ce pas ?

Elle ne répondit pas, mais elle était d'accord avec lui. Ils étaient très différents, issus de milieux opposés, et pourtant, dans de nombreux domaines, ils voyaient les choses de la même façon.

Elle l'observa avec un regard neuf. Jamais elle ne l'avait vu autant soigner son apparence. Il était rasé de près, alors qu'elle était quasiment certaine que, d'habitude, il ne prenait pas la peine de se raser le week-end.

Au bout du compte, elle ne trouvait plus d'objections à ce qu'il l'accompagne.

— Tu es vraiment certain d'être partant ? Tu risques d'attirer davantage l'attention que moi, tu sais.

Il haussa les épaules.

— Affronter des gens pleins aux as qui vont trop boire et parler avant de réfléchir, ce n'est quand même pas insurmontable. Tu es prête ? Il est presque l'heure.

Avant d'y réfléchir à deux fois, Jacey acquiesça et se dirigea vers son armoire.

— Je prends mon manteau.

— Pourquoi porter une aussi jolie robe si c'est pour la dissimuler ? demanda Lucky en l'attrapant par le bras pour la faire tourner vers la porte. A ce que j'ai compris, dans ce genre de soirée, tout est question d'apparences. Alors occupons-nous de la tienne.

Jacey sentit les mains de Lucky dans ses cheveux, et, avant qu'elle ait eu le temps de protester, il avait défait son chignon et jeté négligemment les épingles. Il laissa retomber ses longues mèches, puis lui ébouriffa les cheveux d'un geste énergique.

Jacey observa son reflet dans le miroir du couloir et se retint de crier. Elle avait la même tête qu'au saut du lit.

— Oh, non ! Ça va me prendre un temps fou pour me recoiffer !

— Tu n'as pas à te recoiffer. C'est très bien comme ça.

Il tendit la main, glissa un doigt sous le décolleté de sa robe et le fit redescendre de quelques centimètres. Le son étranglé qu'elle produisit le fit sourire.

— Voilà, maintenant, tu es bien. Vraiment très bien même…

— Tu vis dangereusement, Lucky !

Elle essaya en vain de remettre ses cheveux en ordre et de remonter son décolleté, mais elle se sentit poussée vers la porte.

— Oui, je sais, je suis même un homme dangereux. Tu ne t'en étais pas encore aperçue ?

La porte se referma derrière eux et Jacey eut une sensation étrange. Parfois, il lui arrivait de repenser à ce qu'elle avait éprouvé la première fois qu'elle avait rencontré Lucky. Dès qu'il était entré dans son bureau, elle s'était sentie méfiante, elle avait même eu un peu peur. Evidemment, le reste du temps, son charme affable lui faisait oublier cette sensation initiale. Mais oui, à sa façon, Lucky Boucher était un homme dangereux.

Avant de l'engager, elle avait mené une enquête de routine sur lui, mais avait déniché étonnamment peu d'informations, alors qu'il avait toujours vécu en Louisiane. En outre, rien de ce qu'elle avait découvert n'était venu corroborer l'idée qu'il avait un passé douteux.

— Tu as de la chance de pouvoir monter dans ma sublime voiture, ce soir. J'ai dû la faire réparer cette semaine. Je crois que je vais avoir besoin d'une augmentation pour continuer à l'entretenir.

— Très subtile, ta façon de faire, rétorqua-t-elle tandis qu'il lui ouvrait la portière. Mais la réponse est non. Pourquoi ne la revends-tu pas pour t'en acheter une neuve ?

Lucky eut une expression offensée comique.

— Revendre ma voiture ? Un père vendrait-il son unique enfant ? Parce que toi, tu te séparerais d'une de tes antiquités pour la simple raison qu'elle est vieille ?

Elle avait envie de sourire, mais s'efforça de garder son sérieux et monta en voiture. Il referma la portière, contourna le véhicule et caressa le capot au passage.

— Pourquoi les hommes font-ils une telle fixation sur leur voiture ? lui demanda-t-elle une fois qu'il fut monté à son tour.

— Ce n'est pas une fixation, c'est du respect. Si tu montres du respect à ta voiture, elle te le rendra.

— Alors, c'est parce que tu lui as manqué de respect qu'elle est tombée en rade en pleine rue l'autre jour ?

Il grogna.

— Les voitures, tout comme les femmes, ont leur petit caractère, même si on les traite bien.

Jacey leva les yeux au ciel.

— Celle-là je ne l'avais encore jamais entendue ! Est-ce

que tu sais seulement où nous allons ? lui demanda-t-elle avant de mentionner l'adresse.

— Je connais ce quartier, répondit-il en bifurquant à un carrefour. Les maisons y sont toutes du même style que celle de ta mère. Avec beaucoup trop de pelouse et pas assez de personnalité.

— Ma foi, c'est une description qui convient assez bien…

A cette pensée, elle sentit sa nervosité revenir et préféra changer de sujet.

— Qu'as-tu appris sur Jeffrey Wharton ?

— Eh bien, ces quelques jours se sont révélés fort instructifs. En résumé, Jeffrey Wharton a tout du parfait idiot, qui a réussi à être inscrit dans six universités différentes en cinq ans. Etant donné ses résultats, c'est incompréhensible que tant d'établissements aient accepté de l'accueillir, mais je suppose que sa famille a usé de son influence pour lui en ouvrir les portes.

— Sa mère a de l'argent, ça ne fait pas de doute. Son père aussi d'ailleurs. Il est à la tête d'un gros cabinet d'avocats de Boston.

— Jeffrey a finalement obtenu un diplôme en management international. Ses notes à Brown étaient meilleures que celles qu'il avait obtenues précédemment… Au bout du compte, il a peut-être décidé de se mettre au boulot sérieusement. En revanche, ce sont ses autres activités qui ont poussé l'université à garder un œil sur lui.

— Quel genre d'activités ?

Lucky accéléra et dépassa la voiture devant lui.

— Eh bien, notre ami avait un petit passe-temps assez lucratif, puisqu'il était l'un des principaux dealers du campus. Pour qu'il ait gagné ce titre en aussi peu de temps, je me demande bien qui était son fournisseur, car il n'a pas grandi dans le Bronx, quand même.

— Tu es sûr de tes sources d'information ?

— Oh, ça oui ! répondit Lucky avec un sourire. L'une d'entre elles est l'ex-petite amie de Jeffrey. Et les autres personnes à qui j'ai parlé ont confirmé ses dires.

— Moi, je n'ai rien découvert à propos d'un quelconque trafic de drogue le concernant depuis son retour à La Nouvelle-Orléans. Mais je n'en suis qu'au début de mes recherches. En ce moment, il travaille dans la société de son grand-père, mais à un petit niveau. En fait, à ce que j'ai compris, c'est lui qui met le courrier sous enveloppes.

— Et son train de vie ?

— Difficile à dire. Il habite chez sa mère et conduit ses anciennes voitures. S'il mène un train de vie dispendieux, ce n'est pas en loyers ou en frais de voiture.

— Toujours est-il qu'il a réussi à décrocher un diplôme qui pourrait lui permettre d'occuper une position importante au sein de Garvey Enterprises. En outre, il a déjà un pied dans la place.

— Certes, mais s'il a bel et bien été impliqué dans un trafic de drogue, ce serait très hasardeux de le recommander pour prendre la tête de la société.

Même si ses activités louches étaient derrière lui, Jacey le voyait mal diriger une société de transport maritime international. Ce serait trop tentant pour les trafiquants avec qui il avait pu collaborer de reprendre contact avec lui pour utiliser sa société à leur profit.

— Tu crois que je devrais continuer à enquêter sur les autres campus qu'il a fréquentés ?

— Pas pour le moment. Compte tenu de ce que tu as appris, je suis sûre que Walter Garvey l'éliminera de la liste de ses successeurs potentiels.

Cette liste se réduisait donc désormais à ses trois autres petits-enfants.

— Stephen, l'aîné de Rupert, a trente-six ans. Il est

marié et il a trois enfants en bas âge. Il est agent de change. Il y a deux ans, il a fait l'objet d'une enquête de la Commission des Transactions Financières pour délit d'initié, mais il n'a pas été condamné.

Lucky fronça les sourcils.

— Si Garvey recherche quelqu'un qui a la compétence pour diriger une société, un agent de change, ce n'est pas le profil idéal.

— Je pense que Walter sait déjà parfaitement de quelle expérience professionnelle disposent ses petits-enfants. A mon avis, ce qu'il veut, c'est quelqu'un qui a du tempérament, un brin d'intelligence, un passé sans taches et qui soit prêt à apprendre le métier sur le tas.

— Dans ce cas, Stephen a grosso modo le profil. Même si la Commission des Transactions Financières a enquêté sur lui, ça ne signifie pas qu'il est malhonnête.

— Ensuite, il y a Amanda, reprit Jacey. Elle a trente-trois ans, elle dirige un cabinet de chasseurs de tête pour le compte des hôpitaux du sud du pays. Au cours des cinq dernières années, sa société a triplé de volume. Elle a le sens des affaires…

— Mais ? demanda Lucky lorsqu'elle s'interrompit.

Jacey hésita, gênée.

— Je ne sais pas si ça doit être retenu contre elle, mais elle a déjà été mariée quatre fois et elle est de nouveau fiancée. En revanche, elle n'a pas d'enfants.

— Ah, nous avons donc affaire à une romantique, déclara Lucky d'un ton moqueur.

— Toujours est-il que c'est la preuve qu'on peut être douée en affaires et avoir un goût déplorable en matière d'hommes. Deux de ses anciens maris ont en effet été inculpés pour violences conjugales.

— Bien. Donc, il faudra en apprendre davantage sur elle… Et le troisième ?

— Mark. Trente ans, avocat d'affaires, récemment divorcé. Son ex-femme est d'ailleurs une de mes amies. Ils ont eu un bébé il y a deux ans. Depuis qu'il est devenu avocat, il a déjà travaillé pour Garvey Enterprises.

— Tu penses que Walter Garvey sait déjà tout ce dont il a besoin sur lui ?

— Possible.

Cela dépendait en fait de la fréquence à laquelle leurs chemins se croisaient. D'après ce que Walter lui avait dit, il ne connaissait aucun de ses petits-enfants véritablement bien. D'un autre côté, peut-être avait-il d'ores et déjà envisagé de faire de Mark son successeur et ne l'avait-il engagée que pour s'assurer qu'il ne se trompait pas.

— Nous continuerons d'enquêter sur Jeffrey Wharton, mais nous concentrerons avant tout nos efforts sur les trois autres.

— Verrons-nous un ou plusieurs représentants du clan Garvey, ce soir ?

— Difficile à dire. Lianna est une connaissance de ma mère, et la mère de Peter la connaît aussi, il se peut donc qu'elle soit là. Quant à Rupert, il m'est déjà arrivé de le croiser, mais je ne l'ai pas vu depuis longtemps.

Ces derniers temps, elle avait fait en sorte d'éviter la plupart des mondanités que sa mère aimait tant.

— En revanche, Mark est un ami de Peter. Il a très certainement été invité…

Elle s'interrompit quand elle vit qu'ils étaient presque arrivés. La plupart des propriétés, cachées par les arbres, n'étaient pas visibles depuis la rue, mais le manoir des Brummond, lui, l'était. Lorsque Lucky ralentit à l'approche de la grille d'entrée, elle sentit sa gorge s'assécher.

Un employé se pencha à la vitre que Lucky venait de descendre.

— Votre invitation, je vous prie.

Jacey prit conscience que non seulement elle n'avait pas emporté le carton d'invitation, mais qu'elle n'avait pas non plus pris de sac à main. L'arrivée de Lucky avait complètement bouleversé ses préparatifs.

Ou alors, l'oubli du carton était un acte manqué des plus révélateurs…

Elle se pencha en avant.

— Je suis désolée, dit-elle à l'employé, mais j'ai oublié mon invitation. Je suis Jacey Wheeler. Si vous avez la liste des invités, vous verrez que mon nom figure dessus.

— Mademoiselle Wheeler ? répondit l'homme qui s'inclina davantage pour voir son visage avant de lui sourire. Bonsoir, mademoiselle, ravi de vous revoir ! Allez-y, je vous en prie… Je vous souhaite une bonne soirée…

Jacey le remercia sans parvenir à mettre de conviction dans sa voix et la voiture s'engagea dans l'allée. Plus ils approchaient de la maison, et plus elle avait l'estomac noué. Elle aurait donné cher pour pouvoir accélérer le temps et en avoir fini au plus vite.

Elle retourna le pare-soleil pour vérifier son aspect dans le petit miroir et resta interdite. Elle avait oublié que Lucky l'avait complètement décoiffée. Avec des mouvements empressés, elle tenta de remettre de l'ordre dans ses cheveux.

Mais Lucky saisit sa main et rabattit le pare-soleil.

— Laisse tomber. C'est mieux comme ça.

Elle lui jeta un regard assassin.

— A cause de toi, je ressemble à une folle !

Il arrêta la voiture au pied du grand escalier.

— Non, tu es surtout plus naturelle.

Elle n'eut pas le temps de répondre. Un voiturier lui ouvrit la portière et l'aida à sortir. Elle monta les marches énervée, sans se préoccuper de Lucky, qui la suivait de près, puis se dit que c'était stupide de se mettre dans un tel état. Même si elle s'apprêtait à passer un moment désagréable, ce n'était pas si grave. Pas de quoi en faire un drame, en tout cas.

Quand un domestique en livrée ouvrit la porte, elle songea néanmoins qu'elle était heureuse de ne pas être seule.

5

Tandis qu'ils se dirigeaient vers le salon de réception, Lucky ne put s'empêcher de comparer ce qu'il voyait — le sol en marbre, le lustre de cristal au-dessus d'eux scintillant de mille feux, les bibelots — avec l'intérieur de Jacey. La jeune femme était issue du même milieu que ces gens, mais elle avait un goût autrement plus sûr. La demeure des Brummond était conçue pour en mettre plein la vue plutôt qu'être intime et chaleureuse.

La grande pièce bruissait de conversations. Jacey affichait une expression impassible, mais à la raideur de sa démarche Lucky devinait sa nervosité. Il s'approcha d'elle, se pencha et lui chuchota à l'oreille :

— Essaye d'imaginer à quoi ressembleraient ces gens s'ils étaient tous à poil, ça t'aidera.

Il l'entendit étouffer un petit rire et en fut content. Elle releva la tête et répondit :

— Tiens-toi bien, Boucher ! Ta présence à mes côtés est censée m'aider à sauver la face, pas à me rendre la situation plus difficile !

Il ne répondit pas mais resta tout contre elle alors qu'une femme à l'air distingué les regardait approcher. Il nota qu'elle semblait avoir relevé qu'ils avaient l'air très intimes. Parfait. Le jeu pouvait commencer…

La femme vint à leur rencontre, un sourire mondain accroché aux lèvres.

— Jacey !

Elle lui prit les deux mains et lui déposa un léger baiser sur la joue.

— Que je suis contente de te voir…

Elle baissa la voix et ajouta, d'un ton faussement compatissant :

— Comment vas-tu, ma chérie ?

— Mais très bien, Audrey, merci… Je vous trouve très en beauté…

— C'est gentil. Je n'ai pas fermé l'œil de la nuit. Jusqu'au dernier moment, j'ai craint d'avoir oublié un détail pour cette soirée. Qui est ton invité ? Je ne crois pas avoir déjà eu le plaisir de le rencontrer…

Avant que Jacey ait eu le temps de répondre, Lucky prit la main de leur hôtesse dans la sienne et s'inclina.

— Tout le plaisir est pour moi, madame Brummond. Je m'appelle Lucky Boucher. Jacey et moi sommes… associés en affaires.

— Ah… intéressant… Et vous vous connaissez depuis longtemps ?

— Depuis plusieurs années.

Il adressa un sourire à Jacey.

— Alors comme ça, tu n'as jamais parlé de moi, ma chérie ?

— En fait, commença Jacey, Lucky et moi, nous…

— Mourons de soif, la coupa Lucky, ignorant volontairement le regard irrité que la jeune femme lui retourna. Veuillez nous excuser, nous allons chercher des rafraîchissements, si ça ne vous dérange pas.

— Oh, mais bien sûr ! Où ai-je la tête ? répondit Audrey Brummond tout en faisant un signe discret à un serveur. Sur les plateaux, il y a du champagne et du vin. Vous trouverez des boissons plus fortes au bar installé sur la terrasse.

Lucky posa une main en bas du dos de Jacey et l'incita à s'éloigner.

— Lucky, il faut que nous précisions quelques petites choses avant d'aller plus loin, déclara cette dernière, s'efforçant de garder le sourire malgré son irritation. Il n'est pas question que tu laisses croire aux gens que nous deux… Enfin, que nous sommes…

— Ensemble ? Et pourquoi non ? Les gens sont libres de croire ce que bon leur semble, et toi, je suppose que tu préfères qu'ils pensent que tu as remplacé Peter et non pas que tu as simplement demandé à un homme de t'accompagner pour préserver les apparences.

L'analyse de la situation était correcte ; il n'y avait rien à répondre. Jacey ne répondit donc rien.

Lucky prit le temps d'observer la foule qui emplissait la vaste pièce. Il y avait encore plus de monde sur la terrasse, où il repéra Peter Brummond, au centre d'un petit groupe. Un serveur s'arrêta à leur hauteur. Il prit deux flûtes de champagne et en tendit une à Jacey.

— Je ferais peut-être mieux de ne pas boire, dit-elle d'un air dubitatif. Je n'ai rien avalé depuis le petit déjeuner.

— Dans ce cas, allons faire un tour au buffet…

Elle lui adressa un regard inquiet, et il ne sut pas s'il devait en rire ou se sentir offensé.

— Détends-toi, Jacey ! Ce soir, je vais me comporter comme un bon garçon, je te le promets. Allez, bois !

Elle but une gorgée sans se départir de son regard soucieux. Il songea que ça ne lui ferait pas de mal d'être un peu pompette, ça l'aiderait même sans doute à se détendre.

— Bien, maintenant, dis-moi qui tu connais parmi tous ces gens.

— A peu près tout le monde, et c'est bien le problème…

Ma famille et les Brummond sont amis depuis très longtemps. Peter et moi avons grandi ensemble.

— Condoléances. Tourne la tête vers moi…

— Quoi ?

Elle vida sa flûte avant de le regarder. Il était tout près d'elle, mais quand elle voulut reculer d'un pas, il l'en dissuada en l'enlaçant. Puis il inclina la tête vers elle et la contempla d'un air énamouré, lui prenant de sa main libre une mèche de cheveux.

— Laisse-moi t'expliquer comment nous allons jouer la scène.

Leur proximité la fit frissonner. A moins que ce ne soit à cause du champagne, qu'elle venait de boire d'une traite comme s'il s'était agi d'un verre d'eau ?

— Quelle scène ?

— La scène des amoureux. Nous allons rester là, à paraître subjugués l'un par l'autre, jusqu'à ce que quelqu'un s'approche de nous. Etant donné que tu connais tout le monde, nous n'aurons pas à attendre très longtemps. Si nous paraissons épris l'un de l'autre, cela n'échappera à personne et nous n'aurons donc pas à expliquer quelle est la véritable nature de nos relations. Les gens tireront leurs propres conclusions, et toi, tu n'auras pas à mentir.

Elle était gênée par sa suggestion sans pouvoir s'expliquer pourquoi. Une douce sensation de bien-être s'était insinuée en elle, mais elle était encore suffisamment lucide pour se rendre compte que c'était l'effet de l'alcool.

Par-dessus l'épaule de Lucky, elle put constater qu'ils avaient d'ores et déjà attiré les regards. Ou plus exactement, Lucky avait déjà attiré l'attention. Plus d'une femme regardait dans sa direction avec un intérêt évident, tandis que les hommes semblaient à la fois intrigués et méfiants. Jacey ne pouvait pas les en blâmer. Au milieu de cette foule, Lucky ressemblait à un loup lâché dans une bergerie.

Il lui prit des mains son verre vide et le remplaça par un plein.

— Lucky, un verre me suffit…

— Ma chérie, t'ai-je dit à quel point tu es belle ce soir ?

Ce compliment et l'éclat dans ses yeux la dissuadèrent de protester. Son regard était franc, intense, et lui faisait perdre sa contenance. Elle comprenait mieux pourquoi il avait autant de succès auprès des femmes.

— Jacey !

Elle fut soulagée de l'interruption. La jeune femme qui l'avait interpellée, une petite brune vêtue d'une robe rouge vif fendue à hauteur des cuisses, fondit sur elle. Jacey répondit à son accolade, tout en cherchant désespérément son nom, qu'elle finit par retrouver.

— Emily Jane, ça fait tellement longtemps ! Je te croyais à Paris.

— Oui, c'est exact, mais j'en ai eu assez et je suis rentrée. J'ai entendu dire qu'on ne te voyait plus beaucoup, mais…

Elle tourna les yeux vers Lucky et le détailla de la tête aux pieds, avant de continuer.

— Je comprends mieux pourquoi, maintenant.

Elle le dévisageait sans même chercher à dissimuler son intérêt et Jacey eut une subite envie de lui écraser le pied de son talon aiguille.

— Emily Jane…, se força-t-elle pourtant à dire aimablement, je te présente Lucky Boucher, mon… ami…

Le terme d'ami lui parut très ambigu. Lucky avait raison. Les conclusions que les gens allaient tirer iraient toutes dans la même direction et elle ne s'y était pas préparée.

— Bonjour, bel ami…

Emily Jane ronronnait presque.

— Jacey a vraiment été très égoïste de vous avoir gardé pour elle. Cela dit, on ne peut pas le lui reprocher…

Jacey craignit soudain que la réaction de Lucky ne trahisse la mystification. Il aimait multiplier les conquêtes, et Emily Jane ne prétendait pas offrir beaucoup de résistance.

Ce fut donc avec soulagement et plaisir qu'elle l'entendit répondre :

— Je crois que c'est ma faute si Jacey a négligé ses amis ces derniers temps. Nous ne sommes pas aussi souvent ensemble que nous le souhaiterions, et je ne suis guère partageur.

Il avait de nouveau cet éclat dans le regard qui, un peu plus tôt, l'avait laissée transie. Il jouait vraiment son rôle à la perfection.

— Jacey, je ne peux pas te dire à quel point je suis jalouse ! Auriez-vous la gentillesse d'aller me chercher un Martini, monsieur Boucher ?

Elle adressa un regard de chatte à Lucky et Jacey eut envie de la gifler. Bien sûr, Lucky et elle n'étaient pas réellement ensemble, mais Emily Jane supposait que si. Alors comment osait-elle se comporter ainsi ?

— Bien sûr, répondit Lucky, amusé. Et toi, ma chérie, tu veux quelque chose d'autre ?

— Non, rien, merci.

Il lui retourna un petit sourire puis se fraya un chemin parmi les invités pour accéder au bar.

Emily Jane serra le bras de Jacey et reprit :

— Avec un tel Apollon, je comprends que tu ailles bien ! Où diable l'as-tu trouvé ?

— Nous sommes… euh… associés en affaires.

Emily Jane rejeta la tête en arrière et éclata de rire.

— Ah ça, c'est la meilleure ! Et dire que la plupart des gens, ici, se demandaient si tu serais là ce soir, et si tu aurais l'air malheureuse. Tu t'en doutais, j'imagine. Mais toi, tu n'as pas perdu ton temps, tu l'as même très bien mis à profit, je dois dire.

Au ton de sa voix, il était évident qu'elle faisait partie de ceux qui s'attendaient à la voir afficher un chagrin de femme abandonnée.

— Peter est-il au courant ?

Peter ! Jacey faillit s'étrangler avec la gorgée de champagne qu'elle était en train de boire. Elle l'avait aperçu au milieu d'un groupe sur la terrasse. Lucky allait très certainement le croiser.

— Excuse-moi un instant…

Sans plus d'explications, elle partit vers la terrasse. Ce serait mieux qu'ils restent ensemble. Si Peter tombait nez à nez avec Lucky, ça pourrait mal tourner.

Elle avait l'impression que la foule s'était densifiée. Elle progressait lentement, d'autant qu'à tout moment, quelqu'un l'arrêtait pour la saluer ou lui demander qui était l'homme avec qui elle était venue. Apparemment, le plan de Lucky avait plus que réussi. Elle espérait simplement qu'il ne finirait pas par se retourner contre elle.

Au bout d'un quart d'heure, elle parvint enfin à franchir la porte-fenêtre qui donnait sur la terrasse. Elle aperçut Lucky accoudé au bar, en discussion avec Jarett Carmichael, le frère d'Emily Jane. Elle fut soulagée de ne pas voir Peter.

Un soulagement de courte durée cependant, car elle entendit bientôt derrière elle :

— Bravo, ma chérie !

Elle se retourna. Sa mère approchait, l'air ravi.

— Depuis mon arrivée, on ne cesse de me bombarder de questions sur toi et l'homme qui t'accompagne. Je suis vraiment heureuse que tu aies suivi mon conseil. Alors, dis-moi, sur qui as-tu finalement arrêté ton choix ?

Jacey jeta un regard paniqué vers le bar puis changea de position pour tenter de lui masquer Lucky.

— Personne. Enfin, je veux dire, je suis venue avec un ami, c'est tout…

— Eh bien, qui que ce soit, il semblerait que vous fassiez sensation, tous les deux…

Charlotte avait du mal à cacher son excitation et se pencha de côté pour regarder autour d'elle.

— Alors, où est-il ? Audrey Brummond n'a pas tari d'éloges sur lui, et j'aurais payé cher pour…

Elle s'interrompit, le visage soudain figé. Résignée, Jacey comprit qu'elle venait de voir Lucky.

— Je suis ravie que tu approuves mon choix, s'empressa-t-elle de dire d'un ton posé. Je préférais de loin venir avec un ami qu'avec un des hommes de ta liste, mais ton idée était vraiment excellente, maman.

— As-tu perdu la tête ?

La voix de sa mère avait complètement changé ; elle continuait cependant à afficher une mise radieuse. Les apparences, toujours les apparences…

— Comment as-tu osé l'amener ici ? C'est déjà scandaleux que tu travailles avec lui, mais laisser croire que c'est ton compagnon !

— Sa présence à mes côtés a tué dans l'œuf toutes les rumeurs sur mon compte, rétorqua Jacey sur un ton de défi. Et c'est ce que tu voulais, non ? Maintenant, si tu veux bien m'excuser, je vais voler à son secours avant que les femmes qui tournent autour de lui ne le dévorent tout cru.

Prise de court, sa mère ne répondit pas, et Jacey en profita pour s'éclipser. Lorsque Lucky la vit s'approcher, il s'excusa auprès de la jeune femme à qui il parlait et la rejoignit.

— Alors, tu t'amuses bien ? lui demanda-t-il.

Puis il lui tendit un verre.

— Je songe à demander une prime de risques. Tu as vraiment des connaissances très… entreprenantes.

Elle leva son verre pour dissimuler son sourire moqueur et but une gorgée.

— Je parie que tu pensais que ces spécimens étaient civilisés.

— Non, même pas. Mais si elles se montraient un peu plus subtiles, ce serait déjà un progrès.

— En fait, leur spécialité, c'est plutôt le rentre-dedans en robe haute couture. J'aurais dû te prévenir. Tu aurais eu le temps de te confectionner un gilet pare-balles.

Il se redressa brusquement et tourna la tête pour contempler la rouquine qui venait de le bousculer délibérément et lui lançait un regard sans ambiguïté.

Il se passa une main en bas du dos et répondit :

— Pas sûr qu'un gilet pare-balles m'aurait protégé là où j'en ai le plus besoin.

Jacey pouffa mais s'interrompit brusquement. A l'autre bout de la terrasse, elle aperçut Peter et sa fiancée. A l'expression de Peter, elle devina que lui aussi l'avait vue et avait repéré en compagnie de qui elle était.

Sa bonne humeur s'évapora d'un coup.

— Accroche-toi, Lucky, le meilleur reste à venir… Il est temps d'aller présenter nos félicitations à Peter et à sa bien-aimée.

Cette perspective parut le ravir. Il suivit son regard et afficha un grand sourire. Il leva son verre en un geste théâtral en direction de Peter, qui les dévisageait d'un regard noir, puis se tourna vers Jacey avec un éclat malicieux dans les yeux.

— Oui, tu as raison, c'est le moment. Ça va être l'apogée de la soirée !

— Lucky, tiens-toi bien, l'avertit-elle d'un ton appuyé,

tandis qu'ils commençaient à se frayer un chemin jusqu'aux fiancés.

— Allons, ma chérie, répliqua-t-il en lui passant un bras autour de la taille, il faut bien s'amuser un peu.

De toute part, des gens se pressaient pour présenter eux aussi leurs vœux de bonheur. Lucky prenait son rôle très à cœur et, à tout moment, il se penchait pour lui chuchoter à l'oreille et se serrer contre elle. Bien plus troublée qu'elle ne l'avait imaginé, Jacey fut incapable de se concentrer et de réfléchir à ce qu'elle allait dire à Peter.

— Tu en fais trop, Lucky.

A plusieurs reprises, elle avait surpris le regard de Peter, son expression devenait de plus en plus hostile.

— Tu crois ? Moi, au contraire, je trouve que je suis parfaitement dans le ton.

Ils se retrouvèrent bientôt face à Peter et sa fiancée. Après quelques secondes chargées de tension, Jacey sourit et tendit la main à la jeune femme.

— Bonsoir… Je suis Jacey Wheeler. La famille de Peter et la mienne sont très proches depuis longtemps.

Celeste était loin de la personne timide que lui avait décrite Peter. Elle affichait au contraire un aplomb certain. Elle lui serra la main, puis prit le bras de Peter en un geste possessif.

Peter, lui, eut un petit sourire forcé.

— Celeste, tu te souviens que je t'ai parlé de Jacey…

— Oui, bien sûr.

Elle se tourna vers Lucky et lui sourit.

— Je vous présente Lucky Boucher, lui dit encore Jacey, un ami…

Lucky prit la main de Celeste entre les siennes.

— Peter a vraiment de la chance. J'espère que vous le lui rappelez souvent.

— C'est très gentil de votre part de me dire cela. Jacey et vous êtes proches ?

Lucky jeta à Jacey un regard si intense qu'il lui coupa le souffle.

— Oui.

Jacey dut convoquer toutes ses forces pour reprendre contenance. Elle sourit à Peter, s'avança et lui déposa un baiser sur la joue.

— Félicitations, Peter…

Puis elle se tourna vers Celeste et ajouta :

— Je vous souhaite à tous deux tout le bonheur du monde. Nous n'allons pas vous soustraire plus longtemps à vos autres invités. Lucky, tu viens ?

Elle avait toujours détesté la moue qu'affichait Peter quand il était contrarié. Pourtant, cette fois, elle était satisfaite de lire cette expression sur son visage. Même si Lucky et elle avaient joué la comédie, elle pouvait s'en aller la tête haute.

Lorsqu'ils se furent éloignés, elle poussa un soupir.

— Elle le mène par le bout du nez, comme je m'en doutais. J'ai bien peur qu'il n'ait d'ores et déjà plus son mot à dire sur grand-chose.

— Bien fait pour lui !

Oui, bien fait pour lui, elle n'allait certainement pas le plaindre.

Ils suivirent une petite allée pavée qui menait vers les jardins, s'éloignant du bruit et des conversations. La soirée s'était finalement bien mieux déroulée qu'elle ne s'y attendait. Si elle était venue seule, elle aurait passé un sale moment. Et si elle avait choisi un des hommes de la liste de sa mère, elle se serait sentie humiliée.

— Lucky… Je dois t'avertir que ma mère t'a vu et que ta présence ne la ravit pas.

— Ça alors ? Pourtant, d'habitude, elle est tellement joviale…

Jacey étouffa un petit rire.

— J'ai l'impression que tu avives son côté revêche. Quand elle a appris que j'étais venue accompagnée, elle était tout excitée. Mais quand elle a compris que j'étais avec toi, alors là…

Lucky se contenta de hausser les épaules, indifférent.

— J'ai toujours pensé que tu devais avoir été adoptée. Ta mère est beaucoup trop froide pour s'être retrouvée enceinte de façon naturelle.

Jacey lui donna un coup de coude dans les côtes.

— Ne sois pas désagréable, s'il te plaît. Je me sens trop bien pour me quereller avec toi.

— Dans ce cas, allons danser. L'orchestre vient de commencer à jouer.

Elle capta en effet quelques notes de musique par-dessus les éclats de voix et les rires. Elle se tourna vers la terrasse sur laquelle quelques couples étaient déjà enlacés.

Lucky lui offrit son bras.

— Je suis là pour ton plaisir. Allez, viens, allons leur donner de quoi caqueter encore un peu.

Elle prit son bras et lui sourit.

— Oui ! Allons-y.

Jamais Jacey n'aurait imaginé s'amuser à cette soirée, et pourtant, c'est ce qui se passa. Elle découvrit en Lucky un danseur remarquable, même s'il la serrait un peu trop contre lui et que cela la mettait mal à l'aise. Mais il aurait été absurde de sa part de protester alors qu'à tout moment, elle surprenait des regards dans leur direction et qu'elle savait que personne dans l'assistance n'aurait eu l'idée de la plaindre.

Lucky insista pour qu'ils retournent au buffet, puis, après lui avoir apporté un autre verre, ils retournèrent danser. Mieux valait pour eux rester sur la terrasse, où elle était sûre de ne pas voir sa mère qui ne dansait pas.

Quand on lui apprit que cette dernière avait prématurément quitté la soirée à cause de maux de tête, elle se sentit un peu coupable. Elle ne s'y arrêta pas cependant, car elle savait que, tôt ou tard, Charlotte reviendrait à la charge pour lui reprocher la présence de Lucky à la soirée. Elle décida qu'elle s'en inquiéterait plus tard. Mieux valait profiter du moment présent.

Une heure plus tard, alors qu'elle s'éclipsait en direction des toilettes, elle surprit la grand-tante de Peter profiter de son absence pour venir entretenir Lucky. Décidément, le charisme de cet homme attirait des femmes de tout âge !

— Jacey…

Elle se retourna et se retrouva face à Peter. Il était seul.

— Tu n'es pas avec ta fiancée ?

— Celeste danse avec mon père. Pouvons-nous parler un peu ?

C'était plus un ordre qu'une requête et il lui posa d'autorité une main en bas du dos pour la conduire vers son bureau. Elle se laissa faire à contrecœur.

— Qu'y a-t-il exactement entre Boucher et toi ? lui demanda-t-il sans aménité, une fois qu'il eut refermé la porte derrière eux.

Elle fut abasourdie par sa question et son irritation.

— Qu'est-ce que ça peut bien te faire ?

Un instant, il parut confus.

— Ecoute, je sais qu'entre nous, ça n'a pas marché, Jacey, mais je tiens encore à toi. Et si tu te lances dans une histoire avec Boucher, ça va mal finir pour toi.

— Non, ça ne risque pas.

— Bon sang ! Admets au moins que je te connais et que je connais les hommes dans son genre. A vrai dire, je n'ai jamais compris pourquoi tu l'avais embauché.

Pour calmer la colère qui montait en elle, Jacey se mit à arpenter la pièce.

— C'est un bon détective, Peter. Il est doué pour… beaucoup de choses.

— Tu fricotais avec lui derrière mon dos ?

C'était tellement incroyable qu'il ose lui poser cette question, vu les circonstances, qu'elle en éclata de rire.

— Je suppose que tu es quand même capable de reconnaître que, venant de toi, cette question ne manque pas d'incongruité !

— D'accord, je reconnais que je me suis mal comporté vis-à-vis de toi, Jacey, et que j'aurais dû mettre un terme définitif à notre histoire avant de m'engager avec Celeste. Cependant, nous avons une histoire commune, nos familles se fréquentent depuis…

Il fit un geste vague avant de reprendre :

— Tout est allé très vite, et j'ai dû faire ce qu'il y avait de mieux pour éviter le scandale. Ça n'a pas été facile pour moi non plus…

Elle le fixa, cherchant à comprendre le sens de ses propos. Etait-ce à dire qu'il voyait déjà Celeste alors qu'ils étaient encore ensemble ?

— Faire ce qu'il y avait de mieux ? répéta-t-elle. Celeste est enceinte ?

L'expression contrariée de Peter et son regard fuyant étaient une réponse.

— Nous avons attendu aussi longtemps que possible, mais nous avons dû annoncer nos fiançailles pour éviter les rumeurs.

— Je suppose que je devrais te remercier. Après tout, aucune femme n'apprécierait que tout le monde sache que son petit ami couchait avec une autre alors qu'ils étaient encore ensemble…

— Nous nous marierons discrètement, et ensuite j'irai

travailler pendant deux ans dans une branche de la société de mon père à Houston. Personne ne saura que Celeste s'est retrouvée enceinte alors que nous sortions encore ensemble, toi et moi, je peux te le garantir.

Jacey secoua la tête, consternée. Elle avait l'impression de se trouver plongée en plein milieu d'un vaudeville du XIXe siècle.

— Je parie que ta mère est satisfaite de te voir suivre ses recommandations à la lettre, dit-elle, mue par une soudaine intuition.

Sur la défensive, Peter répondit :

— Je n'en veux pas à ma mère d'avoir été inquiète. Ta famille et la mienne ont toujours été soucieuses de leur réputation. Raison de plus pour toi de faire attention à la tienne.

Un instant, elle s'était presque sentie désolée pour lui. Mais ce sentiment disparut complètement lorsqu'il ajouta :

— Il n'y a qu'une chose chez toi qui puisse intéresser Boucher, Jacey. Alors tu dois te protéger.

Elle lui retourna un sourire crispé.

— Je sais très bien ce qui intéresse Lucky.

Il la regarda avec condescendance, et jugea apparemment bon de développer.

— C'est peut-être un bon amant, mais au final, ce qui l'intéresse, c'est uniquement ton argent. Un homme de son genre ne choisit pas une femme comme toi sans arrière-pensées…

— Une femme comme moi ? C'est-à-dire ?

Il semblait totalement indifférent au fait qu'il l'avait blessée. Mais ce n'était pas la première fois qu'il se montrait aussi insensible.

— Les chiens ne font pas des chats. Un type comme lui a certains… appétits, on va dire… Et toi, tu n'as ni l'expérience ni la capacité de les satisfaire. Tout ce que tu as à lui offrir, c'est ton argent. Alors fais attention à toi, d'accord ?

Jacey se sentit prise de tremblements nerveux et ses oreilles bourdonnaient, tant elle était en fureur. Jamais elle n'avait frappé quiconque, mais, à cet instant, elle ressentait une irrépressible envie de lui envoyer son poing dans la figure.

Elle ferma les yeux, inspira très longuement, puis parvint à répondre, d'un ton exagérément calme :

— Je me souviendrai de ton *charitable* avertissement, n'aie crainte. Mais toi, garde bien en tête une chose : mes… *capacités*, comme tu dis, ne sont absolument pas un souci dans ma relation avec Lucky. Peut-être faut-il alors comprendre que le problème ne vient pas tant du genre de femme que je suis, que du genre d'homme avec qui je puis être…

6

— Je n'en reviens toujours pas de son audace ! L'imbécile ! Le goujat !

Lucky regardait avec un brin d'inquiétude Jacey arpenter de long en large le salon d'un pas quasi martial. Etant donné la hauteur de ses talons aiguilles, il ne faudrait pas grand-chose pour qu'elle accroche le tapis et se torde la cheville.

— Mon incapacité ! Mon inexpérience ! Non, mais tu y crois ? Comme si lui, dans ce domaine, il était un aigle ! Comme s'il était l'*Amant* majuscule !

— Laisse tomber, Jacey ! Ce type est un idiot, tu l'as dit toi-même.

Il lui versa un verre de vin de la bouteille qu'il venait d'ouvrir, dans l'espoir de la calmer, et le lui tendit. Elle le vida d'un trait, sans même prêter attention au fait que c'était un excellent Bourgogne. Ne sachant que faire de plus constructif, il lui en versa un autre lorsqu'elle repassa à sa hauteur.

— C'est ce que dit généralement un homme lorsqu'il veut tailler en pièces l'ego d'une femme, reprit-il. Si lui, il avait été à ce point doué de ce côté-là, il n'aurait pas à se plaindre de ton soi-disant manque d'expérience. Il t'aurait transmis la sienne…

— Exactement ! répliqua-t-elle en faisant brusquement volte-face. C'est d'ailleurs bien ce que je lui ai rétorqué !

En fait, je lui ai laissé entendre que tu ne me trouvais pas si nulle. Puisque tu as insisté pour que tout le monde pense que nous étions ensemble, j'ai supposé que tu n'y verrais pas d'inconvénient…

Elle lui jeta néanmoins un petit coup d'œil embarrassé mais il lui répondit par un sourire amusé.

— Pas de problème, tu peux te servir de moi comme bon te semble.

Ce qui l'amusait moins, en revanche, c'était de la voir vider son second verre au même rythme que le premier et le lui tendre pour qu'il le remplisse de nouveau. En dehors de quelques toasts garnis, ils n'avaient rien mangé et il doutait que Jacey tienne longtemps comme ça.

— Tu ne veux pas que je te pose la bouteille en perfusion, non plus ?

Elle se campa devant lui, le menton levé, la mine sévère.

— Je n'ai pas besoin de sermon, Lucky, j'ai déjà ma mère pour ça.

Etant donné la piètre opinion qu'il avait de Charlotte Wheeler, c'était un coup bas, mais qui s'avéra efficace, puisqu'il décida de se taire. Il songea cependant avec satisfaction que le lendemain, la violente migraine qu'elle ne manquerait pas d'avoir lui rappellerait qu'il avait raison.

Mais pour le moment, elle était lancée. Inutile d'essayer de l'interrompre. Il s'installa donc sur le canapé et se délecta du spectacle qu'elle lui offrait, les joues empourprées et le regard embrasé de fureur. Il avait toujours aimé les femmes en colère. Certes, il ne fallait jamais sous-estimer ce dont elles étaient capables dans ces moments-là. Mais comme Jacey n'était pas en colère contre lui, il ne risquait pas grand-chose.

— Si tu veux, un de ces jours, je peux lui briser une rotule, proposa-t-il.

Il ne plaisantait qu'à moitié.

— Non, continua-t-il, ça ne serait pas très drôle… Je doute qu'il soit capable d'opposer beaucoup de résistance, même si l'envie de lui mettre une claque m'a déjà traversé.

Elle s'arrêta d'arpenter la pièce et lui sourit.

— L'idée n'est pas bête, mais ce serait mieux si c'était moi qui le faisais.

— Bien. Dans ce cas, préviens-moi quand tu te décideras, je veux être aux premières loges.

— Celeste est enceinte en plus, je te l'ai dit ?

Il perçut à son regard qu'elle était vraiment blessée, et n'eut plus envie de rire.

— Il couchait avec nous deux. Et maintenant, ils n'ont pas d'autre choix que de précipiter le mariage. Je ne serais pas étonnée qu'elle ait appris qu'elle attendait un bébé alors que Peter et moi sortions encore ensemble.

— Finalement, je vais peut-être la lui péter quand même, sa rotule !

Mieux valait pour Brummond que leurs chemins ne se recroisent pas de sitôt, songea Lucky sombrement. Il n'en était plus à se demander pourquoi il ressentait le besoin de protéger Jacey.

Cette fois, ce fut elle qui fit un geste de la main, comme si ça n'avait plus d'importance. Mais il n'était pas dupe. Non seulement elle était en colère, mais elle souffrait.

— Il était tellement condescendant, tellement sûr de lui quand il m'a affirmé que tu n'en voulais qu'à mon argent. J'aurais pu l'étrangler !

Lucky se leva pour se servir un verre de vin. La nuit promettait d'être longue.

— Ma philosophie a toujours été la suivante : rien ne sert de s'énerver, mieux vaut agir.

Il but une gorgée et se tourna vers elle.

— Après tout, toi aussi tu pourrais avoir des aventures. Quand il en aura vent, il sera vert de jalousie.

A son grand étonnement, elle parut le prendre au sérieux.

— Mais je ne peux pas, c'est ça le drame ! Il y a une part de moi qui se demande si ce n'est pas effectivement ma faute s'il est allé voir ailleurs.

Elle baissa les yeux sur son verre, l'air misérable.

— Je n'ai pas eu beaucoup d'amants avant lui. Si c'était le cas, j'aurais pu lui rire au nez, convaincue que si je n'ai jamais ressenti de passion avec lui, c'était sa faute, pas la mienne. Mais… je n'en suis pas sûre… J'ai peur de m'engager dans une nouvelle relation et qu'un autre homme me laisse tomber, lui aussi, parce que je ne le comblerai pas suffisamment. D'un autre côté, si je ne fréquente pas d'autres hommes, je n'acquerrai jamais d'expérience supplémentaire. C'est un cercle vicieux…

Cette révélation laissa Lucky pantois.

— Tu veux mon avis, Jacey ? Si tu as l'impression de manquer d'expérience après avoir passé plus d'un an avec Brummond, c'est qu'il n'était pas fait pour toi, tout simplement. Alors cesse de douter ainsi de toi.

— Tu dis ça juste pour me consoler.

— Non, pas du tout. Tu me reproches assez souvent de ne pas mâcher mes mots et de manquer de délicatesse, ne l'oublie pas !

— Oui, mais quand même… Tu n'es guère en position de pouvoir juger de la question, puisque nous n'avons jamais couché ensemble. Et je me vois mal demander à mes anciens amants quel souvenir je leur ai laissé.

Lucky jeta un regard à la bouteille à moitié vide. Jamais il n'aurait imaginé que l'alcool la rende aussi volubile. Mais ce n'était pas plus mal. En quelques heures, elle s'était plus livrée qu'en plusieurs années. Et quand elle était ainsi, elle était extrêmement craquante. Comment pouvait-elle craindre de ne pas être capable de combler un homme ? Si elle avait été une autre, il n'aurait pas hésité une seconde à la prendre dans ses bras pour lui prouver qu'elle se trompait sur son propre compte. Mais ce n'était pas n'importe quelle femme. C'était Jacey.

Durant la soirée, tous les hommes présents avaient remarqué combien elle était séduisante dans sa robe moulante. Sans compter qu'avec ses cheveux détachés et un peu ébouriffés, elle avait l'air plus naturelle, plus avenante. Terriblement attirante. Et ce contraste entre son apparence et ses manières réservées ne pouvait que donner envie à un homme de mieux la connaître.

Elle traversa la pièce et se laissa tomber sans façon à côté de lui sur le canapé avec un soupir.

— Après tout, Peter a voulu gâcher ce qui, au final, était plutôt une bonne soirée pour moi. C'est son problème, pas le mien. De toute façon, il n'a jamais su s'amuser.

Lucky eut un petit rire.

— Ça ne m'étonne pas. En outre, tu le connais suffisamment pour comprendre que son but, en te parlant, était de te rendre malheureuse, rien d'autre.

— J'aimerais pouvoir m'en convaincre. Mais même s'il s'est montré hautain et désagréable, je suis certaine qu'il pensait ce qu'il m'a dit.

— Non, il était jaloux, c'est tout. Il ne veut plus de toi, mais il veut encore moins que tu sois heureuse sans lui.

Il lui prit la main et ajouta :

— Fais-moi confiance, Jacey… J'en connais un rayon sur la question.

— Oui, je m'en doute, répondit-elle en lui jetant un regard dont il n'aurait pas su définir la signification. Peut-être peux-tu m'aider, après tout…

— Tout ce que tu veux. Je suis à ton service…

Elle sourit, et il eut l'étrange impression qu'il venait de mettre le pied dans un piège.

— C'est bien ce que je souhaite. Que tu sois à mon service, si je peux m'exprimer ainsi.

Il faillit s'étouffer avec la gorgée de vin qu'il venait de prendre. Est-ce qu'il avait bien compris ?

— Doucement, Jacey… Un autre que moi pourrait croire que tu veux…

— Que je veux coucher avec toi ? Mais tu as bien compris. C'était exactement mon propos.

Lucky en oublia un instant de respirer.

— Ce serait la solution idéale, reprit-elle en se rapprochant de lui. Tu ne pourrais que m'aider à gagner de l'expérience. Et pour le reste, tu n'as pas à t'inquiéter. Nous resterions toujours des amis.

C'était complètement fou.

— Ne plaisante pas avec ça, Jacey.

Il l'observa de plus près. Elle devait être bien plus ivre qu'il ne le croyait, mais il n'était pas homme à en profiter.

— Pourquoi ? Nous sommes amis, non ? Et les amis se rendent service…

La proposition était diablement tentante. Pour quel homme ne l'aurait-elle pas été ? Pourtant, il savait que s'il cédait à cette suggestion insensée, il ne se le pardonnerait jamais.

Elle inclina légèrement la tête vers lui, et il sentit une bouffée de son parfum, un parfum léger qui lui donna envie de se rapprocher davantage. Il se redressa pour mettre un peu de distance entre eux.

— Si j'avais su qu'il suffisait de te faire boire un peu de vin pour te mettre dans cet état-là, le jour où nous nous sommes rencontrés pour la première fois, je serais venu avec une caisse entière de bouteilles !

Sa plaisanterie lui parut lamentable, mais la jeune femme ne changea pas d'expression et ne s'éloigna pas.

— Si tu en as eu envie le jour où nous nous sommes

rencontrés, pourquoi es-tu aussi perturbé par cette perspective ce soir ?

En plein dans le mille, pensa-t-il. Il savait que quoi qu'il dise, il ne ferait que s'enfoncer. Pourtant, il devait essayer de lui sortir cette idée de la tête.

— Pour des amis, ce n'est jamais une bonne idée de franchir le pas.

— Ce que tu es en train de me dire, c'est que tu préfères coucher avec des filles que tu n'apprécies pas ? C'est ça ?

Elle avait l'air sincèrement étonnée.

— Oui. Enfin, non !

Il lui était absolument impossible de se concentrer, alors qu'elle le fixait aussi intensément de ses yeux bleus.

— Ce que je veux dire, c'est qu'une aventure d'un soir avec quelqu'un que tu connais à peine, ça ne prête pas à conséquence. Mais c'est plus délicat d'altérer la nature d'une relation amicale et de faire ensuite comme si rien ne s'était passé.

— Tout dépend de ce qu'on attend de l'autre, non ? Ce serait un problème si l'un de nous deux espérait davantage qu'une aventure passagère, mais toi et moi, nous savons déjà que ce que nous souhaitons, c'est rester amis et continuer à travailler ensemble. J'ai du mal à croire que ça te semble à ce point difficile. Pourtant, tu es plus à même que beaucoup de gens de gérer cela avec simplicité.

Il se sentit irrité de cette dernière remarque.

— Pourquoi moi plus qu'un autre ? Parce que je suis un pauvre type qui passe d'une femme à une autre sans états d'âme ?

Il prononça ces mots sur un ton de défi, s'attendant à ce qu'elle confirme que c'était ce qu'elle pensait.

— Bien sûr que non ! Je voulais juste dire que tu connais ce genre de situation et que ça devrait être plus simple pour toi de faire en sorte que ça se passe sans heurts. J'ai confiance en toi, Lucky. C'est peut-être de la folie de ma part, mais c'est la vérité. Jamais je ne ferais une telle proposition à qui que ce soit d'autre. Et jamais je n'en discuterais avec quelqu'un d'autre.

Lucky avait la sensation d'avoir sa bonne conscience perchée sur l'épaule droite et son démon intérieur sur la gauche, comme dans un dessin animé. Il ne savait pas lequel écouter ; d'habitude, c'était le petit démon qu'il écoutait le plus volontiers. Et ce démon lui soufflait que faire l'amour avec Jacey, la déshabiller lentement et la découvrir constitueraient sûrement une expérience extrêmement agréable. Alors pourquoi résistait-il ?

Depuis qu'il avait décidé de travailler avec la jeune femme, il s'était édicté des règles de conduite drastiques, s'interdisant notamment de mélanger l'intime et le professionnel. Or imaginer qu'il pourrait avoir une liaison avec elle, c'était comme entrouvrir une porte qu'il avait jusque-là soigneusement gardée verrouillée.

Pourtant, lorsqu'elle se pencha plus encore vers lui et que son décolleté s'ouvrit légèrement, lui laissant voir la courbure de ses seins, ses pensées s'entrechoquèrent dans la confusion le plus totale. Une envie irrépressible de la caresser, de toucher sa peau soyeuse s'empara de lui.

Ses réticences, ses bonnes résolutions se dissolvaient ; il ne pouvait plus détacher son regard de sa gorge tendue vers lui. Au fond, où était le mal ? se demanda-t-il. Ils sauraient bien gérer ce qui se passerait ensuite. S'ils le voulaient tous deux, ils y arriveraient.

Il eut l'impression que sa bouche était tout à coup plus près de la sienne. Etait-ce elle qui avait bougé ou bien était-ce lui ? Il n'aurait pu le dire. Lentement, il leva la main et laissa glisser son index le long de son cou.

Elle battit des paupières et entrouvrit les lèvres ; son invitation était claire.

Il n'avait plus qu'à venir à la rencontre de sa bouche. Trois ans plus tôt, quand il ne la connaissait pas, il n'aurait pas hésité un instant à prendre ce qu'elle lui offrait. Mais maintenant, c'était différent.

Il sentit sa respiration venir caresser ses lèvres. Franchement, quel mal pouvait-il y avoir à lui donner un baiser ? Juste un petit baiser… Peut-être recouvrerait-elle alors ses esprits et comprendrait-elle qu'ils ne devaient pas aller plus loin.

Doucement, il effleura ses lèvres. Mais jamais un contact aussi fugace ne lui donna autant envie d'y revenir.

Il l'embrassa de nouveau, de manière un peu plus appuyée, puis encore. Et, finalement, il inclina la tête, la serra contre lui et l'embrassa sans retenue.

Il eut la sensation de vivre un accomplissement. Bien des fois, depuis trois ans, il s'était imaginé embrasser Jacey, même s'il s'était interdit de la toucher.

Elle poussa un petit gémissement qu'il étouffa en intensifiant encore son baiser. Ce n'était qu'un baiser, justement, un simple baiser entre deux amis, et il voulait en savourer chaque instant, le prolonger autant que possible.

Il était sincèrement convaincu que ce serait aussi facile que cela : échanger un baiser et en rester là. Mais quand la langue de Jacey vint se mêler à la sienne, il sentit une chaleur nouvelle monter dans son bas-ventre, et il oublia toute logique.

Elle lui passa les mains dans les cheveux, se pressa contre lui, et il ne fit rien pour s'écarter.

Jacey sentait de délicieux frissons parcourir tout son corps. Elle n'ignorait pas que Lucky savait s'y prendre avec une femme. En revanche, elle ne s'attendait pas à réagir avec autant d'intensité à ses baisers. Lucky lui donnait envie d'aller plus loin, et cette perspective ne l'effrayait pas. Bien au contraire.

Elle s'affaira maladroitement sur les boutons de sa chemise, puis glissa une main le long de son torse et se délecta de sa chaleur et de la vigueur de ses muscles.

Doucement, il l'incita à s'allonger et elle le laissa la couvrir de son corps. Ce n'était pas la première fois qu'elle s'apprêtait à faire l'amour et pourtant, elle avait la conviction qu'elle allait vivre une expérience inédite.

Lucky mit fin à leur baiser et fit glisser ses lèvres le long de son cou. Elle sentait son cœur battre à tout rompre.

Il inhala une nouvelle bouffée de son parfum et sentit son envie d'elle devenir plus violente. Il ne s'était pas attendu à cela : jamais aucune femme ne lui avait fait perdre la tête aussi rapidement.

Il l'embrassa, encore et encore, désormais incapable d'en rester là. Il voulait la déshabiller, laisser courir ses lèvres librement sur son corps. Il voulait la sentir nue contre lui et assouvir le désir qu'il avait réprimé toutes ces années.

Jacey sentit que les caresses de Lucky se faisaient plus empressées, ses baisers plus impatients, et elle en éprouvait de la fierté.

Elle l'aida à se débarrasser de sa veste puis sortit sa chemise de son pantalon, finit de la déboutonner puis caressa son torse.

Elle l'entendit pousser un petit gémissement de plaisir qui la fit sourire. Il avait beau avoir tenté de la persuader que faire l'amour n'était pas une bonne idée, il ne pouvait plus dissimuler que lui aussi en avait terriblement envie. Elle se sentit reprendre confiance en elle, et son désir en fut décuplé.

Lucky était mince et musclé ; il avait un physique anguleux à certains endroits, et pourtant, jamais elle n'avait autant apprécié de caresser un homme. Chez lui, rien n'était apparences, son corps était à son image : franc, sincère. Et elle avait envie d'être dans ses bras et de ne penser à rien d'autre.

Il fit remonter sa main le long de sa cuisse, de sa taille, puis s'immobilisa. La pensée que, s'il lui ôtait sa robe et son soutien-gorge, il pourrait caresser ses seins qu'il imaginait si doux lui échauffa davantage les sens.

Il se força à ouvrir les yeux. Une bretelle de sa robe avait glissé, de longues mèches de cheveux tombaient sur ses épaules. C'était un spectacle fascinant.

Pourtant, il était en proie à un terrible conflit intérieur. Jacey n'était pas pour lui.

A l'issue de leur première rencontre, c'est la réflexion qu'il s'était faite. Dès cette première fois, elle l'avait attiré, et cet attrait n'avait jamais décru au fil des années. Mais ils étaient issus de milieux différents, ils avaient un vécu différent, une culture différente, et il s'était résigné à l'idée que tout cela les séparait, irrémédiablement. Cependant, ils étaient devenus amis, ce qui en soi était déjà étonnant.

Elle battit des paupières, le regarda, et il faillit oublier tout ce qui venait de lui passer en tête. Son regard était plein de désir, d'attente et d'une autre chose qu'il n'avait jamais lue dans le regard d'une femme : la confiance.

Il convoqua toute sa volonté pour se redresser, s'arracher à cette étreinte et recouvrer une respiration normale. C'était la première fois de sa vie aussi qu'il se livrait à une telle bataille.

Et il devait la gagner.

— Lucky…

Elle avait fait plus que prononcer son prénom. Elle lui posait une question à laquelle il n'avait pas le courage de répondre. Il se mit à reboutonner sa chemise pour éviter d'être tenté de la toucher de nouveau.

— Prends deux ou trois aspirines avant de… dormir, Jacey.

Il avait sciemment évité de dire « avant d'aller au lit », car il ne voulait pas risquer de l'imaginer dans son lit.

— Ça te permettra de ne pas avoir une trop forte migraine demain matin.

Il y eut un long silence. Lorsqu'il tendit la main pour prendre sa veste, elle se redressa et posa les pieds au sol. Il s'aperçut qu'elle avait toujours ses talons aiguilles. Il l'imagina seulement vêtue de ses chaussures, de la guêpière qu'elle portait sous sa robe et de ses bas. La sueur perla immédiatement à son front. Il tourna brusquement la tête et se leva du canapé.

— Je suppose que je dois comprendre que je vais dormir seule.

— Jacey, tu ferais se damner un saint !

Ce qu'il n'était pas. Loin de là.

— Mais demain, je te jure que tu seras soulagée que l'un de nous se soit arrêté à temps.

— Et si ce n'est pas le cas ?

Effectivement, si avec le recul, elle se sentait toujours dans le même état, qu'adviendrait-il ? Serait-il capable de résister à la tentation qu'elle représentait chaque fois qu'il la voyait, sachant qu'il la voyait tous les jours ?

A cette pensée, il sentit sa gorge se serrer.

— Tu te sentiras mieux, je te l'assure.

Il traversa la pièce à grands pas, s'arrêta à la porte et se retourna une dernière fois. Elle le fixait avec un air grave, peiné. Il détourna les yeux.

— N'oublie pas de verrouiller derrière moi. A lundi…

Il s'en alla sans attendre sa réponse et fut heureux d'être accueilli dehors par un air frais. Il descendit les marches du perron et songea qu'il était inutile qu'il rentre chez lui. Le sommeil ne viendrait pas.

Il roula donc sans but, toutes vitres ouvertes. Mais après plusieurs heures de ce manège, et alors que son réservoir était presque vide, il n'avait pas encore recouvré un état normal.

Comment avait-il réellement pu croire qu'il serait capable de l'embrasser et d'en rester là ? Il s'était conduit comme le dernier des imbéciles. Le lendemain, en se réveillant dégrisée, elle serait embarrassée de ce qui s'était passé et elle se sentirait mal à l'aise, lorsqu'ils se reverraient. Et lui… il serait hanté par son parfum, la douceur de sa peau.

Cette porte qu'il avait eu l'inconscience d'entrouvrir ce soir serait bien difficile à refermer…

Il finit par rentrer chez lui. Il vivait au-dessus du local d'une diseuse de bonne aventure qui vendait également toutes sortes de gris-gris vaudous aux touristes naïfs. C'était la voisine la plus calme qu'il ait eue depuis son installation dans l'immeuble. Son appartement aurait mérité d'être rafraîchi, mais comme il ne faisait guère plus qu'y dormir, il ne voyait pas l'utilité d'investir dans des rénovations.

Il ôta sa veste, alla dans sa chambre et vida le contenu de ses poches sur la table de nuit.

Il se déshabilla et entra sous la douche. Il ouvrit volontairement l'eau froide dans l'espoir de se calmer. Après de longues minutes, il referma le robinet puis se sécha.

Il était tard, dans un peu plus de deux heures le jour se lèverait, et pourtant, il ne se sentait toujours pas prêt à dormir. Il alluma sa lampe de chevet et consulta son répondeur téléphonique. Il avait trois messages.

Il se glissa sous les draps et accéda à sa messagerie. Le

premier message était de Remy, son ami, qui balbutiait quelques propos incompréhensibles avant d'être interrompu. Le second message était la suite du précédent. Remy le prévenait qu'il quittait quelque temps la ville pour aller voir sa tante malade.

Il passa au message suivant, s'attendant presque à entendre encore une fois la voix de son ami. Au lieu de quoi une voix féminine, qui lui était également familière, déclara d'un ton glacial :

— Je ne sais pas à quoi vous jouez avec ma fille, monsieur Boucher, mais soyez sûr que je ne vous laisserai pas faire !

Charlotte Wheeler ne s'était même pas donné la peine de décliner son identité. Elle avait dû considérer que, comme elle s'adressait à un subalterne, elle n'avait pas à se présenter. C'était sa manière de faire. Habituellement, Lucky s'en moquait. Mais cette fois, c'était un peu trop pour lui.

— J'ai une proposition à vous faire, qui, je n'en doute pas, vous intéressera, continuait la mère de Jacey. Retrouvez-moi au Century Restaurant sur Canal Street lundi à 13 heures. Je vous recommande vivement de ne pas informer ma fille de cette entrevue. Mais comme chez vous la duplicité est une seconde nature, ça ne devrait pas vous causer de tourments.

Il effaça immédiatement le message, regrettant de ne pouvoir l'effacer aussi facilement de son esprit. Il se souvenait très bien de la première fois où il avait rencontré Charlotte Wheeler. Cette rencontre avait changé le cours de son existence. Mais il n'avait pas, jusqu'à ce soir, imaginé à quel point.

Il repoussa ce souvenir, s'allongea, éteignit la lumière et fut soulagé de se retrouver dans le noir. Parfois, être dans l'obscurité pouvait se révéler effrayant. On pouvait avoir peur de ne plus jamais revoir la lumière du jour. Mais la culpabilité était bien pire.

Car la culpabilité pouvait ronger un homme jusqu'à l'anéantir.

7

— Déjà ? Je ne t'attendais pas si tôt, aujourd'hui…

Il n'était pas loin de midi, le ton était ironique et Jacey avait consulté ostensiblement sa montre en le voyant entrer.

— Ne commence pas, s'il te plaît…

Lucky alla directement se servir une tasse de café.

— Je n'ai pas beaucoup dormi ce week-end.

Jacey imagina sans mal ce que Lucky avait pu faire de sa nuit précédente pour n'avoir pas fermé l'œil ou presque, et cela ne contribuait pas à apaiser ses bleus à l'âme. Elle qui s'amusait plutôt de la vie sentimentale chaotique de son employé en ressentit une pointe de jalousie.

Pour sa part, elle avait passé son dimanche à soigner sa migraine et son ego meurtri. Elle avait oscillé des heures durant entre un profond sentiment d'humiliation de s'être ainsi ouvertement offerte à lui et de s'être vu repousser, et la satisfaction de se dire que Lucky avait vraiment eu envie d'elle. Peut-être l'avait-elle poussé à l'embrasser, au début, mais quand il l'avait fait, il ne lui avait plus été possible, ensuite, d'arrêter.

Elle lui jeta un regard furtif. Il buvait son café les yeux fermés, comme si la caféine était la seule substance qui puisse l'aider à reprendre vie. Elle l'observa mieux et constata qu'il n'était pas dans le même état que lorsqu'il avait passé la nuit avec une femme. Elle avait assisté à suffisamment de ces matins pour savoir reconnaître le sourire particulier, légèrement émoustillé, qu'il arborait alors. Il n'affichait pas non plus sa nonchalance habituelle. Au contraire, il avait les traits tirés et l'air grave.

Une lueur d'espoir naquit en elle de nouveau. Est-ce que, par hasard, il n'avait pas dormi parce qu'il avait pensé à *elle* ? A ce qui avait failli se passer entre eux ? Est-ce qu'il regrettait, finalement, de s'être montré si raisonnable et si raisonneur ? Elle n'en avait pas la certitude, mais cette simple possibilité la comblait d'aise.

Il reposa sa tasse et s'aperçut qu'elle le regardait.

— Quoi ? lui demanda-t-il rudement, sur la défensive.

Elle haussa les sourcils.

— Rien. J'admirais simplement ton bronzage.

Il la fixa d'un air soupçonneux, mais elle resta de marbre.

— J'ai appris de mauvaises nouvelles ce week-end.

Immédiatement, elle se sentit inquiète pour lui.

— De ta famille ?

— Non, la tante de mon meilleur ami. Nous nous connaissons depuis l'enfance, lui et moi.

Il remplit de nouveau sa tasse mais, cette fois, but plus lentement.

— Hier, je suis allé les voir et je suis rentré dans la nuit.

Elle eut l'impression de recevoir un seau d'eau glacé sur la tête. Ce n'était pas d'avoir songé à elle qui l'avait empêché de trouver le sommeil.

— Est-ce que tu as besoin de prendre quelques jours ? Je peux travailler seule sur le dossier Garvey, tu sais, d'autant que les autres affaires en cours ne pressent pas.

Il secoua la tête.

— Non, je voulais simplement passer les voir pour les assurer de mon soutien.

Il en avait également profité pour rendre visite à sa grand-mère. Ce qui arrivait à la tante de Remy lui avait rappelé que la vie était fragile et qu'on n'était jamais trop attentif, trop attentionné vis-à-vis de ses proches.

Il s'appuya contre le bureau et la contempla. Elle semblait avoir récupéré de ses excès du week-end. Pour une fois, elle n'avait pas attaché ses cheveux, et ça lui allait bien, même si elle les avait davantage coiffés que l'autre soir.

Il observa la façon dont elle était vêtue et nota qu'elle avait enlevé sa veste et omis de boutonner les derniers boutons de son chemisier blanc, contrairement à son habitude.

Des changements subtils, qu'un autre n'aurait pas remarqués, mais qui le rendirent perplexe. Il se demanda à quoi ils étaient dus. S'il ne s'était pas agi de Jacey, il aurait pu croire que c'était à lui que ce petit effet sexy était destiné. Mais il la connaissait suffisamment pour savoir qu'elle n'était pas du genre à se livrer à ces jeux. En quittant son domicile, il s'était attendu à la retrouver telle que d'habitude, et à ce qu'elle agisse comme si de rien n'était, à ce que seul son air gêné — peut-être — trahisse ce qui s'était passé entre eux.

Or, elle ne semblait pas embarrassée. Au contraire, elle avait une expression… amusée. Il en éprouva une certaine irritation, car en vérité, s'il n'avait quasiment pas fermé l'œil du week-end, c'était avant tout à cause d'elle.

— Alors, pas trop pénible la gueule de bois, dimanche ? demanda-t-il.

— Si, très ! Mais épargne-moi tes railleries, ce n'est pas drôle…

Il croisa les bras.

— Je ne te raille pas. Je m'inquiète au contraire de ton bien-être.

Il marqua une pause avant d'ajouter, l'air doucereux :

— D'autant que je me rappelle t'avoir avertie d'y

aller doucement avec le vin, quand nous sommes rentrés chez toi.

— Tu as dit pas mal de choses… quand nous sommes rentrés chez moi…

Lucky sentit qu'ils étaient sur le point de s'engager sur un terrain délicat et il s'empressa de changer de sujet.

Il désigna les papiers posés devant elle.

— C'est le dossier Garvey ? Comment souhaites-tu que nous poursuivions ?

— J'ai pris contact avec un ami qui travaille à la Commission des Transactions Financières. Grâce à lui, j'en apprendrai plus sur l'enquête menée sur Stephen. Le temps que je reçoive ces informations, je me concentrerai sur Mark. Toi, tu t'occuperas d'Amanda.

Elle lui tendit une des chemises posées sur son bureau.

— J'ai établi la liste et les adresses de ses anciens maris. Ils vivent tous en Louisiane. Commence par eux… Ce ne devrait pas être trop difficile d'obtenir une copie des actes de divorce. Vois si elle perçoit des pensions alimentaires…

Ces procédures étant du ressort du ministère public, Lucky n'aurait pas de mal à obtenir ces informations sur la base de données des tribunaux.

— Je n'ai pas envie de passer la journée devant un ordinateur. Je vais aller directement au tribunal et je consulterai les archives sur place…

Jacey posa un regard réprobateur sur le T-shirt qu'il portait.

— J'espère que tu as l'intention de te changer avant de t'y rendre…

Le message du jour disait : *Souviens-toi bien de mon nom. Bientôt, tu le hurleras.* Elle détourna assez vite les yeux et se mit à rassembler fébrilement les documents devant elle. Elle n'avait pourtant aucune raison de se sentir troublée par ce message suggestif, ni de penser que Lucky l'avait choisi pour une raison précise. Elle était certaine… enfin presque… qu'elle n'avait pas prononcé son nom une seule fois quand ils étaient sur le canapé, l'autre soir. Elle l'avait encore moins hurlé.

Elle tira un papier de la pile qu'elle venait de remettre droite et le lui tendit.

— Ça, c'est la liste d'une série de mondanités auxquelles j'ai réussi à me faire inviter. Chaque fois, l'un ou l'autre des héritiers Garvey y sera. A toi de décider si tu souhaites m'y accompagner ou pas. J'ai souligné les événements auxquels participera Amanda, au cas où tu souhaiterais privilégier ceux-ci.

Il consulta la liste d'un air déconfit.

— Est-ce que ces soirées ressembleront, de près ou de loin, à celle des fiançailles de Brummond ?

— A mon avis, elles seront bien pires. Mais il faut en passer par là. Je suis sûre que c'est notre meilleure chance d'obtenir des informations intéressantes sur nos cibles. Des infos qui pourraient même être cruciales.

— On ne pourrait pas se contenter de placer leurs téléphones sur écoute ? plaisanta Lucky.

— Sans problème, si tu as des relations à la CIA… Mais si tu décides de venir à ces événements, il va falloir te refaire une garde-robe. Deux costumes sombres, des chemises…

Elle baissa les yeux sur ses chaussures au cuir élimé.

— Une paire de chaussures neuves. Tu les feras passer en notes de frais… Et une ou deux cravates…

— Des cravates ?

La seule idée d'en porter semblait le remplir de panique. Afin de le rassurer, elle modifia ses consignes :

— Achète-toi ce que tu veux, pourvu que ce soit une

tenue appropriée, d'accord ? Les exigences vestimentaires ne seront pas plus strictes que celles de l'autre soir.

En fait, elle avait du mal à croire qu'il puisse être encore plus sexy qu'à la soirée de fiançailles de Peter, et elle se dit qu'il lui faudrait, quant à elle, s'armer d'une matraque pour tenir les femmes à distance.

Par la même occasion, s'il lui passait par la tête une idée aussi brillante que de lui proposer de coucher avec elle, elle pourrait s'en administrer un bon coup.

Le souvenir de leur fin de soirée sur son canapé lui fit brusquement monter le rouge aux joues et elle prit bien soin de garder la tête baissée sur ses dossiers pour qu'il ne s'en rende pas compte.

— Bien, je crois que nous avons fait le point sur tout ce q…

Elle ne termina pas sa phrase. Elle sentait le regard de Lucky peser sur elle.

Le silence qui s'était installé entre eux s'éternisait. Jacey fixait une feuille de papier, mais elle aurait été incapable de dire de quoi parlait ce qu'elle était en train de lire, si toutefois on pouvait appeler cette fixité lire.

Enfin, elle trouva la force de relever la tête et lui demanda :

— Tu as autre chose à me dire ?

— Non.

Il avait répondu assez spontanément pour qu'elle considère que, pas plus qu'elle, il ne souhaitait revenir sur ce qui s'était passé. Ou plutôt sur ce qui avait failli se passer.

— Parfait…

Elle se leva, marcha jusqu'au placard et en sortit un sac. Avec des gestes mécaniques, elle y fourra un mini-Caméscope, un Dictaphone, des jumelles, un bloc-notes et son ultra-portable. Puis elle se pencha sur son imprimante et ramassa les cartes de visite qu'elle avait confectionnées un peu plus tôt dans la matinée. Elle les plia soigneusement et les rangea dans son sac à main. Elle ouvrit ensuite le réfrigérateur, en sortit trois petites bouteilles d'eau et une pomme. Pendant qu'elle s'affairait, Lucky continuait à la regarder en silence.

Pourquoi ne s'en allait-il pas ? S'il continuait à la regarder ainsi, elle allait exploser.

— Est-ce que tu attends que je t'invite à déjeuner ? finit-elle par lui demander.

— A déjeuner ?

Il consulta sa montre et se rendit compte qu'il était presque midi.

— Non, je ne pense pas que je prendrai le temps de déjeuner aujourd'hui.

En outre, il savourait d'avance l'idée de poser un lapin à Charlotte Wheeler et de l'imaginer s'impatienter avant de comprendre qu'il ne viendrait pas.

Il se redressa et se dirigea vers la porte à contrecœur. Regarder Jacey parcourir la pièce et s'agiter en tous sens en prenant bien soin de ne pas lui prêter attention ne faisait rien pour arranger son humeur.

Il sortit mais, arrivé à son propre bureau, il fit demi-tour, revint sur ses pas et ouvrit brusquement la porte du bureau de Jacey.

— On ne va pas continuer comme ça !

Elle se leva et resta à côté de son siège, la main sur le dossier.

— Qu'est-ce qui t'arrive, Lucky ?

— J'ai un problème. Un gros problème… Toi !

Il fit claquer sur le bureau le dossier qu'il avait en main, assez fort pour la faire sursauter.

— C'est à la fois stupide et complètement inutile de

faire comme si rien ne s'était passé samedi soir, Jacey. Il faut que nous mettions les choses au point…

— Qu'y a-t-il de si important à mettre au point ? marmonna-t-elle.

— Ce qui s'est passé n'aurait pas dû avoir lieu et ne doit plus jamais se reproduire.

Il espérait qu'en prononçant ces paroles avec suffisamment de véhémence, il parviendrait à s'en convaincre.

— Toi et moi, nous sommes amis. Nous l'avons toujours été… Je ne sais pas ce qui nous est arrivé, mais quoi qu'il en soit, il est hors de question que nous fichions notre amitié en l'air. Et pour ce faire, pas de liaison entre nous, même passagère. C'est totalement exclu !

Il lui adressa un regard noir qui la mettait au défi de protester. Mais elle resta impassible, un petit sourire tranquille aux lèvres.

— Je comprends parfaitement, Lucky, mais si tu es honnête, tu admettras que, pour nous, faire l'amour ensemble ne sera jamais complètement exclu.

Il était toujours figé devant la porte quand elle passa à côté de lui avec sa sacoche et son sac à main, puis s'éloigna dans le couloir avec un balancement de hanches des plus suggestifs.

Plus tôt dans la journée, Jacey avait passé plusieurs coups de fil pour peaufiner son plan d'approche des voisins de Mark Garvey. Ce dernier résidait dans un quartier huppé où les maisons se négociaient à plusieurs millions de dollars. Tout laissait donc à penser qu'il avait des revenus confortables.

Elle commença par la maison la plus proche de la sienne et sonna à la porte. Une domestique en tenue lui ouvrit.

— Bonjour, dit-elle en tendant à la femme une fausse carte de visite. Pourrais-je parler aux propriétaires, s'il vous plaît ?

— Un instant, je vous prie.

Jacey en profita pour observer la rue. Ce n'était pas un quartier fermé par des grilles ou de hauts murs, ce qui lui facilitait la tâche. Cependant, elle nota à plusieurs endroits de discrètes caméras de surveillance. Elle repéra une voiture qui remontait lentement la rue, et dont le conducteur la regarda longuement. Dans ce genre de quartier, les démarcheurs en porte-à-porte étaient interdits. C'est pourquoi elle avait placé sur son véhicule un macaron au logo d'une agence immobilière inventée de toutes pièces. Ainsi, le vigile ne saurait pas si elle avait une raison valable d'être là ou pas.

Une femme d'une cinquantaine d'années, peu avenante, se présenta, avec une expression vaguement impatiente.

— Je crains de ne pas avoir besoin des services d'une agence immobilière, déclara-t-elle, la main déjà sur la porte pour la refermer.

— Mais je suis bien au 1018 Vine Street, n'est-ce pas ? demanda Jacey, tout en consultant son bloc-notes d'un air étonné.

— En effet, mais ma maison n'est pas à vendre. Je n'ai pas non plus l'intention de la mettre en vente prochainement.

— Voilà qui est étrange… C'est pourtant bien l'adresse que mon collègue a notée. Bruce Cambridge… Il m'a dit avoir parlé de cette maison au téléphone hier soir. Est-ce que ce pourrait être avec votre mari ?

— Ex-mari, et il vaudrait mieux pour lui qu'il n'ait pas parlé de cette maison avec votre collègue !

La femme ouvrit un peu plus la porte et ajouta, regardant le bloc-notes de Jacey d'un air suspicieux :

— Après notre divorce, j'ai obtenu de garder cette maison et une des voitures. Lui, il a son appartement sur la plage. Mais je ne serais pas étonnée qu'il manigance quelque chose…

Cette femme était particulièrement antipathique, mais, pour autant, Jacey n'avait aucune envie de déclencher un conflit entre son ex-mari et elle. Elle sourit largement et reprit :

— Oh, ne vous inquiétez pas, l'erreur vient sans doute de moi. Ce ne serait pas la première fois que je ne parviens pas à déchiffrer l'écriture de mon collègue. Vous voyez, ce 8 pourrait très bien être un 6, ajouta-t-elle en pointant du doigt son bloc-notes.

— Ou bien un 9, fit remarquer la propriétaire de la maison. Mon ex-mari aussi avait une écriture épouvantable. Maintes fois, cela nous a causé des tracas.

— Peut-être s'agit-il alors de la maison d'à côté ?

Elle désigna la maison de Mark Garvey.

— Croyez-vous que ce soit possible ? Savez-vous si vos voisins envisagent de déménager ?

— M. Garvey ? répondit la femme qui sortit sur le pas de la porte pour regarder la maison, perplexe. Non, je n'ai rien entendu de semblable, mais c'est un homme assez renfermé. Il lui arrivait de discuter avec mon ex-mari. Je n'ai jamais compris pourquoi un homme seul s'entêtait à rester dans une maison aussi grande. D'autant qu'il n'est pas souvent chez lui.

— C'est bien dommage, commenta Jacey. Une propriété comme celle-ci, c'est l'idéal pourtant, pour se détendre et recevoir du monde.

— Depuis son divorce, il y a deux ans, il reçoit peu. Les seuls visiteurs qu'il m'arrive d'apercevoir sont les membres de sa famille. Il a un frère et une sœur, ainsi qu'un jeune cousin, je crois. Selon mon ex-mari, il n'a jamais été en très bons termes avec son père.

Elle baissa la voix et reprit :

— Et ce cousin, il paraît qu'il n'est pas très fréquentable… Il y a quelques années, Mark Garvey l'a embauché pour le remettre sur le droit chemin, mais je ne sais pas s'il y a réussi. Parfois, avoir trop d'argent ne fait pas que du bien. Il a eu plusieurs… amies que j'ai vues quelques fois, depuis sa séparation. Mais, comme je vous l'ai dit, il n'est pas souvent chez lui. Alors oui, il est possible qu'il envisage de vendre. Je ne me rappelle même pas à quand remonte la dernière fois où je lui ai parlé…

Jacey sentit que son interlocutrice ne pourrait pas lui en apprendre beaucoup plus et décida de s'en aller.

— Bien, puisque je suis là, je vais en profiter pour laisser ma carte à droite et à gauche. Merci de m'avoir consacré un peu de temps.

Elle s'éloigna et se dirigea vers la maison de Mark Garvey. Cette fois-ci, il n'y eut même pas de domestique pour venir lui ouvrir. Après quelques instants, elle traversa la rue et sonna à une autre maison, sans guère plus de succès. On vint lui ouvrir, mais une employée lui apprit que les propriétaires étaient absents et n'avaient emménagé que depuis six mois. Jacey doutait donc qu'ils puissent lui apprendre quoi que ce soit d'intéressant.

Elle retourna donc à son véhicule et vit de nouveau passer la voiture de surveillance du quartier. A peine plus d'un quart d'heure s'était écoulé depuis son premier passage. Elle devait garder cette information à l'esprit. Elle aurait peut-être besoin de revenir et devrait faire en sorte d'avoir un bon prétexte si par hasard on remarquait sa présence et qu'on lui demandait ce qu'elle faisait là.

Elle roula dans le quartier jusqu'à ce qu'elle repère un panneau indiquant qu'une maison était à vendre. Elle nota le nom de l'agence immobilière ainsi que son numéro de téléphone.

Elle repartit puis s'arrêta plus loin pour appeler cette

agence, déclarant qu'elle était intéressée par la maison. Elle glana ainsi quelques informations intéressantes sur le quartier et son service de sécurité. Des renseignements qui pourraient se révéler utiles dans un avenir proche.

Elle consulta sa montre et songea qu'il lui restait environ deux heures avant que Mark Garvey ne sorte du travail. La filature était ce qui lui plaisait le moins dans son activité, mais en apprendre un peu plus sur ce que l'homme faisait après le travail était nécessaire. Selon sa voisine, il n'était pas souvent chez lui. Elle savait précisément à quoi ressemblait sa voiture, elle n'aurait donc pas de mal à le suivre. Toutefois, s'il rentrait directement, elle devrait abandonner. Elle ne pouvait pas courir le risque de se faire repérer.

Tandis qu'elle traversait la ville, son téléphone sonna. Elle prit soin de vérifier qui l'appelait avant de décrocher : elle n'avait aucune envie de parler à sa mère.

Mais l'appel venait de son bureau. C'était sa secrétaire.

— Salut, Joan, quoi de neuf ?

— Eh bien, je t'appelle car tu as une cliente potentielle très impatiente de te voir.

Jacey jeta un regard dans son rétroviseur et changea de file.

— Intéressant. Lucky est revenu ? Il peut s'en occuper ?

La circulation était très dense. Elle ralentit et estima combien de temps il lui faudrait pour atteindre le lieu de travail de Garvey.

— Sinon, prends les coordonnées de cette cliente et dis-lui que je la rappellerai.

— Ça n'ira pas, Jacey, répondit Joan à voix basse. Elle insiste lourdement. Elle a déjà appelé deux fois, elle est venue en personne et a déclaré qu'elle reviendrait et attendrait ton retour.

— A-t-elle donné son nom ?

— Oui, elle me l'a donné quand elle est passée…

Jacey entendait Joan déplacer des papiers.

— Lianna Wharton.

Lianna Wharton ? La fille de Walter Garvey ? Que diable pouvait-elle bien lui vouloir ? Elle l'avait déjà rencontrée aux cours de soirées ou de manifestations, mais jamais cette dernière n'avait eu recours à ses services. Qu'elle prenne contact avec elle maintenant, alors que, justement, elle enquêtait sur la famille Garvey était pour le moins étrange.

— Bon, je vais repasser au bureau, déclara Jacey. Si elle arrive avant moi, demande-lui de patienter.

Elle mit fin à la communication, et attendit de pouvoir bifurquer à la première occasion. Elle hésita à appeler Lucky pour le tenir au courant, mais finit par y renoncer. Jamais elle ne l'avait vu d'aussi mauvaise humeur qu'en fin de matinée, et elle craignait que sa dernière remarque n'ait fait que l'irriter davantage.

Cette pensée la fit sourire. Elle n'était pas habituée à jouer le rôle de la séductrice, mais cela ne lui déplaisait pas. Ses paroles avaient laissé Lucky complètement coi, et, en soi, c'était un exploit.

Après quelques minutes, le trafic devint un peu plus fluide, mais elle évalua qu'il lui faudrait encore près d'une demi-heure pour atteindre sa destination. Bientôt, ses pensées la ramenèrent aux événements du samedi soir. Elle revoyait clairement l'expression de Lucky quand il s'était éloigné d'elle. Il l'avait fait à contrecœur. Il s'en était fallu de vraiment très peu qu'il se laisse guider par son élan et lui fasse l'amour.

Elle sentit sa gorge s'assécher ; se dire qu'il avait eu autant envie d'elle lui faisait presque peur. Et cette envie avait été réciproque. Même si Lucky s'obstinait à le nier, il y avait eu désir de part et d'autre, et ce désir n'allait pas s'évanouir du jour au lendemain.

Le tout était de savoir comment ils allaient gérer cela. Comme *elle*, elle allait le gérer.

Cette question la tracassait. Il était clair que jamais elle n'aurait osé lui proposer de coucher avec elle si elle n'avait pas été… ivre, il fallait bien le dire. Mais à présent qu'elle n'était plus sous l'influence de l'alcool, elle devait bien constater que son désir pour lui n'en était pas moins réel et pressant.

Ce qui ne manquait pas de la surprendre, car jusque-là, elle n'avait pas été particulièrement sensible au charme de Lucky. Bien entendu, elle avait tout de suite reconnu qu'il en avait. N'importe quelle femme normalement constituée ne pouvait manquer de remarquer que Lucky était un homme extrêmement séduisant, au charisme puissant. Et contrairement à ce qu'avait affirmé Peter, elle était une femme normalement constituée. Mais elle avait eu jusque-là le sentiment d'être « immunisée » contre son charme. Comme si, en reconnaissant qu'il en avait, elle le tenait à distance.

Samedi soir, il avait joué à être son nouveau petit ami avec tellement de conviction qu'elle s'était sans doute laissé griser. Pourtant, ce matin même, tandis qu'il lui exposait ses arguments pour la convaincre qu'il ne devait rien se passer entre eux, elle n'était pas parvenue à lui donner raison. Quelque chose en elle repoussait cette possibilité.

Soudain, un Klaxon retentit et la fit sursauter. Le feu venait de passer au vert. Elle démarra et s'efforça de se concentrer sur sa conduite, persuadée que l'entrevue qui l'attendait serait très instructive.

Quand elle poussa la porte des bureaux de son agence, elle vit Lianna Wharton assise dans la petite salle d'attente. Joan lui adressa un regard soulagé.

— J'ai fait attendre Mme Wharton, comme tu me l'avais demandé, Jacey.

— Lianna, déclara Jacey en s'approchant de la visiteuse, la main tendue. Heureuse de vous revoir. Je ne saurais dire à quand remonte notre dernière rencontre…

Un coup d'œil suffit à lui indiquer que Lianna Wharton avait dû passer des moments difficiles. Si ses cheveux blonds étaient toujours impeccablement coiffés, elle avait les traits tirés et l'air hagard.

— Jacey, tu es superbe. Vraiment superbe…

Lianna prit ses deux mains dans les siennes et la contempla longuement.

— Tout a l'air de se passer pour le mieux… Tu réussis dans tes affaires et tu as un nouvel homme dans ta vie… Je n'ai pas pu aller aux fiançailles de Peter Brummond, mais j'ai entendu dire que ta présence aux côtés de ce bel inconnu n'était pas passée inaperçue.

Jacey ignora le regard intrigué que Joan jeta sur elle et invita Lianna à se diriger vers son bureau.

— Venez donc m'expliquer ce qui vous amène…

Elle n'avait aucune envie que sa secrétaire apprenne que Lucky s'était fait passer pour son petit ami. L'ambiance au travail risquerait d'en pâtir.

Elle désigna un fauteuil à l'intention de Lianna, puis referma la porte.

— Voulez-vous un café ?

— Volontiers. Je suis un peu à fleur de peau, et un café ne peut pas me faire de mal.

Jacey lui en servit une tasse. Puis elle s'installa face à elle.

— Bien. Que puis-je pour vous, Lianna ?

Lianna but son café à petites gorgées.

— Je n'en reviens toujours pas que tu sois devenue une aussi belle jeune femme ! Tu sais comment sont les mamans… Elles croient que leurs enfants resteront toujours des petits. Mon Jeffrey a quelques années de moins que toi, et pourtant, chaque fois que je le regarde et que je me rends compte qu'il est devenu un adulte, je dois me pincer. Tu n'as jamais rencontré Jeffrey, il me semble ? ajouta-t-elle avec un regard aiguisé.

Jacey se mit immédiatement sur ses gardes. Elle ne savait pas encore pour quelle raison Lianna Wharton était venue la voir, mais elle était persuadée qu'elle devait faire attention à ce qu'elle dirait.

— Non, en effet. Est-ce qu'il vit à La Nouvelle-Orléans ?

— Oui, il a terminé ses études l'an dernier. Il est diplômé en commerce international.

Elle rayonnait.

— Son père et moi, nous avons eu un… mariage difficile, et nous avons divorcé alors que Jeffrey était encore petit. Mais il n'en a pas été affecté. C'est un jeune homme très équilibré. Il travaille dans la société de mon père. Il apprend le métier en démarrant en bas de l'échelle. C'est le credo de mon père, ça : démarrer tout en bas…

— C'est quelqu'un de très… travailleur…

— Oh, ça oui. Mais je ne suis pas venue pour te parler de lui, mais de mon père.

Elle eut soudain les yeux humides. Pourtant, Jacey sentit instinctivement que l'effet était forcé.

— Il est mourant…

Elle fit mine d'être abasourdie par cette nouvelle tout en se demandant si Walter Garvey avait finalement décidé de parler de sa maladie à sa famille.

— Vous me voyez vraiment désolée de l'apprendre.

L'empathie dans sa voix était réelle. Même si, dans la famille Garvey, les relations n'étaient pas au beau fixe, ce n'était jamais facile de s'apprêter à perdre son père.

— En fait, je l'ai appris par accident, mais lorsque

j'ai demandé à mon père de m'en parler un peu plus, il a refusé. Nous n'avons jamais été en très bons termes, tous les deux, mais j'imaginais que dans de telles circonstances, il aurait aimé savoir qu'il pouvait compter sur le soutien de ses proches. Eh bien non…

— Que puis-je faire, Lianna ?

— Je veux connaître son état de santé réel. Je suis sa fille, j'ai le droit de savoir la vérité et, éventuellement, me préparer au pire.

Elle avait une larme au coin de l'œil. Elle battit des paupières, et cette larme roula doucement sur sa joue.

Jacey se leva, prit une boîte de mouchoirs en papier et la posa sur le bureau, tout en se demandant si Lianna avait appris à pleurer dignement aux leçons de bonnes manières de Mlle Denoue, auxquelles assistaient toutes les jeunes filles de la haute société de La Nouvelle-Orléans depuis plusieurs décennies.

— Je ne sais plus à quel saint me vouer, continua Lianna. J'ai appelé l'hôpital, mais ils se replient derrière le secret médical.

— Vous ne pouvez pas leur en vouloir. La loi et l'éthique leur interdisent de divulguer ces informations si votre père en a fait la requête.

— Oui, c'est ce qu'ils me répètent. Mais il doit y avoir un moyen de contourner cette loi. Moi aussi, j'ai des droits !

Son regard s'embrasa et elle posa sa tasse sur le bureau dans un geste dramatique.

— Il y a des dispositions à prendre, et je ne sais même pas combien de temps nous avons pour tout régler.

— Il me semble que, dans certains cas précis, des exceptions existent, mais je ne suis pas très au fait de tout cela. Un avocat vous renseignerait mieux que moi.

Jacey sentait bien que Lianna n'avait toujours pas

abordé la véritable raison de sa visite. Ce qu'elle ne tarda cependant pas à faire.

— Mon père est… un homme difficile. Très secret. J'ai besoin de savoir ce qu'il envisage pour… sa succession…

Elle eut un sourire ennuyé avant de reprendre :

— Parler finances dans une telle circonstance peut sembler indécent, mais c'est hélas nécessaire. J'aimerais donc que tu m'aides à en savoir plus sur ses intentions.

— Vous voulez obtenir une copie de son testament ?

— Ça ou n'importe quel autre document qui puisse m'aider à savoir ce qu'il compte faire. J'ai besoin d'être sûre que ses souhaits pourront être exaucés. Quand on perd un proche, c'est une consolation de savoir qu'au moins, ses dernières volontés seront respectées. Mais il est tellement renfermé que, même dans ce domaine, je ne peux pas l'aider.

Jacey n'arrivait pas à déterminer si elle se sentait scandalisée devant les intentions limpides de Lianna ou admirative de la comédie de la bonne fille qu'elle essayait de lui jouer.

Elle secoua la tête.

— Je suis désolée, Lianna, mais je résous mes affaires uniquement à l'aide d'informations publiques. Or les testaments n'entrent pas dans cette catégorie. Y a-t-il quelqu'un à qui votre père aurait pu confier ses intentions ?

— J'en doute.

Le regard de Lianna était redevenu froid et sec.

— Il ne dit jamais un mot de trop. Il se contente de donner des consignes pour qu'on fasse suivant sa volonté. Je ne connais personne suffisamment proche de lui à qui il ait pu se confier.

— Dans ce cas, fit Jacey en se levant, je crains de ne vous être d'aucun secours. Peut-être devriez-vous vous mettre en quête d'une personne à qui votre père serait prêt à parler ? Je ne sais pas qui, mais vous le connaissez mieux que moi.

A l'expression de Lianna, Jacey devina qu'elle n'était pas dupe : elle savait qu'elle refusait de coopérer avec elle.

— Jeffrey et moi, nous pourrions lui être d'un grand secours, tu sais, si seulement il nous laissait l'aider au lieu de nous repousser ! A l'heure qu'il est, mon père devrait déjà être en train de former son successeur.

Elle se leva à son tour et se dirigea vers la porte.

— Si tu changes d'avis, Jacey, mon offre tient toujours. Je suis prête à me montrer très généreuse pour obtenir des informations qui m'aideraient à assister mon père dans ses derniers jours.

8

— Elle a essayé de t'extorquer des infos ?

— Oui, et elle est partie très contrariée que je n'aie pas mordu à l'hameçon.

Lucky était affalé sur une chaise, les jambes étendues et croisées sur une autre, tandis qu'il l'écoutait lui relater la visite de Lianna Wharton.

— Ce qui est sûr, continua Jacey, c'est qu'elle n'est pas venue par hasard. Qu'elle ait découvert l'état de santé réel de son père, c'est une chose. Qu'elle ait appris que lui et moi, nous étions en affaires, c'en est une autre.

— Tu ne crois donc pas qu'elle ait pu venir te voir pour la même raison que lui. A savoir que tu es la seule personne qu'elle connaisse et en qui elle ait confiance dans le milieu des détectives privés.

— Non, la coïncidence est trop forte. Après son départ, j'ai appelé Walter Garvey, et il m'a confirmé qu'à aucun moment il n'avait parlé de sa maladie à Lianna. Mais d'après ce que je connais d'elle, je ne serais pas étonnée qu'elle ait fureté à droite et à gauche pour savoir ce qui se passait.

— Si son fils travaille dans la société, c'est peut-être lui qui a joué les espions pour elle.

Lucky se pencha en avant et s'empara de la pomme posée sur le bureau, que Jacey avait emportée mais n'avait pas eu le temps de manger.

— La copie du contrat que j'ai passé avec Walter doit probablement être rangée dans le coffre-fort de son bureau personnel. Peut-être que Jeffrey l'a vue…

Lucky se mit à jongler avec le fruit.

— Eh bien ! Si quelqu'un a la combinaison du coffre, Garvey peut commencer à se faire du souci !

— Il n'a pas eu l'air de le penser. Il était surtout contrarié d'apprendre que sa fille était au courant de sa maladie.

A vrai dire, « contrarié » était un euphémisme. Quand Jacey lui avait parlé, Walter Garvey s'était mis dans une colère noire.

— Selon lui, sa fille a probablement appris sa maladie en écoutant ses messages téléphoniques. Une secrétaire du laboratoire d'analyses lui en avait laissé un au sujet des résultats de ses derniers examens. Quant au contrat que je lui ai fait parvenir, je ne crois pas que son petit-fils ou qui que ce soit d'autre ait pu le trouver dans le coffre… On a dû le voir sur son bureau, juste avant que Walter ne me le retourne signé.

— Ça ne doit pas être agréable de vivre entouré d'oreilles et d'yeux trop curieux !

Jacey songea que l'entrepreneur y était certainement habitué depuis longtemps, mais ce devait être difficile pour lui de vivre en se méfiant de tout le monde, tant en affaires que dans le privé.

— Quoi qu'il en soit, ça n'a rien de dramatique, mais ça risque de nous compliquer un peu la tâche.

Lucky lança la pomme d'une main et la rattrapa de l'autre.

— Possible… Mais après ce que j'ai appris sur Amanda Garvey-Smythe-Collins-Pritchard et future Mme Beauchamp, je dirais qu'en termes de tracas potentiels, Lianna est battue à plate couture par sa nièce.

L'intérêt de Jacey fut piqué.

— Tu as pu avoir accès aux actes de divorce ?

— Oui, et les quatre sont de sacrés pavés, crois-moi ! J'en ai encore les yeux irrités.

D'un regard impatient, elle écarta ses lamentations. Son après-midi aux archives du tribunal ne semblait pas l'avoir autant éreinté qu'il le prétendait. Elle nota avec plaisir qu'il avait suivi son conseil et changé de T-shirt avant de s'y rendre. Peu après l'avoir engagé, elle avait constitué un petit stock de T-shirts beaucoup plus sobres qu'elle gardait au bureau à son intention et dans lequel il pouvait puiser quand les circonstances l'exigeaient. Toutefois, cela ne l'avait pas découragé de venir au travail vêtu de ses T-shirts à messages qu'elle trouvait d'un mauvais goût absolu. Sans doute le faisait-il pour la faire enrager, c'est pourquoi elle tentait de dissimuler sa contrariété du mieux possible, sans grand succès cependant.

Depuis leur altercation du matin, l'humeur de Lucky paraissait bien meilleure, sans qu'elle sache à quoi ce changement était dû.

— Et alors ? demanda-t-elle.

— Notre Amanda semble avoir un goût très sûr, en matière d'hommes.

— Après quatre divorces, j'ai du mal à le croire !

Il mordit dans la pomme, mâcha et avala tranquillement.

— Après son premier mariage, c'est elle qui a demandé le divorce et qui a dû verser une pension importante. Aucun des types auxquels elle a été mariée n'était très riche. Il y a quelques années, elle a revendu la société qu'elle dirigeait à l'époque, versé une grosse somme à son premier mari pour ne plus rien avoir à faire avec lui, puis a lancé le cabinet qu'elle dirige aujourd'hui.

— Le rapport financier de sa société est solide. Tout semble démontrer qu'elle est douée en affaires. Est-ce que tu en as trouvé trace dans un des actes de divorce ?

— Oui. La paperasse financière avec tous les détails, c'est bien, mais ce n'est pas ce qu'on trouve de plus intéressant dans les archives d'un tribunal. En revanche, ce qui ne manque pas de sel, c'est qu'elle a eu la malchance d'épouser deux hommes violents, un troisième qui l'a trompée et un escroc notoire. Tu veux que je continue à enquêter sur elle ou nous l'éliminons dès à présent de la liste des successeurs potentiels de Garvey ?

— Je crois que c'est encore prématuré de l'éliminer, même si je me doute de ce que pense Walter de ses ex.

— Et toi, tu en sais un peu plus sur Stephen ?

— Si mon contact à la Commission des Transactions Financières me confirme que rien ne peut être retenu contre lui, Mark et lui seraient les candidats les plus logiques pour succéder à leur grand-père.

— Rien de particulier sur eux ? Je veux dire à part cette enquête financière…

— Non, mais pour le moment, je n'ai eu le temps que d'effectuer des recherches préliminaires sur Mark. Tout le reste est ici.

Elle désigna une épaisse pile de documents imprimés. La base de données des professionnels compilait tout ce qui était public sur un individu à partir du moment où il avait occupé un emploi. Etant donné la notoriété de la famille Garvey et l'importance de leurs affaires, la somme d'informations était conséquente. Tout y était consigné : le nom de leurs associés, celui des sociétés avec qui ils traitaient, etc.

Lucky contempla la pile de papiers avec une grimace. Il n'avait jamais aimé cet aspect du métier et évitait de s'y soumettre aussi souvent que possible. Comme il l'avait expliqué d'emblée à Jacey, il était un homme de terrain et d'action.

Et quand il fallait passer à l'action, il savait effectivement s'y prendre, songea-t-elle avec un frisson d'excitation.

Elle leva les yeux vers la pendule murale.

— Je pensais filer Mark Garvey pour apprendre ce qu'il fait quand il n'est pas au travail. Selon une de ses voisines, il n'est pas souvent chez lui.

— Tu ne réussiras jamais à être à temps à la sortie de son bureau.

— Tu as raison. C'est raté pour aujourd'hui… J'ai l'intention de faire un tour au cocktail de la Ligue des droits civiques de La Nouvelle-Orléans qui se tient ce soir. C'est une soirée informelle en préambule d'une cérémonie de remise de prix. Ensuite, je reviendrai ici pour éplucher les données rassemblées sur Mark Garvey.

Conscient qu'elle observait sa réaction, Lucky s'appliqua à manger sa pomme lentement, comme si cela requérait toute sa concentration. Lorsqu'il releva la tête et s'aperçut qu'elle le regardait toujours, attendant qu'il parle, il se sentit pris au piège.

— Cette réunion de la Ligue promet d'être extrêmement rasoir, non ?

Il n'avait aucune envie de passer la soirée à discuter avec des étrangers de sujets qui ne l'intéressaient ni de près ni de loin.

— Qu'attends-tu de moi exactement ?

— Tara, l'ex-femme de Mark, présidera l'assemblée. Avec un peu de chance, j'aurai l'occasion de bavarder quelques minutes avec elle. De plus, Stephen figure sur la liste des invités. Je me disais donc que si nous assistions tous les deux à ce cocktail, ça pourrait s'avérer fructueux.

S'avérer fructueux… Dans l'absolu, elle avait raison. Mais Lucky n'était pas certain que passer la soirée avec Jacey soit une bonne idée. La frustration qu'il avait éprouvée après être parti de chez elle et qui l'avait maintenu éveillé pendant deux longues nuits s'était un peu apaisée. Cependant, il considérait comme prématuré de mettre à l'épreuve cet équilibre retrouvé, sachant que la jeune femme serait sans doute encore une fois vêtue d'une robe qui révélerait tous ses charmes.

— Ce n'est pas un cocktail habillé, si c'est ce qui te fait peur.

Il releva brusquement la tête, ébahi qu'elle rebondisse aussi précisément sur ses pensées.

— Quoi ?

Elle avait un air amusé.

— Si c'est ce qui te retient, n'aie crainte, tu n'as pas à t'habiller spécialement pour l'occasion. Moi, je n'ai pas l'intention de me changer. Tu ne t'es pas encore occupé de t'acheter des vêtements neufs, je parie…

— Eh bien, détrompe-toi ! Normalement, tout a dû m'être livré ici, cet après-midi même.

— Il est possible que la livraison ait eu lieu pendant mon absence. Parfait alors ! La question est réglée : tu viens avec moi.

Lucky ne répondit pas. Passer l'après-midi le nez dans les archives du tribunal lui avait laissé tout le temps de réfléchir. Il en était arrivé à la conclusion que, s'il passait trop de temps avec Jacey, leur relation atteindrait un point de non-retour. S'ils devenaient amants, même pour une très courte durée, ils ne pourraient plus jamais redevenir ensuite les amis qu'ils étaient actuellement.

Dans l'existence, peu de choses lui faisaient peur. Mais songer qu'il pourrait perdre définitivement Jacey l'effrayait.

— Si tu crains pour ta vertu, sois rassuré, l'entendit-il déclarer. Il est rare que je formule deux fois la même proposition au même homme. Tu es donc tranquille.

Se moquait-elle de sa retenue ?

— Ce n'est pas pour moi mais pour toi que j'ai peur, Jacey. Continue à me provoquer et tu risques de te retrouver avec bien plus de problèmes à régler que tu ne le crois.

Il se leva et sortit de la pièce sans un regard pour elle. Mais il ne quitta pas le bureau. Il n'était pas stupide à ce point, même s'il avait conscience d'être manipulé. Il allait se changer, l'accompagner à ce cocktail et, une fois sur place, faire son boulot.

Et si elle avait de la chance, s'ils avaient tous deux de la chance, il parviendrait à garder le contrôle de ses émotions toute la soirée.

Au cours du trajet jusqu'à l'hôtel où avait lieu la réception, ils n'échangèrent pas un mot. Jacey n'osait rien dire. Elle sentait Lucky sur les nerfs et ne souhaitait pas attiser sa mauvaise humeur. Tandis qu'ils pénétraient dans les salons décorés, elle lui jeta un regard légèrement inquiet, auquel il répondit avec hostilité.

Rien ne l'avait préparée, tant dans son éducation qu'auprès des gens qu'elle avait l'habitude de fréquenter, à se confronter à un homme comme lui. Il faisait fi des bonnes manières, contrairement aux autres hommes de sa connaissance. Il ne mâchait pas ses mots et quand il était en colère, il ne cherchait pas à dissimuler ses émotions, au contraire.

Paradoxalement, cela ne l'en rendait que plus attirant.

Pour calmer la tension que sa sourde hostilité générait en elle, Jacey décida de se concentrer sur les invités. Elle nota au passage que Lucky n'était pas habillé de manière très différente de l'autre soir, exception faite d'une veste claire qui contrastait avec son teint et le reste de sa tenue. A leur entrée, de nombreux regards s'étaient tournés dans leur direction.

Elle repéra très vite Tara Garvey, qui parlait avec animation à un homme qu'elle n'avait jamais vu.

— Je vais dire bonjour aux gens que je connais et me mêler à la foule, dit-elle à Lucky. La rousse en robe noire au fond à droite, c'est l'ex-femme de Mark. Et si je ne me trompe pas, c'est Stephen qui discute avec l'homme à la cravate rouge…

— Ne t'inquiète pas pour moi, répondit-il d'un ton calme, même si son regard indiquait qu'il était toujours en colère. Je me débrouillerai très bien tout seul.

Elle le prit au mot et s'éloigna rapidement, soulagée. Elle n'aurait pas su dire d'où lui venait ce nouveau besoin de le provoquer, mais elle commençait à croire qu'il avait raison quand il affirmait qu'elle devait faire attention.

Non pas par crainte de ses réactions. Elle avait une confiance totale en lui. Mais parce que faire sans cesse allusion à leur attirance mutuelle et au fait qu'ils s'étaient trouvés sur le point de faire l'amour mettait à mal leur relation, aussi bien professionnelle que personnelle. Il lui fallait donc faire en sorte de repousser les souvenirs qui venaient la hanter chaque fois qu'elle fermait les yeux. Oublier ses caresses, la passion de ses baisers, la douceur de sa peau.

Elle prit une longue inspiration en même temps qu'une ferme décision. Elle oublierait. Après tout, si lui y arrivait, pourquoi ne pourrait-elle pas en faire autant ?

Il lui fallut plusieurs minutes pour traverser la pièce et attirer l'attention de Tara. Lorsque enfin cette dernière se tourna vers elle, elles se saluèrent avec chaleur. Elles s'étaient rencontrées quelques années plus tôt et avaient travaillé ensemble à l'occasion d'une œuvre de charité. Jacey avait toujours apprécié sa compagnie. Elle était drôle et elle avait de l'esprit.

Elles bavardèrent de choses et d'autres pendant quelques minutes avant que Jacey ne déclare :

— J'ai vu sur le programme que vous êtes en lice pour recevoir une récompense. Toutes mes félicitations !

Tara sourit et eut un haussement d'épaules modeste.

— C'est plutôt moi qui devrais offrir une récompense à l'association. J'ai été heureuse d'avoir eu de quoi m'occuper pour me changer les idées ces deux dernières années.

— Et aujourd'hui, ça va mieux ?

Il était de notoriété publique que son divorce avait été difficile.

— Oui, ça va. J'ai rencontré quelqu'un et je commence à reprendre confiance en moi. Quand Mark m'a quittée, j'étais au plus bas. Ce n'est pas que je lui en veuille encore, mais je n'ai pas définitivement chassé toute mon amertume. Evidemment, je ne l'ai jamais surpris à me tromper, mais je suis certaine que c'était le cas.

— Oh, je suis désolée, je n'en savais rien.

Tara eut un geste vague et but une gorgée de son eau minérale.

— De toute façon, les autres membres de sa famille ne sont pas des modèles en la matière. Je crois que la nouvelle conquête de Rupert a trente ans de moins que lui. Mais je parie que ça ne durera pas longtemps. Ils changent tous de partenaires comme de chemise. A l'exception de Stephen, corrigea-t-elle. C'est un bourreau de travail, mais il n'en reste pas moins un père de famille respectable. Et rien que pour cela, j'ai souvent envié son épouse.

— Pourquoi croyez-vous que Mark vous trompait ?

Jacey était gênée de chercher à lui soutirer des informations aussi personnelles, mais si elle voulait mieux cerner la personnalité de Mark Garvey, elle ne pouvait pas faire autrement.

— A cause de toute une somme de petits détails… Il rentrait trop souvent tard le soir ; trop souvent, on me raccrochait au nez lorsque je répondais au téléphone. Et puis il y avait ces sommes d'argent qui, d'un seul coup, disparaissaient de nos comptes. Je ne sais pas qui était sa maîtresse, mais toujours est-il qu'il a dû la gâter.

Jacey garda en tête qu'elle devrait se renseigner sur les femmes que fréquentait Mark Garvey. D'après sa voisine, il changeait régulièrement de partenaire, ce qui signifiait qu'il ne voyait sans doute plus la femme avec laquelle il était à l'époque de son divorce.

— Mais maintenant vous êtes heureuse, n'est-ce pas ? demanda-t-elle avec sollicitude.

— Disons que je m'en rapproche, répondit Tara. C'est gentil de me poser la question. En tout cas, je me sens mieux. Et je suis contente de me sentir de nouveau suffisamment femme pour avoir remarqué l'homme avec qui vous êtes arrivée. Qui est-ce ?

Si quelqu'un d'autre le lui avait demandé, Jacey se serait sentie gênée et se serait réfugiée derrière les formules d'usage. Mais Tara lui avait posé la question d'un ton léger, sans arrière-pensées.

Elle suivit donc son regard et put voir Lucky en pleine discussion avec Madonna Wilcox, une octogénaire qui semblait avoir fait vœu d'assister à toutes les mondanités de La Nouvelle-Orléans. A sa vue, elle ne put réprimer un frisson d'excitation.

— Il semble un peu en retrait par rapport au reste de l'assistance, non ? dit-elle.

— En retrait ? Je dirais plutôt qu'à côté de lui, les autres hommes présents paraissent insignifiants. Qui est-ce ? Où l'avez-vous rencontré ?

A cet instant, Lucky tourna la tête et adressa à Jacey un regard si intense qu'il la persuada qu'il n'avait rien oublié lui non plus de leur conversation du matin.

— Ohhh…, fit Tara. Cet homme a décidément beaucoup de sex-appeal !

Jacey eut un petit sourire crispé, décontenancée par ses propres réactions. Comment se faisait-il que, tout à coup, Lucky se mette à produire un tel effet sur elle ? Tout son corps vibrait. Elle se sentait troublée sous son regard comme une collégienne.

Deux heures plus tard, les traditionnels discours de remerciement suivis des applaudissements de rigueur tiraient à leur fin. Mais Lucky ne se rappelait rien du déroulement de la soirée, n'avait rien retenu de toutes les paroles qui avaient été prononcées. Jacey l'avait distrait. Il avait bien essayé de tout faire pour se concentrer, s'intéresser à ce qui se passait autour de lui, ses pensées revenaient toujours vers la jeune femme à qui il ne pouvait s'empêcher de jeter de discrets coups d'œil admiratifs. Il se sentait tendu et n'en pouvait plus.

Jamais personne n'avait eu cet effet sur lui, au point d'accaparer toute son attention. Un mois plus tôt, une semaine plus tôt même, l'idée que cela puisse se produire l'aurait fait sourire. Et pourtant, c'était bien ce qui lui arrivait.

Et cela ne lui plaisait pas. Se sentir prisonnier des charmes d'une femme lui était insupportable. Mais cette femme, c'était Jacey, et il savait qu'il ne pourrait pas s'éloigner d'elle du jour au lendemain.

Nouveau coup d'œil vers elle. Elle écoutait avec patience la vieille dame qui lui avait tenu la jambe pendant près d'un quart d'heure avant qu'elle ne prenne pitié de lui et ne vienne à sa rescousse. Elle arborait une expression neutre, distante sans être froide. Pour lui avoir déjà vu cet air à la soirée de fiançailles de Brummond, il commençait à comprendre que c'était une expression qu'elle réservait spécialement aux occasions comme celle-ci. Au cours des premiers mois de leur collaboration, elle avait souvent affiché un visage semblable avec lui. Mais petit à petit, par ses actes et ses paroles, il avait réussi à gagner sa confiance, son amitié, et elle s'était laissée aller à montrer ses émotions.

Il avait alors découvert une autre Jacey. Une Jacey passionnée, avec un sens de l'humour qu'il ne lui aurait pas soupçonné. Cette découverte l'avait attiré, séduit, mais il avait réussi à dissimuler cette attirance, pour ne pas mettre à mal l'amitié qui s'était forgée entre eux. Mais aujourd'hui, même s'il s'en défendait, il n'arrivait plus à la tempérer.

Il sentit son portable vibrer. Il le sortit de sa poche, vérifia qui l'appelait et s'empressa de répondre.

— Luella ? Quoi de neuf ?

Cela faisait plusieurs semaines qu'il n'avait pas parlé à sa cousine et cela lui fit plaisir de l'entendre. Mais le ton de sa voix altéra bien vite son enthousiasme.

— Lucky, je dois te voir immédiatement. Je suis désolée, je me doute que je te dérange, mais…

— Calme-toi, Luella, tu ne me déranges pas. Qu'est-ce qui se passe ?

— Il faut que je te voie dès que possible. Mais si tu es occupé, je ne veux pas…

— Non ! Non ! Tu sais très bien que, pour la famille, je suis toujours disponible. Où veux-tu que je te rejoigne ? demanda-t-il, conscient qu'à côté de lui, Jacey le contemplait avec inquiétude.

— Je suis dans un café… Le Cyber-city, sur Tulane…

Il consulta sa montre.

— J'y serai dans une demi-heure.

— Je t'attends.

Elle ne semblait pas rassurée, malgré sa promesse d'arriver le plus vite possible. Il se demanda ce qui pouvait bien la mettre dans un tel état. Elle était d'habitude si joviale… Il essaya de se rassurer en se disant que si cela avait été vraiment grave, elle lui aurait parlé sans tarder. Il espérait que ce n'était pas un problème avec son petit ami. Il ne se sentait pas en mesure de donner des conseils à qui que ce soit sur des questions sentimentales. Pas en ce moment.

Il rangea son téléphone et releva la tête.

— C'était ma cousine. Apparemment, elle a un souci. Je dois y aller.

Jacey acquiesça.

— Je prendrai un taxi pour rentrer. Ne t'inquiète pas pour moi.

— Tu es sûre ? Si tu veux, je peux te déposer au passage.

— Non, vas-y… Ça ira, je t'assure…

— D'accord. Si ça ne me prend pas trop longtemps, je repasserai ensuite au bureau pour t'aider à éplucher les infos sur Garvey.

— Il faut vraiment que tu te sentes coupable pour être prêt à faire ce sacrifice. Mais ne t'inquiète pas pour ça non plus. J'espère seulement que ta cousine va bien.

— Bon, j'y vais alors.

Le trajet jusqu'au café où Luella lui avait donné rendez-vous lui parut interminable et lui fit envisager tout un tas de situations plus graves les unes que les autres. Mais lorsqu'il pénétra dans l'établissement et repéra sa cousine sur une banquette, il se sentit mieux.

Il s'installa en face d'elle et s'aperçut immédiatement qu'elle fuyait son regard.

— Que se passe-t-il, Luella ? Tu as des soucis à la maison ?

Luella leva enfin les yeux vers lui, l'air affreusement coupable.

— Lucky, je suis vraiment désolée…

— C'est bien Luella, vous pouvez vous en aller, maintenant…

Lucky leva la tête, puis se laissa retomber au fond de la banquette, abasourdi. Charlotte Wheeler se tenait à quelques pas de leur table.

Luella se leva, lui adressa un dernier regard désolé, puis elle s'éclipsa, tête basse. Charlotte prit alors sa place, et il la regarda s'asseoir en silence, bouillonnant de fureur. Comment avait-elle osé se servir de sa cousine pour le piéger et l'obliger à la rencontrer ?

— Qu'espériez-vous, monsieur Boucher ? Que j'allais tolérer votre refus de me voir sans réagir ?

Elle prit une serviette en papier pour essuyer la table puis y déposa son sac à main.

— Mon petit stratagème est assez symbolique, vous ne trouvez pas ? Après tout, c'est votre cousine qui m'a mise en contact avec vous, il y a des années de cela. C'est donc normal qu'aujourd'hui, je me serve d'elle pour me débarrasser de vous.

— Sans blague ? rétorqua-t-il avec un sourire ironique. Et comment espérez-vous vous débarrasser de moi ? Autant que vous le sachiez tout de suite, je n'ai pas l'intention de quitter la ville.

— Le problème avec vous, c'est que vous changez d'avis sans prévenir. Il y a trois ans, je vous ai engagé dans un but précis, et vous avez échoué. C'est du moins ce que vous m'avez laissé croire. Mais j'ai compris que vous aviez tout bonnement changé vos projets dans votre propre intérêt.

Elle ouvrit son sac et en sortit une enveloppe Kraft. Elle la déposa devant lui d'un geste sec et ajouta :

— Voici dix mille dollars. Je ne vous demande même pas de terminer le travail pour lequel je vous avais engagé. Tout ce que je souhaite maintenant, c'est que vous sortiez de la vie de ma fille. Sans explications. Si vous ne le faites pas, alors je lui expliquerai comment et pourquoi vous avez franchi la porte de son bureau il y a trois ans.

— Vraiment ?

Il mit les coudes sur la table et se prit le visage entre les mains.

— En fait, c'est moi qui suis prêt à payer pour voir ça. J'aimerais vraiment vous entendre déclarer à Jacey que vous avez engagé quelqu'un dans le seul but de mettre à mal sa société. Que vous vouliez qu'elle ait peur, qu'elle soit terrifiée même, au point de renoncer à poursuivre sa carrière de détective privé. Je crois que ça lui ferait du bien de l'apprendre. J'aimerais être là quand elle comprendra que vous êtes prête à tout pour briser ses rêves, que son bonheur est moins important à vos yeux que le fait de préserver le nom et le standing de votre si belle famille.

La lueur qu'il surprit dans le regard de Charlotte, un autre aurait pu l'interpréter comme un remords. Pas lui. Il la connaissait trop bien pour savoir que c'était impossible.

— A cause de vous, le nom des Wheeler sera bientôt synonyme de ridicule et l'objet du mépris de tous ! Vous pensez peut-être qu'en séduisant ma fille, vous finirez par mettre la main sur beaucoup plus d'argent que je vous en offre aujourd'hui. Mais gardez à la mémoire que si je lui dis la vérité, elle vous bannira de sa vie et que vous vous retrouverez sans rien !

Elle poussa davantage l'enveloppe devant lui.

— Alors mieux vaut pour vous prendre ce que je vous offre aujourd'hui et disparaître.

Il fixa l'enveloppe. Il ne doutait pas qu'elle était pleine de billets. Pourtant, il n'avait aucune envie de la toucher.

Il releva les yeux.

— Je connais Jacey depuis trois ans seulement, et pourtant, je la connais mieux que vous. Vous n'avez pas envie de la comprendre, encore moins de la soutenir dans ses projets. Tout ce que vous souhaitez, c'est contrôler sa vie.

— Jacey, rétorqua Charlotte avec emphase, a beaucoup de volonté, mais elle a également suffisamment d'orgueil pour vous chasser de son existence si elle apprend la vérité. Je suis sa seule famille, c'est pourquoi elle finira par me pardonner. Mais vous…

Elle pinça les lèvres et le contempla avec dédain.

— Vous, elle pourra vous remplacer, monsieur Boucher. Avez-vous envie de courir le risque de vous retrouver sans rien ?

Lucky sentit sa poitrine se comprimer.

— A vrai dire, je ne suis pas très joueur…

Il attendit de voir un petit sourire de triomphe se dessiner sur le visage de Charlotte Wheeler avant d'ajouter :

— Cependant, je sais reconnaître quand mon adversaire bluffe.

Lorsque son sourire se figea, il se leva.

— Abattez vos cartes, madame Wheeler. Je sens que, tout comme moi, vous savez déjà que vous allez perdre…

Il traversa la salle, sans un regard pour elle, sortit du bar et, une fois dehors, inhala une bonne bouffée d'air frais pour se calmer. Puis il marcha jusqu'à sa voiture, ouvrit la portière et se laissa tomber sur le siège.

Il resta de longues secondes ainsi, immobile pour maîtriser son envie de taper sur quelque chose. Quelques années plus tôt, il serait entré au hasard dans un bar et aurait passé ses nerfs sur le premier dont la tête ne lui aurait pas plu. Mais il n'était plus celui qui s'était fait embaucher par Jacey sur ordre de sa mère, dans l'intention de couler son affaire et de la persuader qu'elle n'était pas faite pour ce job.

S'il avait changé, la jeune femme y était justement pour beaucoup.

Il mit le contact et passa la première. Charlotte Wheeler devait vraiment être à bout d'idées et de ressources pour en venir à le menacer, car il était persuadé que tout avouer à sa fille et se voir reniée par elle, c'était bien le dernier de ses désirs.

Il jeta un regard dans son rétroviseur et démarra. L'heure n'était cependant pas au triomphe. Il n'avait pas non plus gagné la bataille. Charlotte avait raison sur un point : si elle apprenait la vérité, Jacey le chasserait de son existence.

Et le pire, c'est qu'il ne pourrait même pas lui en vouloir

9

Le lendemain, Lucky passa la majeure partie de la journée hors du bureau, avant tout pour éviter de croiser Jacey. Sa conversation avec Charlotte Wheeler avait tourné en boucle dans sa tête, le tenant éveillé toute la nuit, et il n'avait pas la force de se retrouver face à la jeune femme. Du moins pas si tôt. Il avait besoin d'un peu de temps pour réfléchir à ce qu'il devait faire, à commencer par repousser la culpabilité et les remords qui l'assaillaient. Il avait fait de son mieux pour se convaincre qu'avec Jacey, ce qui comptait, c'était la relation qui s'était nouée entre eux au fil du temps.

Il s'y accrochait de toutes ses forces.

Il passa la matinée à téléphoner à d'anciens clients d'Amanda Garvey en se faisant passer pour un employé du service des ressources humaines d'un hôpital de Baton Rouge. En réponse, il n'obtint que des louanges sur la qualité des prestations fournies par sa société. En revanche, aucun de ses interlocuteurs ne lui fournit la moindre information personnelle sur elle. Il n'en fut pas découragé pour autant. Il n'avait pas encore épuisé tous ses recours, loin de là.

Quand il eut terminé sa série d'appels, il se rendit au siège de la société, situé dans un grand immeuble moderne, tout de verre et d'acier, dans le quartier des affaires. Il tourna en rond un moment avant de trouver une place de stationnement. Il prit son appareil photo numérique et y accrocha un cordon qu'il se passa autour du cou. Puis il mit une casquette des Saints et observa son reflet dans le rétroviseur. Avec ses traits tirés et des cernes sous les yeux, il aurait peut-être du mal à passer pour un touriste, mais il lui fallait faire avec.

Il longea l'immeuble, continua jusqu'au bout de la rue, puis fit demi-tour. Après s'être ainsi familiarisé avec le secteur, il entra.

Il savait qu'il ne faudrait pas longtemps pour qu'on lui demande ce qu'il faisait là. Les bâtiments qui abritaient des sociétés à haut standing ne toléraient pas que les badauds y déambulent à leur guise.

Il repéra le bureau d'accueil et, derrière, les ascenseurs, ignora volontairement le standardiste qui avait levé les yeux à son entrée, ralentit et posa le regard sur le tableau où étaient référencées toutes les sociétés présentes dans l'immeuble. Il ne fut pas surpris d'y voir le nom de la société d'Amanda. En revanche, un autre nom familier retint son attention.

— Puis-je vous aider, monsieur ?

Il se retourna pour faire face au gardien qui s'était approché de lui, et fit mine de trébucher. Il rattrapa son appareil photo in extremis et prit subrepticement un cliché du tableau. Enfin, pour éviter d'éveiller les soupçons de l'homme, il tomba à genoux et poussa une série de jurons.

— Ça va ?

Le ton était plus méfiant qu'empreint de sollicitude, et Lucky comprit qu'il devait s'appliquer à jouer son rôle jusqu'au bout. Il se releva et épousseta son pantalon.

— Je vais bien, merci. Mais je crois que je suis perdu. Je cherchais l'agence Renault. Savez-vous si leurs bureaux sont dans le secteur ? J'ai perdu le papier sur lequel j'avais noté l'adresse précise, mais je suis certain d'être sur la bonne rue.

— Je ne saurais vous le dire mais, en tout cas, vous ne trouverez pas cette agence ici.

— Je suis sûr que vous en avez entendu parler. Ce sont des agents sportifs. Ils s'occupent de l'image de grosses pointures. Je me disais que, puisque j'étais à La Nouvelle-Orléans, je pourrais toujours essayer de passer chez eux, au cas où je réussirais à faire une photo d'un de leurs clients.

Il tapota son appareil photo avec affection.

— Montrer une photo d'une célébrité, à mon retour, ça ferait bien, vous voyez… Vous êtes certain de ne pas connaître leur adresse ?

— Non, monsieur, désolé.

Lucky lui sourit, l'autre resta impassible.

— Eh bien, je vais continuer à chercher, alors. Excusez-moi de vous avoir dérangé.

Il tourna les talons et s'en alla, conscient que l'homme continuait à le suivre du regard.

La société d'investissement de Stephen Garvey était située dans le même immeuble que celle de sa sœur. Un détail que Jacey n'avait pas mentionné. Et ce qui était encore plus curieux, c'est que le gardien était certainement flic.

Il remonta en voiture et prit la direction du bureau. Il avait suffisamment d'expérience pour reconnaître un flic. A son regard, à son attitude, il l'avait percé à jour. En outre, il ignorait que l'agence Renault se trouvait en bas de la rue. Ce qui signifiait qu'il ne devait pas travailler en permanence dans le quartier.

Il n'avait pas eu le temps de lire le nom des autres occupants de l'immeuble, mais dès qu'il serait devant son ordinateur, il transférerait la photo qu'il avait prise. Est-ce qu'Amanda et son frère faisaient des affaires ensemble ? Peut-être devraient-ils explorer cette piste.

La voiture de Jacey n'était pas à sa place. Il songea qu'elle devait attendre que Mark Garvey sorte du travail. Elle était parfaitement compétente en filature.

Il transféra la photo et nota tous les noms qui figuraient sur le tableau afin de les passer en revue plus tard. Puis il se plongea dans les comptes rendus financiers de la société d'Amanda Garvey.

Quand, au bout de plusieurs heures, la voix de Joan l'interrompit, il avait les épaules raides d'être resté aussi longtemps dans la même position. Il leva les yeux et observa la secrétaire qui passait la lanière de son sac à main sur son épaule.

— Si tu comptes rester travailler toute la nuit, je te laisse fermer, car moi, je m'en vais.

— D'accord, je m'en occuperai, n'aie crainte. Est-ce que tu sais si Jacey doit repasser ici ?

Joan, qui avait déjà tourné les talons, secoua la tête.

— Elle a un dîner prévu au restaurant, je crois, ça m'étonnerait donc qu'elle revienne ici ce soir.

— Un dîner au restaurant ?

Simple curiosité, se dit-il, tandis qu'il se levait pour suivre Joan. Rien à voir avec de la jalousie. Jamais il n'avait été jaloux.

— Un dîner avec qui ?

— Un nouveau client. C'est du moins ce que j'ai compris aux bribes de conversation téléphonique qui me sont parvenues. Je crois qu'il a beaucoup insisté pour la rencontrer dès ce soir.

— Il s'appelle comment ?

Joan lui lança un regard exaspéré.

— Tu ne veux pas me lâcher un peu ? Jacey te racontera tout dès demain matin et beaucoup mieux que moi…

— Désolé mais ça m'intéresse.

Il la suivit jusqu'à son bureau, sur lequel se trouvait l'agenda où elle notait tous les rendez-vous. Elle parcourut la page du doigt et s'arrêta sur un nom.

— Voilà. Vinny Tomsino.

Lucky sentit le sang lui battre aux tempes.

— Tomsino ?

— Oui, c'est bien ça. Jacey doit discuter affaires avec lui au cours de ce dîner. Bon, j'y vais maintenant, je suis en retard… N'oublie pas de fermer, hein, sinon Jacey va me tuer !

Lucky acquiesça d'un air absent, tandis que Joan s'en allait en lui faisant un signe de la main. Il posa les yeux sur l'agenda ouvert devant lui, comme pour s'assurer qu'il avait bien compris. Aucune erreur possible. Joan avait bien écrit Vinny Tomsino.

Il prit une longue inspiration. Ce type était loin d'être recommandable, mais il avait des contacts un peu partout et des intérêts dans toutes les entreprises de la ville. Il était bien placé pour le savoir. Tout comme il savait que Tomsino était un homme prêt à tout pour obtenir ce qu'il voulait.

Pour faire court, Tomsino était le dernier homme en compagnie de qui il avait envie de savoir Jacey.

— Quel genre de services vous intéresse, monsieur Tomsino ?

Jacey but une gorgée du vin que son futur client avait commandé et adressa un petit signe de tête d'appréciation au serveur, qui s'éclipsa.

Tomsino affichait un large sourire mais son regard restait froid et inquisiteur. Depuis qu'elle l'avait rejoint, Jacey avait le sentiment qu'il cherchait à la cerner précisément. En revanche, elle aurait été incapable de dire quelle opinion d'elle il s'était forgé.

Leur brève conversation téléphonique ne lui avait rien appris de son interlocuteur et elle ne savait pas à quoi s'attendre de lui. Néanmoins, à son insistance pour la rencontrer le soir même, elle en avait déduit que Vinny Tomsino était un homme habitué à ce qu'on se plie à sa volonté.

Quand il l'avait appelée, son nom ne lui avait rien dit, et maintenant qu'elle était face à lui, elle était certaine de ne l'avoir jamais vu auparavant. Il n'était pas très grand, mais devait cependant approcher les cent kilos, et malgré son embonpoint, il dégageait une impression de force. Le personnel du restaurant s'adressait d'ailleurs à lui avec déférence, indiquant par cette attitude qu'il était une figure connue de l'établissement et jouissait d'un certain pouvoir.

Son allure était celle d'un homme qui avait de l'argent mais qui n'était pas issu d'un milieu aisé. Il portait un costume taillé sur mesure et arborait au majeur un gros diamant, pas du meilleur goût. Ses cheveux noirs étaient soigneusement coiffés en arrière, même si son crâne commençait à se dégarnir. Cependant, au fil des années, Jacey avait appris que ce qui vous en dit le plus sur une personne, ce n'est pas son apparence mais son regard.

Or dans son cas, son regard ne laissait absolument rien transparaître. Il était vide, semblable à celui d'un requin.

— En fait, je pense que nous pouvons nous rendre mutuellement service, mademoiselle Wheeler…

Il l'incita à ouvrir le menu.

— Si vous appréciez la viande rouge, le New York strip steak est sans aucun doute le meilleur de la ville.

Elle prit le menu et parcourut du regard la page des entrées. Les prix n'y étaient pas indiqués, ce qui signifiait que les personnes susceptibles de s'en soucier n'avaient certainement pas les moyens de s'offrir un dîner dans ce restaurant.

— Mon agence est plutôt modeste, monsieur Tomsino, mais nous disposons de nombreux contacts avec qui nous pouvons nous entendre. Donc, si vous attendez de nous une mission spécifique, je suis certaine que nous pourrons vous satisfaire.

— C'est bon à savoir. Ce que je recherche est effectivement spécifique. Mais je ne pense pas que vous aurez besoin de recourir à des agents extérieurs. Vous avez tout ce dont j'ai besoin.

Elle lui retourna un sourire poli.

— Vous m'en voyez ravie. Alors que puis-je faire pour vous ?

— C'est très simple… J'aimerais que vous me fassiez parvenir tous vos futurs rapports sur les petits-enfants Garvey avant de les envoyer à Walter. J'en pendrai connaissance et vous indiquerai quelles modifications je souhaite que vous y apportiez.

Il leva l'index, et, immédiatement, un serveur se présenta à leur table. Tomsino lui fit part de son choix, tranquillement, comme si la déclaration qu'il venait de faire était d'une extrême banalité, alors que Jacey en était abasourdie, en même temps qu'un sentiment de danger imminent s'emparait d'elle.

Elle avait l'impression de ne plus pouvoir réfléchir normalement. Les pensées se bousculaient dans sa tête, sans cohérence.

— Et vous, mademoiselle Wheeler, que prendrez-vous ?

— Les pinces de crabe, répondit-elle mécaniquement. Avec une salade César, mais sans pommes de terre…

Elle attendit que le serveur termine de noter la commande et s'éloigne pour croiser le regard de Tomsino.

— Je crains de ne pas bien comprendre…, dit-elle.

— Bien sûr que si. Garvey est mourant et cherche son successeur. Moi, j'ai déjà ma petite idée sur l'identité de ce successeur, et je vous ferai gagner du temps en vous disant qui vous devrez recommander. Votre seule tâche sera de falsifier les rapports que vous lui enverrez dans le sens que je vous indiquerai, puis d'attendre tranquillement de recevoir son chèque ainsi que l'argent que je vous verserai en surplus.

— Mais pourquoi donc croyez-vous que je travaille pour M. Garvey ?

Son inquiétude se teintait de colère et d'indignation : elle n'était pas disposée à laisser cet homme arrogant interférer dans ses affaires ni lui dicter sa conduite.

— Je ne crois rien. Je sais. A quoi bon passer la soirée à tourner autour du pot ? Nous savons tous deux que vous allez faire ce que je vous demande…

Jacey prit son verre et le porta à ses lèvres, heureuse de constater que sa main ne tremblait pas.

— Vous allez un peu vite en besogne, il me semble… Pourquoi pensez-vous pouvoir me manipuler à votre guise aussi facilement ?

— Je ne sais pas, peut-être ai-je été trop gâté ? Toujours est-il que tout le monde se plie toujours à mes requêtes, mademoiselle Wheeler. Car ceux qui sont tentés de ne pas le faire ne tardent pas à le regretter amèrement.

Le serveur revint avec une corbeille de petits pains qu'il posa entre eux. Tomsino en prit un, le coupa en deux et se mit à le beurrer.

— Le problème, quand on est trop gâté, monsieur Tomsino, c'est qu'on n'est pas préparé à ce qu'on vous dise non. Néanmoins, c'est ce que je vous réponds.

Elle se pencha en avant, le fixa droit dans les yeux et ajouta :

— Non, je ne ferai pas ce que vous me demandez, pour la bonne raison que je n'aime pas les menaces, et non, je ne veux pas de votre argent. Alors quels que soient vos projets, vous devrez faire sans moi pour les mener à terme.

Tomsino sourit, mais cette fois avec un amusement sincère.

— J'aime les femmes qui ont du tempérament, déclara-t-il d'un ton à donner la chair de poule. Peut-être pourrons-nous continuer à traiter ensemble quand cette histoire sera réglée. Vous ne tarderez pas à découvrir que je peux me montrer extrêmement généreux.

Jacey était écœurée par tant de suffisance.

— Eh bien, sur ce point, je n'aurai jamais que votre parole, car notre collaboration est dès à présent terminée.

Le portable de Tomsino sonna avant même qu'elle eût fini sa phrase et détourna son attention. Agacée, elle se renfonça dans son siège tandis qu'il répondait. Il n'avait pas paru très affecté par le message qu'elle avait voulu lui faire passer. Elle commençait à comprendre que, pour lui, les objections ne comptaient pas.

Cependant, sa conversation téléphonique parut le contrarier. Son visage devint rouge et il répondit à son interlocuteur avec agressivité. Elle en fut ravie. Cela lui fit du bien de constater qu'il n'était pas aussi inébranlable qu'il voulait le laisser croire. D'autant qu'il avait intérêt à s'habituer à ce qu'on lui tienne tête. Car elle n'avait aucune envie de céder.

C'était ce qu'elle s'apprêtait à lui déclarer quand il raccrocha. Mais il se leva de table et rangea son téléphone.

— Un événement imprévu requiert immédiatement ma présence. Mais je vous en prie, restez et terminez tranquillement votre dîner…

— Ce ne sera pas nécessaire, dit-elle en se levant à son tour. De toute façon, nous n'avons plus rien à nous dire.

Il se pencha en avant, une main en appui sur la table, pour l'empêcher de s'en aller.

— Dire non à un homme comme moi n'est pas une bonne idée, mademoiselle Wheeler. Je vous conseille donc de rentrer chez vous et de mener quelques investigations sur moi, puisque vous êtes si douée dans ce domaine. Ensuite, quand vous saurez à qui vous avez réellement affaire, votre opinion sera-t-elle peut-être différente. Pour votre bien-être, c'est en tout cas ce que je souhaite…

Il se redressa, tourna les talons et s'en alla.

Jacey dut s'y reprendre à trois fois pour parvenir à insérer sa clé dans la serrure de sa porte d'entrée. Quarante minutes plus tôt, elle avait quitté le restaurant dans une colère noire. Sur le trajet jusqu'à chez elle, elle avait noté que ses mains tremblaient légèrement, ce qui n'avait pas manqué de la contrarier. L'idée que les menaces de Tomsino puissent l'affecter lui déplaisait au plus haut point.

Elle posa son sac à main sur le petit meuble du vestibule et referma derrière elle. D'habitude, quand elle rentrait chez elle, elle se détendait immédiatement. Mais pas ce soir. Elle avait l'esprit en ébullition.

Quel intérêt Tomsino pouvait-il avoir dans le choix du successeur de Walter Garvey ? Et comment diable avait-il appris qu'elle travaillait sur cette affaire ? Elle se perdait en conjectures, sans parvenir à envisager la moindre réponse satisfaisante.

Des coups frappés à sa porte la firent sursauter. Elle tourna vivement la tête, sans faire un mouvement. Et si c'était Tomsino ? L'appréhension s'empara d'elle. Tant qu'elle n'en aurait pas appris un peu plus sur cet homme et ses motivations, elle ne voulait pas se retrouver en face de lui. A leur prochaine entrevue, elle comptait bien être mieux préparée et disposer de solides arguments. Elle ne devait pas lui laisser la main.

On frappa de nouveau.

— Jacey, ouvre la porte, vite !

La voix familière la soulagea. Elle s'empressa d'ouvrir et s'écarta pour laisser entrer Lucky. Elle se retint néanmoins de lui montrer à quel point elle était heureuse de le voir.

— Tu ne croiras jamais ce qui m'est arrivé ce soir !

— Vraiment ? Je vais quand même essayer de deviner... Tu as dîné avec un voyou dangereux qui, selon la rumeur, a commandité le meurtre de gens qui ont tenté de s'opposer à lui.

Jacey en resta bouche bée.

— Alors, j'ai visé juste ou pas ?

— Tu connais Vinny Tomsino ?

— Oui, hélas.

Il se fourra les mains dans les poches, comme pour se donner une contenance et se calmer.

— Je sais aussi que tu n'as pas idée du danger auquel tu t'exposes. Si je ne m'étais pas arrangé pour le faire quitter le restaurant en urgence, en ce moment même, soit tu aurais cédé à ses exigences, soit tu serais en train de payer les conséquences de ton refus.

— Attends une minute ! Comment ça... c'est toi qui lui as fait quitter le restaurant ?

En même temps qu'elle posait la question, la réponse lui vint.

— C'est toi qui l'as appelé au téléphone ?

— Disons que je me suis arrangé pour qu'on l'appelle.

Mais là n'est pas la question, Jacey. Ce qui compte, c'est que tu n'as rien à faire avec ce type !

Jacey comprit que Lucky en savait long sur Vinny Tomsino, beaucoup plus long qu'elle, et cela la vexa. D'autant que si elle avait fait part à Lucky de leur rendez-vous, elle serait arrivée au restaurant bien mieux armée.

— En fait, je pensais rencontrer un client potentiel. Ce n'est que quand il a commencé à proférer des menaces que j'ai compris mon erreur.

— Des menaces ?

Il la prit par les épaules.

— Quel genre de menaces ? Que voulait-il ?

Elle l'observa avec méfiance. Rarement elle l'avait vu furieux, mais là, elle sentait qu'il bouillait intérieurement, et savait ce qui pouvait advenir s'il explosait.

— Je ne savais pas qui il était en allant au rendez-vous. D'ailleurs, je ne le sais toujours pas, même si je commence à cerner son profil. Mais, de près ou de loin, il est lié à l'un des héritiers de la famille Garvey, si j'en juge par la demande qu'il m'a faite.

Elle lui relata brièvement leur conversation.

— Comme nous nous en doutions, quelqu'un sait que nous enquêtons pour le compte de Walter Garvey. Et cette personne connaît Tomsino. Il nous faut désormais découvrir de qui il s'agit.

— Il est hors de question que tu poursuives cette enquête, Jacey, rétorqua Lucky d'un ton sombre. A partir de maintenant, c'est moi qui prends les rênes.

— Je commence à en avoir assez qu'on me dise ce que je dois faire ! Je continuerai l'enquête et je ne me plierai pas aux souhaits de Tomsino !

— Jacey, tu ignores qui tu affrontes, mais moi je sais. Je vais chercher un moyen de nous sortir de cette ornière sans que tu en pâtisses. Mais tu dois prendre du recul. Laisse-moi m'occuper de lui.

— Non !

Furieuse, elle lui posa les mains sur la poitrine pour le repousser.

— Je ne me laisserai pas intimider par un voyou qui pense pouvoir me dicter ma conduite !

Lucky avait le regard brillant d'inquiétude et de colère mêlées.

— Tu ne sais vraiment pas de quoi ce type est capable.

— Mais toi si, apparemment…

— Oui.

Jacey fut abasourdie par la conviction qu'il avait mise dans ce simple mot.

— Je le sais parfaitement, parce que, dans le passé, j'ai travaillé pour lui.

Imaginer Lucky lié à un type aussi détestable que Tomsino, c'était un peu comme prendre un seau d'eau froide en pleine figure.

— Que faisais-tu pour lui ?

— La plupart du temps, je jouais les gardes du corps pour ses conquêtes. Ou bien je faisais le chauffeur. Et d'autres trucs encore.

Il haussa les épaules d'un air faussement détaché, mais Jacey sentait qu'il était mal à l'aise.

— Un jour, j'ai compris que ceux qui passaient trop de temps avec lui finissaient soit au cimetière soit en prison. Je n'avais envie ni de l'un ni de l'autre, alors j'ai mis de la distance entre lui et moi… Je ne vais pas te laisser t'exposer aux mêmes dangers, Jacey. Tu lâches l'enquête et tu me laisses réfléchir à la façon de procéder pour te débarrasser de lui. C'est non négociable !

Jacey avait la tête qui tournait. Les révélations de Lucky étaient comme une série de coups qu'il lui aurait assenés sur le crâne. Elle savait qu'il avait passé quelques années à effectuer des petits boulots dont certains peu recommandables et que le monde de la rue ne lui était pas inconnu, mais jamais il ne lui en avait ouvertement parlé.

Cependant, elle ne souhaitait pas plus se plier à sa demande, qu'à celle de Tomsino.

— Je n'aime pas qu'on me traite avec mépris, Lucky. Tomsino n'en sait peut-être rien, mais toi si. Nous réfléchirons donc ensemble à un plan qui nous permettra de nous préserver de lui et de pousser l'héritier Garvey qui est son complice à se dévoiler. Le tout sans que Walter en soit éclaboussé. C'est mon client et je lui dois bien cela.

Lucky la contempla un moment sans rien dire. Elle avait cette expression butée qu'il connaissait bien. Lui se sentait impuissant, complètement démuni. Il avait l'impression d'être le spectateur passif d'une catastrophe imminente.

Elle n'avait même pas le bon sens de comprendre qu'elle était en danger, alors que son instinct aurait dû lui hurler de faire attention.

A la fois furieux contre elle et fou d'inquiétude, il perdit tout contrôle de lui-même. Il la serra contre lui et l'embrassa.

La douceur de ses lèvres raviva le désir qu'il avait réprimé du mieux possible depuis plusieurs jours, avec une intensité dévastatrice. Il passa un bras autour de sa taille pour la serrer davantage contre lui.

Pendant quelques instants, il la sentit complètement immobile, presque inerte. Elle avait été prise de court, songea-t-il, et il se demanda si elle était simplement surprise ou furieuse. Mais alors il sentit sa main remonter sur son buste, agripper son T-shirt et l'attirer à elle. Elle poussa un gémissement de plaisir qui lui procura des frissons.

Sa langue vint à la rencontre de la sienne et leur baiser

se fit plus passionné. Décidément, Jacey ne restait jamais en retrait. Quelques instants plus tôt, il lui en voulait de ne pas savoir lâcher prise pour lui laisser l'initiative. Il se disait maintenant qu'elle avait vraiment un tempérament exceptionnel.

Il sentit ses mains repousser les pans de sa veste, et cette fois, il n'avait pas envie d'être raisonnable. Il fit courir ses lèvres le long de son cou soyeux. Elle se mit à déboutonner sa chemise, puis la sortit de son pantalon et glissa les mains dessous.

— Enlève tes vêtements, dit-elle dans un souffle.

— Toi d'abord.

Comme elle n'en faisait rien, il finit par reculer d'un pas, ôta sa veste et sa chemise à la hâte, puis s'attaqua aux boutons de sa robe avec une rapidité qui la fit rire.

Ses seins étaient prisonniers d'un soutien-gorge bordé de dentelle, et deviner ses formes sous le tissu lui échauffait les sens. Sa robe épousait les contours de son buste délicat, et il éprouvait une envie violente de la lui ôter. Jamais il n'avait ressenti un tel désir. Il voulait la déshabiller, la voir nue, la couvrir de son corps, sentir sa peau contre la sienne, et ce sans attendre.

Il se pencha pour l'embrasser dans le cou puis fit descendre ses lèvres jusqu'à la naissance de ses seins. Elle enleva ses chaussures en les jetant à la volée, caressa son torse et descendit plus bas.

Elle s'affaira sur sa ceinture avec maladresse, animée du même désir impatient que lui. Il fit glisser sa robe, puis s'occupa sans attendre de son soutien-gorge. A peine ses seins se révélèrent-ils à lui qu'il se mit à genoux pour les caresser et les prendre dans sa bouche.

Jacey était douce, sa peau parfumée et soyeuse. Elle s'arqua pour se délecter de ses caresses et de ses baisers, toujours plus intenses. Il avait la sensation de vivre un rêve. Même dans ses fantasmes les plus fous, il n'aurait jamais espéré qu'elle s'abandonne à lui de cette manière.

Il la fit reculer et s'appuyer contre le mur, tout en continuant à l'embrasser, laissant descendre ses lèvres jusqu'à son ventre.

Totalement consumée de désir, Jacey savait qu'elle n'allait pas tenir longtemps ainsi, qu'il fallait qu'il vienne en elle très vite, sans attendre. Quand il se releva pour enlever son pantalon, elle poussa un soupir de soulagement.

Il s'agenouilla de nouveau pour faire descendre sa culotte, et quand il se releva et l'embrassa, elle le prit sans hésiter dans sa main et le guida en elle, le souffle court. Il la souleva du sol sans effort et s'enfonça en elle, éprouvant un ardent besoin d'aller et venir, toujours plus loin, toujours plus vite. Plus rien d'autre n'existait, il n'y avait plus que Jacey et lui.

Il sentit ses ongles s'enfoncer dans son dos et poussa un léger cri. Enfin, ils furent à l'unisson et elle se mit à bouger les hanches pour répondre à ses mouvements frénétiques. Sentant monter une onde irrépressible, il enfouit son visage tout contre son cou et continua d'aller et venir jusqu'à ce que, ensemble, ils atteignent le paroxysme du plaisir.

10

Jacey avait l'impression d'avoir touché les étoiles. Si elle n'avait pas été appuyée contre le mur, elle se serait effondrée, ivre d'extase. A peine avait-elle la force de passer doucement la main le long du dos de Lucky, dans l'attente de recouvrer quelques forces.

Ce qu'elle venait de vivre était bien plus qu'avoir fait l'amour. Faire l'amour, elle savait ce que c'était… Mais ce moment-là, avec Lucky, avait été bien au-delà de tout ce qu'elle avait déjà éprouvé. Elle ignorait qu'un tel moment soit même possible.

— Nous sommes toujours debout ? demanda Lucky.

Elle sourit et inclina la tête pour le regarder.

— En quelque sorte.

— Je préfère poser la question car je ne sens plus mes jambes…

Elle laissa glisser sa main le long de ses fesses puis sur ses cuisses musclées.

— Ne t'inquiète pas, elles sont encore là.

— Est-ce qu'il y a une chance pour que tu m'aides à me rendre dans ta chambre ?

— Non, pour le moment, pas une seule.

— Méchante…

Il se redressa, poussa un soupir et s'appuya main contre le mur pour garder l'équilibre.

— Il faut monter à l'étage ?

Son ton résigné la fit éclater de rire.

— Nous aurions peut-être dû y penser plus tôt !

— Ma chérie, si tu étais capable de réfléchir, rien ne serait arrivé.

Il la surprit en la prenant dans ses bras avant de se diriger à grands pas vers l'escalier.

— Allons vite recommencer… Il ne faut surtout pas perdre la main !

Cette plaisanterie et l'éclat de son regard lui firent oublier qu'ils étaient tous deux entièrement nus.

— Je doute que tu perdes la main. Je parie même que tu ne manques pas d'entraînement.

— Pas avec toi.

Il s'arrêta sur le palier.

— C'est par où ?

Elle désigna la porte de sa chambre, qu'il ouvrit de l'épaule.

— Qu'est-ce que tu disais, déjà, au sujet de notre relation qui devait rester amicale ?

Il la déposa doucement sur le lit, s'allongea tout contre elle et prit son visage entre ses mains.

— Je n'ai plus envie d'être ton ami.

Il étouffa son rire d'un baiser.

Leur première étreinte avait été frénétique, empressée, la deuxième plus langoureuse, chacun prenant le temps de réellement découvrir l'autre.

Lucky avait des mains merveilleuses, ses caresses étaient précises et tendres et lui donnaient l'impression qu'il n'y avait pas un centimètre de son corps qu'il ne souhaitait connaître.

L'éclat de la lune entrait par la fenêtre et jetait sur eux des ombres fragmentées. Ils roulèrent sur le lit, les jambes entremêlées, peau contre peau, puis Lucky se redressa légèrement sur un coude pour la contempler. Dans cette lumière diffuse, avec ses cheveux blonds et son teint clair, elle semblait nimbée d'or et d'argent. Mais ce qu'il ressentait pour elle allait bien au-delà du simple désir.

Il fit lentement glisser sa bouche sur la courbe de ses seins, sentit son pouls battre sous ses lèvres. Il était décidé à se contenir le plus longtemps possible pour profiter de chaque instant et se délecter des émotions qu'il suscitait en elle.

Mais Jacey avait d'autres projets. Elle roula sur le côté et se retrouva sur lui. Alors ce fut à son tour de sentir ses mains sur lui, puis sa bouche sur son torse, qui descendit lentement. Ses cheveux lui chatouillaient délicieusement le ventre.

Soudain, elle le prit dans sa bouche. En quelques secondes, il en perdit presque la tête, se mettant à respirer par saccades, tandis que, seconde après seconde, la caresse de sa bouche le rapprochait du point de non-retour.

Mais il ne voulait pas jouir tout seul. Doucement, il l'incita à se redresser, et elle vint sur lui pour qu'il puisse la pénétrer.

Elle se mit ensuite à bouger les reins, d'abord lentement. Du bout des doigts, il dessina le contour de ses épaules, de ses seins, de ses bras, de sa taille. Enfin, elle rejeta la tête en arrière et laissa échapper un long gémissement de plaisir.

Elle se mit à bouger plus vite, plus fort. Il posa alors les mains sur ses hanches et répondit à la frénésie qui s'emparait d'elle. Il se força à ouvrir les yeux pour la contempler, la voir bouger sur lui, voir son visage à mesure qu'elle se rapprochait de l'orgasme.

Elle ouvrait la bouche, sa tête oscillait de droite à gauche tant le plaisir était fort. Refusant d'être en reste, il alla encore plus loin, jusqu'à ce qu'ils se mettent à crier ensemble, puis qu'elle se laisse retomber sur lui, à bout de souffle. Il ferma les yeux et expira lentement, son image et son nom gravés dans son esprit.

Il tira le drap pour le remonter sur elle, lui passa un bras autour de la taille et se blottit contre elle. Elle dormait paisiblement, détendue, en confiance, et il la regardait, bouleversé.

Dans les semaines qui avaient suivi leur rencontre, il s'était plus d'une fois imaginé faire l'amour avec elle. Ensuite, quand il l'avait mieux connue, il avait développé pour elle des sentiments plus nobles et avait laissé de côté l'aspect sexuel de ses pensées.

Ce qui rendait encore plus étrange le sentiment d'accomplissement qu'il éprouvait alors qu'il se contentait de la tenir contre lui et d'écouter sa respiration.

C'est avec ce bien-être qu'il allait basculer dans le sommeil quand des coups frappés à la porte le tirèrent brusquement de sa torpeur. Il ouvrit grand les yeux, prêta l'oreille et perçut de nouveaux coups. Il n'avait pas rêvé. Il poussa un juron silencieux et se leva avec précaution, pour ne pas réveiller Jacey.

Il descendit l'escalier à pas de loup, chercha ses vêtements à tâtons et les passa. Puis il s'approcha de la porte et jeta un regard par l'œilleton pour s'enquérir de l'identité de ce visiteur nocturne.

C'était Vinny Tomsino.

Il ouvrit doucement et posa le bras sur le montant de la porte, dans une attitude farouche.

— Drôle d'heure pour une visite. Il est plus de minuit.

Dans d'autres circonstances, il aurait trouvé comique la réaction de Tomsino, qui ne s'attendait pas à tomber sur lui.

— Boucher ! Je ne savais même pas que tu étais encore à La Nouvelle-Orléans.

— Et moi, je me demande ce que tu fais là.

Tomsino tendit le cou pour observer l'intérieur de la maison, puis il eut un sourire moqueur.

— Il y a des choses qui ne changent pas, finalement. Avec les femmes, tu as toujours su y faire. Certaines de mes filles, qui ne sont pourtant pas des saintes-nitouches, me demandent encore de tes nouvelles de temps en temps. Chaque fois, je leur réponds que tu es mort.

— Charmante attention de ta part.

Tomsino non plus n'avait pas beaucoup changé depuis l'époque où il travaillait pour lui. Peut-être sa musculature avait-elle laissé place à un embonpoint un peu plus marqué, mais jamais Lucky ne commettrait l'erreur de le sous-estimer. Il savait parfaitement que l'homme pouvait surprendre n'importe qui par sa rapidité et que, quand il frappait, il était rare que son adversaire se relève. En outre, il prenait autant de plaisir à réduire un homme en bouillie qu'à engloutir un steak.

— Je n'ai rien à faire avec toi, Boucher… Alors contente-toi d'aller chercher ta copine et laisse-nous un moment, que nous puissions discuter tranquillement.

Lucky secoua la tête.

— Non. Si tu veux lui transmettre un message, tu passes par moi.

Tomsino tourna la tête vers le trottoir, le long duquel sa limousine était garée. Lucky savait que le chauffeur était armé. Ayant lui-même occupé cet emploi autrefois, il était bien placé pour le savoir. Il avait également entendu dire que Vinny se déplaçait en permanence avec deux gardes du corps. Une nouveauté qui ne l'étonnait pas : le nombre de ses ennemis n'avait fait que grossir.

— Ecoute, reprit Tomsino. Cette histoire ne te concerne pas et si tu acceptes de ne pas t'en mêler, je suis prêt à me montrer généreux… Je n'aurais jamais cru que cette femme était ton type…

Il fouilla dans sa poche et en sortit son portefeuille. C'était la seconde fois en l'espace de deux jours qu'on essayait de l'acheter pour l'éloigner de Jacey, songea Lucky, furieux que l'on puisse simplement envisager qu'il accepte.

— Ce n'est pas ton type non plus, Vinny. Elle a des relations au plus haut niveau dans cette ville, et même toi, tu ne peux pas te permettre de la toucher sans te retrouver avec de gros ennuis sur le dos. Est-ce que tu es sûr de pouvoir prendre ce risque sans mettre à mal ton petit business ?

Le silence de Tomsino lui confirma qu'il avait visé juste.

— Avec Ramirez et Daily qui attaquent ta part du gâteau, à ce qu'on dit, il me semble que tu n'as vraiment pas besoin de t'attirer des soucis supplémentaires en ce moment.

— Que sais-tu de Ramirez et Daily ?

Lucky croisa les bras et s'appuya nonchalamment contre le chambranle, sentant qu'il reprenait la main.

— Ce qui se raconte dans la rue, rien de plus. Que tu as d'ores et déjà beaucoup à faire pour te garder d'eux… Et j'ajoute simplement que tu ferais mieux d'éviter les complications.

— C'est toi qui crées des complications, Boucher. Je m'en vais, mais dis bien à ta copine que je reviendrai, ajouta-t-il avec un sourire glacial.

Lucky attendit qu'il soit remonté en voiture et reparti pour refermer la porte. Il donna un tour de clé et remonta à l'étage, conscient qu'il ne devait pas prendre les dernières paroles de Tomsino à la légère. Il n'était pas homme à proférer des menaces en l'air. S'il affirmait que Jacey n'en avait pas fini avec lui, il fallait le croire. Restait à Lucky à déterminer comment procéder pour se débarrasser définitivement de ce malfaisant.

— Lucky ? Je croyais que tu étais parti…

— Non, je suis là, ma chérie.

Il ôta son pantalon, se glissa à côté d'elle dans le lit et la serra dans ses bras. Elle tressaillit.

— Tu es tout froid ! Tu es sorti ?

— Tu m'as fait perdre la tête alors je suis allé à sa recherche. Mais finalement j'aimerais que tu recommences, déclara-t-il pour essayer d'éluder la question.

Mais elle ne s'y laissa pas prendre et se retourna pour voir son visage.

— Lucky…

Il soupira, comprenant qu'il ne pouvait faire autrement que lui dire la vérité.

— Tu as eu de la visite.

— A cette heure ? Qui était-ce ?

— Tomsino.

Cette révélation tira complètement Jacey de son sommeil. Il la sentit sur le qui-vive.

— Je suppose qu'il voulait reprendre notre conversation.

— Oui, et il reviendra.

Il n'avait fait que repousser la confrontation et ne serait peut-être pas là quand elle se reproduirait. A moins qu'il trouve une solution d'ici là.

— Je me doute qu'il va revenir, reprit Jacey. Et quand il reviendra, je veux que tu me laisses lui parler.

C'était précisément ce que Lucky voulait éviter, même si le ton résolu de la jeune femme indiquait qu'il aurait bien du mal à la dissuader de le faire.

— Nous en avons déjà discuté. Tomsino, j'en fais mon affaire…

— C'est surtout toi qui en as parlé, mais tu n'as guère écouté mes arguments. Je n'appelle donc pas ça une véritable discussion.

Elle se redressa sur un coude et posa la tête sur sa main.

— J’y ai réfléchi et je considère que j’ai bien fait de l’envoyer sur les roses. Quand il reviendra me voir, je prétendrai avoir changé d’avis et j’accepterai de coopérer avec lui. Ainsi, il pensera que j’ai eu le temps de me renseigner sur lui et de m’aviser qu’il valait mieux ne pas m’opposer à lui. Il ne se doutera pas que c’est un piège.

Lucky suivait parfaitement son raisonnement et comprit sans mal où elle voulait en venir. Cependant, il jugea son plan trop risqué.

— C’est trop dangereux, Jacey. Tomsino n’est pas un homme qu’on peut neutraliser facilement. Je refuse de le voir s’approcher de toi !

Elle repoussa les draps et s’assit dans le lit.

— Je ne te demande pas ton autorisation ! Je ferai comme je viens de te le dire…

La lumière de la lune éclairait partiellement son corps. Pour ne pas être distrait par cette vision — ce n’était vraiment pas le moment —, Lucky remonta le drap sur elle.

— Ce que tu suggères est très périlleux. Tomsino n’est vraiment pas un enfant de chœur, crois-moi, Jacey ! Ne le sous-estime pas et ne surestime pas tes propres forces. Au bout du compte, nous pourrions bien tomber nous-mêmes dans le piège que tu prévois pour lui.

— Non, je suis sûre que tu sauras trouver le moyen de nous éviter ça.

Sa conviction était telle qu’elle le laissa interdit.

— Je n’ai pas le droit de décevoir Walter Garvey. Ce rebondissement ne fait que démontrer à quel point l’enjeu de sa succession est important. Raison de plus pour lui transmettre des informations exactes.

— Berner Tomsino ne sera pas une mince affaire, reprit Lucky, qui commençait cependant à se faire à la stratégie de Jacey. Je le connais suffisamment bien pour le savoir…

— Oui, tu l'as déjà dit !

Lucky attendit, sur la défensive, la question suivante : « Comment se fait-il que tu aies travaillé pour un type aussi louche ? », mais Jacey ne la posa pas. Elle ne le pressait pas pour obtenir des réponses, et c'est paradoxalement ce qui le poussa à se confier.

— Depuis que j'ai quitté le bayou, j'ai vécu d'un tas de petits boulots, dont certains ne me permettaient pas de vivre correctement. Ceux qui payaient le mieux exigeaient de ne pas être trop à cheval sur… la légalité…

D'habitude, il était moins direct lorsqu'il s'agissait pour lui d'expliquer comment il avait gagné sa vie. Mais il voulait que Jacey comprenne bien qui était Tomsino. Elle n'avait pas l'air de prendre encore très au sérieux ses mises en garde.

Il roula de côté et chercha son regard. Il voulait voir comment elle réagirait quand il aurait terminé sa confession.

— J'avais déjà travaillé pour des types aux activités, disons… pas très nettes, mais Tomsino, c'était la catégorie au-dessus, ne serait-ce qu'en termes de volume d'activité et de rentabilité.

— Pourquoi as-tu décidé de le quitter ?

Elle venait de toucher du doigt un aspect de l'histoire qu'il n'était pas du tout prêt à lui révéler. Quand sa cousine Luella l'avait « recommandé » à Charlotte Wheeler, il travaillait encore pour Tomsino.

— Eh bien, je n'ai jamais été un ange, mais quand tu vis dans un milieu qui te fait constamment balancer entre le bien et le mal, tu finis par tomber d'un côté ou de l'autre.

Il ne s'était pas rendu compte immédiatement qu'en travaillant pour Jacey, il avait définitivement basculé du bon côté. Il n'avait à aucun moment eu conscience de faire un choix. Il l'avait rencontrée, et c'était arrivé, naturellement.

— Ton casier judiciaire est vierge, Lucky. Il n'y a même pas une infraction au code de la route retenue contre toi ! Je le sais car j'ai vérifié. Certes, je n'ai pas non plus découvert quoi que ce soit qui aurait fait de toi un citoyen exemplaire, mais quand même…

Il savait qu'elle avait mené sur lui une enquête de routine. Dans son secteur d'activité, c'était pour ainsi dire obligatoire. Néanmoins, l'entendre en parler de vive voix lui faisait chaud au cœur.

— Je ne suis pas un boy-scout, mais je ne suis pas un affreux non plus.

Il la fit rouler pour qu'elle se retrouve sur lui. Mais quand il fit glisser une main sur ses fesses, elle lui donna une petite tape et se redressa.

— Je dois appeler Walter Garvey à la première heure pour l'avertir de ce qui se passe.

C'était la chose à faire, bien sûr, mais c'était aussi signer une déclaration de guerre avec Tomsino, et la perspective de savoir Jacey en danger l'inquiétait au plus haut point.

— Un de ses héritiers est lié à Tomsino. Nous devons donc découvrir de qui il s'agit et l'éliminer de la liste des prétendants à la succession.

— La prochaine fois que Tomsino viendra te voir, il faudra obtenir de lui des informations sur ce point.

Jacey acquiesça.

— Nous allons mener une double enquête, ce qui signifie que nous aurons besoin d'enquêteurs intérimaires. Je suppose que Tomsino va nous surveiller de près, mais il ne saura pas à quoi travaillent ces enquêteurs supplémentaires, ce qui, avec un peu de chance, nous permettra de le piéger.

— La première à être venue te voir, reprit Lucky,

c'est Lianna Wharton, ce qui nous permet de penser que non seulement elle en sait autant que Tomsino sur l'état de santé de Walter Garvey, mais qu'elle est elle aussi au courant de la mission qu'il t'a confiée. Nous savons que son fils a été mêlé à un trafic de drogue. Ce pourrait donc être un indice… Peut-être travaillait-il pour Tomsino quand il était à l'université.

Lucky n'avait jamais été mêlé à cet aspect des activités de l'homme, mais il savait que c'était un des plus gros revendeurs de la région.

— Il se pourrait même que Jeffrey se soit endetté auprès de lui et que Tomsino ait fait chanter sa mère, en la poussant à collaborer avec lui.

— Oui, c'est possible…, approuva Lucky. Le chantage est une méthode qui lui sied bien…

— Ensuite, il y a Stephen. Un agent de change, ça peut toujours être utile quand on a de l'argent à blanchir. Je me demande s'il serait possible de mettre la main sur la liste de ses clients.

Serrer une belle femme nue contre lui et discuter avec elle de pistes d'investigations paraissait complètement naturel à Lucky. Ce qui, quelque part, aurait dû l'effrayer.

— Nous ne pouvons pas non plus écarter Amanda de la liste des suspects. Etant donné son passé agité avec les hommes, un type comme Tomsino pourrait la manipuler facilement.

— Même Rupert pourrait être manipulé. Soit parce qu'il a commis une indiscrétion, soit par crainte qu'on s'en prenne à un de ses enfants.

— Conclusion : le seul héritier Garvey qui semble hors de soupçon, c'est Mark !

— Attends un peu, Jacey… N'allons pas trop vite en besogne…

— D'accord, mais je pense que nous devons agir vite. Quel jour sommes-nous aujourd'hui ?

— Mercredi.

— Parfait ! Dans le quartier de Mark Garvey, le ramassage des ordures se fait le mercredi matin. Je l'ai découvert le jour où je m'y suis rendue en me faisant passer pour un agent immobilier.

— Mais oui, parfait, ironisa Lucky. Entre rester au lit pour faire l'amour et aller fouiller les poubelles au petit matin, je n'hésite pas un instant !

Un léger sourire aux lèvres, elle lui caressa doucement le torse.

— Et si je te promets qu'avant de partir, je te laisserai me laver le dos ?

— Qu'on ne dise jamais que je suis intransigeant et que je refuse le compromis !

Jacey bondit du lit, impatiente de reprendre l'enquête. Lucky la suivit avec un peu moins d'empressement, peu enthousiasmé à l'idée de ce qui les attendait. Ce n'était pas tant la perspective de fouiller dans des ordures qui le perturbait, c'était de savoir qu'ils se lançaient dans une aventure qui pouvait mettre Jacey en danger.

Il devait à tout prix se montrer à la hauteur.

11

Jacey avait finalement laissé à Lucky le soin d'aller fouiller les poubelles de Mark Garvey pendant qu'elle s'habillait. Elle souhaitait convenir d'un rendez-vous avec Walter le plus rapidement possible. Cependant, elle avait tenu sa promesse. Un sourire éclaira son visage au souvenir du moment passé avec Lucky sous la douche. Elle s'était toujours fait fort de tenir parole, mais rarement elle n'en avait été autant récompensée.

Une fois au bureau, elle appela Walter Garvey avec un téléphone portable sécurisé qu'elle laissait toujours sur place. Ils s'accordèrent pour se retrouver une heure plus tard. Jacey se rendit ensuite dans une agence de location de véhicules : en circulant avec une voiture qui n'était pas la sienne, elle éviterait une éventuelle filature.

Elle retrouva Walter au coin de la rue de ses bureaux.

Il monta prestement à côté d'elle, lui dit bonjour et boucla sa ceinture de sécurité.

— Quel est ce rebondissement dont vous m'avez parlé au téléphone ? J'ai eu l'impression que ça ne présage rien de bon.

— Eh bien, je ne vous cache pas que c'est en effet une complication.

Elle jeta un regard à ses rétroviseurs puis démarra. Lorsqu'elle fut bien installée dans le flux de la circulation, elle lui expliqua alors ce qu'elle avait découvert et l'informa de la tentative de corruption de Tomsino.

Quand elle eut terminé, Walter poussa un juron, s'en excusant aussitôt.

— Ne vous excusez pas, je comprends parfaitement votre réaction, lui dit-elle. Après mon entrevue avec cet homme, je vous assure que je n'en ai pas pensé moins !

— A la description que vous m'en faites, ce type ne semble pas très différent de tous les voyous que j'ai pu croiser au cours de ma carrière, dont le seul but est de profiter du travail des autres. Ils s'habillent bien, se donnent des titres, une apparence de respectabilité, mais ils sont aussi peu recommandables que ce Tomsino.

Jacey ralentit et tourna à un carrefour.

— Je ne doute pas que vous connaissiez des hommes de cet acabit, et vous avez raison de dire que c'est un voyou. Je sais de source sûre qu'il est vraiment dangereux et qu'il ne faut pas le prendre à la légère. J'ai élaboré un plan mais, avant de le mettre à exécution, je devais vous informer et obtenir votre aval. Sa demande prouve qu'il est lié à un ou plusieurs membres de votre famille et qu'il espère pouvoir infiltrer indirectement votre société.

— Je n'en ai peut-être plus pour longtemps, mais je ne partirai pas avant d'avoir la certitude que ça n'arrivera pas !

Jacey eut un petit sourire. Cet homme était un guerrier. Elle avait appréhendé ce rendez-vous, car elle savait que, depuis le soir où il l'avait engagée, sa santé s'était encore dégradée. Il avait maigri et flottait dans son costume.

— Je ne m'attendais pas à ce que vous me disiez que ce type est un de vos amis, poursuivit Jacey. Cependant, je souhaite que vous ayez les moyens de décider quoi faire. Si vous considérez que continuer à m'employer risque de nuire à la bonne marche de l'enquête, dites-le-moi carrément.

Il balaya ses propos d'un geste d'impatience.

— Ne dites pas de bêtises ! Peu importe de savoir à qui d'autre je pourrais m'adresser pour reprendre les investigations puisque ce type semble considérer qu'il peut plier n'importe qui à sa volonté.

— En effet, c'est l'impression qu'il m'a donnée. Il va reprendre contact avec moi, et mon intention est de le laisser croire que son entreprise d'intimidation a réussi. Je vais lui dire que je rédigerai des rapports distincts. Un pour lui, relatant les véritables avancées de l'enquête, un autre pour vous, avec les modifications qu'il souhaite y apporter. Ainsi, je pourrai continuer à mener mes investigations tout en tâchant de déterminer lequel de vos proches est lié à cet homme.

Walter resta un moment silencieux.

— Je n'aime pas ça, répondit-il enfin. Qu'arrivera-t-il quand Tomsino découvrira que, dans mon testament, je n'ai pas suivi les recommandations que vous êtes censée me faire ? Moi, je ne serai plus là, mais vous, si… Quand il comprendra qu'il s'est fait doubler, il cherchera à se venger.

— Ne vous inquiétez pas pour cela.

Elle n'avait pas songé aux éventuelles conséquences de son plan, à vrai dire, mais elle était certaine qu'avec Lucky, ils trouveraient une solution.

— Je veux seulement vous assurer que l'intégrité de mon enquête n'est pas menacée. Mais si vous préférez avoir recours aux services d'une autre agence, cela vous ferait gagner du temps sur Tomsino.

Walter poussa un long soupir.

— Du temps, je n'en ai plus beaucoup devant moi, Jacey. De plus, comme nous ignorons l'un et l'autre comment il a su que vous travailliez pour moi, rien ne garantit que si j'engageais un nouvel enquêteur, il ne finirait pas par découvrir son identité. Qui sait alors ce que cet enquêteur déciderait, face à ses menaces. Non, je pense que votre plan est le bon. Il faut doubler ce voyou et le prendre à son propre jeu. Seulement, vous ne m'avez pas convaincu que ce stratagème sera sans danger pour vous. S'il vous arrivait quoi que ce soit, je suis bien certain que Charlotte ne me laisserait jamais reposer en paix !

La mention de sa mère replongea Jacey dans la culpabilité. Elle ne lui avait pas reparlé depuis la soirée de fiançailles de Peter Brummond. Elle craignait d'avoir à essuyer une nouvelle querelle avec elle à propos de Lucky, querelle qui ne manquerait pas de prendre des proportions encore inégalées, étant donné l'évolution récente de sa relation avec lui.

Elle s'efforça de repousser son appréhension et ses remords. Elle appellerait sa mère dans les jours prochains, et si une nouvelle dispute éclatait, eh bien, ce ne serait pas un drame ! En aucun cas elle ne regrettait d'avoir franchi le pas avec Lucky. Elle ne savait pas encore de quoi l'avenir serait fait pour eux, mais quoi qu'il se passe, ce serait leur choix à tous deux.

Elle jeta un nouveau regard dans son rétroviseur puis rassura le vieil homme :

— Ne vous tracassez pas. Nous avons signé une clause de confidentialité qui s'applique également à ma mère. Elle ne sait pas que je travaille pour vous.

— C'est une femme déterminée. Vous lui ressemblez beaucoup.

Jacey haussa les sourcils, un peu interloquée. Comment devait-elle prendre cette remarque ?

A l'intersection suivante, elle tourna pour reprendre la direction des bureaux de Walter.

— Vous avez sa sagacité et son tempérament, mais vous avez plus de cœur. Quoi qu'il en soit, je suis persuadé que vous serez à la hauteur pour vous opposer à Tomsino. Comme convenu, je désire être tenu au courant de toutes les évolutions.

— Vous pouvez compter sur moi.

— Cependant, si je sens que l'un de vos collègues ou vous-même, vous vous retrouvez dans une situation trop périlleuse, je me réserve le droit de tout arrêter. J'ai déjà suffisamment de regrets sur la conscience.

Jacey ne répondit pas. Elle avait l'intuition que, même si Walter lui retirait l'enquête, elle ne serait pas débarrassée pour autant de Tomsino. Pour éviter cela, il n'y avait qu'une solution : le battre à son propre jeu, pour reprendre les mots de Walter.

Elle alla rendre sa voiture de location puis repartit pour son bureau. Lucky était déjà revenu de sa première mission de la matinée. Elle se tint un instant dans l'encadrement de la porte à le regarder, sans révéler sa présence, parcourue d'un délicieux frisson d'émotion au souvenir des moments qu'elle avait passés avec lui. Apparemment, il avait eu le temps de faire un crochet par chez lui. Il ne s'était pas rasé mais portait encore un de ses T-shirts à message qu'elle ne voulut même pas lire.

Elle entra dans la pièce, ferma la porte derrière elle, contourna le bureau et déclara :

— Alors, est-ce que tu vas bientôt démissionner pour aller travailler au service de ramassage des ordures ?

Lucky releva la tête de ses papiers. A sa vue, son regard s'illumina.

— Ce que tu m'as demandé de faire aujourd'hui va te coûter cher, je peux te l'assurer !

— Ah bon ? Pourtant, il me semble t'avoir déjà versé un substantiel acompte…

— Oui, mais je songe à renégocier le contrat. Etant

donné ce que j'ai découvert, le tarif a brusquement augmenté.

Jacey reprit immédiatement son sérieux.

— Qu'est-ce que tu as trouvé ?

— Deux petits documents fort intéressants. Le premier, le voici…

Il ouvrit une chemise et en sortit une feuille de papier. Jacey la lui prit des mains ; c'était une facture de téléphone portable au nom de Mark Garvey ainsi que le relevé de ses appels. Certains numéros avaient été encerclés par Lucky, et l'un d'eux revenait une douzaine de fois. Les dates indiquaient que ces appels avaient tous été passés au cours du mois écoulé.

— Dois-je deviner à qui appartient ce numéro ?

— Non, je peux te le dire : c'est celui du portable de Tomsino.

Elle allait lui demander s'il en était certain avant de se rappeler que c'était lui qui s'était arrangé pour qu'on appelle Tomsino au restaurant. Il ne pouvait donc pas se tromper.

Elle regarda de nouveau les dates des appels, tout en réfléchissant à ce qu'elles impliquaient. Les premiers avaient été passés bien avant que Walter Garvey ne la sollicite.

— Dans quoi Tomsino trempe-t-il ?

Lucky haussa les épaules.

— Demande plutôt dans quoi il ne trempe pas. Trafic de drogue, prostitution, racket, prêt sur gage… C'est un homme qui croit à la diversification des activités.

Jacey s'appuya contre le bureau, la facture toujours à la main.

— En tout cas, c'est un bon début. Si Mark est lié à l'une ou l'autre de ces activités, Tomsino a tout loisir de le faire chanter. Penses-tu que ça suffise pour que nous le placions dès maintenant sous surveillance permanente ?

— Nous ne tarderons pas à le savoir… Tomsino va bientôt reprendre contact avec toi, et tu sauras alors très vite lequel des héritiers Garvey il va vouloir que tu recommandes à Walter. Rien ne nous empêche cependant de creuser la piste Mark Garvey, quitte à changer notre fusil d'épaule par la suite.

Jacey acquiesça.

— Avoir une longueur d'avance sur Tomsino serait un plus, bien sûr…

Soudain, elle s'aperçut que Lucky avait les yeux posés sur ses jambes. Elle tira sur sa jupe pour la faire descendre, puis reprit :

— Faisons-nous appel dès aujourd'hui à des enquêteurs supplémentaires ?

— Hmm…

Il tendit la main pour lui caresser la jambe et remonta le long de sa cuisse. Elle lui donna une tape pour l'écarter. Il releva la tête, avec l'expression d'un écolier injustement accusé d'inattention par l'institutrice.

— Mais quoi ? J'écoutais ! Des enquêteurs en plus, oui, d'accord.

Pour mettre fin à sa distraction, Jacey alla s'asseoir sur la chaise de l'autre côté du bureau.

— Dès aujourd'hui, nous placerons un mini-GPS sur la voiture de Mark Garvey, et ce avant même que Tomsino ne reprenne contact avec moi. Ni toi ni moi, nous ne pouvons le suivre. Mark me connaît et Tomsino nous identifierait tous deux. En revanche, avec un GPS, nous pourrons suivre ses déplacements depuis l'ordinateur et communiquer avec les autres enquêteurs par téléphone.

— Il nous faut six enquêteurs supplémentaires. Trois hommes, trois femmes.

Un couple attirait toujours moins l'attention que deux hommes ensemble.

— A quelle agence comptes-tu t'adresser ?

— Je pensais à SVS. Nous avons déjà travaillé avec eux, et leurs enquêteurs sont compétents et rigoureux.

— Oui, mais les agents de LRE Services sont les mieux équipés.

— Si SVS n'a pas assez de personnel à mettre à notre disposition, nous pourrons toujours appeler LRE pour compléter le dispositif. Tout va dépendre de qui peut collaborer avec nous dans les meilleurs délais. Tu veux bien te charger de les appeler ?

Lucky la contempla avec anxiété.

— Pourquoi ? Qu'est-ce que tu comptes faire ?

— Aller placer le GPS sur la voiture de Mark avant qu'il ne quitte son travail.

— Très bien, alors je me charge des agents… Je les fais venir ici, je leur explique la situation et ce que nous attendons d'eux. Mieux vaut dresser tout de suite la liste de ce qu'il leur faudra comme équipement…

Il sortit un bloc-notes et un stylo et commença à noter.

— Voitures de location, téléphones portables avec chargeurs à brancher sur l'allume-cigare, jumelles…

— Je leur fournirai moi-même des photos de Mark et de Tomsino, qu'ils puissent les identifier sans problème, précisa Jacey. Chaque équipe devra également disposer d'un Dictaphone et d'un appareil photo avec zoom. Je veux des clichés de toutes les personnes susceptibles d'être vues en compagnie des deux hommes.

— Bien… De bons 35 mm feront l'affaire.

— Et il faudra des batteries de remplacement pour tout l'équipement, ajouta Jacey, qui sentait l'adrénaline monter à mesure que leur plan se mettait en place. Pour finir, il leur faudra également un petit ordinateur portable pour transférer sans tarder les photos et les graver sur CD.

— Pas d'accord, Jacey… Ce sera plus sûr s'ils se rendent dans un cybercafé et nous font parvenir les clichés par e-mails.

Elle se rangea à son opinion, tout en continuant de réfléchir. Si les agents chargés de la filature de Mark venaient à le perdre en voiture, le GPS leur permettrait, du bureau, de continuer à savoir où il se trouvait. En revanche, pour les filatures à pied, ce serait à eux de se débrouiller.

La sonnerie de son portable la sortit de ses pensées. Quand elle reconnut la voix de son correspondant, son pouls s'accéléra.

La conversation fut brève.

— C'était mon contact à la Commission de Supervision des Transactions Financières, dit-elle à Lucky. L'enquête sur Stephen Garvey continue officieusement. Ils cherchent des preuves qu'ils n'auraient pu obtenir en agissant à visage découvert. Il n'a pas pu m'en dire plus, mais il pense que l'arrestation de Stephen est imminente.

— Bon sang ! s'exclama Lucky, quand je me suis rendu dans l'immeuble qui abrite le siège des sociétés de Stephen et Amanda, j'ai eu l'intuition que le gardien, à l'accueil, n'était pas un simple agent de sécurité.

— C'est-à-dire ?

— J'ai eu le pressentiment que c'était un flic. Sans doute un agent fédéral.

Elle inclina la tête et le contempla d'un regard interrogateur.

Il haussa les épaules et ajouta :

— Je suppose qu'après avoir passé plusieurs années à éviter les flics, j'ai fini par développer un sixième sens qui me permet de les repérer.

— Si tu le dis… J'imagine qu'il est possible que la Commission des Transactions Financières ait infiltré un agent fédéral dans les locaux.

— Si Stephen est bel et bien arrêté, ça fera un nom en moins sur la liste.

— Je commence à me faire du souci pour Walter. L'ex-femme de Mark semblait avoir une assez bonne opinion de Stephen. J'espérais qu'il ferait un successeur acceptable.

— Eh bien, je doute que Walter ait très envie que son successeur dirige sa société depuis une cellule.

— Evidemment. Maintenant que nous suspectons Mark d'être lié à Tomsino et que nous savons que Jeffrey a eu des problèmes pour trafic de drogue, les possibilités se réduisent comme peau de chagrin !

Elle soupira et se leva.

— Après avoir placé le GPS sur la voiture de Mark, je te retrouve ici. J'espère que nous pourrons mettre notre dispositif en place très rapidement.

— Je m'en charge, ne t'inquiète pas.

Il se leva, contourna le bureau et se plaça face à elle.

— Mais avant de partir, laisse-moi un petit souvenir.

Il la prit par la main pour l'attirer à lui, et elle se laissa tomber dans ses bras. Il l'embrassa tendrement. Quand il releva la tête, son regard pétillait de malice.

— La nuit dernière a été un peu courte, tu ne trouves pas ?

— Je ne te le fais pas dire… Mais ce qu'il y a de bien, avec la nuit, c'est qu'elle est de retour à chaque fin de journée.

Une mèche de cheveux s'était échappée de son chignon sophistiqué. Il la prit entre ses doigts et la lui replaça derrière l'oreille d'un geste délicat.

— C'est une proposition ?

Elle lui caressa doucement la nuque.

— Je ne sais pas, car mes propositions semblent parfois t'effrayer.

Lucky eut une expression amusée.

— Je n'ai pas peur et je ne compte pas fuir, ma chérie, alors prépare-toi à avoir de la compagnie ce soir !

Jacey se hissa sur la pointe des pieds et lui donna un baiser langoureux.

— Tant mieux pour toi si tu as décidé de ne plus prendre tes jambes à ton cou. Parce que j'ai oublié de te dire qu'au lycée, j'étais parmi les meilleures à la course.

— C'est vrai ? J'ai toujours aimé les femmes athlétiques. Je suis sûr que ce soir, tu pourras me faire une démonstration de tes aptitudes…

Jacey s'écarta de lui et fit mine de reprendre son sérieux.

— Boucher, tu as vraiment l'esprit mal tourné !

— Ce n'est pas un scoop. Et ce soir, sois certaine qu'il sera exclusivement tourné vers toi.

Jacey consulta une nouvelle fois sa montre, impatiente. Lucky l'avait appelée pour l'avertir qu'il avait encore un peu de travail à finir avant d'arriver chez elle, mais elle n'en pouvait plus de l'attendre.

Aussi, quand la sonnerie de l'entrée retentit, se précipita-t-elle pour aller ouvrir. Apparemment, il avait pu terminer plus tôt que prévu. Cette fébrilité qu'elle éprouvait était à la fois grisante et un peu inquiétante. Lucky et elle n'avaient pas encore évoqué l'avenir depuis que leur relation avait pris un tour intime et envisager quoi que ce soit aurait d'ailleurs été très prématuré. Cependant, elle ne pouvait s'empêcher de souhaiter passer avec lui le plus de temps possible en dehors des heures de travail.

Au moment de déverrouiller, un doute la saisit cependant

et elle jeta un coup d'œil par l'œilleton. Grand bien lui en prit : ce n'était pas Lucky, mais Vinny Tomsino.

Elle ne s'attendait pas à le revoir si tôt. Elle retourna sans bruit dans le salon et sortit un petit Dictaphone d'un tiroir. Il y eut une nouvelle sonnerie. Elle enclencha la fonction d'enregistrement de l'appareil et le glissa dans sa poche. Puis elle revint à la porte et ouvrit.

— Mademoiselle Wheeler, déclara Tomsino, un sourire glacial sur le visage. Désolé de vous importuner mais nous n'avons pas terminé notre discussion…

Derrière lui, elle aperçut une grosse voiture noire garée le long du trottoir.

— Vous êtes un homme un peu trop pressant, monsieur Tomsino. Et moi, je n'aime pas être bousculée.

— Personne n'aime ça, mais c'est la seule façon d'obtenir des résultats. Je préférerais ne pas rester à bavarder sur le pas de la porte, si ça ne vous ennuie pas.

Elle lui retourna un regard noir.

— Et moi, je n'ai pas envie de vous laisser entrer chez moi.

En réponse, il posa brusquement le plat de la main sur la porte pour l'empêcher de la refermer et l'obligea à reculer d'un pas. Puis il entra et referma derrière lui.

— Comme je viens de vous le dire, nous ne sommes pas dans de bonnes conditions pour une discussion sérieuse.

Il se dirigea dans le salon sans y être invité, observant tout autour de lui. Jacey en éprouva un malaise. Elle avait le sentiment que, par sa présence, il souillait sa maison. En outre, elle était inquiète, car, contrairement à leur première rencontre au restaurant, il ne s'embarrassait plus de manières faussement courtoises. Il était déterminé à obtenir ce qu'il voulait, et ce par tous les moyens.

— Où est Boucher ?

Jacey haussa les épaules, le regardant arpenter la pièce.

— Il n'est pas encore arrivé.

Lorsqu'il tourna la tête vers l'escalier, elle sentit l'appréhension la gagner. Dans sa chambre à l'étage, elle avait laissé son ordinateur allumé, et le logiciel du GPS placé sur la voiture de Mark Garvey était ouvert.

— Pensez-vous vraiment que c'est son genre de se cacher et de laisser une femme gérer seule une situation comme celle-ci ?

Tomsino tourna la tête vers elle et lui adressa un sourire ironique.

— Non, je vous l'accorde. Cependant, il n'est pas rare de le découvrir dans la chambre d'une femme. Mais ce soir, il n'est pas dans la vôtre. Comment ça se fait ? Il s'est déjà lassé ?

Cette pique lui fit mal, car, au fond d'elle, c'était exactement ce dont elle avait peur : que Lucky se lasse très vite de leur relation, même si elle était certaine qu'il n'en voyait pas une autre. Elle redoutait qu'il considère qu'elle n'était pas à même de le satisfaire sur le long terme.

— Vous êtes un homme qui ne se décourage pas facilement, monsieur Tomsino, déclara-t-elle, avec la volonté de revenir à la question qui les occupait. D'autres auraient considéré mon refus de l'autre soir comme définitif.

Il rajusta les pans de sa veste et s'installa sur le canapé. Son costume sombre lui donnait l'air d'un banquier. Mais les banquiers n'avaient pas une expression aussi menaçante.

— Tant qu'une réponse n'est pas celle que j'attends, je considère qu'elle n'est pas définitive. Ce soir, avant mon départ, j'espère bien que vous aurez revu votre position.

Il ne fallait pas qu'elle capitule trop rapidement, sinon, il flairerait le piège.

— Rien ne pourra me faire changer d'avis !

Elle resta debout, refusant d'être trop près de lui.

— Je n'ai pas bâti la réputation de mon agence en cédant aux intimidations de malfrats à la petite semaine.

Il ne répondit pas à sa provocation. C'était inutile. L'hostilité dans son regard était bien suffisante.

— Vous devriez vous montrer plus prudente, mademoiselle Wheeler. Si vous voulez que Boucher reste en vie, vous coopérerez avec moi.

Il haussa les épaules et reprit :

— Voici mes conditions : vous cédez à ma requête et je le laisse en vie. Nous vivons dans une ville dangereuse, vous savez… Un drame peut survenir très vite…

Cette fois, la peur s'empara réellement de Jacey. Elle ne faisait plus semblant, sa panique était sincère. Cependant, elle restait consciente que Tomsino espérait précisément susciter cette réaction en elle.

Mais elle était aussi consciente que mettre sa menace à exécution ne lui déplairait pas. Son aversion pour Lucky suintait par tous ses pores, et il aurait bondi sur n'importe quel prétexte pour lui faire du mal. Sans doute n'avait-il pas digéré que Lucky quitte son organisation.

— Toujours rien à dire ? demanda-t-il avec un sourire mauvais.

— C'est moi qui dirige l'agence, c'est moi qui décide des orientations à donner à l'enquête, alors laissez Lucky en dehors de cette histoire, déclara-t-elle, partagée entre une véritable peur et la volonté de jouer son rôle.

— Je crains de ne pas pouvoir ignorer son existence, répliqua Tomsino. Asseyez-vous…

Jacey se laissa tomber sur la chaise la plus éloignée de lui.

— Bien. Maintenant que vous êtes prête à m'écouter, je vais vous expliquer exactement ce que je souhaite. Vous allez continuer de mener l'enquête pour laquelle Walter Garvey vous a engagée. Mais, dans les rapports que vous lui transmettrez, vous insisterez sur le fait qu'à vos yeux, seul Mark a l'envergure et la capacité de lui succéder. Lui avez-vous dit que nous nous sommes rencontrés ?

— Non, mentit-elle. Je l'ai vu aujourd'hui pour le tenir au courant de la progression de mes investigations, sans parler de vous ; je n'ai pas envie qu'il me retire le dossier au profit d'une autre agence.

Tomsino parut convaincu par cette justification.

— Parfait… Si par malheur il vous retirait l'enquête et que je doive tout recommencer de zéro, je serais fort contrarié. Et dans ce cas, ça pourrait mal tourner pour votre copain.

— Ce ne sera pas aussi simple que vous le pensez, rétorqua-t-elle d'une voix volontairement incertaine. Pour que mes recommandations lui semblent crédibles, je dois poursuivre mon enquête avec objectivité et disposer d'éléments tangibles afin d'affirmer que ses autres petits-enfants ne sont pas qualifiés pour diriger sa société. Je dois aussi continuer à enquêter sur Mark, car je ne peux pas avoir la certitude que Walter n'a pas mis une seconde agence sur le coup pour s'assurer que nous arrivions bien aux mêmes conclusions. D'autant que financer deux enquêtes en parallèle n'est pas un problème pour lui.

— Il n'a recours aux services de personne d'autre, répliqua Tomsino, très sûr de lui.

Cette assurance intrigua Jacey. Comment pouvait-il en avoir la certitude ? Et comment avait-il découvert que Walter l'avait engagée ?

— Vous pouvez chercher et déterrer tout ce que vous voudrez sur les trois autres, mais Mark, vous n'y touchez pas. Je vous assure que Walter ne s'apercevra pas que votre enquête a été influencée.

Intérieurement, elle se félicita que Lucky et elle aient deviné que Mark était lié à Tomsino. Grâce à leur dispositif de surveillance, ils ne tarderaient pas à comprendre sur quoi reposait ce lien.

Afin d'éviter que Tomsino la soupçonne de ne pas être franche, elle lui posa la question qui lui brûlait les lèvres.

— Pourquoi tenez-vous tant à ce que Mark Garvey prenne la barre de l'entreprise familiale ? Quels sont vos intérêts dans cette affaire ?

Tomsino lui fit un clin d'œil. Cette attitude complice la révulsa.

— Pour moi, ce sera une bonne chose de le savoir à ce poste, contentez-vous de ça.

Il fit claquer ses mains sur ses genoux et se leva laborieusement. Il sortit son téléphone de sa poche et lui demanda :

— Quel est votre numéro de portable ?

Elle le lui donna à contrecœur.

— Je vous appellerai régulièrement pour savoir où vous en êtes. Rédigez-vous des rapports écrits pour Garvey ?

— Evidemment !

En vérité, elle n'avait jamais songé à le faire. Laisser des traces écrites était trop risqué. Pourtant, même sans cela, Tomsino avait réussi à apprendre que Walter avait eu recours à elle. Néanmoins, si elle avait besoin de conserver des preuves de ses investigations, elle disposait de moyens bien plus sûrs et discrets pour les stocker.

Tomsino acquiesça et se dirigea vers la porte. Maintenant qu'il était parvenu à ses fins, il ne souhaitait pas s'attarder.

— Envoyez-moi une copie de tout ce que vous avez déjà rédigé et de tout ce que vous lui ferez parvenir à l'avenir.

Jacey n'attendait que cela. Il aurait ses copies. Sauf que ce qui figurerait dessus serait falsifié.

Elle le suivit dans le vestibule, pressée qu'il sorte de chez elle. Elle ne s'attendait pas à ce qu'il se retourne et lui prenne la main.

— Ne me touchez pas ! déclara-t-elle d'un ton glacial.

Il avait une poigne tellement ferme que, s'il l'avait voulu, il aurait pu lui briser les os.

— N'ayez crainte, dit-il avec condescendance, passer après Boucher et ramasser les restes ne m'intéresse pas. Faites ce que je vous dis, et tout ira bien. Et surveillez votre petit copain, qu'il ne joue pas les idiots.

Il la lâcha et s'en alla. A peine eut-il refermé derrière lui qu'elle verrouilla la porte. Elle avait envie de se laver pour ne plus avoir la sensation de son contact sur la peau.

Elle leva le poignet et vit qu'elle avait des marques rouges. C'était un avertissement. Tomsino était un manipulateur : il s'était servi de Lucky pour lui faire peur, et sans doute l'avait-il aussi menacé de lui faire du mal à elle s'il lui mettait des bâtons dans les roues.

Elle arrêta le petit Dictaphone. Au moins, maintenant, elle avait la preuve que Tomsino était mouillé dans l'affaire et utilisait la menace. Mais elle aurait besoin de bien plus qu'un simple enregistrement pour s'assurer qu'il n'arriverait rien à Lucky.

12

La ruelle était sombre, et une odeur nauséabonde d'urine et d'alcool bon marché imprégnait l'atmosphère. Par moments, des rats en quête de nourriture sortaient d'une poubelle avant de disparaître dans un recoin. L'endroit idéal pour le rendez-vous qui allait suivre…

Lucky ne s'y sentait pas étranger. Il l'avait beaucoup fréquenté dans un passé pas si lointain.

Son initiative était un pari dangereux, mais c'est tout ce qu'il avait trouvé pour en finir une bonne fois avec Tomsino et s'assurer que, quoi qu'il arrive, il ne pourrait plus leur causer de soucis.

Les types qu'il devait rencontrer allaient l'aider à atteindre cet objectif. Si du moins ils se montraient et acceptaient la proposition qu'il comptait leur faire.

Une ombre bougea soudain sur le mur, puis une silhouette apparut dans la ruelle.

— Boucher ?

Lucky reconnut immédiatement la voix. C'était celle d'Enrico Ramirez.

— Je suis là.

Il fit quelques pas en avant et se montra. Ramirez était accompagné de deux gardes du corps. Lucky s'y attendait. Les hommes comme lui ne se déplaçaient jamais seuls. Il leva donc les mains en l'air et se plia avec flegme à la fouille des deux sbires. Une main s'arrêta sur sa cheville.

— Il a un couteau, déclara l'un des gardes du corps à l'attention de Ramirez.

— N'y touche pas ! ordonna Lucky.

Toutefois, l'homme attendit un geste de Ramirez avant d'obtempérer et de se relever.

— Allez vérifier qu'il n'y a personne d'autre dans le secteur…

Quelques instants plus tard, les deux hommes étaient de retour.

— Personne.

Ramirez opina du chef.

— O. K, Boucher, maintenant raconte-moi ce que tu me veux…

— Pas encore, répondit Lucky. Je t'ai dit que tu n'étais pas le seul invité à notre petite fête. Attendons l'arrivée du dernier protagoniste.

A peine avait-il terminé sa phrase qu'un coupé s'arrêta à l'entrée de la ruelle. Il y eut un claquement de portières, des bruits de pas. Daily était arrivé.

Il était accompagné de trois acolytes. Tout opposait les deux caïds en présence : Daily était un grand blond balaise, Ramirez un Hispanique au teint mat et au physique plutôt chétif. Ils avaient cependant deux points communs : ils vivaient de trafics en tous genres, et tous deux vouaient une haine viscérale à Tomsino.

De nouveau, Lucky dut se prêter à une fouille au corps, cette fois par les hommes de Daily. Puis il y eut un petit moment de tension durant lequel Daily et Ramirez se regardèrent en chiens de faïence, aucun n'étant disposé à se laisser fouiller par les hommes de l'autre.

— Puisque je suis neutre, pourquoi ne me laissez-vous pas le faire ? proposa Lucky, désireux d'apaiser les esprits.

Proposition qui fut acceptée à contrecœur, mais acceptée tout de même et que Lucky s'empressa de mener à bien.

— Ramirez a un flingue et Daily un couteau, annonça-t-il en se relevant. Alors, restons-nous là à palabrer toute la nuit ou bien décrétons-nous que nous laissons nos armes de côté le temps de l'entrevue ?

Il y eut un long silence chargé de suspicion de part et d'autre, puis les deux hommes tendirent leur arme à l'un de leurs gardes du corps respectifs. Lucky, lui, tendit son couteau à l'un des hommes de Ramirez.

— Bien, ces formalités accomplies, venons-en au fait, déclara Daily. Tu as cinq minutes, Boucher.

— D'accord. Nous avons tous les trois une même épine dans le pied : Vinny Tomsino. S'il disparaissait du paysage, nous nous en porterions tous mieux.

C'est ce qu'il leur avait déjà dit au téléphone pour organiser ce rendez-vous, et tous deux s'étaient montrés intéressés par ce qu'il pourrait leur proposer. Le fait qu'ils soient venus le confirmait. En revanche, Lucky savait que Ramirez et Daily ne se faisaient pas confiance, et là résidait pour lui la difficulté majeure : il n'était pas encore certain de pouvoir lever cette défiance mutuelle.

— J'ai un plan pour nous débarrasser de Tomsino, reprit-il, mais pour qu'il réussisse, j'ai besoin de détourner son attention. D'après ce que je sais, aucun de vous n'est assez puissant pour s'attaquer à lui frontalement. Mais si, le temps de l'opération, vous joigniez vos forces contre lui, ce serait différent.

— Et pourquoi ferions-nous ça ? demanda Daily de sa voix caverneuse.

— Si Tomsino est hors d'état de nuire, vous pourrez vous partager son territoire et son marché. Et toucher le pactole…

— Et toi, tu gagnes quoi dans l'affaire ? demanda Ramirez, sur ses gardes.

— Moi, j'obtiens la certitude de rester en vie, ce

qui est déjà beaucoup. Ce que vous ferez une fois que Tomsino aura été écarté, je m'en fiche. Ce que je vous propose donc, c'est de vous fournir des informations sur ses opérations : horaires et jours des livraisons, qui doit remettre de l'argent à qui, quand… Bref, tout ce qui peut vous intéresser. Ensuite, vous prenez le relais. Mais j'ai besoin d'avoir la certitude que vous agirez vite et que vous frapperez fort.

— Ça ne me plaît pas trop, déclara Daily.

Cependant, Lucky sentit au ton de sa voix qu'il avait mordu à l'hameçon.

— Comment pouvons-nous être sûrs que ce n'est pas un piège monté par Tomsino lui-même pour nous éliminer tous les deux ?

Lucky s'efforça d'argumenter patiemment.

— Je ne vous parle pas de mener cette opération en personne. Quand vous devez réceptionner une livraison, vous envoyez vos hommes s'en charger, n'est-ce pas ? Et si ça tourne mal, ça ne vous affecte pas personnellement… Eh bien, il s'agit de faire la même chose…

— J'en suis, déclara Ramirez. Mais je peux faire ça tout seul, je n'ai pas besoin d'aide.

— C'est à Daily de décider. S'il n'est pas intéressé, ce sera à toi de jouer.

Lucky espérait néanmoins qu'ils n'allaient pas en arriver là. L'appât du gain faisait perdre tout bon sens à Ramirez, et Lucky avait toutes les raisons de penser que son organisation n'avait pas l'envergure suffisante pour s'emparer seule du territoire de Tomsino.

— S'il est partant, alors moi aussi, décréta Daily.

Lucky se sentit soulagé.

— Mais il nous faut davantage de détails et ça prendra un peu de temps pour que nous soyons prêts à agir.

— Voilà qui va vous aider, reprit Lucky qui chercha dans sa poche.

Ce geste crispa les deux hommes.

— Du calme, du calme, ajouta-t-il en sortant des papiers. Tous les détails sont ici… J'ai même ajouté quelques suggestions pour vous aider à planifier vos actions.

— Tu es encore plus en retard que tu ne me l'avais annoncé. Du coup, tu as raté la visite de Tomsino.

Lucky, qui se dirigeait vers le salon, se retourna tellement vite que Jacey faillit le heurter.

— Tomsino est venu ici ce soir ?

— Oui, il est passé. Nous avions raison… C'est Mark Garvey qui est en affaires avec lui. J'ignore ce qu'ils manigancent ensemble, mais Tomsino veut absolument que ce soit lui que je recommande à Walter pour lui succéder.

Lucky avait la mine sombre.

— Qu'a-t-il dit ? Est-ce qu'il t'a menacée ?

Jacey fut parcourue d'un frisson. Au ton de voix de Lucky, elle n'osait imaginer ce qui serait advenu si Tomsino et lui s'étaient retrouvés face à face.

— Non, il t'a menacé toi. Il m'a affirmé que si je ne coopérais pas avec lui, ta vie serait en danger.

A sa grande consternation, il acquiesça d'un signe de tête, comme si cette nouvelle le satisfaisait.

— Bien… Ça montre au moins une chose, qu'il a compris qu'il n'avait pas intérêt à s'en prendre à toi. Dans cette ville, le nom de ta famille compte, et il est conscient que, s'il te faisait du mal, les conséquences en seraient désastreuses pour lui.

Jacey était décontenancée qu'il fasse aussi peu de cas des menaces que Tomsino avait proférées contre lui.

— Ne sois pas aussi sûr de toi, Lucky. J'ai vraiment eu l'impression qu'il serait ravi de pouvoir en finir avec toi.

— Ne t'inquiète pas de ça, ma chérie…

Il s'approcha d'elle, la prit par les épaules et l'attira à lui.

— Il pense que si tu as peur pour moi, il pourra te manipuler à sa guise et que ça le rendra invincible. Ce qui signifie qu'il ne verra pas venir ce qui va lui arriver.

— Pourquoi est-ce que tu dis ça ? Qu'est-ce qui va lui arriver ?

— Je me suis arrangé pour qu'il soit très occupé. Il va se retrouver avec une multitude de problèmes à régler, et il n'aura plus le temps de se consacrer à nous, crois-moi…

Il lui fit un bref résumé de sa soirée, et Jacey fut certaine qu'il avait volontairement omis de lui rapporter nombre de détails.

— A t'entendre, ces deux types ne valent guère mieux que lui. Tu as pris un gros risque en les rencontrant.

Lucky répondit d'un haussement d'épaules désinvolte, ce qui eut le don de l'irriter davantage.

— Tu aurais dû me consulter avant de prendre l'initiative de contacter ces hommes, Lucky. C'est mon affaire. Nous devons évaluer les risques ensemble. Comment être sûr que ton plan va fonctionner, d'ailleurs ? Peut-être aurions-nous mieux fait d'aller voir la police et de leur apprendre tout ce que nous savons.

— La police ? répéta-t-il, comme si sa suggestion était la dernière des bêtises. Et leur raconter quoi ? Que ce bon vieux Tomsino est venu te voir, qu'il t'a tenu des propos désobligeants, et a menacé de s'en prendre à moi ? Comment comptes-tu le prouver ?

— Grâce à ceci…

Elle exhiba son petit Dictaphone et le mit en route pour lui faire entendre une partie de sa conversation avec Tomsino avant de couper.

Lucky lui sourit, prit sa main et déposa un léger baiser au creux de sa paume.

— Ça, c'est ce que j'appelle avoir de la cervelle ! Mais c'était dangereux de l'enregistrer. Tu n'aurais pas dû courir ce risque. Je n'ose imaginer comment il aurait réagi s'il avait découvert que tu l'enregistrais.

— Comment ça, je n'aurais pas dû courir ce risque ? C'est une preuve, Lucky !

— Qui pourrait intéresser la police si je venais à mourir et qu'on cherche à connaître le responsable de ma mort, en effet. Mais, pour le moment, cet enregistrement ne nous sert à rien.

De nouveau, il la prit par les épaules et la fixa d'un air sérieux.

— Fais-moi confiance, Jacey… Mon procédé n'est peut-être pas très catholique, mais avec un type comme Tomsino, je suis certain que c'est la meilleure solution.

Elle détourna les yeux. Elle n'était pas convaincue mais, pour le moment, elle n'avait rien de mieux à proposer.

— Comment sais-tu quel genre d'informations intéresserait ces types ? Je suppose que depuis l'époque où tu travaillais pour lui, il a pu changer de mode opératoire.

— Eh bien, je n'ai pas totalement rompu avec le passé, j'ai un ami qui travaille toujours pour Tomsino.

Dans l'après-midi, Lucky avait passé un coup de fil à Remy, l'ami en question. Ce dernier n'avait pas hésité à lui transmettre tous les renseignements dont il avait besoin. Il était tout sauf égoïste, et en outre il comptait à son tour laisser tomber Tomsino.

Cependant, si le plan échouait, Tomsino se donnerait beaucoup de mal pour découvrir d'où était venue la fuite. Ce qui signifiait que la vie de Remy était désormais suspendue au succès de son plan.

Cette pensée, au lieu de l'inquiéter ou de le faire hésiter, affermit davantage sa volonté. Pour Remy et pour Jacey, bien plus encore que pour lui-même, il n'avait pas le droit d'échouer. Et il n'échouerait pas.

— Je t'avoue que je suis loin d'être sereine… Et que ça te plaise ou non, Lucky, à un moment ou un autre, il faudra faire intervenir la police. Si, au cours de l'enquête, nous découvrons des preuves implacables contre Tomsino, nous devrons laisser les forces de l'ordre prendre le relais.

— D'accord, répondit-il en lui déposant un baiser sur le front. Mais ce moment n'est pas encore arrivé. Je viens seulement de lancer les hostilités. Il va falloir quelques jours pour que tout s'accélère.

Il la sentit se détendre un peu. De nouveau, il la serra contre lui et lui caressa le bas du dos.

— Comment saurons-nous que le moment est venu pour nous d'agir ?

Il l'attira doucement vers l'escalier.

— Ne t'inquiète pas pour ça, mon ange. C'est un peu comme si j'étais un expert en dynamite. Ce soir, j'ai allumé la mèche. Maintenant, j'attends l'explosion.

La journée du lendemain parut s'étirer en longueur, même s'ils étaient encore tous deux fort occupés. Ils se relayaient à l'ordinateur pour suivre les déplacements de Mark Garvey et communiquer avec les agents de surveillance recrutés. Le soir précédent, deux équipes avaient suivi Mark : il s'était rendu au restaurant en galante compagnie, et plus tard était allé seul dans un bar de nuit où il était resté jusqu'à 2 heures du matin, avant de rentrer chez lui. Des clichés des endroits où il s'était rendu ainsi que de la femme qui l'accompagnait avaient été pris.

Une des deux équipes avait également suivi la femme

chez elle et, à l'instant même, Jacey était en train de rechercher son identité à l'aide de son adresse. Elle obtint bientôt un nom : Imelda Braun. Ce nom ne lui disait rien. Elle l'entra en mot-clé sur différentes bases de données, sans grand espoir d'aboutir quelque part. La voisine de Mark lui avait affirmé que ce dernier changeait très régulièrement de partenaire.

En fin de journée, Lucky entra dans son bureau avec une expression malicieuse.

— Alors, du neuf à propos de la femme du restaurant ?

Jacey ôta ses lunettes et se frotta les yeux. Le matin, ils s'étaient levés tard, et elle n'avait pas pris le temps de mettre ses lentilles.

— Rien d'intéressant. Elle est consultante en relations publiques au sein d'une grosse société de La Nouvelle-Orléans et je n'ai rien trouvé qui permette d'affirmer qu'elle est de mèche avec Mark pour la succession Garvey.

Lucky poussa un soupir exagéré, comme pour la plaindre.

— Quel dommage ! Moi non plus, je n'ai pas trouvé grand-chose sur elle…

Mais Jacey voyait bien qu'il ne lui disait pas tout et ménageait son effet.

— Du coup, je me suis renseigné pour savoir à qui appartenaient les deux établissements où s'est rendu Mark hier soir. Le nom du propriétaire du bar a été très difficile à dénicher, ce qui a eu le don de m'intriguer. Il a fallu que je demande le renseignement à un ami qui travaille au fisc. Il a menacé de venir éplucher la comptabilité, et on a fini par lui donner un nom.

Jacey sentit son impatience grandir.

— Quel nom ?

— Greta Barlow, répondit-il avec un sourire satisfait. A savoir la sœur de Vinny Tomsino.

Jacey bondit de sa chaise.

— J'ai comme l'impression que nous touchons au but. Je me trompe ?

— Tu me sembles un peu trop optimiste…

Mais Jacey n'était pas dupe et voyait bien qu'il avait lui-même du mal à contenir son excitation. Il sortit son portable et composa un numéro.

— Remy ? Que sais-tu sur le Golden Goose ? C'est un bar qui appartient à Tomsino, non ? Le titre de propriété n'est pas à son nom, mais c'est lui qui le finance ?

— Oui, il appartient à un membre de sa famille. Et, en effet, il s'en sert comme si le lieu était à lui.

— Il l'utilise à quelle fin ? Blanchiment d'argent ? Trafic de drogue ?

— Peut-être un peu des deux. Mais surtout, ce club est un des lieux de rendez-vous du Cercle de la Table Ronde.

— Le Cercle de la Table Ronde ? Qu'est-ce que c'est ?

— Un club de riches hommes d'affaires qui jouent de l'argent. Bien trop huppé pour toi. J'ai entendu dire que le ticket d'entrée à une seule soirée s'élève à dix mille dollars. Ils jouent là-bas trois fois par semaine, même s'ils changent fréquemment de lieu de rendez-vous.

— Et quels sont ces autres lieux ?

— Il y a un restaurant qui s'appelle le Morgan's, il me semble. Ils s'y retrouvent après la fermeture. D'autres fois, c'est au Chauncey's, un club du centre-ville. J'ai aussi entendu parler du Festina's ; Tomsino a des parts dans tous ces établissements, mais pour aucun d'eux il n'en est officiellement propriétaire.

— Peu importe, répondit Lucky, qui réfléchissait à toute allure, essayant de mettre en relation toutes les informations dont il disposait. J'ai déjà réussi à établir qu'indirectement, c'était lui qui contrôlait aussi le Golden Goose.

Après avoir raccroché, il fit un résumé de sa conversation à Jacey, puis passa un nouveau coup de fil à son ami du fisc. Il lui donna le nom des autres établissements cités par Remy, puis lui demanda de se renseigner encore une fois sur les propriétaires. Après l'avoir remercié, il raccrocha et regarda Jacey.

Elle était tellement excitée qu'elle en avait le rouge aux joues.

— Ce pourrait être ça, le lien, dit-elle. Tomsino souhaite que Mark prenne la direction de Garvey Enterprises pour s'assurer qu'il puisse continuer à mener grand train et venir jouer dans ses clubs avec ses amis. Ou alors, Mark a une grosse dette envers lui, et Tomsino veut qu'il prenne la tête de la société pour le rembourser.

— Attention, nous sommes encore loin de pouvoir prouver quoi que ce soit, la modéra-t-il. Mais nous avons une nouvelle piste à explorer, et ça, ça se fête ce soir avec un bon dîner dans un cadre agréable !

Il fut satisfait de voir passer une expression de regret sur le visage de Jacey. Elle réagissait exactement comme il l'espérait.

— Hélas, nous ne pouvons pas aller au restaurant et garder en même temps le contact avec les équipes de surveillance.

— Non. En revanche, nous pouvons faire en sorte que le restaurant vienne à nous.

Des chandelles scintillaient tout autour de la grande baignoire à pieds, faisant danser les ombres sur les murs. Jacey s'installa entre les jambes de Lucky et s'appuya contre son buste. Elle prit un morceau de fromage de l'assiette qu'il faisait tenir en équilibre sur son genou, le coupa en deux et lui en tendit la moitié. En réponse, il lui tendit le verre de vin posé sur le rebord de la baignoire.

Ils étaient repus, au sens propre comme au figuré. Pour un moment du moins, car Jacey savait d'expérience qu'il ne fallait pas longtemps pour que leur appétit de l'autre revienne et que la passion les consume de nouveau. Elle ne se demandait pas pourquoi il en était ainsi. Elle se contentait de profiter de tous ces moments partagés et refusait de s'interroger sur l'avenir.

— Si tu devais citer un moment de ta vie qui a eu le plus d'influence sur ce que tu es aujourd'hui, ce serait lequel ? lui demanda-t-elle subitement.

Il resta quelques secondes silencieux.

— C'est le genre de question que posent toujours les femmes et auxquelles les hommes sont toujours incapables de répondre de manière satisfaisante !

Elle esquissa un sourire.

— Pour moi, je dirais que c'est la fête d'anniversaire des vingt et un ans de Richard CarterDeLong.

— Une fête d'anniversaire ? Pourquoi ?

— Richard était le fils d'amis de mes parents, et ma mère m'avait pour ainsi dire obligée à le voir régulièrement depuis ma petite enfance. Le problème, c'est qu'il était, et qu'il est toujours d'ailleurs, le type le plus ennuyeux et le plus vaniteux que j'aie jamais rencontré. Au cours de cette fête, comme je ne répondais pas à ses attentions pour moi, ma mère m'a prise à part pour me le reprocher et me faire la leçon. Moi, je tentais de lui expliquer que je me moquais bien de savoir s'il était riche et descendait d'une grande famille, mais sans résultat. Comme d'habitude, elle refusait de m'écouter. Finalement, à bout d'arguments, je lui ai avoué qu'aucun des jeunes hommes dans notre cercle de connaissances ne me plaisait, et que je refusais de me marier avec un homme uniquement sur la foi de l'épaisseur de son portefeuille. Que je ne voulais rien de plus que ce que mon père et elle avaient partagé quand ils s'étaient rencontrés. Ma mère m'a alors regardée, complètement incrédule, et a dit : « Mais enfin de quoi parles-tu, Jacey ? Ton père et moi étions issus du même milieu et il représentait un très bon parti. En outre, comme c'était un homme conciliant, je me suis dit que nous n'aurions pas de mal à nous entendre. »

Elle se tut quelques secondes, puis reprit :

— Sa franchise m'a choquée, je suppose. En tout cas, c'est à partir de ce jour-là que j'ai décidé que, quoi qu'il arrive, jamais je ne suivrais le chemin qu'elle avait tracé pour moi.

Lucky se pencha pour l'embrasser dans le cou.

— Refuser de suivre les pas de ta mère, c'est une chose, mais décider de fonder ta propre agence d'investigations privées c'en est une autre.

— Eh bien, cette décision a moins à voir avec ma mère et Richard DeLong qu'avec les aventures de Nancy Drew, que je dévorais en secret quand j'étais au collège.

— Nancy Drew ? Ce n'était pas une star de films X dans les années 1980 ?

Elle lui donna un coup de coude et l'entendit pousser un petit cri de douleur.

— Nancy Drew est un personnage de romans policiers. C'est une adolescente qui mène des enquêtes. Sache que, pendant que toi, tu cachais *Playboy* sous tes draps, moi, j'avais des lectures saines !

Il éclata de rire.

— Alors ça, jamais ma grand-mère ne l'aurait toléré ! Et la sœur Raymond non plus ! Elle m'aurait forcé à rester agenouillé des heures durant, pendant qu'elle aurait prié saint Jude pour le salut de mon âme. Elle le faisait souvent. C'était d'ailleurs un peu éprouvant.

— Saint Jude ? répéta Jacey dans un éclat de rire. Le saint patron des causes perdues ?

— La sœur Raymond avait une foi très ardente, aussi je n'ai jamais eu le cœur de lui dire que ses prières ne servaient à rien.

— Déjà à l'époque, tu cherchais des prétextes pour quitter les filles sans leur donner d'explications, c'est ça ?

Il lui posa l'index sous le menton pour lui faire tourner la tête et l'embrassa. Puis il s'écarta légèrement et murmura :

— Je n'ai aucune intention de te quitter, ma belle, j'espère que tu le sais.

Jacey fut bouleversée par cette déclaration, faite presque l'air de rien. Derrière une façade abrupte, Lucky dissimulait un cœur tendre. Finalement, quoi que lui réserve l'avenir, elle ne regretterait jamais d'avoir réussi à pousser Lucky à lui révéler cet aspect de lui-même.

A côté du lavabo, l'écran de l'ordinateur portable clignotait. Mais rien ne pouvait attirer leur attention, tant ils étaient subjugués l'un par l'autre. Lucky posa l'assiette et le verre de vin sur la petite desserte à côté de la baignoire. Puis il se leva et tendit les mains à Jacey pour l'aider à en faire de même. Il sortit de la baignoire, la prit dans ses bras et l'emmena dans la chambre sans même prendre une serviette. Il la déposa sur le lit puis s'allongea à côté d'elle.

Lentement, il la couvrit de baisers, les épaules, les seins, les bras, suivant les petites rigoles d'eau sur sa peau. Le cœur battant, elle se laissa faire. Elle lui avait raconté un moment qui avait façonné le cours de son existence et elle savait que s'être engagée dans une relation intime avec Lucky en était un autre. Pour le meilleur et le pire, jamais elle ne regretterait ce choix.

Il laissa descendre ses lèvres le long de son ventre, et soudain embrassa son intimité.

Surprise, elle ne put réprimer un long gémissement et

l'agrippa par les épaules, enfonçant ses ongles dans sa peau, tant les sensations étaient fortes.

Quand il se redressa et s'allongea sur elle, elle attendit qu'il la pénètre et poussa les hanches en avant pour venir à sa rencontre. Ensemble, ils se lancèrent alors dans une course folle vers les cimes du plaisir.

Il leur fallut longtemps avant de pouvoir de nouveau bouger. Mais le sens du devoir finit par reprendre le dessus, et ils se levèrent. Lucky s'occupa d'emporter l'ordinateur et le téléphone dans le salon tandis que, une par une, Jacey éteignit les bougies avant de porter les assiettes et les verres dans la cuisine.

Soudain, on sonna à sa porte et, d'instinct, elle leva les yeux sur la pendule. Il était 20 heures, même si elle avait la sensation qu'il était beaucoup plus tard. Elle eut une hésitation au moment d'aller ouvrir, repensant à la dernière visite impromptue qu'elle avait reçue.

Puis elle releva la tête, inspira à fond et se dirigea vers la porte. Il était hors de question qu'elle laisse Tomsino lui faire peur d'être chez elle. Toutefois, elle ne put s'empêcher de jeter un regard en direction de l'escalier. Elle n'avait aucune envie que Lucky se retrouve face à face avec cet homme, tant la haine qu'ils se vouaient était grande et potentiellement dangereuse.

Aussi, quand elle s'aperçut que c'était sa mère, elle se sentit soulagée. Elle ouvrit tout en se demandant à quand remontait la dernière fois que cette dernière était venue la voir chez elle.

— Tu es malade ? demanda Charlotte quand elle s'aperçut que sa fille était en robe de chambre.

— Non, non. C'est que je… je viens de prendre un bain…

Elle songea qu'au bout du compte, si Lucky faisait son

apparition, la rencontre ne serait guère moins périlleuse qu'avec Tomsino.

— Jacey ? Qu'est-ce qui se passe ? Pourquoi es-tu si longue à remonter, ma chérie ?

Jacey se retourna, résignée à l'inévitable.

Lucky apparut dans le couloir et s'arrêta net quand il vit la porte ouverte.

Il avait remis son jean. Au moins, il n'était pas apparu dans le plus simple appareil.

Jacey se tourna vers sa mère, qui affichait à présent une expression glaciale.

— Désolée, maman… Le moment est plutôt mal choisi…

— Espèce de voyou ! Vous l'avez fait exprès ? C'est le spectacle le plus écœurant, le plus vulgaire que vous pouviez m'offrir. Vous êtes ignoble !

— Maman, arrête !

Mais sa mère ne l'écoutait pas. Elle poussa la porte, entra dans la maison et marcha d'un pas déterminé vers Lucky.

— Je n'avais pas l'intention de vous provoquer, madame Wheeler, répondit calmement Lucky. Je ne vous avais pas entendue. Je pense que vous feriez mieux de partir avant de faire un geste que vous regretteriez.

Charlotte éclata d'un rire acide.

— Quoi ? *Moi* je devrais m'en aller ? Vous croyez que je vais me laisser faire, alors que je vous surprends en compagnie de ma fille ? Vous êtes un porc ! La plus grande erreur de mon existence, c'est de vous avoir fait entrer dans sa vie. Jamais je n'aurais dû vous engager !

— Mais enfin, maman, de quoi parles-tu ? demanda Jacey qui ne comprenait rien à la scène qui se déroulait devant elle, mais cherchait avant tout à calmer les esprits. Ce n'est pas toi qui l'as engagé, c'est moi.

Jacey fixait Lucky, requérant une explication, mais il n'osait prononcer la moindre parole.

— Allez-vous m'expliquer ce qui se passe, tous les deux ?

— Je l'ai fait pour ton bien, Jacey, déclara sa mère.

Elle fit un pas en avant, mais s'interrompit quand elle vit Jacey reculer.

— Je ne pouvais pas permettre que tu risques ta vie avec cette stupide idée de devenir détective privé. Il fallait que j'agisse pour te montrer quel danger tu courais et te prouver que ce milieu n'était absolument pas fait pour toi. Luella, ma cuisinière, est la cousine de Boucher. Un jour, je lui ai demandé si par hasard elle ne connaîtrait pas quelqu'un qui n'aurait pas trop de scrupules et serait prêt à faire ce que je lui demandais contre de l'argent. C'est ainsi qu'elle m'a mise en relation avec lui.

Jacey avait l'impression d'être en plein rêve. Hélas, petit à petit, les pièces du puzzle se mettaient en place, et elle commençait à comprendre, même si elle aurait aimé croire que tout cela n'était qu'une invention.

Elle se tourna vers Lucky, encore animée de l'espoir qu'il réfuterait les accusations de sa mère.

— Je ne comprends pas…

Mais il se contenta de détourner le regard et resta silencieux, la mâchoire serrée.

— Qu'étais-tu censé faire ? lui demanda Jacey. Saboter ma société ? Me faire perdre le peu d'affaires que j'avais à traiter ?

— Il m'a assuré qu'il pourrait faire les deux, dans un délai de trois mois, reprit Charlotte. Mais sa parole ne vaut pas mieux que sa morale ! Voilà le genre d'homme que tu as laissé entrer dans ta vie, Jacey.

Jacey sentit la fureur s'emparer d'elle. Une fureur dirigée contre eux deux, et contre cette situation insupportable.

— Et toi, maman, comment faut-il te décrire ? Parlons un peu de *ta* morale ! Quel genre de mère es-tu pour avoir osé tenter de briser la carrière de ta fille pour la simple raison que la voie qu'elle a choisie ne te sied pas ?

— Tout ce que j'ai fait, je l'ai fait par amour. Même si tu en as envie, tu ne peux pas le nier, Jacey. Mais Boucher, lui, quelles étaient ses motivations, à part l'argent, sachant qu'à l'époque, il ne te connaissait pas ?

Jacey lui retourna un regard accusateur.

— Et toi, quelle est ta motivation, dans la vie ? Toi qui penses qu'avec de l'argent, on peut tout résoudre ! Lui, c'était un étranger à l'époque. Mais toi, tu es ma mère. Rien ne peut excuser ce que tu as fait. Que tu cherches à te justifier ne fait que me confirmer que tu ne regrettes même pas tes actes. Tu déplores seulement que ton plan ait échoué !

— Quand tu auras eu le temps de réfléchir, Jacey, tu comprendras que…

— Je n'aurai pas changé d'opinion !

Elle se sentit soudain épuisée, comme si tout le poids de ces révélations s'était d'un seul coup abattu sur elle.

— Va-t'en, maintenant.

Charlotte jeta un regard haineux à Lucky, qui était resté immobile et muet durant tout le temps de leur échange. Elle s'approcha de Jacey et lui dit à voix basse :

— Je comprends que tu sois en colère contre moi. Mais maintenant, au moins, je suppose que tu as compris à qui tu as réellement affaire, avec lui…

Jacey marcha jusqu'à la porte et l'ouvrit.

— Pars.

Pour la première fois de sa vie, elle perçut une once d'incertitude sur le visage de sa mère, qui hésita un instant puis s'en alla.

Jacey referma derrière elle et fit face à Lucky.

— Est-ce que c'est vrai ?

Il soutint son regard gravement, mais resta silencieux.

Elle se demanda s'il mesurait à quel point elle avait envie qu'il lui parle, qu'il s'explique, s'excuse de l'avoir trahie. Mais plus il restait silencieux, plus le tableau dépeint par sa mère devenait juste.

— Tout cela est-il vrai, Lucky ? répéta-t-elle patiemment.

— Oui.

Ce simple petit mot tailla en pièces ses dernières illusions. Malgré la douleur, elle réussit à esquisser un geste de la tête.

— Prends tes affaires…

Elle ne pouvait plus rester là à le regarder, aussi se dirigea-t-elle vers la cuisine pour ne pas s'effondrer devant lui.

— Ma chérie…

L'entendre l'appeler ainsi fit rejaillir en elle la dernière étincelle d'orgueil qui lui restait. Elle se retourna et lui asséna avec force :

— N'y pense même pas ! Rien de ce que tu pourras me dire ne changera quoi que ce soit. De ma mère, je n'en attendais pas moins. Bien sûr, je suis en colère contre elle, mais ce qu'elle a fait est finalement conforme à son caractère. Mais toi…

Un sanglot l'étrangla. Elle dut s'interrompre et reprendre son souffle avant de continuer.

— Toi, je te faisais confiance ! De ta part, c'est la pire des trahisons !

Elle contempla son expression indéchiffrable et se demanda si elle parvenait à susciter la moindre émotion en lui, ou s'il était tout bonnement incapable d'en éprouver.

— Tu as eu trois ans pour t'expliquer, mais tu n'en as rien fait. Désormais, c'est trop tard.

— Entendu. Tu as le droit de me chasser de chez toi,

de ta vie. Mais je ne sortirai définitivement de ton existence que lorsque l'affaire sur laquelle nous travaillons sera bouclée. Sur ce point, je ne céderai pas.

Elle haussa les épaules, comme si tout cela n'avait maintenant plus aucune importance. Ce qui était au fond assez conforme à ce qu'elle ressentait.

Qu'il s'en aille maintenant ou plus tard, le résultat serait le même. Un immense vide apparaîtrait dans sa vie, qu'elle ne saurait combler.

13

Jacey parcourut une nouvelle fois toutes les informations qu'elle avait rassemblées sur Amanda Garvey. Même si certains détails de sa vie privée laissaient à désirer, rien, sur le plan professionnel ou sur celui de sa moralité, ne justifiait qu'elle soit éliminée de la liste des successeurs potentiels de son grand-père. En soi, c'était plutôt une bonne nouvelle, étant donné les récentes découvertes sur le reste de la famille.

Jacey songea un peu amèrement qu'il aurait été déplacé pour elle de retenir contre Amanda ses infortunes avec les hommes, car, en ce domaine, elle n'avait pas de leçons à donner. Elle avait fréquenté un homme ennuyeux qui avait fini par la tromper et faire un enfant à une autre, puis un menteur sans cœur. Non, vraiment, elle n'était pas apte à juger les autres en matière de vie sentimentale.

Lucky avait fait irruption dans son existence, surgi de nulle part, du moins le pensait-elle alors, et elle ne doutait pas qu'une fois l'affaire en cours terminée, il disparaîtrait tout aussi brusquement. Cette pensée provoquait en elle une douleur lancinante. Elle s'exhorta à se reprendre et tenta de se concentrer sur son dossier.

Un bruit lui fit relever la tête. Comme s'il était sorti tout droit de ses pensées, Lucky se tenait dans l'encadrement de la porte, à l'observer d'un air sérieux.

— Est-ce que Tomsino a rappelé ?

Elle acquiesça et fit de son mieux pour lui répondre du même ton détaché. Tomsino l'avait appelée tous les jours, insistant chaque fois pour qu'elle lui transmette les copies des rapports qu'elle avait préparés pour Walter Garvey. Le matin même, elle lui avait fait remettre par coursier deux DVD. Le premier contenait la version prétendument originale de son rapport, expurgée en réalité des découvertes accablantes qu'ils avaient faites sur Mark Garvey. Sur le second figurait une version édulcorée qui faisait apparaître Mark sous un jour encore plus favorable. Elle avait passé les dernières quarante-huit heures à travailler sur ces deux versions.

— Depuis mon envoi, je n'ai pas eu de nouvelles de lui, mais j'espère qu'il sera satisfait et relâchera un peu la pression.

— Oui, il devrait être convaincu que tu suis ses recommandations. De toute façon, maintenant, il a d'autres soucis à gérer.

— Tu veux dire que ton plan commence à fonctionner ?

— La nuit dernière, deux de ses hommes se sont fait dérober l'argent qu'ils transportaient, plusieurs milliers de dollars représentant sans doute de l'argent issu du trafic de drogue qu'il s'apprêtait à blanchir. A l'heure qu'il est, il doit commencer à se poser des questions, d'autant que c'est sa troisième perte d'argent en trois jours.

— Génial ! Quand tout sera terminé, j'espère qu'il sera sur la paille !

— En tout cas, ça signifie que tout se déroule comme prévu. Mais ça veut aussi dire qu'il va être de plus en plus aux abois. Or, un homme aux abois est un homme dangereux. Alors quoi qu'il arrive, Jacey, tu ne dois pas te retrouver seule avec lui.

— Ce n'était pas mon intention.

C'était précisément pour cette raison qu'elle avait

dépêché un coursier pour lui remettre les DVD, évitant de le rencontrer en personne.

— Et pour les deux femmes avec lesquelles on a vu Mark ? Du nouveau ?

— Non… Rien d'intéressant.

En quatre jours, Mark était sorti avec deux femmes différentes. Mais tous les soirs, il s'était rendu au Festina's et au Golden Goose seul. Il en était reparti au petit matin, seul également.

— Après m'être assuré que je n'y rencontrerais pas Tomsino, je suis allé au Golden Goose et j'ai discuté avec le personnel…

Lucky lui rendait compte de son emploi du temps d'un ton neutre et impersonnel. Toute complicité et toute chaleur avaient disparu entre eux.

— Une serveuse m'a appris qu'elle y travaillait depuis deux ans. Il n'a pas été très facile de la faire parler, mais elle a finit par m'avouer qu'il lui arrivait de faire des extra après les heures normales d'ouverture, et ce environ deux fois par semaine. Elle m'a également révélé qu'elle gagne beaucoup plus au Golden Goose que dans tous les autres établissements où elle a travaillé avant.

Jacey avait du mal à se concentrer sur les informations que lui donnait Lucky. Elle ne pouvait pas s'empêcher de se demander comment il avait réussi à pousser cette serveuse à se confier à lui. Pendant qu'elle avait passé ces dernières soirées devant son ordinateur, à coordonner les opérations des équipes de surveillance, lui avait sans doute fait du charme à une jolie femme. Elle avait beau se dire que, compte tenu des circonstances, éprouver de la jalousie était absurde, elle ne pouvait refouler son émotion.

— La nouvelle n'a pas encore été rendue publique, mais je sais grâce à mon contact de la Commission

Financière que Stephen Garvey a été arrêté ce matin. Il a été inculpé pour délit d'initié sur une vingtaine de transactions.

Lucky fit un petit signe de tête.

— Donc, il est temps de boucler le cas Mark Garvey.

Jacey se massa la nuque, raide d'être restée trop longtemps dans la même position.

— Nous savons que le Cercle de la Table Ronde se réunit tous les deux jours. Hier soir, Mark avait un rendez-vous. Ce soir, il va donc certainement rencontrer ses partenaires de jeu. Mais, jusque-là, nous n'avons obtenu que des photos de lui sortant au petit matin de divers endroits. Que pouvons-nous en faire ?

— Nous rien. Il y a quelques jours, tu as dit que, tôt ou tard, il faudrait faire intervenir les forces de l'ordre. Eh bien, ce moment est venu…

Ses paroles procurèrent à la jeune femme autant de soulagement que de tristesse. Elle avait les nerfs à vif, à cause du manque de sommeil et du stress, mais entendre Lucky mentionner la fin de l'enquête lui fit l'effet d'un poignard dans le cœur.

Elle détourna le regard.

— Tant mieux. C'est bien…

Le temps qu'il leur restait à consacrer à cette affaire se comptait à présent en heures. Heures au bout desquelles ils mettraient fin aux menaces de Tomsino.

Puis Lucky sortirait de sa vie.

Deux jours passèrent avant que la brigade des mœurs reprenne contact avec Lucky pour l'informer qu'ils étaient prêts à intervenir suite aux informations qu'il leur avait transmises. Le soir de cette intervention, Jacey et lui avaient rejoint une des équipes de surveillance.

Jacey était assise sur le siège passager de la voiture, à côté de Jill, une des auxiliaires recrutés, son ordinateur portable sur les genoux ; Lucky et Bert, l'autre agent en renfort, étaient sur la banquette arrière, jumelles et appareil photo en mains.

Il était près de 23 heures. Ils avaient suivi Mark au Chauncey's. Dès qu'ils l'avaient vu pousser la porte de l'établissement, Lucky avait appelé le détective Grant, de la police de La Nouvelle-Orléans, et maintenant ils attendaient.

Une autre équipe était installée dans une voiture garée devant le club, en contact téléphonique permanent avec eux.

— Est-ce que vous avez identifié l'homme qui est entré avec Mark ? demanda Lucky.

Bert tapota son appareil photo.

— Non, mais j'ai réussi un bon cliché de lui.

— Je transfère la photo, annonça Jacey tout en raccordant l'appareil à son ordinateur.

Quand la photo s'ouvrit en grand sur son écran, elle eut la sensation de connaître l'homme, sans pouvoir dire cependant de qui il s'agissait.

— Je l'ai déjà vu, mais je ne me rappelle plus où…

Elle souleva son portable pour que Lucky puisse voir.

— Moi, je sais. C'est le second mari d'Amanda Garvey.

— Tu crois que c'est lui qui a présenté Mark à Tomsino ?

— Ce pourrait être l'inverse. Quoi qu'il en soit, ce soir, tous deux vont tomber dans les filets des flics.

De nouveaux arrivants pénétrèrent discrètement dans le club, par l'arrière, et ils les photographièrent également. Mais ensuite il ne se passa plus rien, et ils commencèrent à trouver le temps long.

Jacey regardait alternativement l'écran de son ordinateur et l'entrée sombre du club, et ce petit jeu commençait à la fatiguer.

Mais soudain, les événements se précipitèrent. Des policiers surgirent de l'obscurité, forcèrent la porte et s'engouffrèrent à l'intérieur.

— Est-ce que Tomsino est là ?

Elle ne l'avait pas vu entrer, mais il avait pu arriver avant eux.

— C'est probable, étant donné les sommes d'argent qui doivent être brassées.

Au bout de vingt minutes d'une attente interminable, la porte s'ouvrit de nouveau. Les policiers ressortirent avec des hommes menottés.

— Vous voulez que je filme la scène ? demanda Bert, le Caméscope déjà en place.

— Absolument.

Jacey tendit la main pour que Lucky lui prête ses jumelles.

— Je ne vois pas Tomsino…

— Il est peut-être encore à l'intérieur. Nous ferions mieux d'y aller ; j'appellerai Grant plus tard pour m'assurer qu'ils l'ont coincé.

— Le comptable du fisc que tu as sollicité a-t-il découvert le nom du propriétaire du club ?

— Oui, le Chauncey's est enregistré au nom du grand-père décédé de Tomsino. Un bel hommage, vous ne trouvez pas ? Mais l'homme est mort douze ans avant que l'établissement ne soit racheté, par Tomsino, bien entendu. J'ai transmis à Grant toutes les informations.

— Donc, interpellé ou pas ce soir, Tomsino sera dans tous les cas convoqué par la police pour s'en expliquer… C'est parfait. Nous pouvons arrêter pour ce soir.

Jacey aurait eu de quoi être pleinement satisfaite. Ce n'était pas tous les jours qu'on pouvait se targuer d'avoir aussi bien ficelé une enquête.

Tomsino serait confronté à des accusations lourdes.

Quant à Mark Garvey, quels que soient les chefs d'accusation dont il aurait à répondre, son interpellation aurait un retentissement important dans les médias, et Walter l'éliminerait d'office de sa liste.

— Tu peux rester là si tu le souhaites et t'enquérir de ce qu'il en est pour Tomsino, dit-elle à Lucky. Moi, je rentre.

— Voulez-vous qu'on vous dépose ? lui proposa Jill.

Jacey fit non de la tête.

— Je vais rentrer avec la seconde équipe. Je vous appelle demain.

Elle éteignit son ordinateur et le ferma avant d'ajouter :

— Garvey va passer la nuit en prison, alors profitons-en pour rattraper un peu de sommeil.

Elle sentit le regard de Lucky peser sur elle, mais s'efforça de ne pas tourner la tête vers lui. Bientôt, elle ne le verrait plus du tout, alors autant s'y habituer dès maintenant.

Mais la perspective de rentrer chez elle n'enchantait pas Jacey. Elle se fit donc déposer au bureau pour y laisser son ordinateur et graver les photos prises au cours de la soirée. Une fois cela fait, elle laissa l'ordinateur et le DVD dans le coffre fort de l'agence, et se décida à rentrer.

Elle savait bien ce qui la faisait hésiter à retourner chez elle. Sa maison ne lui procurait plus la sérénité habituelle. Trop de souvenirs récents imprégnaient chaque pièce et Jacey était sûre qu'il lui faudrait longtemps avant de ne plus avoir la sensation de voir Lucky partout.

Elle verrouilla derrière elle en entrant, puis monta directement à l'étage avec la volonté de se couler dans un bon bain délassant. Avant d'aller dormir, cela lui ferait du bien.

Mais elle se revit dans la baignoire en compagnie de Lucky, en train de dîner aux chandelles et alla droit vers sa chambre, même si d'autres souvenirs viendraient aussi la hanter là.

Elle tâtonna sur le mur, à la recherche de l'interrupteur, puis s'immobilisa. Il se passait quelque chose d'anormal… Avant d'avoir le temps de faire marche arrière, elle entendit le cliquetis d'une arme à feu qu'on enclenchait.

— Heureux que vous vous joigniez enfin à moi, mademoiselle Wheeler. Je vous attendais…

Elle reconnut immédiatement la voix de Vinny Tomsino. Elle alluma et le vit tranquillement installé sur une chaise à côté de la fenêtre. Sans doute avait-il guetté son arrivée.

En ce moment même, la police de La Nouvelle-Orléans le cherchait partout. Mais personne ne penserait à venir le dénicher ici.

— Que voulez-vous ? lui demanda-t-elle d'un ton hostile.

— Question intéressante… Au cours de nos entrevues précédentes, je pensais avoir été clair. Pourtant, depuis quelques jours, les choses ont pris un tour plus que déplaisant pour moi…

Que savait-il au juste ?

Prudente, elle déclara :

— J'ignore de quoi vous parlez. Pour ma part, j'ai fait ce que vous m'aviez demandé.

— Malheureusement, ça ne me sert plus à rien. Mes plans se sont retournés contre moi et je dois quitter la ville sans tarder. Je n'ai plus d'argent et je pense que sur ce point vous pouvez y remédier.

— Vous souhaitez que je vous fasse un chèque pour que vous puissiez quitter la ville ?

— En fait, je compte quitter le pays.

Il défit un bouton de sa veste et prit une position plus confortable.

— A titre temporaire, bien sûr, le temps qu'on m'oublie un peu. Deux cent mille dollars devraient me suffire.

— Les banques n'ouvrent pas avant 9 heures demain matin, rétorqua-t-elle.

— C'est une des raisons pour lesquelles je compte vous tenir compagnie cette nuit.

Jacey fit de son mieux pour contenir la terreur qui s'emparait d'elle.

— Une des raisons ?

Il lui adressa un petit sourire mauvais.

— Vous et moi, nous allons attendre votre petit copain. J'ai quelques comptes à régler avec lui. Je crains qu'il ne soit pas totalement étranger à mes récents revers de fortune. A quelle heure doit-il arriver ?

— Il ne viendra pas. Nous avons rompu voici quelques jours.

Tomsino éclata de rire.

— Je me doutais qu'il ne ferait pas long feu ! Cependant, vous pouvez le faire venir. Appelez-le avec votre portable, lui ordonna-t-il en agitant son revolver. Ce serait vraiment dommage qu'il n'assiste pas à notre petite fête.

Lucky attendait toujours que le détective Grant ait fini de superviser les arrestations. Le policier, en conversation au téléphone, leva la tête et le vit. Il lui fit signe de patienter, puis, quand il eut raccroché, lui indiqua d'approcher.

— Merci encore pour l'info. Nous avons mis la main sur un demi-million de dollars en liquide.

Lucky poussa un sifflement d'admiration.

— Et Tomsino ? Il était là aussi ?

Grant fit non de la tête.

— Tous ont déclaré ne pas l'avoir vu ce soir. Mais ce n'est qu'une question de temps avant que nous lui mettions la main dessus. J'ai entendu dire qu'il avait eu pas mal d'ennuis avec ses concurrents, cette semaine…

Il semblerait qu'on s'en prenne à ses affaires et ses monopoles… Je ne serais pas étonné que nous assistions au début d'une guerre de territoire. Quoi qu'il en soit, ça va lui coûter cher.

— Ah oui ? fit Lucky d'un ton distrait.

Grant l'observa d'un air suspicieux.

— Vous ne savez rien à ce sujet, j'imagine ?

— Non, je ne peux rien vous apprendre, répondit Lucky, qui se fourra les mains dans les poches pour se donner une contenance. Qu'est-ce qui se passait, exactement, dans ce club ?

Grant tourna la tête vers l'établissement.

— Eh bien, Tomsino avait conclu un accord très juteux pour lui. Il autorisait des joueurs patentés, aux gros moyens financiers, à venir assouvir leur vice ici même. Et, quand l'un ou l'autre, un soir de malchance, venait à manquer de liquide, il se transformait en banquier. Certains des types que nous avons interpellés ce soir avaient contracté une dette à faire pâlir un trader !

Grant continua ses explications, mais Lucky n'avait retenu qu'une chose : Tomsino avait échappé au coup de filet. S'il se savait recherché, où était-il susceptible de se cacher ? Certainement pas dans une de ses résidences connues. Jamais il n'oserait prendre ce risque. Plus encore maintenant qu'on s'attaquait à ses opérations. Il avait bien dû comprendre que quelqu'un au sein de son organisation l'avait trahi.

Il se serait senti mieux si Jacey était restée avec lui et qu'il l'avait raccompagnée chez elle en personne. Mais hélas…

Une idée qui lui fit froid dans le dos le traversa soudain. Il tourna les talons et partit en courant.

— Hé ! Où allez-vous ? cria Grant derrière lui.

— Je crois savoir où est Tomsino ! cria-t-il à son tour sans se retourner.

Il y avait de la lumière à la fenêtre de la chambre de Jacey. Etait-elle en train de travailler ou bien avait-elle un invité indésirable ?

Lucky se glissa discrètement dans la cour et se cacha derrière les mimosas. La fenêtre, qui donnait sur un balcon, était fermée. Or les soirs où il avait dormi là, il avait pu constater que Jacey avait pour habitude de la laisser entrouverte. Etait-ce un indice ? Il n'aurait pas su le dire à coup sûr.

Il se retourna et observa la rue. A cette heure, il n'y avait pas de circulation. Pas de témoins de l'infraction qu'il s'apprêtait à commettre, songea-t-il en longeant le flanc de la maison.

Sans bruit, il enjamba la rambarde du balcon du rez-de-chaussée qui donnait sur le salon. Il prit soin de vérifier que rien ne bougeait, puis sauta pour atteindre les barreaux de la rambarde du balcon de l'étage. Laborieusement, il se souleva à la force des bras. Il leva une jambe, la bloqua sous la rambarde, puis saisit les barreaux à deux mains et parvint à se hisser sur le balcon. S'il découvrait que Jacey s'était endormie en oubliant d'éteindre, il se serait offert une séance de gymnastique pour rien.

Il jeta un coup d'œil prudent dans la pièce à travers les stores baissés. Il dut se mettre quasiment à plat ventre et incliner la tête pour voir le lit. Il était vide. En revanche, des voix lui parvenaient, et il se concentra pour comprendre ce qui se disait. Il reconnut la voix de Jacey, mais n'entendait pas suffisamment bien la seconde pour déterminer s'il la connaissait aussi.

Soudain, il y eut un éclat de rire, qui, cette fois, ne lui fut que trop familier.

Immédiatement, son cœur s'emballa. Il se redressa, monta sur la rampe et tendit les bras pour saisir le rebord du toit. De nouveau, il se hissa à la force des bras, faillit déraper, mais se retint et grimpa sur le toit.

Il resta quelques instants à plat ventre pour reprendre son souffle. Puis il chercha dans ses poches et en sortit quelques pièces de monnaie et son couteau.

Il jeta une première pièce, qui tomba loin de la fenêtre. Il en lança une seconde, qui cette fois rebondit sur le store, et attendit. Mais il ne se passa rien. Une troisième fois, il réitéra l'opération, et la pièce produisit un bruit plus fort en chutant sur le balcon.

Il sentit alors du mouvement en dessous de lui. Quelqu'un ouvrait la fenêtre…

Il recula légèrement et attendit d'être sûr que c'était Tomsino.

Il vit d'abord un revolver, puis une manche de veste. Enfin, lorsque le sommet dégarni du crâne du malfaiteur apparut juste en dessous de lui, il se jeta sur lui.

Il lui atterrit lourdement dessus et le revolver tomba. Sous le choc, Lucky perdit également son couteau, et c'est une lutte à mains nues qui s'engagea.

Il asséna un direct aux côtes et reçut en retour un uppercut à la mâchoire. Puis un coup l'atteignit à la tempe, et, pendant quelques secondes, la tête lui tourna. Il tendit alors les bras pour attraper Tomsino au cou et tenta de lui écraser la pomme d'Adam avec les pouces.

L'autre se débattit et roula de côté pour chercher à utiliser son poids.

— Ne bougez plus !

Tous deux s'immobilisèrent. Ils levèrent la tête et virent Jacey qui pointait vers eux l'arme de Tomsino.

— Vous n'imaginez pas à quel point j'aimerais avoir un bon prétexte pour presser la détente ! Alors ne me provoquez pas.

— Vous faites une erreur et vous le regretterez ! la menaça Tomsino.

Lucky regarda Jacey tenir l'arme sans trembler et se sentit très fier de son courage. Tomsino le lâcha et il en profita pour lui décocher un direct dans la figure.

— C'est toi qui as fait une erreur, mon gros…

Une fois le dernier officier de police sorti et Tomsino emmené menottes aux poings, Lucky se retrouva seul avec Jacey. Il aurait voulu la prendre dans ses bras pour la réconforter, mais il n'osait pas.

— Grant a dit que, dès le début de son interrogatoire, Mark Garvey s'est mis à table, dans l'espoir d'atténuer les charges contre lui.

Il lui racontait cela pour avoir une bonne raison de ne pas partir tout de suite, même s'il était persuadé qu'elle était impatiente de le voir quitter sa maison.

— Apparemment, sa dette envers Tomsino avoisinait le million de dollars. Tomsino a laissé Mark creuser son trou, jusqu'à ce qu'il n'ait plus d'autre choix que de se plier à ses exigences. Il avait l'intention de se servir de lui pour infiltrer Garvey Enterprises et donner ainsi une apparence légale à ses activités. Une société de transport maritime, pour un trafiquant de drogue, c'est utile…

— Et comment ont-ils su que Walter cherchait un successeur ?

— Ils avaient un complice à la banque où Walter a ses comptes, selon Mark. Dès qu'il s'est aperçu qu'un virement avait été effectué à ton profit, il a alerté Mark.

En outre, Jeffrey ne travaille pas au service du courrier par hasard…

— Il a intercepté le contrat ?

— Chaque fois qu'il le peut, il ouvre le courrier de son grand-père. Il a transmis l'information à Mark, qui a à son tour averti Tomsino. En revanche, j'ignore comment ils ont su quelle était la teneur exacte de la mission que t'avait confiée Walter.

— Ils l'ont sans doute deviné. Lianna savait que son père était malade et condamné, tu te souviens ? Quand ils ont découvert qu'il avait contacté une agence d'investigations privées, ils n'ont eu qu'à en tirer les conclusions logiques.

— Si Jeffrey est le complice de Mark, c'est sans doute lui qui lui a tout raconté. Mais je ne pense pas que Lianna connaissait les intentions de Tomsino. A mon avis, elle espérait seulement t'influencer au profit de son fils.

— Pauvre Walter ! La famille peut vraiment être une guigne, parfois.

Lucky sentit alors qu'il tenait là une occasion unique de tenter de s'expliquer et de recoller les morceaux.

— Les liens du sang ne garantissent pas forcément la compréhension et l'amour. Tu le sais aussi bien que moi.

Il la sentit se raidir et se demanda si elle n'allait pas le jeter dehors. Il poursuivit néanmoins.

— J'ai vu ma mère exactement trois fois au cours de mon existence. Chaque fois, elle venait voir ma grand-mère dans l'espoir qu'elle lui prête de l'argent. J'ai toujours su que je lui étais complètement indifférent. Mais on ne choisit pas sa famille et, même si on le pouvait, je me demande si nous ferions toujours de bons choix.

Jacey lui retourna un sourire amer.

— Le proverbe dit qu'à défaut de choisir sa famille,

on peut choisir ses amis, mais sur ce tableau, je n'ai pas été très heureuse non plus.

Lucky la vit retenir ses larmes. Il sentait bien qu'il était inutile de chercher à s'excuser, d'implorer son pardon, mais il souhaitait lui parler à cœur ouvert, une dernière fois au moins.

— L'autre jour, Jacey, tu m'as demandé quel événement avait selon moi fait basculer ma vie, et je ne t'ai pas répondu. Je ne le peux toujours pas en ce moment. Car la vie n'est qu'une succession de décisions que nous prenons, certaines consciemment, d'autres par instinct, sans même comprendre pourquoi. Le fait est que j'ai rencontré ta mère il y a trois ans et que j'ai accepté son argent…

Par la suite, il le lui avait rendu, mais cela ne changeait rien au fait qu'il avait initialement accepté la mission dont Charlotte Wheeler l'avait chargé.

— Ensuite, continua-t-il, je me suis présenté à ton bureau avec, en tête, la volonté de te faire abandonner ta carrière. Je ne te connaissais pas, Jacey…

Il avait réellement cru qu'elle était devenue détective privé par caprice, inconsciente des dangers auxquels elle s'exposait. C'est pourquoi il n'avait pas eu d'états d'âme.

Mais il avait vite découvert son erreur de jugement.

— Et puis les jours ont passé, les semaines… Tous les matins, je me disais que j'allais passer à l'action pour mener ma mission à bien, et, chaque fois, je finissais par trouver une bonne raison de remettre à plus tard. Je n'ai même pas agi ainsi par amitié, car, à cette époque, nous n'étions pas encore amis. Il n'y a même pas eu un moment précis où j'ai pris la décision de ne plus suivre la volonté de ta mère. Tout ce que je sais, c'est que, petit à petit, l'idée que je ne ferais jamais rien pour te nuire s'est imposée à moi. En aucun cas je n'ai pensé qu'agir ainsi me permettrait de te séduire. Au contraire, quand tu m'as proposé de donner un tour intime à notre relation, j'ai pris peur.

— Je sais, répliqua Jacey, des sanglots plein la voix. Et je me demande pourquoi tu as paniqué, alors que tu as fréquenté des dizaines d'autres femmes…

— Avec les autres, je n'ai jamais eu le sentiment qu'en les quittant, je perdrais quelque chose de précieux. Alors que ce qui s'est noué entre toi et moi m'est devenu si cher que je n'avais pas envie de jouer avec. Je ne saurais pas expliquer comment ni pourquoi nous sommes devenus amis, mais c'est arrivé. C'est pourquoi je n'ai jamais eu le courage de te parler de ce contrat entre ta mère et moi. Si ça n'avait tenu qu'à moi, je n'en aurais jamais fait mention, et, en ce moment même, nous n'aurions pas cette conversation.

— Qu'est-ce que tu ne voulais pas risquer de perdre exactement ?

— Toi ! Nous ! J'étais prêt à me contenter d'être ton ami toute ma vie, car c'était déjà plus que je n'aurais jamais espéré.

— Tu veux dire que… tu as toujours eu… envie de moi ?

— Dès le jour où je t'ai vue pour la première fois… Tu portais un tailleur ajusté et un chemisier assorti, je revois très bien la scène. Tu te méfiais de moi. Ce qui prouve que ton instinct était le bon. Ensuite, tu m'as parlé de l'affaire sur laquelle tu travaillais.

— Moi aussi, je me souviens très bien de ce jour, répondit Jacey, la gorge serrée.

— Ta mère a raison quand elle dit que nous sommes issus de milieux différents, que nous n'avons pas le même vécu. Mais quand je suis avec toi, j'oublie tout cela.

Il s'avança vers elle, les bras grands ouverts, et la serra contre lui.

— Quand je suis avec toi, plus rien d'autre n'a d'importance. Je t'aime, Jacey. Plus que tout. Si tu pouvais de nouveau me faire confiance, avoir envie de tout recommencer avec moi, je serais le plus heureux des hommes.

Bouleversée, Jacey vit l'image de sa mère flotter devant ses yeux. Son choix était simple : soit elle repoussait Lucky et laissait de cette manière sa mère reprendre le contrôle de son existence, soit elle écoutait son cœur et décidait une fois pour toutes de vivre comme elle l'entendait.

Elle lui passa un bras autour du cou.

— Tu m'as dit que tu ne voulais plus te contenter d'être mon ami, je crois…

Elle vit un sourire se former sur son visage, et ses traits se détendre. Elle comprit à quel point il avait eu peur de la perdre.

— Je veux tout ce que tu souhaiteras me donner, Jacey…

— Moi aussi, je t'aime, Lucky. Je suis prête à t'offrir tout ce que tu voudras prendre…

— Fais attention, ma chérie, je suis gourmand ! J'ai même un appétit d'ogre.

Epilogue

Six mois plus tard

Une pluie de circonstance tombait sur les gens réunis autour de la tombe de Walter Garvey.

Jacey se tenait un peu à l'écart, abritée sous le parapluie que tenait Lucky, à côté d'elle, et elle repensait au soir où elle avait accepté de travailler pour Walter.

Elle ignorait lequel de ses héritiers s'était chargé des dispositions funéraires, mais elle avait le sentiment que cette cérémonie n'aurait pas plu au vieil homme, qui aurait sans doute préféré un enterrement sans apparat, dans l'intimité. Tout le contraire de cette journée.

— Sais-tu quand sont prévus les procès de Mark et Stephen ? lui murmura Lucky à l'oreille.

— Je crois que celui de Stephen est prévu au début de l'année prochaine. Quant à Mark, il dépose recours après recours pour le moment.

— Je me demande bien ce qu'il peut encore révéler à la justice. Grant m'a dit que, dès les premiers interrogatoires, il a dénoncé Jeffrey.

Jacey s'en souvenait. Mark avait déclaré que Tomsino était le fournisseur de Jeffrey quand celui-ci revendait de la drogue à l'université. Apparemment, leur collaboration avait continué bien après. La police de La Nouvelle-Orléans avait monté un dossier d'inculpation contre Jeffrey, qui serait certainement appréhendé sous peu.

Jacey était vraiment désolée pour Walter. Sa famille ne valait pas grand-chose. Elle avait entendu dire que Rupert avait perdu une somme coquette en plaçant de l'argent dans une opération boursière hasardeuse, sous l'influence de sa petite amie.

— En fait, il n'y a que pour Amanda que j'ai de la compassion, déclara-t-elle en posant la tête contre l'épaule de Lucky. Rien dans notre enquête n'a révélé qu'elle n'aurait pas été capable de diriger la société. Mais Walter n'a jamais envisagé sérieusement qu'elle pourrait lui succéder.

Sans doute ses déboires sentimentaux avaient-ils joué en sa défaveur, même si c'était injuste. L'ultime testament de Walter n'avait pas encore été ouvert, mais Jacey savait déjà qu'il avait laissé le soin au directoire de la société de nommer un nouveau P.-D.G.

— Tu n'as rien à te reprocher, tu as fait correctement ton travail. La décision ultime lui revenait et à lui seul…

Certes, mais en cet instant, elle avait du mal à détacher le professionnel et l'émotionnel.

— Et toi, tu ne t'interroges jamais sur les conséquences de tes actes ? Après tout, c'est toi qui as conclu un arrangement avec les deux hommes qui s'en sont pris aux intérêts de Tomsino.

Lucky haussa les épaules.

— J'ai dit à Grant tout ce que je savais. Maintenant, c'est à lui de faire son boulot. En tout cas, Tomsino n'est pas près de réapparaître !

Lucky avait livré suffisamment d'informations à la police pour qu'ils puissent multiplier les chefs d'accusation contre le truand, qui attendait son jugement en prison. Sa demande de liberté sous caution avait été refusée, malgré tous les efforts de ses avocats.

Un mouvement se fit ; la foule commençait à bouger pour quitter le cimetière.

— Allons-nous-en, déclara Jacey. Et remettons-nous aux préparatifs de notre mariage…

— Si ça n'avait tenu qu'à moi, je t'aurais épousée il y a six mois déjà.

Jacey sourit, émue.

— Ta grand-mère tient à ce que nous fassions un mariage cajun dans la tradition. L'organiser demande du temps.

— Mais toi, est-ce que c'est bien ce que tu veux ? s'enquit-il, avec un brin d'inquiétude.

Jacey repensa à tout ce que la grand-mère de Lucky lui avait expliqué sur les traditions de sa culture.

— Oui, j'en ai très envie.

Pour elle, ce serait plus qu'un mariage. Ce serait l'union de deux cultures différentes, de deux mondes.

Ils aperçurent soudain Peter Brummond qui montait en voiture devant eux.

— Tiens, au fait…, reprit Lucky avec un signe de tête en direction de Peter. J'ai entendu dire à la soirée où tu m'as traîné la semaine dernière que son héritier n'est peut-être pas de lui.

— Quoi ?

— Eh oui… Finalement, je n'aurai pas à lui briser une rotule. Il a déjà suffisamment de soucis.

Jacey n'eut pas le cœur de se réjouir de cette nouvelle, même si elle avait du mal à éprouver de l'empathie pour lui.

— Il ne compte plus pour moi, Lucky… Vraiment plus…

— Lui, non, mais elle, si, répondit Lucky en pointant du doigt Charlotte Wheeler, qui attendait que son chauffeur vienne lui ouvrir sa portière.

Jacey resta silencieuse. En cinq mois, elle n'avait parlé

à sa mère qu'une seule fois et brièvement. Elle n'attendait pas d'excuses de sa part, mais elle avait espéré qu'elle s'abstiendrait de donner encore une fois son opinion sur Lucky. Hélas, ça n'avait pas été le cas. Jacey en était donc venue à la conclusion que le mieux pour elle était de rompre définitivement.

— Est-ce que tu l'as invitée à notre mariage ?

— Aucune invitation officielle n'a encore été envoyée, répondit-elle pour éluder.

— Jacey… Ma grand-mère est âgée et, si un jour nous avons des enfants, il est probable que ta mère finira par être leur seul grand-parent. La famille, c'est important, ma chérie. Toi-même, tu seras plus heureuse si tu te réconcilies avec elle.

— Comment peux-tu dire ça ? Elle n'a que du mépris pour toi ! Elle fera toujours tout pour semer la zizanie entre nous.

— Ecoute, je vais me marier avec toi, alors quelle autre revanche pourrais-je encore avoir envie de prendre sur elle ? Franchement, je crois que je peux me montrer magnanime. Jamais elle ne pourra nous faire du mal, sauf si nous la laissons faire. Mais ça n'arrivera pas, n'est-ce pas ?

Jacey fut bouleversée par ses paroles. Lucky avait raison. Ils étaient si heureux ensemble. Alors pourquoi ne pas se montrer généreux ?

— D'accord. Je te promets de l'inviter au mariage.

Il lui sourit avec une douceur infinie dans le regard.

— J'en suis heureux, ma chérie… Mais il est encore un peu tôt pour dresser la liste des invités, ajouta-t-il avec malice. D'abord, nous allons nous entraîner pour notre lune de miel…

Le 1er février

Black Rose n°194

Mariage sous tension - Beth Cornelison

En découvrant qu'elle est enceinte, Zoey sent son monde s'écrouler. Son fiancé vient de la quitter ! Bouleversée, mais décidée à garder ce bébé qu'elle aime déjà de tout son cœur, elle accepte la proposition de Gage, son meilleur ami : l'épouser, pour lui éviter les questions embarrassantes de son entourage. Il ne s'agit pas là d'amour, Zoey en est consciente. Pourtant, quand, quelques semaines plus tard, son ex-fiancé se met à la harceler, allant jusqu'à menacer la vie de son enfant, Zoey trouve un réconfort inattendu auprès de Gage...

Etroite protection - Carla Cassidy

Kate en a l'intime conviction : son père n'est pas mort dans un accident, comme tout le monde s'évertue à le lui répéter. Non... il a été assassiné. Pourquoi, sinon, chercherait-on à la faire taire ? Gagnée par une peur irrépressible, elle se résout à demander son aide à Zack West, un détective privé réputé qu'elle connaît depuis l'enfance – et déteste. Peut-être parce qu'il l'a toujours autant attirée qu'agacée ? En tout cas, pour obtenir les preuves dont elle a besoin, Kate est prête à mettre de côté la rancœur qu'elle éprouve à l'égard de Zack...

BLACK *ROSE*

Black Rose n°195

Une trompeuse disparition - Catherine Anderson

Sam Barrister... Lorsqu'elle rencontre pour la première fois le meilleur ami de son frère, Crysta est troublée par le charme de cet homme charismatique et mystérieux. Mais l'heure n'est pas à la romance : Derrick, le frère jumeau de Crysta, a disparu, et elle est la seule à penser qu'il est encore vivant. Alors même si Sam la dissuade de se lancer dans une quête impossible, Crysta refuse de céder : elle restera en Alaska et retrouvera son jumeau. Quitte à révéler à Sam, pour le convaincre de l'aider, le secret qu'elle s'était pourtant juré de toujours garder : elle possède un don de double vue, et sait que Derrick a besoin d'elle...

L'inconnue sans mémoire - Michelle Celmer

Qui est-elle ? Et que lui est-il arrivé ? « Jane », puisque c'est ainsi que la police l'a rebaptisée, ne cesse de se le demander depuis qu'on l'a retrouvée sur un parking, désorientée, amnésique – et visiblement victime d'une agression. A-t-elle miraculeusement échappé au tueur qui sévit depuis plusieurs mois dans les environs ? Elle n'en a aucun souvenir... Mais c'est ce que semble penser Mitch Thompson, l'inspecteur chargé de son cas. Mitch, qui lui propose de l'héberger chez lui – le temps qu'elle recouvre la mémoire –, et qui exerce sur elle une irrépressible attirance...

Black Rose n°196

Un secret en danger - Paula Graves

Votre mari nous a volés. Si nous ne récupérons pas notre bien d'ici à huit jours, de graves ennuis vous attendent...
Abby manque défaillir. De quoi parlent ces deux hommes armés qui ont pénétré chez elle ? Et pourquoi viennent-ils la trouver seulement maintenant, alors que Matt, son époux, est mort trois ans plus tôt ? Terrorisée, et prête à tout pour mettre en sécurité Stevie, son petit garçon de trois ans, elle se précipite chez Luke Cooper, un ancien ami et collègue de Matt devenu garde du corps. Lui, peut-être, pourra lui expliquer ce qui se passe... Mais elle, pourra-t-elle lui cacher plus longtemps le secret dont elle l'a farouchement tenu à distance ?

Le refuge de ses bras - Angi Morgan

En ouvrant sa porte ce matin-là, Darby est loin de s'attendre à découvrir sur le seuil un homme blessé. Un homme qui lui explique qu'elle est en danger et qu'elle doit le suivre si elle veut échapper à ceux qui la cherchent... Son instinct la pousse à le croire. Mais la voilà soudain cloîtrée dans son chalet avec cet Erren Rhodes, au milieu de nulle part, et sans savoir quand ils pourront fuir. Plus troublant encore, en ayant risqué sa vie pour la protéger, Erren a fait renaître en elle des sentiments qu'elle pensait ne plus jamais éprouver. Des sentiments qu'elle veut s'efforcer de dissimuler tant qu'ils sont obligés de vivre sous le même toit...

Black Rose n°197

Le piège des apparences - Sylvie Kurtz

Aurora est furieuse : sa sœur, Felicia, lui a laissé la responsabilité de sa petite fille d'un an. A elle qui ne connaît rien aux enfants ! Sa colère se transforme cependant en franche inquiétude quand, quelques jours plus tard, elle est toujours sans nouvelles de Felicia. Alarmée, Aurora s'adresse alors à un détective privé, un certain Adriano Esteleone, pour mener les recherches. Un homme arrogant et méprisant – et qui propose, afin d'enquêter en toute discrétion, qu'elle se fasse passer pour sa petite amie. Aurora songe d'abord à refuser. Mais si elle veut retrouver sa sœur au plus vite, elle n'a pas le choix...

Une troublante intimité - Kara Lennox

Ford Hyatt parviendra-t-il à faire disculper Eldon, l'ex-mari de Robyn, avant que le verdict du jury tombe ? Robyn ne peut s'empêcher de l'espérer. Certes, Eldon est accusé du pire. Mais jamais Robyn, au plus profond de son cœur, ne l'a pensé capable de faire le moindre mal à leur fils, qu'il adorait. C'est pourquoi elle se tourne vers Ford, un spécialiste de l'erreur judiciaire. Ford, auquel elle se retrouve désormais liée dans cette course contre la montre où chaque minute compte – et la rend plus vulnérable au charme de son partenaire...

BestSellers

A paraître le 1er janvier

Best-Sellers n°494 • roman

Un nouveau jour - Joan Johnston

Kristin Lassiter est bouleversée : Bella Benedict, la mère de Max, son grand amour de jeunesse, lui demande de venir lui rendre visite en Angleterre, dans son château de famille. Bella, que Kristin n'a jamais revue depuis le jour où Max lui a brisé le cœur, dix ans auparavant. Pourquoi son ex-belle-mère cherche-t-elle soudain à la contacter ? Et quelle est cette fameuse mission qu'elle dit vouloir lui confier ? Une mission qui, apparemment, est susceptible de lui rapporter beaucoup d'argent. Kristin hésite. Elle élève seule sa petite Félicity et elle a vraiment du mal à s'en sortir financièrement. La proposition de Bella pourrait certes être un moyen de remédier à ce problème, mais elle craint de rouvrir d'anciennes blessures en croisant Max... Et ce qu'elle redoute encore plus, c'est que son secret - celui que le chagrin l'a conduite à préserver toutes ces années - n'éclate au grand jour.

Best-Sellers n°495 • suspense

L'inconnu de Shadow Falls - Maggie Shayne

Depuis des années, Olivia Dupree, professeur de littérature, voue une admiration sans bornes à Aaron Westhaven, un célèbre romancier qui vit caché. Aussi est-elle très surprise lorsque ce dernier accepte de venir parler au cours de la conférence qu'elle organise pour ses étudiants. Mais le jour prévu, quelle n'est pas la stupeur d'Olivia lorsqu'elle est convoquée par la police à l'hôpital, au chevet d'un inconnu victime d'une tentative de meurtre... Une stupeur qui ne fait que s'accroître quand elle apprend que sa carte de visite se trouvait dans la poche de cet homme qui a perdu la mémoire... Qui peut bien être cet étranger séduisant et mystérieux ? Est-il l'écrivain qu'elle avait fini par considérer comme son âme sœur ? Et si ce n'est pas le cas, que faisait-il à Shadow Falls avec sa carte de visite dans la poche ? Soudain, prise de panique, Olivia craint de voir ressurgir le secret d'un passé qu'elle fuit depuis seize ans.

Best-Sellers n°496 • suspense

Noir Secret - Brenda Novak

Brillante substitut du procureur, Grace Montgomery ne s'attendait pas à voir un jour ressurgir les terribles démons de son passé. A l'âge de neuf ans, Grace a en effet été victime des désirs pervers de son beau-père, le révérend Barker, un homme pourtant respecté de tous dans la petite ville de Stillwater. Et même après la mystérieuse disparition du révérend, ce n'est que dans la fuite et le silence qu'elle a trouvé refuge. Un refuge, hélas, bien fragile. Car aujourd'hui, alors que les souvenirs viennent forcer les portes de sa conscience, d'importantes zones d'ombres persistent, assorties d'un obscur malaise qui l'invite à penser qu'elle a joué un rôle dans la disparition de son bourreau. Sinon pourquoi, après toutes ces années, se sentirait-elle toujours coupable ? Résolue à clore ce chapitre douloureux de son existence, Grace n'a plus le choix : elle doit retourner à Stillwater pour exhumer le passé…

Best-Sellers n°497 • thriller

Frayeur - Michelle Gagnon

Appelée sur une nouvelle scène de crime à Phoenix, Kelly Jones, agent spécial du FBI, découvre une mise en scène macabre : le corps de la victime a été minutieusement découpé, et ses différents membres, artistement répartis aux extrémités d'un socle en forme d'étoile. Pire encore, Kelly comprend bientôt que ce qu'elle a vu n'est que l'un des rouages d'un projet macabre plus vaste encore, et que le meurtrier séquestre Madison, une jeune adolescente de seize ans. Un kidnapping sur lequel enquête son fiancé, Jake Riley, un ancien flic brillant et charismatique reconverti dans la libération d'otages. Perturbée par la tournure des événements mais épaulée par Jake, Kelly est prête à tout pour déjouer le complot derrière lequel, elle en est persuadée, se cache un adversaire plus redoutable que jamais. Un adversaire qui exige une rançon aussi inédite qu'effroyable.

Best-Sellers n°498 • roman

L'héritière australienne - Lynne Wilding

A la mort de son père, Carla Stenmark hérite d'un domaine viticole dans la Barossa Valley, en Australie. Une propriété dont son père ne lui a jamais parlé. Pas plus que de son passé secret, qu'elle découvre à la lecture de son journal intime : accusé à tort d'avoir séduit la fiancée de son frère, Rolfe a été renié et banni par son propre père. En s'installant à Sundown Crossing avec son fils, c'est donc un double défi que Carla s'apprête à relever : remettre en état un vignoble en friche depuis des années, et renouer avec le clan Stenmark, bien qu'héritière d'un fils maudit…

Best-Sellers n°499 • historique

Le mystère des Carlyle - Shannon Drake

Angleterre, 1892.

A l'idée d'affronter le comte de Carlyle, dont la réputation suffit à la faire frissonner, Camille est terrifiée. Hélas, elle n'a pas le choix : son tuteur, l'homme qui l'a recueillie alors qu'elle n'était encore qu'une enfant, et qu'elle aime par-dessus tout, a été injustement emprisonné au manoir des Carlyle. Alors peu importent les rumeurs qui prétendent que le comte est l'héritier d'une redoutable malédiction qui touche quiconque essaie de l'approcher, Camille est déterminée à rencontrer cet homme et à obtenir la libération de son protecteur. Mais sa détermination vacille dès son arrivée au manoir. Car derrière le masque terrifiant que le comte porte en public, elle découvre un regard profondément troublant, celui d'un homme blessé qui détient la clé d'un terrible secret…

BestSellers

Best-Sellers n°500 • thriller

Tabous - Nora Roberts

A près de soixante-dix ans, Eve Benedict est de ces stars qui ont bâti leur carrière par un travail acharné, mais aussi par le talent et la beauté. Un oscar et deux Tony Awards ont consacré ce parcours sans défaut. Quatre maris, des amants et de multiples liaisons lui ont construit une image sulfureuse. En faisant appel à la journaliste Julia Summers pour rédiger ses mémoires, Eve a décidé de se mettre à nu, sans tabou, quitte à dévoiler ses zones d'ombre, déclencher des scandales ou détruire des réputations. Mais à peine Julia a-t-elle emménagé avec son fils dans la propriété de Beverly Hills qu'un climat de menace s'installe : lettres anonymes, cambriolages… Pour l'une comme pour l'autre, écrire ce livre va désormais devenir une question de vie ou de mort. Car de ce face-à-face entre Eve et Julia, aussi subtil que cruel, un secret inavouable va émerger. Un secret mortel pour qui se risquerait à le divulguer.

Best-Sellers n°501 • historique

Sur ordre du roi - Margaret Moore

Pays de Galles, 1205

Promise par le roi au ténébreux Madoc de LLanpowell, lady Roslynn de Werre redoute de rencontrer son fiancé, que tous surnomment « l'ours de Brecon ». Hélas, après la trahison dont s'est rendu coupable son époux disparu, elle est désormais à la merci du roi et doit se plier à ses ordres. Et puis, même si cette alliance ne lui apportera jamais l'amour auquel elle aspire, elle représente sa seule chance de s'éloigner de la cour, où elle subit les pires humiliations depuis la mort de son mari. Aussi accepte-t-elle de se rendre au manoir de LLanpowell pour s'offrir au sombre Madoc en dépit de ses réticences. Mais alors qu'elle pensait que le guerrier accepterait sa main - et sa fortune – sans hésiter, Roslynn a la surprise de découvrir que ce mariage lui déplaît au moins autant qu'à elle. Pis encore ! Madoc refuse catégoriquement de prendre pour épouse une femme choisie par un autre… Désespérée à l'idée de retourner auprès du roi, Roslynn décide alors de tout faire pour séduire l'ombrageux guerrier…

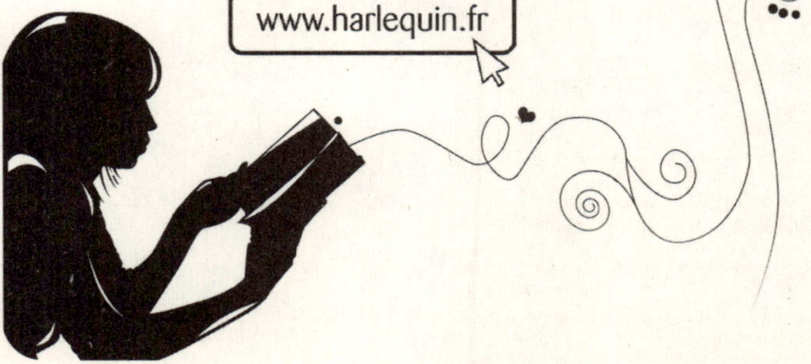

Composé et édité par les

éditions HARLEQUIN

Achevé d'imprimer en France (Malesherbes)
par Maury-Imprimeur
en décembre 2011

Dépôt légal en janvier 2012
N° d'imprimeur : 168576